竜と蚕

Dragon and Silkworm
Okamikura Chronicle

大神坐クロニクル

アミの会 編

大倉崇裕 Okura Takahiro

大崎梢 Osaki Kozue

佐藤青南 Sato Seinan

篠田真由美 Shinoda Mayumi

柴田よしき Shibata Yoshiki

図子慧 Zushi Kei

柄刀一 Tsukato Hajime

永嶋恵美 Nagashima Emi

新津きよみ Niitu Kiyomi

福田和代 Fukuda kazuyo

松尾由美 Matsuo Yumi

松村比呂美 Matsumura Hiromi

矢崎存美 Yazaki Arimi

原書房

竜と蚕

大神坐クロニクル

目次

ようこそ、大神坐市へ

わたしたちのふるさと、大神坐市(おおかみくら)は、神坐山地の麓、辰見(たつみ)盆地に広がる、自然豊かなところです。

人口は約４万５千人(平成30年調べ)、主要産業は農業(果樹・伝統野菜など)、観光業、製薬業等。

市の北に位置する辰見湖は四季折々に素晴らしい景色を見せてくれ、ボート遊びや釣りなどが楽しむことができ、湖畔にはキャンプ場もあります。また夏の間は湖水浴場も開かれます。

その辰見湖には竜宮伝説があり、市の東側にある竜宮岩共々、日本各地の竜宮伝説同様に、竜宮城への夢を誘ってくれます。

車で気軽に登ることのできる、亀岩のある展望台からは、大神坐市が一望できます。

自然と伝説だけではなく、子育世帯に優しい町として、各種支援サービスも充実しています。西部地区に誕生した神坐ニュータウンは、現在第二期宅地分譲中で、ここ数年は市外から転入されるご家族も増えています。

中心部にはショッピングセンター「かみくらモール」と市役所・市民病院等が集まる区域もあり、日々の生活に大変便利です。

大神坐市は、転入をご希望される方々のために常時説明会を設け、ここでの生活についてのご質問にお答えしております。

春夏秋冬、美しい自然に囲まれながら、お子様たちをのびのびと育てられる、そんな大神座市で新しい生活を始めてみませんか？

いつでもお気軽にご相談ください。

「大神坐市移住支援センター」パンフレットより抜粋

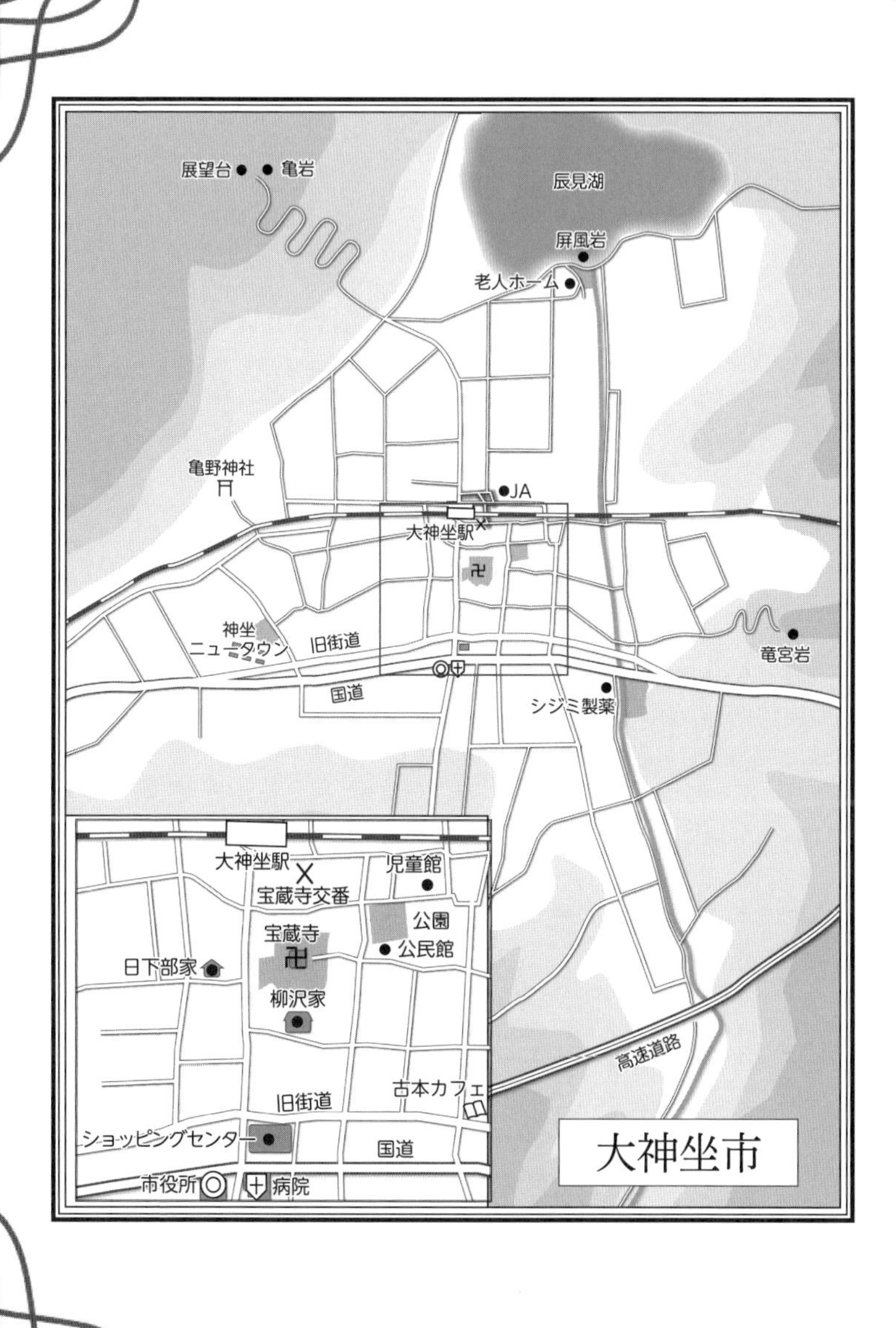
展望台
亀岩
辰見湖
屏風岩
老人ホーム
亀野神社
JA
大神坐駅
神坐
ニュータウン
旧街道
竜宮岩
国道
シジミ製薬
高速道路
大神坐駅
児童館
宝蔵寺交番
公園
宝蔵寺
公民館
日下部家
柳沢家
古本カフェ
旧街道
ショッピングセンター
国道
市役所
病院
大神坐市

始まりの桜、終わりの夏◉永嶋恵美

内地には当たり前のようにあるものが、中村暁（なかむらあきら）が生まれ育った恵須取（エストル）の町にはなかった。桜の花も、桃の花も、田植えも、桑畑も、それから、出征兵士の見送りも。

「あれは、桃の花が色落ちしたんだよ。新潟は雨の日が多いから」

沼垂（ぬったり）の港から駅まで歩く途中、川面に伸びた枝に咲く白い花を見上げていると、同じ船から降りてきた大人がそう言った。道理で、と思った。曇り空の下、白茶けた枝にボロ布のように絡まっている花々は、何日も雨の中でずぶ濡れになっていたせいなのだと信じた。

汽車に乗り換えて、幾つ目かの駅で同じ花を見た。この辺りも桃の花が白くなるほど雨が多いのかと尋ねたら、母親は呆れた顔になった。あれは桜の花だと教えられて、ようやく、からかわれていたことに気づいた。

国語の本に載っていた挿絵の桜の木は、もっとはっきりした薄紅色で覆われていた。沼垂で見た花の色とは似ても似つかなかったが、ここの花は言われてみれば似ているかもしれない。ああそうか、空の色が違うからかと思った。

向かいに座っていた老人が、「あんたらも、樺太（からふと）からかね」と言った。あんたらも、ということは、樺太から内地へと引っ越す人々の多くが新潟で船を降り、汽車に乗り換えるのだろう。内地の鉱山に移ることになったからと、父親が短く言っただけで、老人は大方の事情を察したようだった。

やがて列車は、煤（すす）けた顔の人々で身動きが取れないほどの満員となった。焦げたような、それでいて油じみた臭いが車内に充満して、暁は息苦しくなった。駅に着くたびに、彼らは少しずつ降りていったが、立ちこめた臭気は残った。

乗り換えのために汽車を降りて、暁が真っ先にしたのは深呼吸だった。あの煤けた顔の人々は空襲で家を焼かれて逃げてきたのだと、父親が教えてくれた。

内地は危ないよ、ここにいたほうがいいよ、と近所の人々が言っていたのを思い出した。仕事なら紹介するからと親切に言ってくれる人もいたらしいが、父親は転勤を選んだ。半年前に流産して以来、めっきり弱っていた母親を慮（おもんぱか）ってのことだろう。この冬はどうにか越したが、次の冬はわからない。医者がそう話すのを暁は盗み聞きしていた。

八年前には妹も肺炎で死んでいる。当時、三歳だった暁はうっすらとしか覚えていないが、やはり、真冬のことだった。だから、父親は寒さの厳しい樺太を離れる決心をしたのだろう。

乗り継いだ汽車を降りた後、うんざりするほど山道を歩いて、大神坐村（おおかみくら）に着いたときには夕刻になっていた。新潟を発った翌日の夕刻だ。暁以上に疲れ切った顔をしていた母親が、心底安堵した表情になった。十五年ぶりになるのか、と父親が言った。両親とも、大神坐村の出身だった。

小作農家の三男坊だった父親だが、学校の勉強がよくできたおかげで、高等小学校を出た後は実業学校に進んだ。電気関係の技師になり、鉱山での仕事を得て、地主に借りた学費を返した後、郷里で見合いをした。結婚した直後、樺太に渡り、暁はそこで生まれた。

大神坐村は、二人にとって懐かしい土地なのだろうが、暁には見知らぬ場所だった。土の色が違う。風の臭いが違う。空の青さは同じだが、周辺の山々に遮られて、ひどく狭い。何より海から遠い。新潟から汽車を乗り継いで一日弱。それが海までの距離だと思うと、些（いささ）か気が滅入った。

母方の祖父母の家は、そこそこ大きな養蚕農家で、伯父一家が同居していた。すぐ近くに同じ小林姓の酒屋があったために、この界隈(かいわい)では「お蚕の小林さん」と呼ばれているという。

初めて会う祖父母や伯父伯母は優しかったが、残念なことに、同じ年頃の子供が一人もいなかった。伯父伯母の子供たち、つまり従兄たちは皆、ずっと年上だったし、全員が兵隊に取られていた。


その夜は、二階とも屋根裏ともつかない、だだっ広い板張りの部屋に布団を三組延べて寝た。後になって、そこは蚕を冬越しさせるのに使っていた部屋で、家の中で最も暖かいから体の弱った病人には良いだろうという話になったのだと聞いた。

戦争で食糧増産が奨励されるようになって、小林家でも養蚕を止め、桑畑をすべて掘り起こして陸稲(おかぼ)を植えた。蚕が一頭もいなくなっても、「お蚕の小林さん」という呼び方だけは変わらないのだと、祖父は笑った。

翌朝は、父の生家に挨拶に行った。中村家は家屋も納屋も小さく、なるほど昨日は小林家に泊まったのも道理だと思った。或いは、父と伯父たちはあまり折り合いが良くないのかもしれない。挨拶のほうも本当に形ばかり、顔を見せに行っただけだった。それに、昼前の汽車で、父親は新潟の鉱山に取って返すことになっていた。

長旅のせいで熱を出していた母親を家に残し、暁は伯父に連れられて父の見送りに行った。昨日、うんざりするほど長く感じられた山道は、再び歩いてみると、たいした距離ではなかった。

その翌日も駅に行った。今度は、伯父だけでなく祖父と伯母も一緒だった。足の悪い祖母と、まだ寝付いている母だけが家に残った。日の丸の小旗を持たされても、まだ意味がわからなくて、きょとんとしていると伯母が「戦地に行く兵隊さんを見送りに行くんだよ」と教えてくれた。

「そうか。暁は見たことがなかったか」

祖父がそう言いながら、暁の頭に手を置いた。そんなふうにされるのは、小さい子供になったようで面白くなかったが、黙っていた。

「お前の父さんも、ここから見送られて兵隊に行ったんだ」

父が兵役で大陸に渡ったのは、暁が学校に上がる前だったが、母親に連れられて港まで見送りに行ったのを覚えている。ただ、そのときは、日の丸の小旗を振ったりしなかった。

「あのころは、まだ見送りが盛大でなあ」

「夕方の汽車だったから、提灯を振ってねえ」

「近頃じゃあ、派手はいかんと言われて、見送りもすっかり寂しくなった」

桜の花の件と同じく、これもまた嘘なのではないか、からかわれているのではないかという疑念が脳裏をかすめた。提灯を振って、万歳をして……と言われても、暁にはその光景をうまく思い浮かべることができなかったからだ。

とはいえ、兵役云々の話に嘘を混ぜるなど許されるはずもないから、これは本当のことなのだろう。内地は知らないことだらけだ、とまた思った。

「今回は、日下部さんの婿養子だから、どうしても派手になるわな」

「お身内だけで送り出すなんて、不義理はできないものねえ」

小林家でも、留守番は病人だけである。ということは、「日下部さん」というのは村長を務める家なのかな、などと考えた。

日下部家がこの辺り一帯の地主であり、いわゆる「名家」と呼ばれる家であることを知ったのは、その翌日のことである。学校で教えてもらったのだ。

「日下部は、ここに村ができたときからある家なんだってさ。だから、特別」

「そうなんだ」

「中村んとこの父ちゃんも、日下部から田圃借りてるんだろ?」

「父さんじゃなくて、伯父さんの家だよ。父さんの伯父さん。どこから田圃を借りてるのかは知らない」

「小作なら、日下部だろ。この辺りは全部、そうだ」

柳沢玲二(やなぎさわれいじ)は訳知り顔にそう言った。暁が転校してきたその日から、玲二は席が離れているにも拘わらず、わざわざ話しかけてきた。六年生の級長が仲良くしているからだろう、ほかの子供らもそれに倣わないわけにはいかなかったらしい。暁は余所者(よそもの)扱いされることもなく、仲間に入れてもらえた。

近くの寺に疎開してきている東京の子供たちが「疎開っ子」と揶揄(やゆ)され、石を投げられているところを目の当たりにした直後だけに、暁は少なからず安堵した。

ただ、玲二が親切心から暁を仲間に迎え入れたのではないことは、ほどなくして知れた。六年生の教室には、すでに仲間外れにされている子供がいたのである。

暁とは、通路を隔てて隣の席だった。うっかり落とした消しゴムが、そちらに転がっていったから、何の気なしに「取って」と声をかけようとした。

ところが、暁が口を開くより先に、ほかの子供がそれを拾い上げ、暁の机に置いた。待ち構えていたかのような素早さだった。いや、本当に待ち構えていたのだろう。暁がうっかり話しかけてしまわないように。

仲間外れにされている子供の名前は、柳沢仙太郎(せんたろう)。玲二と同じ柳沢姓だった。

＊

玲二と仙太郎は従兄弟同士らしい。暁が「柳沢玲二という子と仲良くなった」と話したら、祖父も伯父も「ああ」という顔をした。この辺りなら、大人も子供も知っている話なのだろう。

柳沢家は養蚕農家ではなく、かといって小作でもなかった。かつてはそれなりの田畑を所有していたらしいが、代替わりのたびに少しずつ切り売りされていき、今は自分たちが食べる分をぎりぎり賄う土地しか残っていないという。玲二の父親は、その柳沢家の長男だった。

仙太郎の父親のほうは、農家の次男坊の常で、学校を卒業すると村を出て、横浜に働き口を得た。使い走りのようなことから始めて、帳場を任されるようになるまで時間はかからなかったというから、もともと優秀な人物だったのだろう。やがて、貿易商として独立し、横浜の百貨店に勤めていたエレベーターガールと結婚した。

仙太郎がやけに綺麗な顔立ちなのも、母親似だからかな、と思った。恵須取でも百貨店の女店員は映画にでも出てきそうな美人揃いだった。

だが、佳人薄命と言うべきか、仙太郎の母親は三年前に病没した。折悪しく、仙太郎の父親にも召集令状が舞い込んだ。それで、仙太郎は一人、父親の実家に身を寄せることとなった……。

＊

玲二とは妙に気が合った。級長を務めるくらいだから、玲二は勉強も運動もよくできて、好奇心も強い。暁が生まれ育った「外地」の話にも興味を示した。

　とりわけ、玲二が聞きたがったのが、海についてだった。大神坐村は山に囲まれた盆地にある。海のある新潟から汽車を乗り継いで一日がかりの距離となれば、子供たちのほとんどが海を知らない。石炭を満載にした貨物船も知らなければ、浜でドラム缶に湯を沸かし、蟹を茹でて売る漁師を見たこともない。絵本の挿し絵、新聞の写真、兵役解除になって帰郷した大人たちの話。それが、村の子供が知り得る海についてのすべてだった。

　恵須取の港から乗り込んだ、小型貨物船「泰東丸」のことも、問われるままに話した。小樽の港に立ち寄り、日本海を南下して、新潟の沼垂で下船したこと。夜の海は墨の色をしていて、船の通った跡だけが泡立って白かったこと。

　それから、短い夏の楽しみだった海水浴。七月の海は飛び上がりそうになるほど冷たいが、それでも子供たちは我慢くらべのように海に飛び込む。八月に入ると、いくらか水温が上がるものの、長いこと泳いでいると、唇が紫色になってしまう……。

　休み時間に、学校の帰りに、そんな話をした。或いは、畑の草取りを手伝いながら。男が兵隊に取られたからか、たいした知識も技術も要らない作業だからか、この村では草取りといえば子供の仕事とされていた。子供たちが順繰りに、それぞれの家の畑の草取りをしていくのだ。

「樺太に畑はないのか？」

　あまりにも暁が無知だったから、玲二は呆れたように言った。引き抜いた草の中には、食べられるものもあるから、無闇に棄ててはならないことも知らなかった。セリも、ノビルも、初めて見るものだった。

「あるよ。あるんだけど、近所にはなかった。うちの周りは全部、社宅だったし」

「シャタク？」

「会社が建ててくれる家のこと」

その社宅も、今は空き家だらけに違いなかった。アメリカの潜水艦が出没するようになって、樺太の炭坑は次々に操業停止になってしまった。掘り出しても、内地に運べないのでは意味がないからだ。

隣に住んでいた一家は、南のほうにある製紙工場に移るのだと言っていた。暁の遊び仲間は、樺太に残った者も内地に引き揚げた者も、みんな、ばらばらになってしまった。

ここへ移ってきた当初は、会えなくなった級友たちのことなどを思い出しては、寂しい心持ちになっていた。だが、玲二と仲良くなるにつれて、そんな思いは薄らいでいった。

梅雨が明けるころには、見知らぬ土地だったはずの大神坐村が、今までずっと暮らしていた場所であるかのように思えた。祖父母の家が自分の家になった。里山や八幡様（はちまん）の境内を走り回るのが楽しくてたまらなかった。学校の教練は厳しさを増していたが、嫌だと思うこともなくなった。何もかも、玲二と友だちになったおかげだと思った。

それだけに、不思議でならなかった。玲二が仙太郎を露骨に仲間外れにしていることが。玲二は意味もなく誰かを嫌ったりしない。今は、自信を持って断言できる。もう訊いてもいいだろう。それで気まずくなるような時期は過ぎた。暁が尋ねれば、玲二は答えてくれるはずだ。

どうやら、玲二も同じ思いだったらしい。暁が尋ねるよりも先に、玲二のほうから話を切り出してきた。

たまたま周囲に誰もいなかった。何人かで里山で虫取りをして遊んだ帰り道、夕立に遭ったのだ。急な土砂降り雨だったから、走っているうちに、てんでばらばらになってしまった。

空が光り、雷鳴が聞こえた。見たこともない眩しさと、聞いたこともない轟音に、身がすくんで動けなくなった。

「こっちだ」

玲二に腕を引っ張られて走った。村の寄り合い所に行こうと玲二は言った。文字通り、大人たちの寄り合いや祭りのときにだけ使われる建物で、普段は雨戸が閉まっている。

「八幡様は？　あっちのが近いし」

「だめだ。杉の木があるから」

意味はわかりかねたが、言われるままに走った。空が割れるような音が響いて、理由を訊くどころではなくなったのだ。すさまじい雷雨で、空が白く光るたびに心臓がつぶれそうになった。

寄り合い所の黒い瓦屋根が見えてきたときには、心底、ほっとした。

「鍵が掛かってる……」

てっきり中に入れるのだと思っていたが、寄り合い所は雨戸が閉まっているばかりか、入り口にもしっかりと鍵が掛かっていた。だが、玲二は当然のような顔をして、入り口の戸に背中をくっつけるようにして腰を下ろした。寄り合い所の入り口は広く、庇が長く張り出している。

「じき止むから」

朝と夜の雷雨は長いが、昼過ぎから夕刻にかけての雷雨は短時間で上がるのだという。

「外にいるとき、地震と雷が来たら、桑畑に逃げろ」

この辺りの子供たちは、そう言い含められているらしい。ただ、今はどこの桑畑も全部掘り返されて、ただの畑になってしまっていたから、手っ取り早く逃げ込む先がない。

「雷が鳴ったら、木の下に行くな」

それで、八幡様はだめだと言ったのかと納得した。八幡様の境内は、大きな木で囲まれている。

「じいちゃん、ばあちゃんに言われなかったか?」

「言われなかった」

忘れてたんだろうな、と玲二がため息交じりに言った。仕方がない。従兄たちが子供だったのは、もう何年も前の話だ。

相も変わらず雷鳴が轟いていたが、庇の下にいるせいか、さっきよりは怖くなっていた。

少しばかりの沈黙の後、「あのさ」と玲二が口を開いた。

「仙のことなんだけど」

玲二は仙太郎のことを「仙」と短く呼んでいた。うん、と暁はうなずいてみせる。

「誰にも言うなよ?」

「言わない」

「あいつ、スパイなんだ」

また空が白く光った。雨足が激しさを増したようだった。

＊

十一歳の子供が米英のスパイになるなど、いくらなんでも無理があると思ったら、正確には「叔父がスパイで、息子の仙太郎はそれを知っている」ということらしい。とはいえ、話があまりにも途方もなさ過ぎて、いくら玲二の言葉でも鵜呑みにはできなかった。

それが顔に出てしまったのだろう。玲二は低い声で「証拠がある」と言った。

「あいつ、敵性語の本を持ってた」

仙太郎が叔父に連れられて柳沢家にやってきた当座、玲二は仲良くやっていく腹積もりだった。初めて会ったとはいえ、従兄弟同士、加えて同い年でもある。

親切のつもりで荷ほどきを手伝ってやろうとしたところ、いきなり突き飛ばされたという。触るな、といった警告の言葉すらなく、不意打ちのような一撃だったらしい。

玲二とて、黙ってやられているほど大人しい質ではない。当然のことながら、その場で取っ組み合いの喧嘩となった。上になり下になりして殴り合っているうちに、どうした弾みでか、仙太郎の背嚢の中身をぶちまけてしまった。

その中に、やけに立派な作りの本があった。仙太郎が顔色を変えたのを見てとった玲二は、咄嗟にその本を取り上げた。片手では取り落としそうになるほど、重たい本だった。表紙はすり減っていて、何の本なのかわからない。開いてみたところで、仙太郎にひったくられた。

本を開いたのは、一瞬だったが、それでも敵性語の本だということくらいは見てとれた。さっきは突き飛ばされたことへの怒りだったが、今度は正義感から、玲二は仙太郎に摑みかかった。敵性語の本など、この家に持ち込ませるわけにはいかないと思った。

ところが、玲二よりも先に、仙太郎が身を翻した。本をしっかりと抱え、裸足のままで外へ飛び出し、それきり日暮れ近くまで戻らなかった。近所を探しても仙太郎の姿はなく、見かけない顔の子供が山のほうへ歩いていくのを見たという者も現れ、ちょっとした騒ぎになりかけた。

幸い、日が落ちる前に仙太郎は手ぶらで戻ってきた。藪漕ぎをしたらしく、手足ばかりか顔にまで擦り傷を拵え、服は泥だらけだった。

事情を知らない親たちに、玲二はこっぴどく叱られた。歳の離れた妹が「兄ちゃんたち、喧嘩してた」と告げ口をしたせいだった。

その場に近所の大人たちもいたせいで、玲二は「敵性語の本を取り上げようとした」と言いそびれた。仙太郎の父親は、長く家を離れていたとはいえ、柳沢家の次男である。おかしな噂が立てば、自分たち家族も白い目で見られる。

何より、肝心要の本を、その時点ではもう仙太郎は持っていなかった。証拠もなしに下手なことは言えない。それがわからない玲二ではなかったから、ただ口をつぐんだ。

「何もかも、仙の策略だったんだ」

「策略って？」

「いきなり突き飛ばすとか。わざと、俺に喧嘩を売ったんだ。敵性語の本がばれたのは、計算外だったんだろうけど」

「なんで？」

「見張り。叔父さんが置いてった荷物が納屋にあったんだ」

騒ぎを起こしたその日、仙太郎は納屋で寝ると、言い張ったらしい。玲二と同じ部屋で寝起きをするのは嫌だ、と言外に匂わせつつ。

預かった子供を納屋に寝かせるなど、外聞が悪い。玲二の両親は、どうにか宥め賺して母屋に寝起きさせようとしたが、仙太郎は強情だった。とうとう玲二の父も怒り出し、それなら勝手にしろという話になった。

そこまでして見張らなければならない「荷物」とは、いったい何なのだろう？　玲二には災難だったに違いないが、暁は興味を覚えずにいられなかった。

「骨董品だって言ってた。割れ物だから子供たちに触らせないでくれってさ」

叔父は、玲二の父親にくどいほど念を押していたという。怪しいだろうと玲二は顔をしかめた。

「世の中が落ち着いたら、高く売れる品だからとか何とか。それも怪しい。世の中が落ち着いたらって、何だよ？　おかしいと思わないか？」

二ヶ月前の暁なら、ここで首を傾げていたかもしれない。世の中が落ち着いたら、という言葉のどこがおかしいのか、と。

戦争中だというのに、恵須取の町はのんびりしたものだった。空襲もなかった。内地は危ないよ、ここにいたほうがいいよ、と近所の人々は言った。それほど危機感というものに乏しかった。

大神坐村でも米軍の爆撃機を見たこともなかったし、空襲を告げる警報を聞いたこともなかった。それでも、「東京は危ないよ、ここにいたほうがいいよ」などと言う大人はいない。やがて、ここも危なくなる。いつか、ここも戦場になる。

世の中が落ち着いたらという言い方も、「内地は危ないよ。ここにいたほうがいいよ」という言葉も、どちらも無責任だ。そんな他人事のような言い方をしてはならないことを、暁はここへ来て学んだ。そんな気配が、ひりひりとした何かが、確かにあった。

樺太にはないものが、内地には当たり前のように、ある。たとえ、目には見えなくても。

「骨董品なんて、嘘に決まってる」

「じゃあ、本当の中身は？」

「わからない。鍵が掛かってるから」

仙太郎の父親が置いていった荷物というのは、りんご箱ほどの大きさの木箱が幾つか。それらは鎖でひとまとめにされており、南京錠が掛けてあるのだという。

「怪しいな」

「だろ？」

暁は大きくうなずく。玲二がスパイと言ったとき、それを一瞬でも疑った自分を恥じた。

「身内じゃなかったら、とっくに憲兵隊に引き渡してる」

あんなヤツ、と玲二が吐き捨てる。玲二が仙太郎を毛嫌いしている理由がようやくわかったと思った。

*

仙太郎の父親はスパイだった……。そこに気づくと、いろいろなことが符合した。

実は、玲二と今ほど親密ではなかったころ、仙太郎に話しかけてみたことがあるのだ。住み慣れた土地を離れて親戚の家の厄介になっているとか、父親と離ればなれになっているとか、暁自身の境遇と少なからぬ共通点がある。なのに、他の子供たちと一緒になって仙太郎を無視するのは、気が咎めた。

ただ、話しかけたことを玲二や他の子供たちに知られたくはなかった。知られれば、自分も仲間はずれにされるかもしれない。「疎開っ子」と囃したてられ、石を投げられていた東京の子供たちの姿が頭から離れなかった。暁は東京よりもずっと遠い土地で生まれたのだ。

学校の中で、誰にも見られないように仙太郎に話しかけるのは難しかった。暁の傍らにはいつも玲二がいたし、仙太郎は仙太郎で便所に行くとき以外は自分の席から離れなかった。

それで、学校の中で声をかけるのは早々にあきらめ、学校の行き帰りに待ち伏せしようと考えた。仙太郎はいつも、遅刻ぎりぎりで教室に入ってくる。だったら、自分も寝坊したふりをして、いつもより遅い時間に登校すればいい。

この計画はうまくいった。用水路沿いの小道を一人で歩いている仙太郎の姿を見つけ、暁は駆け寄り、「柳沢君」と呼びかけた。しかし、仙太郎は振り返りもせず、歩みを止めることもしなかった。何も聞かなかったかのように、うつむき加減で歩き続けている。

試しに「仙太郎君」と呼んでみたら、仙太郎はようやく暁のほうへと視線を寄越した。そして、ふんと鼻で笑ってみせると、視線を戻し、またうつむき加減で歩き始めた。明らかに、さっきよりも早い歩調だった。

無性に腹が立った。気がつけば「何だよ、あれ」と声に出していた。声に出した後で、ひどく惨めな気持ちになった。

気が咎めたから、仙太郎に話しかけてみた。けれども、自分が仲間外れにされるのは嫌だから、誰にも見られないように用心した。卑怯なやり方だ。それを仙太郎に見透かされた……。

あのとき、もう二度と、仙太郎には近づくまいと決めた。自分に似た境遇だから、同情しただけだ。友だちになりたかったわけではない。にこりともせずに、いつも背中を丸めて、誰とも目を合わせようとしない。そんな陰気なやつと仲良くなんてしたくなかった。

一方で、あれも仙太郎が仕向けたのかもしれない、とも思う。納屋で寝起きするために玲二に喧嘩を売ったように、暁を寄せ付けないために、わざと小馬鹿にした態度をとってみせた。

そうだ、仙太郎はわざと嫌われようとしていたのだ。父親がスパイであるという秘密を死守するために、誰も寄せ付けないようにしている。そうに違いない。玲二は正しい。仙太郎が悪い。仙太郎を見捨てて、玲二についた自分は間違っていない。

これで、心の片隅に引っかかっていた疑念は消えた。もう何も思い悩む必要はなかった。

＊

予兆というものは、多くの場合、見過ごされてしまう。だから、物事の終わりは、いつも唐突に感じられる。

恵須取を離れたときもそうだった。内地に石炭を運ぶ船が出せなくなったことや、炭坑が次々に操業停止になったと大人たちが言っているのを耳にしていたはずなのに、郷里(くに)に帰ろうと父親が言い出すまで、そのことを思い出しもしなかった。

この日の予兆は、いつだったのか。何を見逃していたのか。八月十五日正午、暁はそれを思い出せずにいた。

学校に集められて、直立不動でその放送を聞いた。天皇陛下の「お言葉」は、子供には難しすぎた。が、女の先生たちが泣き出すのを見て、ただならぬことが起きたのだと感じた。

はい、と挙手をして質問をしたのは玲二だった。六年生で、級長なのだから、誰もがそれを当然だと思った。

「先生、天皇陛下は何ておっしゃったのですか」

戦争が終わった。日本が負けた。ただ一人の男の先生がそう答えて、天を仰いだ。涙をこらえていたようだった。

それを聞いても、子供たちの多くは顔を見合わせるばかりだった。言葉の意味はわかっても、実感というものがない。どんな顔をしたらいいのか、わからなかった。

そのときだった。

「おまえのせいだ！」

玲二が仙太郎に摑みかかった。玲二の兄が戦死したという知らせが来たのは、つい先日だった。あのときも、玲二は嚙みつかんばかりの目をして、仙太郎を睨みつけていた。兄を殺した敵国と通じている者が目の前にいたのだ。

叔父も、仙太郎も、身内だから。妹の友子もまだ小さいから。自分たち家族まで白い目で見られたくないから。そうやって、玲二が無理矢理自分を丸め込んでいたのを暁は知っている。

戦争が終わったと言われて、抑えつけてきたものが弾け飛んでしまったのだろう。

「柳沢！　やめないか！」

我に返ったように、玲二が動きを止めた。だが、制止の声に従ったわけではなかった。仙太郎を突き飛ばし、校門めがけて駆け出したからだ。はっとした顔になって、仙太郎がその後を追いかける。それで、暁にもわかった。

あわてて、二人の後を追いかける。背後から「待ちなさい」と声が飛んできたが、聞き流した。すでに玲二の姿は見えなくなっていたが、行き先はわかっていた。木箱だ。仙太郎が寝泊まりしている納屋の中の。仙太郎もそれに気づいたから、玲二を追いかけた。やはり、木箱には、動かぬ証拠となる品が隠されているのだろう。呆れるほどの速さで仙太郎が走っていく。かけっこでは、暁のほうが速いのに、全く追いつけない。

だが、玲二の速さはそれ以上だった。暁が肩で息をしながら柳沢家にたどり着いたときには、もう玲二は納屋に飛び込んでいた。

仙太郎がふらふらしながら納屋へと向かっていくのが見えた。止めなければと思った。玲二の邪魔はさせない。玲二は正しいことをしようとしているのだから。

取り押さえようと、仙太郎の背中に手を伸ばしたときだった。納屋の中から、大きな音がした。

仙太郎が凍り付いたように、戸口に立ち尽くす。また、音がした。木箱が割れる音だと気づいた。

仙太郎の肩越しに納屋を覗くと、玲二が見えた。薪割りに使う鉈(なた)を木箱に振り下ろしている。

いくら鎖を巻いて南京錠を掛けていても、箱そのものを壊してしまえば意味がない。瀬戸物が割れるような、甲高い音が響く。

「やめろおっ！」

仙太郎が玲二に頭突きを食らわせた。それでも、玲二は鉈を手放さない。駄目だ、と思った。鉈を持ったまま、取っ組み合ったりしたら……そんなことをしたら。

仙太郎と玲二が横倒しに転がった。絶叫を聞いた。血飛沫(ちしぶき)が上がった。玲二の顔が横一文字に割れていた。

*

いろいろなことが一度に起きたせいだろう。あのときの記憶は、どこか作り物めいている。

玲二は村の診療所にかつぎ込まれた後、町の病院へ運ばれた。顔を何針も縫う大怪我だったことに加えて、左目にも傷を受けていたために、診療所の医師では手に負えなかったらしい。

ただ、終戦のその日という悪条件も重なって、町の病院であっても平時と同様の治療は望めなかった。傷口から黴菌が入ったり、縫った場所が開いてしまったりといった不運が重なって、玲二の入院は長期に及んだ。生死の境を彷徨(さまよ)ったことも、一度や二度ではなかったという。

玲二をそんな状態に陥らせた張本人は仙太郎だったが、これもまた終戦のその日だったためか、大人たちは通り一遍に事情を聞くだけに留めた。要するに、お咎めなしとされたのだ。玲二が先に手を出したところを、学校にいた誰もが見ていた。鉈を持ち出したのも玲二で、これは他ならぬ暁が目撃者となってしまった。

それに、木箱の中身は「動かぬ証拠」などではなかった。玲二の叔父の言葉どおり、壺だの掛け軸だのといった骨董品だった。その大半を玲二が木箱もろとも叩き割ってしまったために、世の中が落ち着いたら高く売るという目論見は外れてしまったようだが。

「あいつ、中身をすり替えてやがった。本当の中身は、どこかへ隠したんだ」

病室で、玲二はそう言って、悔しそうな顔をした。もっとも、玲二の顔は包帯でぐるぐる巻きにされていた。口許を歪めて話す様子が、悔しそうに見えただけで、本当のところはわからない。

「どこへ?」

「たぶん……本を隠したのと同じところ」

敵性語の本を抱えて飛び出した仙太郎は、手ぶらで戻ってきた。仙太郎が里山に向かうところを、村人が目撃している。ということは、里山のどこかに秘密の隠し場所があるのだろうと、玲二は言った。

「退院したら、探しに行く。今度こそ、あいつを憲兵隊に突き出してやるんだ」

もう憲兵隊なんてはいない。けれども、暁はそれを口に出せずにいた。

「このままじゃ、あいつらに乗っ取られる……。何とかしないと……兄ちゃんの代わりに、俺が」

包帯の隙間から覗く右目をぎらつかせる玲二がどこか恐ろしくて、「また来るから」とだけ言って、暁は逃げるように病室から立ち去った。

＊

結局、見舞いに行ったのは、それが最初で最後になった。玲二と再び会うこともなかった。玲二が退院してくるより先に、父親が九州に転勤になったからだ。九州は大神坐村よりも暖かいし、食べ物にも不自由しないと言われ、母親を伴っての引っ越しとなった。

暁が大神坐村を再訪したのは、三年後、祖父の葬儀に参列した際だった。だが、このときも玲二には会えなかった。終戦の翌年に、玲二は死んでいた。落雷による感電死だったという。

目を焼くような白い光と、すさまじい轟音が思い出され、暁は身震いせずにはいられなかった。終戦の翌年では、逃げ込むための桑畑はまだ陸稲の畑だったに違いない。

長男と次男が相次いで亡くなり、その下には娘しかいなかったために、玲二の父親が死んだ後、柳沢の家を継いだのは甥の仙太郎だった。

戦後、横浜に舞い戻った仙太郎の父親は、進駐軍相手にうまく商売をして、財を築き上げた。学校を卒業した仙太郎が手伝うようになると、事業はますます発展し、彼らは代替わりのたびに手放してきた田畑をすべて買い戻しても、お釣りが来るほどの資産家となった。

やがて父親が病死し、玲二の父親も死去すると、柳沢家を継いだ仙太郎は大神坐村へ、すでに大神坐町となっていた郷里へと居を移した。買い戻した田畑に加えて、さらに広い土地と新たな家屋敷も手に入れ、日下部家と肩を並べるまでになった。

『このままじゃ、あいつらに乗っ取られる……』

玲二の懸念は、現実のものとなった。あの世で玲二はさぞ悔しがっていることだろう。

ただ、実際のところは「乗っ取られた」わけではないだろうし、玲二の叔父がスパイだったという話も怪しいと、あの夏から七十四年を経た今、暁はそう考えている。

横浜で貿易商をしていたくらいだから、玲二の叔父は海の向こうのことまでよく見えている人だったのだろう。今では、日本が無茶な戦争をしたと誰もが知っているが、当時、それを理解していた人々は決して多くはなかった。その多くはない一人が、玲二の叔父だった。

だから、戦争が終わった後のことまで考えて、「高く売れる品」を空襲の心配がない郷里に移した。南京錠を掛ける必要があるほど高額な骨董品。仙太郎は、木箱の中身をすり替えたりしていなかった。

敵性語の本にしても、高値で売れる稀覯本だったから、仙太郎は奪われまいとしたのだろう。或いは、横浜に住んでいたころ、懇意にしていた外国人から譲り受けた本だった、とも考えられる。いずれにせよ、横文字の本は問答無用で焼却されていた時代である。手放したくないなら、隠すしかなかった。

喧嘩を売ってきたという話も、玲二の曲解だったのかもしれないと思う。見知らぬ土地、初めて会う伯父夫婦に従兄。緊張と不安。仙太郎はただ身を守ろうとしただけだったのに、玲二はそれを攻撃と見なした……というのが真相なのではないか。

その意味では、自分もまた同罪だったと、暁は自覚している。一緒になって、仙太郎を仲間外れにした。玲二の言葉を鵜呑みにして、それ以外の可能性を考えようともしなかった。玲二の意に添わないことを口にすれば、自分が危うくなる。

仙太郎は、そんな暁を心底軽蔑したことだろう。暁だけでなく、玲二に荷担した同級生全員を。だから、わざわざ郷里に戻り、これ見よがしに豪邸を建ててみせたのではないか。かつての同級生たち、村の誰もが仰ぎ見ていた日下部家と比肩する実力者となること、それが彼なりの意趣返しだったとするのは、穿ちすぎだろうか？

　そんなことを考えつつ、立派な青銅製の表札に刻まれた「柳沢」の文字を、暁はじっと見つめる。もちろん、仙太郎を訪ねてきたわけではない。今は大神坐市となったこの町を訪れたのは、墓仕舞いという気の進まない仕事を片付けるためである。

　父方の伯父には息子がいなかった。婿を取るはずだった長女が亡くなったとき、すでに次女と三女は遠方に嫁いでいた。そんな事情で、伯父と伯母の死後は父親が、その父親の死後は暁が、中村家の墓守を務めてきた。

　だが、自宅のある関西から大神坐市は遠い。毎年ではない墓参りすら、億劫に感じられる年齢になった。その億劫な務めを息子に押しつけるのは忍びない。自分の代で終わりにすべきだ。

　それに、暁にしても、子供時代のほんの一時期を過ごしただけの場所である。玲二は死んでしまったし、他の級友たちとの交流もない。小学校の木造校舎も鉄筋コンクリートに変わり、学童疎開を受け入れていた古い寺も、立派な本堂を建て替えていた。陸稲の畑など影も形もない。

　だが、そういうものなのだろう。容赦ない時の流れも、長く生きるということも。それでいいのだと思った。思おうとした。

　柳沢の表札に背を向け、痛む膝を宥め宥め歩き出す。だらだらとした下り坂がどこまでも続いていた。

開けずの匣(あけずのはこ)◉篠田真由美

1

「ナツミさん。ひとつ、頼まれて欲しいことがあるんですが」

今年七十三歳になる八雲太一朗氏は、実の孫であるあたしに対しても、普段からこういう話し方をする。あたしにだけじゃなく誰に対しても、ことば遣いは常に折り目正しく丁重だ。百八十センチを越す長身は背筋がピンと伸びて若々しく、半白の少し長めの髪をオールバックに撫でつけ、鼻の下に白い口髭、冬はカシミアのチェスターフィールドコートにボルサリーノ、夏は白麻のスーツにパナマ帽、小脇には籐巻きのステッキというジェントルマンのスタイルが一分の隙もなく決まっている。日本の田舎では、いくらか奇矯に見えはするけれど。

建築家の仕事はリタイアして、二十年以上前に亡くなった妻の郷里、Y県大神坐市に自宅を建てて独り暮らしの悠々自適。趣味は散歩と読書とバロック音楽。そんな祖父とあたしはなぜか、昔から話が合った。せっかく入った大学に嫌気が差して、二年度目を休学してしまった後、この春から祖父の家で居候を決め込んでいたのも、両親と弟のいる東京の家より、祖父とひとつ屋根の下で暮らす方が絶対快適に思えたからだ。

でもこのときばかりは、なにを言い出す気だろうと身構えないわけにはいかない。だってこのところの祖父は、明らかに挙動不審だった。理由はわからないが、きっかけだけははっきりしている。一週間前の夜、あたしが取り次いだ電話だった。

声を聞いた限りでは、別に変な感じはしなかった。滑舌のいい、響きのきれいな、少し年配の女の人というだけで。ただ聞き取れたのは人の名前というにはちょっと変わっていて、どんな字を書くんだろうと思わずにはいられなかったが、すぐそばに祖父がいたからメモを取るまでもない。そのまま伝えた。

「八雲太一朗さんをお願いします、ギンネコドウですって」

それを聞いた途端、祖父はフリーズした。目を剝いて口を開けかけたまま、文字通り硬直したのだ。すっかり忘れていた借金取りから電話がかかってきて、仰天のあまりことばが出ないとでもいう顔。その目の中には恐怖みたいなものさえ浮かんでいて、なにがあっても泰然自若、柳に風の飄々（ひょうひょう）さが持ち前の祖父の、そんな表情は見たことがなかった。できるものなら電話を盗聴したかったくらいだ。

でもそれから一日二日と日が経つと、また様子が違ってきた。なんだかそわそわと落ち着かない。話しかけても変に上の空。何度も壁のカレンダーに顔を向け、なにも書かれていない数字に目をさまよわせる。じっと考えこむ。書斎にこもって、祖母の写真を手に独り言をいっていたと思うと、今度はなにを捜しているのか家中を掻き回している。普段は一切詮索がましい口を利かない通いの家政婦の島（しま）さんが、思案顔であたしに聞いてきたほどだ。

「旦那様ったら、いったいどうなすったんでしょうね。ふわふわ、うわうわ、遠足の前の子供みたいじゃないですか」

そうか。あたしは祖父の身にどんなトラブルが迫っているんだろう、とばかり心配していたけれど、逆なのかも知れない。楽しみすぎて、落ち着かなくなっているのかも。でもそれだって、常日頃の祖父には似合わないと思っていたら、その頼みごとというのが、

「僕の古い知り合いがここを訪ねてきます。もう何十年も、年賀状のやりとりしかしていなかった相手なんだが、明後日にこちらに来るというんですね。ところが困ったことに、僕はどうしても抜けられない用事でその日は留守にしなけりゃならない。相手が日帰りのつもりなら、帰りの時刻までに戻れるかも怪しくなってきて、でも若い頃にたいそうお世話になった人なので、粗略に扱うわけにはいかないのです。それでナツミさん、明後日の一日だけでいいから、その人のお相手を願えないでしょうか」

お相手って、でも。

「この町を見たいということなんだ。タクシーを雇ってくれていいから、一通りあちこちを案内してあげてください。途中で電話は入れますよ。もちろん必要経費の他に、ナツミさんのアルバイト代は弾ませてもらいます。なにか抜けられない用事は、ないですよね?」

そう、あたしは休学中の大学生で当面無職。家賃の代わりに家事一切は引き受けます、といえればまだしもだが、祖父が東京を離れて、ここに家を建てた二十年前から来てくれている家政婦の島さんの仕事に死角はないし、食事の支度に関してはあたしより祖父の方がよほど手際がいい。せめて皿洗いくらいと思っても、去年導入された最新式の食洗機が稼働して、その余地すらない。毎日祖父の書庫を掻き回しての読書三昧、暇潰しに精を出すしかないニートというのは隠れもない身だ。どうして祖父の依頼を断れようか。

いや待て。そもそも断る口実を探す必要がある? 祖父の挙動不審の理由は、その古い知り合いの訪問者なのだろうから、祖父の代わりにその人を出迎えて案内するなら、そうしている間に知りたいことはなんでも聞き出せるはず。ただ自分よりずっと歳上だろう、見ず知らずの誰かを接待するなんて、できるだろうかというのが心配なだけで。

「その人って、こないだ電話してきた人？　ギンネコドウって、なに？」

「中野の骨董屋さんなんです。学生の頃からよく顔を出していたといっても、コーヒー代にも事欠く貧乏学生に、欠け皿の一枚も買えるものじゃない。およそ商売にもならない青二才を、どういうものか歓迎してくれて、焼きものに工芸、油彩画に軸物、惜しげも無く見せて話を聞かせてくれましてね。瑞江さんと出会ったのもそこで、ギンネコドウで顔見知りになってから、大学でも話すようになった。つまり僕たちの、月下氷人とでもいいますか」

瑞江さんというのが祖父の奥さんで父の母、つまりあたしのおばあちゃんだ。祖父たちはW大の理工学部の同期生で、ふたりとも建築家志望だった。しかし祖母は本当は建築よりも、美大で絵をやりたかったらしい。祖父とは卒業の年の夏に結婚して、当時のことだからそのまま家庭に入り、絵は趣味として描き続けた。

神坐の家は彼女の没後に建ったものだが、作品はたくさん残されている。どれも物語の挿絵になりそうな、馬に乗ったお姫様や、マントの襞を大きなブローチで留めた騎士のいる、きれいでロマンティックな絵だ。ラファエル前派風、エヴァレット・ミレイかバーン＝ジョーンズみたいな、といえばわかってもらえるだろうか。

ただ彼女はあたしが生まれる前、四十九歳のときに病気で亡くなっていて、残されている写真のほとんどはもっと若いから、「おばあちゃん」と呼ぶのは少しためらわれる。小柄でぽっちゃりして丸顔に眼鏡、お世辞にも美人ではないが、祖父の言によるとあたしは瑞江さん似らしい。つまりギンネコドウは祖父母の月下氷人、結びの神ってことか。それにしても。

「おじいちゃんたちが学生の頃っていったら、五十年以上も前だよね。そんな昔の知り合いが、なんで急にこっちへ来ることになったの？」

「いやあ、それは僕にもねえ」

「こないだの電話でしょう？　用とかなにもいってなかったの？」

「でもまあ僕たちくらいの歳になると、生きていつまた会えるかわからない昔の知り合いには、元気な内にもう一度会っておこうか、という気持ちになるものですよ。ナツミさんの歳では一向に、ピンと来ないでしょうが」

おじいちゃんったら、話を一般論にすり替えてる。

「それにナツミさんは近頃、ずいぶん良く本を読んでいる。古代史に考古学、民俗学に神話、ミステリにSF。ジャンルを選ばないのもいいことです。そろそろ僕の蔵書では、物足りなくなってきたでしょう。この町の図書館は蔵書数がいまひとつだが、君なら誰にどんな話題を振られても、大丈夫、充分受け答えできます」

あ、今度はおだてにかかった。

「でもさ、案内しろっていわれても、町を見たいっていうのは、なに？　全然わかんない。その人なんか誤解してない？」

大神坐市になったのは二〇〇四年の市町村合併からで、市域は広いが中心部の盆地以外は山ばかり、本当になにもないただの田舎だ。養蚕で栄えて一時はけっこう人口も多く、県庁所在地より賑やかだったこともあるというが、あたしの知る限りではそれもとっくの昔話で、豊かな自然といったところで格別、観光の目玉になるような珍しいものもない。祖母はここで生まれて、ふたりは東京で結婚生活を送ったけれど、もともとそういう約束だったのか、生まれたひとり息子、つまりあたしの父が家庭を持つと、祖父は自宅を新婚夫婦に譲って大神坐に家を新築し引っ越した。その前の年に、祖母は亡くなっていたのだけれど。

実家の日下部家はこの地で古くから続く名家だが、女の子ばかり生まれるという伝統みたいなものが、少なくともここ三代については当たっている。祖母はふたり姉妹の次女で、祖父と結婚して八雲姓になったが、お姉さんは婿を迎えて日下部姓を継ぎ、生まれたのは今度も娘だけで、またお婿さんが来た。ただしその次に生まれたのは男の子ひとり、あたしには又従兄弟にあたる同い年で、学校も同じ隆平だった。日下部家の本宅はいまも町の中心部に堂々と残されているけれど、広すぎるお屋敷や銘石を据えた庭の維持は容易でなくて、隆平は父親が早くに死んだこともあり、大学進学を諦めて市役所勤めをしている。

曾祖父の郁弥さんも町の外から来て日下部家の籍に入った婿で、郷土史や民俗学に造詣の深い素人研究者だったそうだが、その彼も二十年前、あたしが生まれる直前に八十三歳で他界した。彼の蔵書や自費出版した著書、大量の研究ノートは郷土資料館に寄贈の話も出たものの、予算がつかないからと保留扱いにされたまま、土蔵に積み上げられた茶箱の中に眠っている。町一番の分限者で大地主といわれた日下部も、婿に入った曾祖父が、家を盛り上げるどころか訳のわからぬ研究道楽に耽ったせいで落ちぶれた、なんてことをいう人もいるらしい。どこまで根拠のある話かはわからないけど。

「とにかくあたしは、歴史っていっても神坐のことなんて大して知らないもの。ひいおじいちゃんが生きてたらまだしもだけど、雨戸が閉まったままのお屋敷や、土蔵を見せたってどうもならないでしょ？　かといって、他に大した名所があるわけでもないし」

すると祖父は急にキッと表情を改めた。椅子から立ち上がり、

「なにをいってるんですか、ナツミさん！」

舞台役者みたいに両手を広げ、声を張る。

「あるじゃないですか、この町には青い空が、四方を囲む緑の山が、その山ふところに抱かれた神秘の湖が、そこから音立てて流れ下る清流が。北の亀山に登ってご覧なさい。高台の駐車場から神坐盆地を一望すれば、北は玄武、南は朱雀、東は青龍、西は白虎、四柱の神に守られた、かの日本武尊が歌った大和にも比すべきまほろばの地、日本の原風景の典型を味わうことができるのですよ」

ま、まあ、景色は悪くないと思うけどね。

「そして日が暮れれば、頭上をきらびやかに満天の星空が埋め尽くす。そう、亀山はいい。僕は神坐の中で、どこが好きかといわれればあそこが一番好きです。学生時代、初めてこの町を訪れたとき、瑞江さんと亀山の山頂に登って磐座を拝みました。登山道がまだ崩れていなかった頃のことです。そしてゆっくりと空が暮れて、星が現れるのを見ていました。そのとき彼女から聞いたのがあの、何度も話していますが、SF版『浦島太郎』のような夢の話です。

瑞江さんが小学校に上がる前のこと、いまは駐車場になっている亀山の中腹で父上と星を眺めていて、光り輝く皿形をした円盤が目の前に降りてくる夢を見た。その中から軽羅をまとった美しき天女のような宇宙人が現れ、すばる星の首飾りをくれて瑞江さんを船に乗せ、遠く外宇宙まで連れて行った。目を覚ました途端、父上の膝の上からするりと滑って落ちてしまいそうになり、寝ぼけたまま自分がおばあさんになっていないか、本気で心配したという。

亜光速の宇宙旅行で時間の遅延が生ずる現象を、『ウラシマ効果』と呼ぶのは日本だけだそうですが、『浦島太郎』にはSFが似合います。神坐の子どもたちはそちらの話を聞かされて育つそうですし、日下部郁弥氏もSFヴァージョンがお好きでした。瑞江さんの夢も、そういうお父上の語りに導かれたのでしょうね」

祖父は早く亡くなった祖母をいまも熱愛していて、この家にも祖母の遺品を置いた『瑞江さんの部屋』があるくらいだ。だから祖母について、何度同じ話を聞かされても文句はいわない。そして祖父がいうとおり、乙姫宇宙人説はここ神坐では特に珍しい話でもない。だけどあたしには、東京の小学校でそれを得意顔で語って聞かせて、クラス中に大笑いされた苦い想い出がある。小さいときのそうした記憶は、トラウマとまではいわないが、案外忘れられずに尾を引くものだ。祖父にはとうとう打ち明けないままだったが。

「浦島太郎はともかくとして、ナツミさんも昔、亀山にＵＦＯを見に行ったことがあったじゃないですか。小学校のクラスメートだった、隆平君と、他の子たちと」

そんなこともあったかも知れない。祖父が建てた東京の家は文京区にあったのだが、三歳下の弟に持病があって母の手がかかったから、あたしは就学前から神坐の祖父の家で過ごすことが多かった。小学校は自宅から通う区立に入学したけれど、そこでいじめのトラブルがあって、五年生から神坐小学校に転校し、中学高校の六年間もこちらで過ごしている。大学に休学届を出して戻ってきたら、なつかしい田舎の空気にほっとしてしまったくらいだ。

そう、神坐は半ばあたしの故郷。もしかすると半分以上かも知れない。ずっと離れていたんだから、当然ながら東京には友達もいない。大学に行けば地方から来る人も多いんだし、心機一転、もう一度スタートラインに着けるんだと思ったけど、家から地下鉄で新宿や表参道に出ると、あまりの人の多さにそれだけでなんだか、ぼーっとして息ができないような気分になってしまう。そんなことをいうと、両親や病気が治って丈夫になった弟は、「すっかり田舎の人だね」と笑うけど、本当のことだから仕方がない。それでも、大学を休学まですることになるとは、自分でも思わなかったけど──

「それじゃそういうことで、ナツミさん、ひとつよろしく」

「ええー」

あたしは結局祖父の押しに負けて、そのアルバイトを引き受けることになった。それに「ギンネコドウ」が何者で、なにが祖父を挙動不審にさせたのか知りたいというのもある。しかし市内を動くならまず、足を確保しなくてはどうにもならない。でも、あたしは運転免許を取っていないし車もない。だからって、祖父がいうようにタクシーを頼むのもなんだか億劫だ。だが幸い、車はリュウヘイの家の軽を一日貸してもらえることになり、ドライバーはこれも小学生時代からクラスメートで、祖父がいったＵＦＯ観察会のメンバーだった鳴海達彦（なるみたつひこ）に有無をいわさず承諾させた。彼も去年から東京で大学生だが、夏休みでこちらに戻っていて、バイトもしていないと聞いていたのだ。もちろんそれなりのバイト代は払う。

そのことを一応報告しておこうと思ったのだが、引き留められるとでも思ったのか、祖父は当日の朝あたしがまだ眠っている朝の内に姿を消していた。朝食のテーブルに蛍光ブルーのペンで『ナツミさん、よろしくネ♡』と書いたメモを一枚残して。

あたしはそのメモ用紙を見つめながら首をひねる。やっぱりなにかおかしい。恩人といってもよほど顔を合わせたくない相手なのか。それとも、時効だと思って忘れていた借金の取り立てかなにかか。はっきりと断るわけにはいかないが、今日一日逃げきれればごまかしがつく約束か。彼が睨んでいたリビングのカレンダー、なんのしるしもついていない今日の日に目を向けて、ふと気がついた。祖父母の結婚は確か、ふたりが大学を出てすぐの夏、八月の初めだったと聞いた覚えがあるから、たぶん一九六八年か九年。すると今年はそれから半世紀。日付も近い。祖母が生きていれば金婚式だ。

なにか、関係があるのだろうか。まさか。でもその当時の知り合いが、わざわざ連絡してきたのだ。五十年前ならふたりは二十代の初めだが、「ギンネコドウ」だって電話の声から推測するなら、当時はせいぜいが三十代。本当にまさかだけれど、祖父とその骨董屋の女性の間に、なんらかの関係があったなんてことはあり得ないだろうか。結婚前ならたとえふたりが恋人同士だったとしても責められはしない。でも祖母にはそんなふたりの関係を隠したまま、三人で表向きは仲の良い友達の振りをしていたのだとしたら、また話は違ってくる。

大恋愛だったと聞いている。曾祖父はその結婚に最後まで反対していて、祖父に日下部の屋敷の敷居をまたがせなかった。挨拶に行ったら頭から水を浴びせられた、次には猟銃を向けられた、そんな話もある。それでも月日が経つ内に曾祖父の心も和らいで、祖母が亡くなって祖父が大神坐町に家を建てて移り住んでからは、義理の親子というより、歳の離れた友人同士のように仲良くなったともいう。でも、その祖父の心に実は別の女性が住んでいたのだとしたら、青臭いことをいうようだけどなんか嫌だ。第一完全に過去のことだったら、電話を受けて以来の彼の挙動不審振りの説明がつかない。

考えるほどに胸がもやもやして、でも問いただすべき当人は逃亡中。他に気持ちの向けようがなくて、あたしは『瑞江さんの部屋』に足を踏み入れた。壁に彼女の描いた絵が飾られているだけではなく、本棚には生前の蔵書、机にはペンやノートやスケッチブック、画材も大切にしまわれている。会ったことのない彼女の存在が身近に感じられるこの部屋に、祖父はときどきこもる。椅子にかけ、想い出の品々に囲まれて、ひとりじっと物思いに耽っている。そのことにロマンチックな意味を見出して、うるっとしていたのは、あたしのただの感傷かも知れないけど、やっぱり裏切られた感は半端ない。

なにかおかしい感はここにもあった。デスクの引き出しが半分開いたままになっている。この部屋には島さんも足を踏み入れないから、祖父がしたことに違いない。だが祖母ゆかりのものすべてについて、彼は常に細心の注意を払っていたはずなのに。そしてあたしもまた、普段なら絶対しないことをしてしまった。半開きの引き出しをそっと引いて、そこに入っていたものを手に取り、開いた。黄ばんだ古い手帳のようなものは、郵便貯金の通帳だった。文字は印字ではなくペン書きで、名義は『日下部瑞江』、祖母の旧姓名だ。

昭和四十四年三月三十日　口座新規開設　大神坐町中央郵便局扱い　入金　伍拾萬円

昭和四十四年十月十五日、送金　伍拾萬円

残高　零

書かれているのはそれだけだ。そして昭和四十四年って、祖父母が大学を卒業して、結婚した年じゃなかったろうか。けれどあたしの目は、送金先の名前に釘付けされていた。

——銀猫堂

2

詳しい事情まで打ち明ける気はなかった。タツヒコがべらべらしゃべって歩きもしないだろうが、なんといっても問題が微妙だ。おまけにあの通帳にあった送金の意味が、わからないなりに気になる。五十万円、それも五十年前なら、物価でスライドさせたら四倍くらいか。とにかく少ないとはいえない金額だと思う。骨董屋に払ったのなら、なにか買い物をしたと考えるのが普通だけれど、祖母の買ったなにかなんて見たことも聞いた覚えもない。

「おじいちゃんの昔の知り合いで、骨董屋の女主人らしいんだけど、今日一日接待役を押しつけられちゃって」

口に出していったのはこれだけだったが、タツヒコはときどき妙に勘がいい。試験の山かけなんて的中率抜群で、ずいぶん恩恵に与ったものだ。声をひそめて、

「訳あり？」

だからあたしもつい、学校時代のノリでうなずいてしまった。

「かも」

「じゃあ、案内する場所には気をつけないとな」

そもそも、どこへ案内すればいいかわかんないんですけど。

「わかってないな、ナツミ。八雲太一朗氏は我が大神坐市の著名人だぞ。孫のおまえが見慣れない女を案内して、郷土資料館とか図書館とか宝蔵寺とか亀野神社とか行ってみろよ。退屈しきった年寄りどもが飢えたピラニアみたいにわらわら寄ってきて、見物されて詮索されて、夕方には憶測まみれの噂があたりに蔓延してるに決まってら」

確かに、いつ行っても来館者を見かけたことのない郷土資料館は、うっかり足を踏み入れると暇を持て余した八十代の館長につかまって、半日放してもらえなかったりするのだが、

「でも、最近は町もいろいろ変わって、なんていうか、開けてきたじゃない」

「変わってる部分もあるけどな、根っこはそう簡単には変わらないんだよ。日下部の大旦那が、八雲氏に猟銃突きつけて、無礼者め、おまえのごとき突っ転ばしの青二才に、大事な娘をやれるものかって怒鳴りつけたところ、見てた人間はまだいくらも生きてるしな」

「だって、五十年前だよ？」

「自分が見てなくても見たやつから聞かされて、それをまた見てきたように話すやつは、その何倍もいるんだって。かくして語られる内に事実は誇張され、誤解や勘違いを吸収して膨れ上がり、いつか歴史は伝説になる」

「大げさな」

「八雲氏が自分じゃなくおまえに接待役をさせるのも、人目が気になったからじゃないかな。自分よりおまえの方が、年寄りには面が割れてないだろ？」

そういわれると、なんだかそんな気がしてきてしまう。でもそう人目をはばかるってことは、いよいよ『銀猫堂』訳あり説確定？　あたしは頭を抱えたくなった。

「ねえ、タツヒコ。男って一度に複数の相手に恋するとか、普通にできるもの？」

「いやあ、そりゃケース・バイ・ケースっしょ。浦島太郎が乙姫様に熱愛されながら、鯛や平目のセクシーダンスにぐらっとこなかったとは断言できない」

あのなあ。

「あ、そうか。開けちゃならない玉手匣なんて、爆弾みたいな土産を押しつけた乙姫様の動機は、太郎の浮気に対する復讐であった。うん、これなら納得がいくよな」

この馬鹿、こっちは真剣に悩んでるってのに。もうこうなったらあたしは、祈るしかなかった。『銀猫堂』が絶対五十年前でも祖父の恋愛対象にはならなそうな、ブスのへちゃむくれでありますように。でも、得てしてお祈りというのは、真剣であればあるほど叶えられないものだ。各駅停車しか停まらないJR大神坐駅に降り立ったのは、黒いジョーゼットのロングワンピースに日傘と黒革のボストンバッグを提げた、すらりと長身の老婦人で、

「お出迎え有り難う。お世話になります」

微笑みながら会釈した、その髪形は鹿鳴館の貴婦人みたいなとでもいうのだろうか、頭の周りで膨らませながら、一筋の乱れもなく結い上げて、それが白髪というより輝くような銀髪だ。鼻筋がピッと通って目が鋭い。薄化粧をした顔に皺はあるけれど、それでも色白で肌がきれいで、若い時はすごい美人だったろう。青年時代の祖父と並んだらきっとお似合いの美男美女カップルで、悲しいかな、短軀丸顔眼鏡の瑞江さんには到底勝ち目がない。そう思うと複雑な気持ちで、愛想笑いが引き攣りそうになる。

隣でぼうっと突っ立っていたタツヒコにまで、丁寧に両手で差し出された名刺は、品のいいグレーの手漉きらしい紙に古風な書体で『万國古物取扱　銀猫堂』と、屋号だけが記されていて、住所も電話番号も載っていないのが奇妙だったが、

「ばんこくこぶつとりあつかい、ぎんびょうどう、さんですか？」

「いいえ。ぎんねこどう、でよろしいんですのよ。あんまり骨董屋らしくない屋号ですけれど、長らく使っておりますので」

「お店は、どこにあるんですか？」

「そのときどきであっちこっち」

はぐらかす口調でにっこりと微笑みかけられて、タツヒコはどぎまぎしたように目をパチつかせる。二十歳の若者が、高齢者の色香に動揺してどうするんだよッ。

「えーと、それでどちらにご案内しましょうか。郷土資料館とか、鎌倉時代創建だって称してる古刹なんかもありますが」

こら、話が違うよ、タツヒコ。でも、この人の前でそうはいえないし。

「どこか、眺めのいいところに行きたいわ。高台から、あたりを一望できる場所はないかしら」

というわけで結局祖父がお勧めの、亀山の展望駐車場に向かうことになった。少なくともＪＲ駅前のパッとしないロータリーや、錆びたアーケードの下にシャッター通りと化した商店街、水が止まったままの噴水が目立つ市民公園なんかよりはましだろう。あたしは助手席に座り、銀髪の老婦人はリアシートにゆったりとかけて出発したが、

「いいところのようね。風もせいせいとして、気持ちの良いこと」

車の窓を開いて吹き込む風に目を細めている。街並みが切れれば、坂道を上がるにつれて広がるのは水田に畑、桃と梨の果樹園、養蚕が盛んだった頃の名残を留めた桑畑で、見慣れていればなんてことのない田舎景色だけど、人だらけの東京から来ればそうも思うだろう。大きくカーブしながら高度を上げていく自動車道路の脇に、ハイキング道も整備されていて、最近はそのあちこちに案内図や道標、おまけにゆるキャラっぽい浦島太郎の像まで置かれているらしい。

「俺も東京に出てみて、我がふるさとも悪くないなあって思いましたよ。高校まではこんなちっぽけな田舎町、まともなシネコンもなけりゃスタバもない。車で国道まで出なけりゃ大きなスーパーも服屋もない。とんだド田舎だってくさしてたけど、いま思えば東京や県庁所在地までの交通の便もわりといいし、自然は豊かだし、夏は甲府ほど暑くない、冬も長野よりは暖かい。住むにはいいところじゃないかって。そんなことをいうと昔のダチ、いま市役所に勤めてるやつに怒られますけどね。それは東京に住んでる人間の視点だ、過疎の迫ってきてる自治体は、生き残りに必死で頭を絞ってるんだって」

タツヒコは銀猫堂に聞かせるためにしゃべっているんだから、口は挟まないつもりだったけど、つい尋ねてしまう。

「そのダチって、リュウへイのこと？」

「そうそう。説教モードに入るとあいつわりと面倒でさ、電話ならまた会ったときにゆっくり聞くよなんちゃって切り上げるんだけど、昨日の晩はこの車を借りに行ったんで逃げ出すわけにもいかない。ま、あいつもいろいろ溜まってんじゃないの、ストレスが。酒も飲まずにウーロン茶一杯で語ること語ること。真面目に公務員やってるやつにいわれちまっちゃあ、すねかじりの学生は分が悪くてまいったよ。そういやあ、ナツミがつきあいが悪いってこぼしてたぜ。田舎者と飲むのはたるいのかなって」

「えっ、嘘でしょ？」

「東京疲れだろっていっといた。だけど今夜は来るんだろ、旧街道沿いにできた古本屋カフェ。ミサトも子供預けて顔出すっていってるから」

これは断れないなとは思いながら、あたしはなんとなく口を濁す。タツヒコと、又従兄弟のリュウヘイ、そして大屋美里（おおやみさと）は、東京から転校してきたあたしが真っ先に仲良くなったクラスメートで、祖父がいっていたＵＦＯの観察会はその最初の夏休み、亀山の駐車場に四人でやってきたのだった。以来高校卒業までつきあいが続いたけれど、それから先は道が分かれた。あたしとタツヒコは東京の大学生、リュウヘイは公務員、ミサトは高校卒業と同時に電撃のできちゃった婚を決め、二十歳前で双子のママになり、将来は自分の店を持つという目標を掲げてパートでばりばり働いている。

友達に会いたくないわけではない。だが、いじめで東京の小学校を逃げ出して、今度は東京の大学をまた休学して、二度も神坐に逃げ戻ったままぶらぶらしている自分には、すでに行く道をはっきりさせているらしい友人たちがまぶしくて、合わせる顔がない気がしてしまうのだ。

「すてき。古本屋カフェがあるの？」

銀猫堂が若やいだ歓声を上げたのは、あたしとタツヒコの会話は聞こえているけど、そちらの人間関係に立ち入る気はない、という意味だったかも知れない。

「ここの盆地は南に東西を横切る街道があって、江戸から大正くらいまではそこそこ栄えた宿場町もあったそうです。新道がもっと南、いまは国道ですが、できてからすっかりさびれて、町屋や旅籠が空き家になって残っていたのを、直して店とかB&Bとか作ろうっていう動きがあって、行政も動き出して、移住者に不動産を紹介したり、金利の安い貸付金を世話したりしてますね。俺らの小学校以来の友達も、いずれそこでパン屋かケーキ屋を開きたいって」

「そう、いいわね」

「その古本屋カフェも去年開いたばかりで、東京から来た若いといっても俺らよりは上のご夫婦がやってて、なかなかいい感じですよ。昼にはランチも出す、夜はいまのところ予約だけの営業だけど、酒も飲めるし料理も美味い」

「では、順調なのね」

「儲かっているかどうかまではわからないですけど、大学のサテライトキャンパスを呼んでくるとか、でっかい工業団地を作るとか、役所や企業が絡む話と較べたら、ささやかでも地に足が着いてるなって気はしますよ。そのカフェを始めたふたりがここを知ったのも、さっきいった旧友とSNSで知り合ったのがきっかけだっていうから、ネットでせっせと書きこんだりつぶやいたりするのも無意味とはいえないだろうし。――おっと、目的地到着です」

そうしてたどりついた亀山展望駐車場は、祖父はああいったけれどやっぱり、あたしの目にはそう大したものには思われない。しかし銀髪の老女は擬木作りの手すりに寄って、「まあ、本当にいい眺めだこと――」と明るい声を上げる。

その左右にあたしとタツヒコも立ち、目に慣れた町のパノラマを見渡す。周囲をそれほど高くない山に囲まれた、こぢんまりした盆地だ。合併されて大神坐市になった町や村が周辺にかなりあるが、市の中心部はほぼここから一望できるといっていい。北から南に流れる川が一筋、水源になっている辰見(たつみ)湖はここからは見えない。東から西へ土地を横断するJRは単線、それよりずっと南を通過していくのが国道と、それと平行する旧街道。家並みが固まっているのは駅前と市役所があるあたりで、後は田んぼや畑、果樹園の間に民家が点在して、色合いとしては茶系から緑系の階調を見せている。

その中にもっと緑が濃く、もっくりと盛り上がって見えるのは寺と神社だろう。改めて眺めてみれば、神坐の盆地内には寺社が多い。その中央に堂々と瓦葺きの大屋根を見せるのが宝蔵寺。日下部家の屋敷森も程近い。亀野神社は少し離れた西の山際にある。市の東側には、戦後になって大きくなった資産家、柳沢家の邸宅があり、広大な地所を囲む矩形をした塀の輪郭は、ここからでも見分けることができた。

「あれはなにかしら。南西の方に、建物の固まっているところがあるようだけど」

「製薬会社の研究所かなにか。最初の建物が建ったのは五年くらい前かな。企業誘致の成功例だなんていって、その当時動いた市会議員と県会議員は鼻高々だったのが、研究所だけでなく、生産ラインもある程度はできてるらしいけど、所員の住宅と、コンビニとか託児所とかも中に揃ってて、他の買い物は車で国道沿いのショッピングセンターに行っちまう。町の中に町が作られたみたいで、それじゃ人口が増えたっていっても新住民は大神坐市の人間とはいえないし、経済的な恩恵も薄い、なんて問題になったりもして、だからってまさか追い出すわけにもいかないし、少なくとも税金は落ちるんでしょ」

タツヒコの説明はずいぶんといい加減だったけど、あたしもそれほど詳しいことを知っているわけではない。銀猫堂も製薬会社にはあまり関心が無いらしく、今度は振り返って視線を反対に向ける。すっかり切り開かれ舗装された、訪れることが予想される車の台数からすれば広すぎる駐車場の中央に、直径五メートルくらいの楕円形の自然石が据えられていて、石の上にはだらりと注連縄(しめなわ)が回されている。

「亀山というのは山の形の見立てかと思ったら、もしかしてあの石のことかしら?」

「それがあんまりはっきりしないんですよ。山全体が亀の甲羅の形に見えるといったら、見えないこともないし、でも山のてっぺんにでっかい岩があって、それが亀岩って呼ばれて亀野神社のご神体だったなんて話もあるそうです。磐座ってやつですか。だけどいまは登山道が崩れて、そこまでは上がれなくなってるんです」

「では、そこに置かれている自然石は?」

「あれはナツミのひいじいさん、日下部郁弥さんが据えたそうです。亀山の亀岩には詣でられなくなったからその代わりに。いまは亀野神社の人が清掃と管理をしてます」

「そう、郁弥さんがね」

「曾祖父のことも、ご存じなんですか?」

「直にお目にかかる機会はありませんでしたが、瑞江さんから何冊か著書を送っていただきました。『大神坐地名考』『亀野神社縁起』『大蚕奇瑞譚検証』、どれも興味深いものでしたわ」

祖母と親しかったなら、そういうことがあっても不思議はない。だが考えてみれば、あたしは曾祖父の書いたものを一冊も読んでいなかった。

「この石は、北方の守護神の玄武としての亀なのかしら」

玄武の図像は普通亀に蛇が巻きつくが、それがあの注連縄だとすればぴったりだ。祖父がいっていた『東西南北四柱の神に守られた云々』というのもそういう意味か。ただ大神坐市を取り巻く他の山に、四神にちなんだ名前がついているとは聞いたことがない。

「でも、俺が子供のときに聞いたのは浦島の話だなあ。亀野神社のご祭神は、いまはなにか別の神様にされてるけど、もともとは玉依姫(たまよりひめ)だっけかな、竜宮のお姫様だって」

「亀山が亀野神社と関係あるんだとしたら、ちょっと遠すぎない？」

「伝説に合理性を求めるなよ。それをいったら海もない山の中になんで浦島かって、そっちの方が問題だろ。だけどまあ、辰見湖が海に繋がっていて、そこからもぐると竜宮に行ける、なんて伝説もあるくらいだ。昔の人もなにか、理屈はつけたかったんだろうな。

とにかく俺が聞いたのは、ここから竜宮まで行って還ってきた男がいて、亀から下りたらいきなり老人になって、その場所がいまの亀山で、亀が岩になったのが亀岩だとか、そんな話だったと思う。だから、きっと浦島が乗った亀ってUFOなんだぜってのが、ガキの頃には広がっていた話でさ、おまえが転校してきた最初の夏休みに、ここで話したろ？『浦島太郎』はUFOアブダクション話の先駆けなのだとか、リュウヘイが熱弁して、おまえもすごく納得してた。覚えてない？」

アブダクションというのは、人間が宇宙人にさらわれて空飛ぶ円盤の中に連れこまれるという、現代のことだから伝説とはいいづらいけど、たくさんの人が自分の経験として語っている奇妙な話で、そこで必ず出てくるのが「ほんの数分と思っていたのに何時間も経っていた」という時間の齟齬(そご)だ。それが浦島太郎の話と共通する、そして円盤の形は亀に似ている、普通の亀なら海のない亀山まで来られない。その三点がリュウヘイの主張の中心だった。

ふだんは真面目な優等生のリュウヘイがＵＦＯ肯定派で、突拍子のないことが好きなタツヒコが反対派だったというのは、いま思えば面白いが、あたしは口には出さないまま実は納得してはいなかった。前の年に神坐で聞いたその話を、東京の小学校でして大笑いされた後だったから、正直言ってその話題は嬉しくない。それでも三人と一緒に出かけたのは、転校してきて間もないのに仲間に入れてもらえてすごく嬉しかったからだ。リュックにおやつとお茶と双眼鏡、懐中電灯と蚊取り線香まで入れて、ここにシートを敷いて座って暗くなるのを待った。子どもだけの夜遊びを咎められなかったのは、田舎だからというより、いまでは考えられないくらい呑気な時代だったからだろう。ＵＦＯは見られなかったけど、星は本当に降るようだった。

すると黙ってあたしたちの話を聞いていた銀猫堂が、

「瑞江さんからいただいた日下部郁弥さんのご著書にも、浦島物語についての研究がありましたよ。いまは御伽草子の話ばかりが知られていて、すっかり亀の報恩譚と信じられているけれど、細部にはずいぶん多くのヴァリエーションがあって、一番古いのは丹後国（たんごのくに）風土記（ふどき）逸文（いつぶん）のものだそうです。これは御伽草子などと較べると、ファンタジーかＳＦのような話で、主人公が亀を助けて、という序盤はないし、亀に連れられていくのは竜宮城ではなく蓬莱山（ほうらいさん）。しかもそこには童子の姿をしたプレアデスやヒアデス、星の化身が棲んでいるというんですから」

「へえ、そんなの知らなかったな。ナツミは知ってた？」

知らない、とあたしはかぶりを振る。それにどっちにしろ、『浦島太郎』は好きな話じゃない。亀を助けたところは別にしても、気軽に出かけた別世界で楽しい思いをして、帰ってきたらふるさとが変わり果てて、知っている人が誰もいなくなっているなんて、自分の身に起きたらこんな怖いことはない。しかも、なんでそんな目に遭うのか理由がわからないのだ。

なにより子供は善悪はっきりしたお話が好きだ。いいことをした人は幸せに、悪いことをした人はひどい目に遭うのが当然と信じている。その上問題なのはあの玉手匣で、乙姫の意図はどこにあったのか。いくら開けるなといっても、変わり果てたふるさとを前に、「心細さに蓋とれば」となることくらい予想はついたはず。ならばそれは一種の罠ではないか。さっきタツヒコがいった、太郎の浮気に対する復讐説も荒唐無稽とはいえない。それくらいの理由がなかったら、彼女は乙姫どころか災いを贈る魔女だ。

「だけど、助けた亀に連れられてじゃなかったら、浦島が竜宮城へ行く理由がありませんよね。

俺が小さいとき年寄りから聞いた話は、そのへんにどういう説明がついていたのか思い出せないもんだから、後で知った話とかアニメとかの記憶とごっちゃになってるみたいなんですけど」

「風土記には書かれています。そして主人公が妖精の国や仙境に行って、戻ると長い時が過ぎていた、という物語は世界中にあるけれど、もっと細部までその一番古い浦島物語とよく似た伝説が、不思議なことにとても遠い土地に残されていて、それを読むと風土記ではわかりにくいこともはっきり書かれているし、主人公の襲われた残酷な運命にも、一応の理由がつくようにはなっていますね」

「遠い土地？……」

「理由って――」

タツヒコとあたしは異口同音につぶやきながら、答えは？　と銀猫堂を見つめ、

「調べてご覧になったら？」

老婦人はにっこりと笑った。教えるつもりはない、という意味らしい。

「駅前にホテルがありましたわね。そこまで送ってくださる？」

「泊まられるんですか？」

「ええ、たぶん。そして今夜はその、古本屋カフェにわたくしもお邪魔することにします。太一朗さんにそうお伝えくださいな」

太一朗さん。祖父の名がそうして口にされると、あたしはなんだかぞくっとする。相手は銀髪のお婆さんなのに、妙に艶めかしくて、やっぱりこの人は祖父の恋人だったんじゃないか。そんな気がしてきてしまう。そこでタツヒコが間の抜けた声を出した。

「あのー、銀猫堂さんは八雲氏と恋愛関係だったんですか？」

あたしは声を呑んでいる。一番聞きたかったことを口に出してくれたにしても、いくらなんでも直球過ぎる。銀猫堂は手の甲を唇に当て、目を細めてほほほ、と低く笑い声を立てた。

「困った人。そんなこと、いくら年寄りに向かってでも、あけすけに聞くものではありません」

その口調に、今度はあたしの方が我慢できなくなった。

「だったらあなたは、なんのためにいらしたんですか。祖父になんのご用が？」

「預かり物をお返しに来たのですよ、五十年前の」

彼女はずっと手放さずに持っていた革のボストンを、軽く差し上げて見せる。そこに、そのなにかが入っているという意味らしい。五十年前といえば祖父母が結婚した年、そしてあの祖母の名義の預金から送られた五十万。つまり祖父母は銀猫堂でなにかを買い、それをいままで手元には引き取らずに預けていたということ？

「太一朗さんは若いときから賢明でした。でも賢明さという点なら、瑞江さんの方が勝っていました。そして郁弥さんは、いってしまえば愚かだった。けれどなにもかも、いまとなっては遠いことですもの。そろそろ包みの結び目を解く頃合いだと思いましたのでね」

「なんなんですか」

薄紅色の唇が、ふうっと弓なりに上がる。ささやく。

「――たまくしげ」

それきりホテルの前に車を止めるまで、銀猫堂は一言も口を開かなかった。

3

それからあたしたちは『浦島太郎』を探しに、結局は祖父の家に戻ることになった。スマホで検索すれば取り敢えず銀猫堂がいった「タンゴノクニノフドキイツブン」というのも出てきたし、浦島太郎の伝説についてもなにやらかにやら記事があったけど、古文や漢文を小さな画面で読むのは面倒だった。そして市立図書館なら蔵書数は貧弱だといっても、古典関係の全集くらいはあるはずだけど、ご高齢の館長と顔を合わせてしまったら、絶対すぐには帰れない。うちなら本はなくても祖父のパソコンが使える。取り敢えずはその風土記の本文と読み下し文、現代語訳をプリントアウトした。他にも日本書紀や万葉集に、浦島太郎ならぬ『水江(みずのえ)の浦島子(うらのしまこ)』の話があったので、それもプリントした。

タツヒコはネットで検索を続けたけど、あたしはまず手にしたテキストを読む方に集中する。なるほど、この三つの話、浦島太郎ならぬ浦島子には、「助けた亀に連れられて」はなかった。風土記と日本書紀では、漁をしていて釣り上げた亀が美女に変わって、彼を星の童子がいる蓬萊(ほうらい)に連れて行く。万葉集の長歌では漁をする内に異界に入ってしまい、海神の娘と出会う。亀が絡むにしても、いいことをしたごほうびではないのだ。

日本書紀には話の前半しか書かれていないが、後のふたつではその後の展開は普通に知られている『浦島太郎』と変わらない。三年の楽しい暮らしの後、彼に里心がつく。両親に一目会ってまた戻るというのに、戻るなら開けてはならないといって渡したのが——風土記では「玉匣」、万葉集では「玉櫛笥」、どちらも読みはさっき銀猫堂が口にした「たまくしげ」だ。

お話と現実がごっちゃになって、頭の中でぐるぐるする。唇だけで薄く笑っていた老女の顔。あたしを見ていた笑わない目は魔女のよう。たまくしげはつまり玉手匣。浦島を竜宮城に誘い、開けずにはいられない匣を与えた乙姫。その化身が銀猫堂？　玉手匣を置いて逃げ出した浦島を乙姫が追いかけてきたとか。いやだ。そんな馬鹿な話、あるわけない。

そのときタツヒコが、パソコンの前からあたしを呼んだ。

「おーい、ナツミ。あのばあさんがいってた、よく似た伝説ってたぶんこれだわ」

「え、なあに？」

「ケルトの神話、常若（とこわか）の国に行ったオシーンっての、浦島とそっくり」

肩越しにディスプレイを覗きこんだら、タツヒコが「とこわか」といったことばには「チル・ナ・ノグ」のふりがながあって、それには記憶があった。あたしはばたばた廊下を駆け出し、『瑞江さんの部屋』に飛びこむ。タツヒコも後からついてくる。ここは祖父の聖域だから、他人は立ち入ってもらいたくないんだけど、いまはもうしょうがない。

デスクの引き出しにしまわれていたスケッチブック。そこにはバラバラのデッサンの他に、左ページに絵、右にお話を描いた絵本みたいな続き物も残されていて、一番まとまっているのが『チル・ナ・ノグに行ったオシーンの話』だった。絵は鉛筆に淡彩を載せただけで、それも下描きだけで終わっているのも多く、亡くなるまで描いていた一番最後の作品だったらしい。

騎士団長で王、英雄フィンの息子オシーンの前に、白馬に乗った金髪の美女ニァブが現れ、自分は西の海の彼方にある常若の国の王女であると名乗る。老病死苦のない異界に誘われ、オシーンは父や仲間の騎士たちの嘆きをよそに、馬に乗って彼女と行くことを誓約（ゲッシュ）として受け入れる。だが三年が過ぎて、ふるさとと仲間たちが恋しくなったオシーンに、ニァブは戻ってきたいなら決して白馬から下りて地に足をつけぬように、といって彼を送り出す。しかしふるさとは変わり果て、父たちの住んでいた城は跡形も無い。そのとき突然馬の腹帯が切れ、オシーンは落馬する。馬は駆け去って、後には老人となった彼が残される。

「おまえ、この話は知ってたの？」

「うん。でも浦島と似てるなんて思わなかった」

「似てるじゃん」

「だけど玉手匣はないし、ニァブはふるさとは元のようでないってちゃんといって止めてるし、そもそもオシーンは彼女に誘われたときに誓約してるんだよ。この場合の誓約っていうのは、ただの約束じゃなくて、破ったら命を獲られても文句をいえない神聖な誓い、絶対の掟みたいなものなんだから」

「だって、オシーンが地面に足をつけたのは一種の事故だろ」

「違うんだって。それ以前、彼は常若の国を出たいと言い出したとき、すでにニァブと交わした聖なる誓約を破っているわけ。ほら」

あたしは祖母の描いた絵を広げてみせる。金髪のニァブの手を、マントをなびかせたオシーンが取った向かい側のページに書かれているのは、

「勇敢で気高きオシーン、私はあなたに愛を捧げようと長い旅をしてきました」

「夜空に輝くすばるのように美しいニァブ、あなたの他に私の妻となる方はいません」

「ならば私と常若の国に行き、生ある限り喜びを共にすることを、あなたの誓約とします」

「よろこんであなたと参りましょう。あなたと永遠の愛を誓いましょう」

フィン王と騎士たちは、去って行く彼らを見送って三度悲しみの叫びを上げたが、心をニァブへの愛に満たされたオシーンは振り返らなかった。


「誓約は神聖なもので、破った者は罰せられる。彼が馬から落ちて二度とニァブのもとに戻れないのは、誓約破りに科せられた罰だったわけ。全然印象が違うでしょ？」

「そうだな。風土記のお姫様はケルト神話と同じく、自分から浦島の前に現れて彼を口説く。彼がOKしたことを神聖な誓いだと考えるなら、いまさら一目ふるさとを見たいなんていうのは、裏切りって話か」

「こっちを知ってれば、ケルト神話と似てると思ったろうね」

「でもそう考えると、あんまり日本的な話じゃないよな」

確かに、異世界の美女がいきなり現れて、「あなたが好きになったの。私と来てくれない？ずっと一緒に暮らしたいわ。お返事は？」と迫る、そして承諾したことが彼を縛る約束になり、破れば厳しい罰が下るというのは、奈良時代に書かれたお話としてはかなり変。それはケルトに起源があったからで、日本人が感じた違和感を除くために「助けた亀」の話に取り替えられたのだろうか。でも日本とアイルランドなんて、いくらなんでも遠すぎる。そんなことを考えこんでいて、はっとする。いけない。いま考えなきゃならないのは、そんなことじゃなかったよね。

「ナツミ、この本棚の本、ちょっと出していい？」

「いいけど、なに？」

「これ、おまえのひいじいさんが書いた本だよな？」

それは祖母の本棚に立っていたあまり厚くない何冊ものソフトカバーで、色褪せた赤い表紙の自費出版の本らしい。どれも日下部郁弥著とあって、タイトルは、

『辰見湖竜宮伝説考』

『神坐における養蚕の起源　市河家の口承について』

『見るなの禁忌の研究・他』

「見るなの禁忌って、あれだろ？　私が機を織っている間は決して覗かないでください、とか」

「そうだね。もちろん浦島の玉手匣も」

「見るなといって禁止される。だがそのタブーは必ず破られる」

「そう。破らせるためにわざと禁止してみせる、なんて話もある」

応じてしまってから、いや、いまは民俗学のレポート書いてるわけじゃないから、とあたしはいおうとしたのだが、タツヒコはなんだかぼーっとした顔のまま、

「俺さ、なんか、わかっちまったみたい」

「え。わかったって、なにが」

「いろんなこと。いや、一〇〇パーセントとはいわない。五〇か六〇くらい。一〇〇じゃなきゃ意味無いっていわれたら、それまでだけど」

「だから早く言いなさいよ。なにがわかったっていうのよッ」

ついきつい口調になってしまったが、タツヒコはなんかだどこかぼんやりした口調で、

「つまりさ、ここ神坐は竜宮城だったんじゃないのかな」

「はあっ？」

なにいってんのか、全然わかんない。するとタツヒコは広げたままのスケッチブックの、オシーンとニァブを順に指さす。

「八雲氏は浦島、瑞江さんは姫。ふたりは東京で出会い、恋をして、結婚することにした」

「ちょっと待ってよ。それだとふたりは神坐で、一緒に暮らしたんでないと話が合わないじゃない。それに瑞江おばあちゃんは、とっくに死んじゃったんだし」

「もちろん話は合わないさ。姫は竜宮城を離れ、浦島と人間の土地で生きることを選んだ。ふるさとに戻らぬことを選んだのは姫の方だった。だが、それを喜ばない者がいた。浦島に、悪意の罠として玉手匣を贈った。つまり匣の贈り主は姫ではない。竜宮の主だ」

「ひいおじいちゃんが？」

「なにかもっともらしい口実をつけて、中を見ることなく、無論娘にも知らせず、君の手元で大切に保管してもらいたい、とでもいったんだろうな。君が娘の夫として、信頼するに足る人間かどうかわからせてもらいたいのだ、とかなんとか。八雲氏としては、そういわれれば拒むことはできなかったろう」

祖父母の結婚に強硬に反対したことはわかっている。そのときの大騒ぎぶりは猟銃事件以外にも、半世紀後のいまも面白おかしい昔話として伝わっているくらいだ。髪を逆立て顔を真っ赤にして、鬼の形相で怒鳴り散らす父親に、しかし祖母は一歩も引くことはなかったらしい。それでもひとり息子の父が生まれてからは、少しずつ関係の修復が進んだというが、故郷に戻る前に彼女は亡くなってしまった。

「匣の中になにが入っているかまでは、俺にもわからない。だけど匣が開かれれば、日下部氏にはいずれなんらかの形でそれが伝わるようになっていた。そうなれば、開けるな、という約束を破ったと、娘婿を非難する理由になる。娘を奪った男に一矢報いることができる」

顔は写真でしか見たことがない、それこそ昔話の中の登場人物のような曾祖父だ。それでも、タツヒコの推理が正解だったとしたら、確実にあたしと血は繋がっている彼の、かなりしょうもない悪巧みが情けなくも物悲しい。

「馬鹿みたい。そんなことしたって、おばあちゃんがおじいちゃんと別れて帰ってくることなんてあり得なかったろうに。それくらいのこともわかんなかったのかな」

「まったく馬鹿みたいだよな。だけど人間、馬鹿みたいだと自分でわかってても、しないではいられないことって、あるんじゃないか？」

「そして結局おじいちゃんは、匣を開けなかったわけだよね？」

「だから預けたんだろ、銀猫堂に」

そうか。自分の手元になければ、開けたいって誘惑を感じないで済む。

「おじいちゃん、賢明」

口に出していってから、ついさっき同じことばを聞いたのを思い出す。銀猫堂がいった。太一朗さんは賢明、瑞江さんはもっと、そして郁弥さんは愚か。やっぱりわかんない。あの人って、なんのために現れたのか。

「聞いてみりゃいいんだよ、八雲氏とあのばあさんに」

タツヒコはこともなげにいう。

「ナツミはいろいろ考えすぎるんだ。直球勝負が一番ですよ」

よくいうよ。そんなことといって、さっきはあっさりかわされたくせに。

4

その夕方、あたしとタツヒコは古本屋カフェ、『EX LIBRIS（エクス・リブリス）』の奥の個室で祖父と向かい合っている。元は街道に面していた、古い商人宿を改修した店舗だ。広い玄関の土間にテーブルを並べ、壁際には板を打ちつけた本棚。奥の厨房の並びの曇りガラスをはめた引き戸を開けると、六畳くらいの個室が現れる。天井板を外して屋根裏の小屋組を見せた店内の開放感も好きだけど、話をするにはこのこぢんまりした部屋が落ち着く。そして予想したとおり、祖父の抜けられない用事なんてただの口実だった。ようやく電話に出ても、まだ四の五のいっているのに、

「たまくしげの謎解き、バイト料代わりに答え合わせさせてもらえませんか」

タツヒコがいうと、やっと観念したみたいに顔を出すことを承知したのだ。リュウヘイとミサトには、もう二時間ばかり後の待ち合わせ時間をいってある。銀猫堂はいない。駅前のホテルに立ち寄ってみたら、そういうお客はいないというのだから驚いた。

「あの人、逃げたってこと？」

「それはないでしょ。ここで消えたら神坐まで来た意味が無い」

だけど祖父は銀猫堂がいないとわかって、見るからにほっとしたみたいだった。そしてタツヒコがてきぱきと、ケルト神話から風土記版浦島物語、そしてたまくしげ＝玉手匣の意味と曾祖父のしたと考えられることを並べてみせると、聞き終えてはあっと深いため息をついた。

「知らなかった。鳴海君はなかなかの名探偵だったんですねえ」

「わかるようにヒントを与えられたんです。あの、銀猫堂っておばあさんに」

「あの人、いったいなにしに来たの？」

　でも祖父はあたしの質問には答えないまま、

「なにもかも君たちの推理した通りですよ。舅（しゅうと）はぼくたちの結婚は絶対に許さないとかぶりを振り続け、瑞江さんは父がなんといおうと私は私の思うとおりにすると胸を張り、僕はその間でおろおろするばかりだった。それが役所に婚姻届けを出そうという寸前、彼女のいないときに突然彼が東京に現れて、結婚は許せないが黙認するから、その代わりこれを君の手元に保管しておいてくれ、と小さな風呂敷包みを手渡されたんです。ただし決して蓋を開けてはいけない。この中には瑞江の秘密がしまってある。開くと悪いことが起きるかも知れないよと」

「おばあちゃんの、秘密？」

「情けない話ですが、そういわれると中身が気になってたまらなくなりました。昔話の禁忌は、お話としてなら馬鹿だなあ、そんなことしなければいいのにと思いませんか。鶴女房の夫も青髯の妻も、つまらぬ好奇心なんか起こさず我慢すれば、と。ところがいざ自分のこととなると、そうせずにはいられなくなるんです」

　そんなものだろうか。

「若いというのは愚かなこと、といっても君たちのことではありません。自分の来し方をかえりみれば、そう思わずにはいられないのです。僕は、瑞江さんにはやはり父親に許されなかった前の恋人がいて、その恋文かなにかが隠されているのではないか、そんなことまで考えて、彼女にも打ち明けられないまま悶々（もんもん）としていたのですからね」

「そんなの、開けて黙ってたらわかりっこないじゃないの」

「でもこの場合は、わからないとまずいんだ」

と、タツヒコ。

「手はあるよ。たとえば玉手匣の中には、その秘密を隠した場所だけが書いてある。亀山駐車場の亀岩の下、とかさ。八雲さんがこっそり探しにきたら、絶対誰かの目に止まる。それで匣が開かれたのがばれる。日下部氏は鬼の首を取ったように婿を責め、あわよくば娘を取り戻す」

「だから銀猫堂に預けたの？」

「ええ。手元に置いておけば、遠からず封を切ってしまうだろうとわかったからです」

「しかし彼の玉手匣プランは発動しなかった。その後はどうなったんですか？」

「息子が生まれて十年も経つ内に雪解けというのか、舅も自然と軟化して、孫の顔を見に東京へ訪ねてくることもあるようになって、そのとき一度だけ、あれはどうしたと聞かれたけれど、そのままですがお返ししますか？　というと、もういいよと笑われました。それと僕がこちらに家を建てて越してきて、酒を酌み交わすようになった頃にぽつりと、もう時効だと思うが、あれは見ないで捨ててくださいよ、と」

「えー、勝手だね、ひいおじいちゃん」

「八雲さんは、日下部氏の企みには気がついていたんですか？」

「そういうことだったかな、と考えついたのもかなり後になってからでした。ははは」

祖父は疲れたような、気の抜けた笑いを返す。

「でもさすがにその頃は、瑞江さんの前の恋人とか、そういう妄想は消えていて、それっきり銀猫堂さんに預けたこともほとんど忘れていましたから、先週の電話はそれこそ驚天動地というか、お棺が開いてゾンビが出たような驚きだったわけです」

結局わかってみればなにもかも、謎というほどの話じゃなかった。

「そうすると、残ったのはいまになって突然連絡してきた銀猫堂の思惑、だけだな」

「五十年分の保管料を請求するつもりなんじゃない？」

「止めてください、ナツミさん。あの人はそういう人ではありません」

祖父がやけにきっぱりと首を横に振る。おじいちゃん、やっぱりあの人に気があったの？

「でも、おばあちゃん名義の預金口座からの振り込みは？」

「あの通帳は舅が瑞江さんに、卒業祝いだといって印鑑を添えて送ってきたものです。彼女から見せられて、父に返してしまいたいけれど、下手をするとまた角が立つ。そのままにしておいていいでしょうといわれて、それきり忘れていたのですが」

「じゃあ、銀猫堂に支払われたのがどういうお金なのかは」

「送金したのは瑞江さんでしょう。僕はまったく知りませんでした。ただ今回電話をもらって、改めて通帳を眺めて首をひねりはしましたが」

「玉手匣の中身も？」

「ええ。知らない方がいいことだろうと」

「でもあのおばあさんは、預かり物を返しに来たって」

「だから会いたくなかった、というのが僕の本音の、半分なんですが」

けれどそのとき、個室の外から声がした。

「いけませんよ、太一朗さん。お孫さんたちの前でそれは」

艶やかな、凛と響く女性の声だ。問うまでもなく、声の主は銀猫堂、あの銀髪の老女だった。

あまり立て付けのよくない個室の引き戸が、するすると音も立てずに開く。黒いドレスの銀猫堂が滑るような足取りで入ってくる。向かいの空いた椅子にすいと腰を下ろすと、片手に提げたボストンバッグから、手のひらに載るほどの大きさの布包みをテーブルの上に置いた。

「本当に困った人。優柔不断も時には正しい選択になり得るにしても、その逃げ癖だけは誉められないわ。あなたがお願いしますとおっしゃるから、わたくしは承(うけたまわ)ってお預かりしただけ。この通りお持ちしましたから、お引き取りくださいな」

大きく目を開いて、相手をまじまじと見つめる祖父の顔には、やはり怖れというに近い表情がある。それでもあたしたちの視線を意識してか、手を上げてまぶたをごしごしとこすると、

「驚いた。あなたは変わらないな、まるで」

「あなたも変わってはいないようよ。少なくとも中身はね」

「それは、捨ててもらえませんか。舅もそう望んでいたのだから」

「だからそれはあなたのお役目。わたくしのすることではありません」

なかなかに容赦ない口調だ。追い詰められたように肩をすぼめた祖父は、ようやくのろのろと手を伸ばして布包みに触れ、結び目を解いて開く。出てきたのは男性の手のひらくらいの大きさの、六角形をした、かぶせ蓋のある小匣だ。漆塗りらしいけれど、かなり古いものらしく、表面は細かな亀裂で覆われて艶はない。

「違う！」

いきなり祖父が声を上げた。

「これは、僕が五十年前あなたに預けた匣じゃない」

「そんなことはございません」

「だが、僕はちゃんと覚えている。舅がぼくのところに置いていった手匣は、細く切った和紙を糊付けして封印した上に、赤い組紐が十文字にかかっていた」

「匣は同じものです」

「では、あなたが封と紐を？」

「いいえ、わたくしではございません。手に取ってよくご覧になって」

しかし祖父は怖いもののように、そろそろと匣を包んでいた布に触れ、またかぶりを振る。

「これだって違います。僕は忘れてはいません。匣を包んでいたのは木綿の、緑色に唐草模様のついた小振りの風呂敷でした。布の結び目を何度も解いて、また結んで、何日悶々としたことか。このままでは瑞江さんが気づかぬわけがない。万策尽きてあなたに泣きついて、もう他にどうしようもないからどうか助けると思ってと三拝九拝して、お預けしたというより押しつけて、逃げるように失礼したのです。でもこれはあの風呂敷とは似ても似つかない。絹じゃないですか。いくらか色褪せているようだが」

「ええそう。それに見覚えはないのですか？」

「見覚え？……」

おじいちゃんは両手で、その皺になった布を顔の前に広げてみる。そうしてみると意外なほど大きいのは、生地がとても薄いからだろうか。風呂敷というより、薄手のスカーフのような。そして褪せているのかも知れないが、赤とも青とも紫ともつかない、不思議な色をしている。

「大神坐には、特別な糸を吐く蚕の伝説があったようですね」

「ありましたね。舅の書いた論文の中にもそれが。そして瑞江さんが……」

あっ、というように祖父は目を見開いた。

「では瑞江さんが、あなたのところへ？」

銀猫堂はゆっくりとうなずく。

「あなたたちが入籍して一緒に暮らし始めた、その同じ月だったでしょう。太一朗さんの様子がおかしいからって相談に見えられました。隠す理由もないと思ったので、これをお見せしたら、その場で紐をほどき封を切って、中をご覧になって」

「なにが、入っていたんですか」

「わたくしは存じません。ただお父上がなにをしようとしたかは、一目見るなり了解されたようでしたね。解いた風呂敷の代わりに、胸元から取り出したそのシルクで匣を包んで、夫が取りに来ることがあったら渡して欲しいといわれました」

祖父は声もない。ただその布を握りしめている。

「――それじゃ、確かにお返ししましたよ」

「行かれるんですか」

「用は済みましたのでね」

「僕は、どうするべきなんでしょう」

「馬鹿馬鹿しい。それくらいご自分でお決めなさいな。わたくしは瑞江さんからいただいた手間賃分の仕事をしただけ。開けるも開けないもあなたの自由。せいぜいゆっくり悩めばいいじゃないの。でも、いくら気は若いままといっても、立派なお孫さんたちに笑われないようにね」

「まいったな。あなたにかかっちゃ何年経っても、僕は小僧っ子扱いだ」

頭を掻きながら苦笑した祖父の横顔が、本当にあたしたちと同じくらいの歳の青年みたいに、一瞬だけど、見えた。

5

そうして銀猫堂は去っていき、手元に残されたあの匣を祖父が開いたか開かないかは、知らない。尋ねてもいない。気にならないといえば嘘になるが、孫といえども詮索するべきではないことなのだろう。

あたしはこの秋から毎日、『EX LIBRIS』にアルバイトとして出勤している。カフェでなく古書部門を、といっても、いまのところは見習い以前で、売り物の本棚が乱れていたら直したり、仕入れの市についていって荷物運びをしたり、仕入れた本のチェック、書きこみや汚れを探して消すといった作業している、つまりはほんのお手伝いというところだ。オーナーのご夫妻からは、もしもこの先本腰を入れてこの仕事をやってみたいなら応援するよといわれている。だけどその前に大学に復学して、卒業はしておいた方がいいよ。知識はいくらあっても、邪魔にはならないからね、と。

先のことはわからない。でもあたしの耳には、あの銀髪の老婦人が祖父に向かっていった、「その逃げ癖だけは誉められない」ということばがいつまでも残っていた。あたしのことをいわれたわけではないけれど、それでも、あたしにも逃げ癖はあるかも知れない、と思って。

逃げることがいつも悪いとは思わない。逃げる以外に選択肢のない瞬間はきっとある。自分の心が壊れるほど、辛抱するのはいいことじゃない。でも癖といわれるほど、逃げることに慣れてしまってはいけない。逃げ出す前に踏みとどまって、本当に逃げるしかないのかもう一度、自分に尋ねてみたっていいだろう。

いまカフェの店内には、漆喰の白壁にかなり大きな油彩画が一枚飾られている。子犬を膝に抱いた黒いドレスの少女を描いた、ちょっとラファエル前派風の、明るくてロマンティックな色彩の絵だ。こちらでバイトすると決まった後、あたしが外している間に祖父が挨拶に来て、「お礼代わりというのも面はゆい、素人の手ですが、よろしかったら」と置いていったのだという。『瑞江さんの部屋』に飾られていた亡き祖母の作品だ。ランチ時の賑わいが過ぎてお店の中がひっそり静まり返ったときとか、ふとあたしの知らない祖母の息遣いが、その絵から感じられるような気がする。

ただひとつだけ、気になっているけれど祖父に聞けないでいることがあった。彼に頼まれて、自宅の書庫の整理をした。処分する本は『EX LIBRIS』で、委託販売として取り扱ってくれることになったのだ。

そうしたら一冊の本の間から、セピアにくすんだモノクロームの写真が落ちてきた。店らしいガラス戸の前で、はにかんだ笑いを見せている痩せ形の青年と丸顔に眼鏡の娘。祖父と祖母だというのは訊かなくてもわかる。その間にすらりと立っている黒いロングドレスの女性は銀猫堂。たぶんそうなのだろう。よく似た別人という可能性も、ゼロではないにしろ。

祖父のことばのとおり、彼女はまったく変わっていなかった。

五十年前も、あたしたちが会ったときと同じ銀髪の老女だった。

苦いホームタウン◉新津きよみ

1

「では、ラストひと組ですが……」

マイクを持った司会の女性は、そこで思わせぶりに言葉を切ると、大きく深呼吸をした。

「最後にカップリングされたのは、男性十二番のヒロシさんと、女性七番のＭ子さんです。おめでとうございます」

やっぱり、呼ばれた。予感があたった。婚活パーティーでカップルになった男女は、参加者の前に出ていかないといけない。

わたしは、滑る床に足をとられないようにゆっくりと進み出た。いつもよりヒールの高い靴を履いている。スカートもいつもより短めで、男性受けを狙ってこの日のために選んだ勝負服だ。わたしが番号を書いたヒロシさんは、足をもつれさせるようにして前に行き、頬を上気させてわたしを待っている。

カップリングした五組は、それぞれ司会者に紹介されたあと、二人ずつになって会場に散った。

「選んでもらえて嬉しいです」

ヒロシさんは照れくさいのか、わたしの顔を見て言うなり視線をそらせた。

閉会後、わたしたちは連れ立って夜の街に出た。歩きながら本名を名乗り合い、ＬＩＮＥのアドレスも交換し合った。主催者側には本名や勤務先のほか個人情報をきちんと伝えるが、パーティー会場のプロフィールカードに記入する名前は、ニックネームでもイニシャルでも何でもかまわないという。わたしは、名前のイニシャルからとってＭ子と記入した。正確に申告したのは、百五十九センチという身長だけだ。

「どうしてヒロシなんですか？」

彼の本名を知った上で、身長欄に百七十八センチとあったヒロシさんに聞くと、

「好きな芸能人からとったんです」

と、やはり照れくさそうに彼は答えた。そういえば、どこかその芸能人に雰囲気が似ている。長身である点と笑うときに目尻に生じるしわが一緒で、そこに親近感を覚える。

――うまくいきそう。

わたしは、自分の直感を信じようと思った。

2

バス停から数分歩いたところに、その喫茶店はあった。古民家風の造りで、古本屋カフェ『EX LIBRIS』と、漆喰の白壁に黒く塗った板を貼りつけた看板が出ている。旧街道に面していて、古い商人宿を改修した店舗ということは、ネットを見て知っていた。

神田真理子(かんだまりこ)は店に入ると、窓側のテーブル席に座った。

「いらっしゃいませ」

カウンターの向こうの厨房から弾んだ声で迎えてくれたのは、真理子と同世代かいくらか年上に見える女性だった。この店のオーナー夫妻が東京からの移住者だということも、ネットの情報から仕入れてあった。が、いまは夫らしき男性の姿は見あたらない。

「ブレンドコーヒーを」

注文をとりにきた女性店主に伝えて、真理子は店内を見回した。

無垢材のテーブルが置かれた床は板張りになっているが、もとは土間だったのだろう。テーブルや椅子の色は床の色に合わせてあり、全体的にシックな雰囲気だ。店内には段差があり、数段高くなったところに細長いテーブルがあり、その向こうに厨房とカウンター席がある。厨房の横には曇りガラスの引き戸があるから、中は個室になっているにちがいない。引き戸の一部にはめこまれたステンドグラスの赤と緑の補色が差し色の役目を果たしている。天井には太い梁が巡らされていて、宿を営んでいた時代に使っていたのか、黒光りする階段簞笥が店の中ほどに向かい合わせに置かれており、それらを仕切りにして反対側が古書コーナーになっている。

外壁と同じ漆喰の白壁には、油絵が一枚飾られていた。頰をピンク色に染めた西洋風の顔立ちの少女が黒いベルベットのドレス姿で木にもたれ、その腕には子犬が抱かれている。色彩と筆のタッチが誰かに似ている、と記憶を探って、ハッと思いあたった。シェイクスピアの『ハムレット』から題材をとり、小川に横たわるオフィーリアを美しく幻想的に描いたミレイだ。純和風の室内にラファエル前派風の西洋画。不思議とミスマッチな感じは受けない。

作品の片隅に入れられたサインを読み取ろうとしたが、Mという頭文字以外は判読できなかった。それでも、何となく女性画家の作品ではないかという気がした。

――センスのいい店だわ。

高ぶっていた感情が和らいだのに安堵していると、ブレンドコーヒーが運ばれてきた。ソーサーに小さな焼き菓子を添えた心遣いが嬉しい。ブラックのままひと口味わう。酸味と苦味がほどよくブレンドされた大人の味だった。甘さを抑えた焼き菓子も美味しい。

——お父さん、ようやく大神坐市に来られたよ。

真理子は、胸にさげたペンダントを握り締めながら、心の中で亡き父に語りかけた。金色の鎖についたペンダントトップは筒状で、蓋で開閉できるデザインになっている。父親が亡くなったのは一昨年だったから、そのときにはこのカフェはできていなかったはずだ。去年オープンしたと聞いている。

コーヒーを飲み終えると、真理子は席を立った。あまりゆっくりはしていられない。

「ありがとうございました。またお越しくださいね」

長持を重ねて造ったらしいレジ台で、にこやかに応対する女性店主の顔を見ていたら、「このあたりに、眺めのいいところはありませんか?」と、ふっと言葉が口をついて出た。

「眺めのいいところ、ですか。そうですねえ……」

女性店主は、少し考えるそぶりを見せてから視線をカウンター席に移した。常連客らしい女性が二人並んで座っている。

「眺めのいい場所なら、あそこじゃない? 亀山の展望台。ねえ、そうよね」

「そうそう。あそこなら大神坐市が一望できるもの」

五、六十代に見える二人はうなずき合うと、一人が「観光ですか? どちらから?」と、真理子に聞いてきた。

「東京からです」

「あら、そう。わたしたちもそうなの」

「ああ、観光客じゃないけどね。東京からの移住組という意味でね」

「移住されたのですか」

母親と同世代の二人を見て、真理子の胸は締めつけられた。

「お車ですか？」と、女性店主に聞かれ、「いいえ、駅からバスでそこまできました」と答えると、「亀山の展望台まで歩いて登るのは、お疲れになるかも」と、彼女はやや眉根を寄せた。

「あら、若いから大丈夫よね。足元はスニーカーだし」と、女性客の一人が言い、「そうよ、いい運動になるわ。わたしは二回登って懲りたけど」と、もう一人が受けて笑った。

「登ってみます」

彼女たちに礼を言って、真理子は店を出た。

3

展望台に着くと、そこには思ったより広い駐車場が設けられていた。駐車している車はなく、人の姿もない。その一角に置かれたベンチに座り、遊歩道をひたすら歩き登ってきた真理子は呼吸を整えた。残念ながら紅葉シーズンは過ぎてしまった。額ににじみ出た汗をハンカチで拭きながら、四方を山に囲まれた盆地を眺めた。

女性客二人が言ったように、ここから大神坐の市街地が一望できる。東から西へ伸びる線路はＪＲのものか。北から南にひと筋川が流れている。さらに南側を走る道路は、さっき入った喫茶店が面していた旧街道だろう。目につくほどの高い建物は見あたらず、かわりに工場なのか病院なのか、はたまた何かの研究所なのか大学のキャンパスなのか、広大な敷地に建つ何棟かの建物が見える。ところどころにこんもりとした森も見えるから、神社や寺が建つ場所なのかもしれない。あるいは、このあたりの地主の屋敷森か。小高い山の向こうに湖があるのは、事前に地図を見て知っていた。

　登って来る途中、遊歩道の脇に浦島太郎らしき小さな像がいくつか置かれていた。亀に乗った姿だったので、説明がなくとも浦島太郎だとわかったが、なぜ海もないこの地に浦島太郎の像があるのか。真理子はちょっと訝しく思ったが、昔話伝説には諸説あると言われているのを思い出して、こだわりを捨てた。いつだったか、「信州の山奥にも金太郎伝説があるのよ」と母が話していたから、坂田神社や金時神社のある静岡だけが金太郎伝説発祥の地ではないのと同じだろう。

　真理子はしばらく景色を眺めていたが、「やっぱり、ここよね」とつぶやくと、おもむろに立ち上がった。安全柵が巡らされた崖の先まで行き、首にかけた鎖をはずし、筒の蓋を開ける。

　眼下に広がる盆地をめがけて、「粉骨」を撒いた。筒の中が空っぽになると、ようやく肩の荷がおりた気がした。

　――お父さんが死んだら、遺骨のひとかけらでもいい、お母さんと一緒に住むはずだった大神坐市に撒いてくれないか。

　それが、亡くなった父の遺言だった。もっとも、そのことを母は知らない。病床で、父が娘の真理子にだけ告げたからだ。真理子は葬儀のあと、骨壺から小さな一片を取り出した。病状が進んで脆くなっていたのだろう。金槌で叩くと、骨は簡単に崩れた。細かく砕いて粉状になった骨を、遺骨用として売られていたペンダントに詰めて、つねに身につけていた。

　一周忌が過ぎ、三回忌も無事終えてから、真理子は行動を起こそうと決意した。母を誘うことも考えた。だが、伴侶を失った悲しみと喪失感がよほど大きかったのか、父の死から二年が過ぎても、娘が「おお」と口にしただけで、母は「やめて」と両手で強く耳をふさいでしまう。もともと「大神坐市を終の棲家にしたい」と決めたのは、父ではなく母のほうだったのだから、二人で住むはずだった地に足を踏み入れたくない気持ちは理解できる。

「ねえ、真理子。あなた、ここがなくなったら困る？」

そう母に切り出されたのは、真理子が都内で一人暮らしを始めて二年目。大学卒業後に就職した大手食品会社の仕事にも慣れたころ、週末、川越市内の実家マンションに戻ったときのことである。

「このマンションからまた引っ越すの？」

また、をつけたのは、子供のころから父親の仕事の関係で何度も転勤に伴う引っ越しを繰り返してきたからだった。真理子の父は、定年退職後にもとの商社の子会社に勤務していた。

「お父さん、来年の春で完全定年になるでしょう？　そのあと、どこかに移住しようと思っているの。ずっとマンション住まいだったから、庭のある一軒家がいいわ。でも、ここを引き払って移住するとなると、あなたにとっての実家はなくなるわけよね」

「お母さん、そんなつまらないことを気にしていたの？　そんなのどうでもいいわ。お父さんとお母さんがそうしたければ」

そう応じながら、一抹の寂しさも感じないわけではなかった。一人っ子の真理子は、独り立ちをしなければ、と早くから自分に言い聞かせてきたし、両親も一人娘が将来自立する力をつけられるようにと教育費を惜しまなかった。そのおかげで、大学では栄養士の資格を得ることができ、志望する会社に入って、二十代でマンションのローンを組む経済力もつけられたのだ。

「で、どこに移住するの？　お父さんは何て？」

「お父さんは、『いままで俺の好き勝手にさせてもらってきたから、全部おまえに任せる。おまえの好きなところでいい』なんて言うのよ。ほら、ずっとお父さんの転勤先をあちこち連れ回されたから、老後は罪滅ぼしをしないと、なんて考えているんじゃないかしら」

父に選択権を与えられた母は、楽しそうに移住者向けの雑誌を読んだり、パソコンで全国の地方自治体のホームページを閲覧したりしていた。そうやって、最終的に移住先に選んだのが大神坐市だったのだ。

決め手はいくつかあったようだ。まず、父も母も海のない県の出身なので、郷里のイメージに近い山に囲まれた地であること。空気が澄んでいて、水が美味しくて、極端な寒冷地ではないこと。関東からほどよい距離にあり、新幹線とＪＲを乗り継いで日帰りもできる範囲であること。そして、都会からの移住者——つまり、自分たちの先輩がすでに何組かいて、みんな快適に暮らしていること。

真理子の母は、雑誌やネットで先輩移住者たちの体験談をいくつか読んだ上で、大神坐市に決めたのだった。もちろん、真理子の父も妻の選択に異論はなかった。

「いいじゃないか。車で行くにも便利なところだ。大きな病院もスーパーも映画館が入った複合施設もあるしな」

そう満足そうに言って、「じゃあ、次の休みにでも車で行ってみるか。真理子、おまえも一緒にどうだ？」と、下見の計画を立てた矢先だった。

その前に受けていた人間ドックの結果が出て、父のすい臓にがんが見つかった。担当医の説明では、ステージはかなり進んでいるという。子会社に移った年度に検診を受けそびれたことを悔いたが遅い。余命宣告までされて、父はかなり落ち込んだようだったが、それでも最期まで希望を捨てずに母の前では明るくふるまっていた。「奇跡が起きるかもしれないじゃないか。そしたら、大神坐市に移住するぞ」などと笑顔で語り、涙ぐむ母を逆に励ましていたくらいだ。だから、死後に散骨してほしいという要望も母には伝えなかったのだろう、と真理子は解釈した。

半年と言われた余命を二か月過ぎて、父は天へと旅立っていった。

――お母さんに報告したら、どうして黙っていたの？　って責められるかしら。

そう思ったら、少し気が重くなった。すべてにおいて父を頼りにし、父に依存していた母だった。転勤が決まっても、家族がついて行くのはあたりまえ、単身赴任なんかさせたら食事の内容が貧弱になると言い、いやな顔一つせずに引っ越しの荷作りをしていたものだ。母も運転免許は持っているが、ほとんどペーパードライバー状態だ。もし、父が健在で大神坐市に移住できていたとしても、車の運転はほぼ父に頼りっぱなしになっていただろう。

誰かに支えられ、誰かを支えている、という意識なしには生きていけない女。真理子は、自分の母親をそう分析している。

「お母さん、また一緒に暮らそうか？」

真理子はそう提案したのだが、「あなたを自立させるのがお父さんの目的でもあったんだもの、真理子はこのまま一人暮らしを続けなさい。そして、あなたにふさわしいパートナーを見つけなさい」と断られた。

五十九歳の母と二十九歳の娘。これから女二人、どういう関係を続けていくのがベストなのか。とりあえずは、散骨の報告をしないと……。ぼんやり考えながら踵（きびす）を返すと、駐車場にとまった青い車の運転席から真理子と同年齢くらいの女性がおりてきた。

ハイキングに適した程度とはいえ、いちおう「山」である。山での習慣にならって、どちらからともなく会釈を交わした。真理子が遊歩道の降り口で振り返ると、展望台にいた女性も振り返り、しばし視線が絡み合った。

4

「おばあちゃん、いる？　芽衣だけど」

玄関の引き戸を開けて声をかけたが、反応がなかった。物騒なようだが、都会と違い、このあたりでは日中玄関の鍵をかけておく家はほとんどない。

「おばあちゃん、大丈夫？」

一人暮らしの祖母を気遣って、坂上芽衣は家に上がった。トイレや風呂場で倒れていないともかぎらない。

「ああ……芽衣ちゃん」

祖母が奥の座敷から顔を出して、芽衣はホッとした。年齢なりに耳も遠くなってきたようだ。

「修ちゃんが大変なの」

「修一がどうしたの？」

銀行のキャッシュカードを手にし、血相を変えた祖母に気づいて、芽衣は問うた。修一は芽衣の二歳違いの弟で、現在は名古屋に住んでいる。

「さっき電話があって、得意先から預かったお金をなくしたみたいで、急いで用意しないと大変なことになるって。だから、とりあえず三百万円を銀行の、ほら……ＡＴ何とかだったか、そこから振り込まないと」

「出張先って、どこ？」

「さあ、それは……」

「その電話、本当に修一からだったの？」

「風邪ぎみだとかで、声がかすれていたけどね」

「それ、修一じゃないわ」

「えっ？」と、祖母は顔をこわばらせた。

「だって、修一は、一昨日から香港に出張中だもの。香港からだと言ってた？」

「あ、いいえ、それは何も……。でも、もう一度かける、って言ってたわ。だから、ほら、芽衣が契約してくれた携帯電話を持って行くつもりでいたんだけど」

祖母の胸には、去年、「出先での緊急連絡用に」と、芽衣が持たせた紐つきの携帯電話がぶら下がっている。もちろん、高齢者用の操作がもっとも簡単なガラケーだ。

「おばあちゃん、それ、振り込め詐欺だから。いわゆるオレオレ詐欺。ニュースで見て知ってるでしょう？」

「振り込め詐欺？　でも……」

そんなやり取りの最中に鳴った電話に、今度は芽衣が出た。

「おばあちゃん、俺だよ、俺。出かける用意できた？　ごめんね、迷惑かけて……」

二十代くらいの男の声だが、わざとらしくかすれさせている。

「ねえ、あなたどなた？　お姉さんの名前は？」

応対した声が老女のものから変わったので、相手は怯んだらしい。電話口から息を呑む気配が伝わってきた。

「老人をだますものじゃないわ。こんな悪さをしている暇があったら、まともに働きなさいよ。まだ若いんだから」

そうたたみかけて、芽衣は電話を切った。隣で、祖母が大きなため息をついた。

五分過ぎても電話はかかってこなかった。

「ほら、やっぱり、詐欺だったでしょう？」

「あ……ああ、うん」

祖母は、さっきまで見ていた悪夢を頭から追い払うように首を振ると、「お茶、いれるね」と、ばつの悪そうな顔で台所に行った。

その姿を見て、今度は芽衣が大きなため息をついた。やっぱり、もう限界だろうか。今年八十四歳になる祖母をこんなところに一人きりで住まわせておくのは……。

六年前に祖父が亡くなってから、祖母は、大神坐市の市街地からはずれたこの場所で一人暮らしを続けてきた。果樹園の広がる丘陵地帯には二十軒ほどの家が点在し、一つの集落を形成している。芽衣の祖父は、定年まで地元の建設会社に勤務し、その後は造園業者の手伝いをしながら、休日には自宅裏の畑で野菜作りに精を出していた。祖母も畑仕事は好きで、一人になったいまでも季節ごとに野菜を作っては、「車で取りにきなさいよ」と、芽衣が住んでいる東京の息子の家に電話をかけてくる。きゅうりにトマトにナスにピーマン、枝豆にとうもろこし、ブロッコリーにじゃがいもに玉ねぎににんじんに大根……。祖母の作る野菜の種類は豊富で、どれも新鮮でみずみずしい。

だから、今回も芽衣は車できたのだった。芽衣は、杉並区のマンションで父と二人で暮らしている。母親は、芽衣が中学二年生で修一が小学六年生のときに病気で亡くなった。それ以来、父は男手一つで二人の子供を育ててきた。出張が入ったり、体調を崩したりしたときなどは、大神坐市から祖母が上京し、孫の世話をするためにしばらく滞在したこともあった。したがって、芽衣にとっての祖母は、母親のような存在でもあるのだ。大切に育ててもらったという恩義を感じているだけに、放ってはおけない。

「ねえ、おばあちゃん。もうそろそろ移住を考えてもいいんじゃない？」

台所のテーブルに向かい合って、祖母のいれてくれた緑茶を飲みながら、芽衣はそう切り出した。一度、祖父の死後に同じ提案をしてみたのだが、そのときは「都会の空気は合わない。わたしはここがいいの。親しくしている友達もいるし」と、即答で断られた。

しかし、あれから六年。親しくしていた友達が相次いで旅立ち、彼女自身の身体も衰えてきた。いくら畑仕事が好きだといっても、いつまでもできるものではない。とくに今年の夏はここの盆地も猛暑に見舞われたから、一人で畑仕事をしている最中に熱中症にかかって倒れたら大変、と芽衣は気が気ではなく、休みのたびに車で様子を見に通ったものだった。

「それに、ほら、お隣さんも空き家になっちゃったでしょう？」

と、芽衣は、椅子から立ち上がって窓辺に行った。それが、いちばんの理由だった。台所の窓から雨戸の閉まった隣家が見える。

集落といっても、祖母の家は小高いところに離れて建っており、右隣にしか家はない。左隣は果樹園だ。「お隣さん」と呼ぶのは、去年引っ越した高村(たかむら)夫婦しかいなかった。その高村夫婦が大阪にまさに移住してしまった。夫婦ともに八十代で、妻が足を骨折して介護が必要になったのを機に、大阪に嫁いだ娘が両親を自宅に引き取ったのだった。それまで祖母は、高村夫妻とは親密に交流していた。畑でとれた野菜を届けに行ったり、年のわりに元気だった高村夫妻の夫のほうに国道沿いのスーパーまで車を出してもらったりと、隣人夫妻には世話になっていたのだ。

「高村さんのところ、借り手はついたのかしら」

市のホームページに、移住者向けに空き家や賃貸物件の情報が掲載されている。

「いままで何人か下見にきたけど、なかなか成立しないみたいで」

「どんな人たちがきたの？」

どんな人物が隣人になるかは重要な問題である。

「そうね、五、六十代の夫婦がほとんどだったけど、珍しく若い人たちもいたわね」

「若い夫婦？」

「五、六人のグループだったから、車でどこか観光地に遊びにきたんじゃないかしら。そのついでに寄っただけかもね」

祖母は首をかしげて言い、「高村さんの家は、ほら、特殊な間取りでしょう？　その昔、養蚕農家をしていたから屋根裏が広くて、部屋で取り囲むように中庭があって。当時は大所帯で、三世代くらいで住んでいたみたいよ」と言葉を重ねた。

「改装費用がかかるのかしら」

「中庭がある造りが敬遠されるのかもしれないわね。手入れが大変そうで」

祖母はゆるゆるとかぶりを振ると、「誰も彼もみんな、都会へと流れていくのね。それで、こういう田舎は空き家ばかりが増えて」と眉をひそめた。

「空き家が増えているのは都会だって同じよ。このあいだ新聞に、全国に空き家は八百二十万戸あって、七戸に一戸の割合で空き家になっている、って出てたわ」

「それにしても、若い人にかぎって見れば、都会に出て行きたがるんじゃないの？　うちの下のほうに都会からの移住者が何組かいるけど、みんな定年退職後のシニア世代ばかりよ」

「それは……」

祖母の言うとおりなので、芽衣は口をつぐんだ。祖母の息子、つまり芽衣の父親も東京の大学を選んで、そのまま東京で就職して、そこで同じように上京組の女性と結婚して、そこにマイホームを持った人間なのだ。六十二歳の父は、高校の教員を退職後に再任用の形で数学助手を務めている。

「芽衣ちゃんが将来、ここに住んでくれればいいんだけどね。ここは、空気も水も美味しいし、野菜はどっさりとれるし、待機児童もいなくて、子育てには最高の環境だと思うよ」

「おばあちゃん、気が早いよ。わたしはまだ結婚もしてないし。大体、ここで仕事が見つかるかどうか……」

芽衣が勤めているのは、江戸川橋にあるアパレル会社だ。

「芽衣ちゃんももう三十でしょう？　いい人いないの？　いまは、ほら、婚活パーティーとか何とかいうのが流行ってて、そういうところでいい人を見つけるとか」

「ああ、あれね。関心がないわけじゃないけど、仕事が忙しくてなかなか参加できなくて」

などとごまかしたが、実は関心は大ありで、去年からせっせといろんなジャンルの婚活パーティーに参加している。読書好きが集まるパーティーや映画好きが集まるパーティーなど、趣味で細分化されているそれらに人気が集中する傾向にある。いままでに何度かマッチングした人とデートをしたが、いまいち会話が弾まず、とくに惹かれる要素もなくて、いずれもＬＩＮＥの返事を出さないまま自然消滅した形になっていた。

「でも、参加したことはあるんでしょう？」

「まあね」

「同じ人数の男女がテーブルに向かい合って、自己紹介し合うの？　それで、気の合った者同士がカップルになって、そのあとデートするの？」

「まあ、そんなようなものだけど。立食形式とか、個室形式とか、女性が固定化されて、男性だけがぐるぐる回るとかね。いずれにせよ、最初にプロフィールカードを書いて、交換し合って、ちょっと話して、最後に気に入った人の番号を選ぶのは一緒かな。最近は、カードのかわりにタブレットを使うのもあるけど」

「タブレット？」

祖母が怪訝そうな表情になったので、

「それはいいとして、おばあちゃんたちの時代と違うのは、カップルになってからの連絡方法かな。昔は電話し合ってデートの場所を決めたりしたでしょう？　急に予定変更になったりしたら、伝えるのにずいぶん苦労したと思う。でも、いまは携帯電話があるから便利だよ。ＬＩＮＥでやり取りして、相手の応対がちょっとおかしいと思ったら、ブロックすることもできるから」

「ブロックって？」

「連絡できないようにすること」

「大丈夫なの？　逆上した相手に変なことされたりしない？」

「この人なら大丈夫と思えるまでは、住所も教えないし、場合によっては本名も教えないから安全だよ。ＬＩＮＥもハンドルネームでやってるしね」

「あら、婚活パーティーに出るのに本名も教えないの？」

「主催者によっても違うけど、大半は、簡単なプロフィールだけでＯＫなの。年齢も二十代後半とか、名前はニックネームとかね」

「芽衣ちゃんの場合は？」

「M子って書いたり、メイサとかマロンって源氏名みたいなのを書いたり、いろいろかな」

「二十代後半ってうそをついていいの？」

「だから、細かいことはいいの。アラサーって書けばいいのよ」

あまりに細かく突っ込んでくる祖母に呆れて、「おばあちゃんも婚活するつもり？」と切り返すと、「わたしもいちおう未亡人というか、独身だし、テレビで熟年婚活っていうのもやっていたしね」と、彼女は茶目っ気をのぞかせて肩をすくめてみせた。

——頭はしっかりしているし、ユーモアもあるし、まだまだパワーがありそう。

祖母との会話を楽しみながら、芽衣はそう判断した。さっきは、ここに一人で住まわせておくのももう限界か、などと案じたが、いや、もう少し先延ばしにしてみよう、と思い直した。振り込め詐欺に引っかかりかけたのは確かに危なっかしいが、幸い、孫娘の自分が居合わせて阻止できたのである。今後は気をつければいい。

「おばあちゃん、電話は留守電にしておいたら？」

帰りがけにそう勧めたのだが、「留守電だと、伝言を残してくれない友達もいてね。大体、うちにかけてくる人なんて決まっているから」と、祖母は首を横に振った。

それもそうだと思い、芽衣はそれ以上うるさく言うのをやめた。祖母には祖母なりにこの地に住み続けたい理由があるのだ。健康寿命には個人差がある。祖母の健康寿命があと何年かはわからない。だが、自分の足で歩き、畑の手入れができるかぎりは、この自然に恵まれた大神坐市に住まわせてあげたい、と芽衣は思うのである。小さいとはいえ、坂を下ったところには個人商店があるし、週に一度、生活雑貨や生鮮食品を積んだトラックの移動販売も回ってくる。年齢なりに細々とだが、地域の人たちとの交流もある。

「くれぐれもおかしな電話には気をつけて。それから、これからは昼間でも玄関の鍵をきちんとかけるようにしてね」

「はい、わかりました」

祖母はおどけた口調で返事をしたあと、「ああ、大根と白菜がたくさんとれたの。ご近所にお裾分けして」と言い添え、顔をほころばせた。

祖母の畑でとれた野菜を車に積み、運転席に乗り込むと、ふと亀山の展望台で見かけた同年代の女性のことが頭をよぎった。何となく観光で訪れた女性のように感じられた。はじめてきたという雰囲気が彼女のまわりに漂っていたからだ。

――彼女は結婚しているのかしら。

最近、同年代の女性を見ると、既婚か未婚かがひどく気になってしまう。人生の岐路にさしかかっているのかもしれない、と芽衣は思った。

自家用車を走らせて大神坐市まで通うたびに、まずは亀山の展望台に行き、街の様子を見るのを習慣にしている。そうやって、祖母の変化とともに街全体の変化を読み取っているつもりだ。今回、旧街道から少し上がったところに、クラフトビールの工場が完成していた。旧街道沿いにおしゃれな古本屋カフェもできた。空き家が増えているのも事実だが、大神坐市には少しずつ新しい空気も取り入れられており、少しずつ進化しているのである。

5

晩秋にしては暖かい陽気で、芽衣は歩きながら汗ばむのを覚えていた。スニーカーを履いてきて正解だった。植物園内は舗装されていない道が多く、砂利道もある。ちょっと油断すると遅れてしまい、小走りになったところで、気がついた松本弘之が振り返り、はにかんだような顔で立ち止まる。彼もスニーカーにリュック、とハイキングスタイルだ。婚活パーティーでのカップル成立後の最初のデートに「街歩き」を選んでしまったのだから、当然そういう格好になるだろう。

「疲れましたか？」

「あ、ううん、大丈夫です」

と、芽衣は笑顔で首を振ったが、本当は疲れていた。

——午後一時に茗荷谷駅で待ち合わせ、大岡政談のしばられ地蔵で有名な林泉寺に行き、それから小石川七福神の一人、滝澤馬琴の墓所を見て、切支丹屋敷跡と切支丹坂を歩き、徳川慶喜終焉の地を回って、メインである小石川植物園へ行き、園内をゆっくり巡る。

そういうコースを設定したのは、松本弘之だった。芽衣も街歩きは嫌いではないし、植物を見るのは好きなのだが——だから、プロフィールカードの趣味欄に「映画鑑賞」「街歩き」「ピアノ演奏」と書いたのだ——、こんなに歩かされるとは思わなかった。しかも、松本弘之は一箇所にとどまってじっくり見るので時間がかかる。

「映画のほうがよかったかな」

「ううん。自然に触れるのは大好きだから」

と、心とは裏腹に愛想笑いで返す。

「この植物園は、正確には、東京大学大学院理学系研究科附属植物園という名称でね、二〇一二年に国の名勝・史跡に指定されたんですよ。五代将軍の徳川綱吉の別宅に、薬草を育てるため小石川御薬園を開設したのがもとになっているんです。ここには、日本以外に東アジアに分布する植物を中心に約千五百種類の植物があります。そのほか、温室では熱帯、亜熱帯産の約千百種類の植物が栽培されています」

「松本さんって、歴史にも植物にもくわしいんですね」

だから、彼の趣味欄には「街歩き」「神社仏閣巡り」のほかに「野草」とあったのか。一つでも好きな趣味が重なっていれば許容範囲、と妥協して選んだ男性だった。イケメンとまではいえない容貌だが、長身な点と年齢的につり合いそうな点とやさしそうな雰囲気に惹かれて、十八人いた男性の中から彼の番号を書いた。

彼のほうはどうなのか。十五人いた女性の中からなぜわたしを選んだのか。確かに、男性受けするような服装——膝丈のスカートにレースのついた白いブラウスに水色のカーディガン——で参加したが、自分より若くてきれいな子は何人もいた。

——やっぱり、趣味欄に共鳴したのかしら。

婚活パーティーでカップルになった相手との最初のデートは、互いの心の探り合いになる。相手が住所を明かさなければ、こちらも教えないし、相手が年齢を言わなければ、こちらも明確な年齢を言わない。もちろん、出身大学も教え合わない。最初から相手のプライバシーに深く立ち入るのは失礼、と考えているのだ。縁がなかったと悟って別れるとなったとき、面倒な揉めごとになるのを互いに恐れているのかもしれない。

プロフィールカードに「三十代」と大雑把な書き方をしていた松本弘之は、大体三十代半ばくらいかな、と芽衣は見ている。

気がついたら、ふたたび彼は少し先を歩いている。小走りに追いつくと、「坂上さん、ニュートンのりんごは知ってますよね」と、彼が振り向きざまに唐突に言った。

「りんごが木から落ちるのを見て、万有引力の法則を発見したというニュートンですね」

「そうです。そのりんごの木が園内にあるんです」

答えるなり、松本弘之はすたすたと目的の場所へ歩いて行った。

柵に囲まれてはいたが、何の変哲もない一本のりんごの木だった。

「本当にこれがニュートンのりんごの木なんですか？」

「もとの木を接木によって科学に関係した施設に分譲して、そこで育てられているんです。この木は、昭和三十九年に、英国物理学研究所の所長サザーランド博士から日本学士院長の柴田雄次博士に贈られた木を接木したものなんですよ」

「へーえ、そうなんですか」

年号や人名を正確に覚えている松本弘之に感心して、芽衣は深くうなずいた。祖父母と大神坐市の山里を歩いたときの懐かしい記憶がよみがえってきた。

「子供のころ、父の田舎に行ってぶどう畑で遊んだものです。まだ健在だった祖父は野草が好きで、どんな雑草でも名前を知っていました。子供心にすごいな、と思ったものです。祖母には食べられる野草を教えてもらって、それを夏休みの自由研究にしました。雑草にしか見えないのに、実は食べられる野草は意外に多いんですよ。シソやサンショウが食べられるのはよく知られているけど、ヤブレガサやモミジガサなどは天ぷらにしても美味しいし、それから……」

「ソバナやゴマナやヤマブキショウマなども茹でてお浸しにしてもいいし、ドクダミは天ぷらにできるし、ヒトツバヨモギはあんこと混ぜて餅や団子にするとうまいし、食べ物ではないけど、ゲンノショウコなどは下痢止めや腹痛の薬としても使われていますよね」

松本弘之がよどみない口調で芽衣のあとを引き取ったので、その博学ぶりに圧倒された。

「松本さん、本当に植物好きなんですね」

「植物は自分がどう見えているかなど気にせずに、その生を全うすべく一生懸命生きています。ぼくはそのひたむきさが好きなんです」

松本弘之は、接木されて成長したニュートンのりんごの木を眺めながら、かすかに目を細めて言った。

「そんなことを言う人は、はじめてです」と、芽衣は正直に言った。

「だから、ぼくは、外来種などに関してもほかの人とちょっと違う意見を持っているんです。もともとその地域にはなかったものが人間などの活動によって外から持ち込まれたものを外来種といい、生態系を壊すとか健康に害を及ぼすとか悪者扱いされています。だけど、ぼくは植物に罪はないと思うんです。持ち込まれた地でせいいっぱい繁殖し、生き延びようとする。ただそれだけです。それなのに、人間は彼らを根こそぎ排除しようとします」

「植物に罪はない……ですか」

芽衣は、松本弘之の熱のこもった主張に心打たれていた。そんなことを言う人にもはじめて会った。

「そういえば、昔、おじいちゃんと山道を歩いていて、きれいな赤い花を見つけたことがあったんです。『わあ、きれい、摘んで持って帰ろう』と言ったら、おじいちゃんは『それは悪いケシの花だよ』って。ケシの花にも種類があって、法律的に栽培が禁止されているものがあるということはあとで知ったんですけど」

「いまの日本では、見つけたら保健所に通報することになっています」

と、松本弘之が受けて、小さなため息をついた。「大麻草もそうですね。違法とされるケシも大麻草も、栽培せずとも山の中に自生することはよくあります。それでも、見つけ次第、通報して除去しなければならないとされている。つまり、自然界にあるものを人間の手によって絶滅させる。おかしいと思いませんか？　植物に善も悪もありません」

「そうですね。でも、ある種のケシの成分や大麻草には摂取すると幻覚作用が出るものがあり、それが人体に悪影響を与えると言われていて、犯罪の温床にもなっています。だから、法律で禁止されているのでは？」

「では、なぜ、海外で大麻を解禁している国があるのでしょう。日本でも許可された人だけは栽培できます。それは、麻縄や注連縄を作るのに必要とされているからです。医療用にも大麻は使われています。大麻すべてを悪者と見る風潮はおかしいと思いませんか？　大麻草も植物です。植物に……」

「罪はありません、ですか？」

芽衣が続く言葉を引き取ると、松本弘之は我に返ったようになり、「すみません。ずいぶん熱くなってしまいましたね。別にぼくが大麻を栽培しているわけではありませんよ」と言った。

6

松本弘之と夕飯を食べてから自宅に帰ると、父はまだ帰っていなかった。「明日は用事があって出かける。お父さんも夕飯は済ませて帰るから」と、昨夜言っていた父である。どんな用事なのか誰と会うのか、互いに詮索しないことにしている。二人暮らしになってから、干渉し合わない生活をしようと決めたのだった。

しかし、今日のできごと——松本弘之との初デートに関しては、父に話したい気持ちが強まっている。入浴前にスマホをチェックすると、彼から早速ＬＩＮＥが届いていた。

——今日は楽しかったです。次は映画にしませんか？

早々に二回目のデートの誘いがきた、と芽衣は胸を弾ませた。「植物に罪はありません」などと言う新しい価値観を持つ彼のような知的な男性ははじめてで、新鮮なときめきを覚えている。自分の知らない世界をもっと見せてくれるのでないか、と期待してしまう。

——映画、いいですね。何を観ますか？

すぐに返信すると、

——芽衣さんが決めてください。

と、こちらも即座に返ってきた。デート中は「坂上さん」と呼んでいたのに、メールでは名前を書いてきた。親密になりたい、という意思表示だろうか。「調べてみます」と返したとき、父が帰ってきたので、スマホをバッグにしまった。

「芽衣、話があるんだ」

珍しくまじめな顔で父が切り出したのに、キッチンカウンターの電話が鳴って、水を差された形になった。

「待ってね」と言い置いて、電話に出る。固定電話にかけてくるのは祖母と決まっている。

「芽衣ちゃん、あのね」

案の定、祖母からだった。が、声が沈んでいる。

「おばあちゃん、何かあったの？　またおかしな電話があった？」

「あ……ああ、ここ数日、無言電話が何度かあったの。出たらすぐに切れて」

在宅か否かを探る電話だろうか。

「でも、大丈夫。もう絶対に振り込め詐欺には引っかからない自信があるから。でも、怖いのは電話じゃないの。夜中に外の物音で目が覚めてね。家のまわりを誰かが歩いているの。何だか怖くなって。で、けさ玄関に出てみたら、門の前に犬のフンがあって……」

祖母の声は震えていた。いままで門の前に犬のフンが落ちていたなどという話は、祖母から聞かされたことはない。大体、犬の散歩コースからはずれた場所なのだ。明らかに何者かによる嫌がらせだ、と芽衣は思った。

「警察には通報したの？」

警察と聞いて、そばにいた父が気色ばんだ。

「ううん。だって、夜中の足音と犬のフンとの関係がわからないし、そんなことでおまわりさんを呼んでいいものかどうか。もし万が一、ご近所の誰かのしわざだったら、あまり騒ぎたてるのもどうかと……」

ご近所といっても、「お隣さん」はもういない。何かあったときに頼れる隣人のいない地に、老女が一人で住んでいるのである。

週末行くから、それまでに何かあったらすぐに警察を呼んでね、と念を押して電話を切ると、「どうした？」と、父が青ざめた顔で聞いてきた。電話の内容を伝えたら、「もう限界かな」と、父は険しい顔つきになった。

「おばあちゃんをこっちに呼び寄せたほうがいい？」

「そうだな。詐欺電話や無言電話がかかってくるだけじゃなくて、夜中に家のまわりに不審者が現れるようになったんじゃ、おふくろも生きた心地がしないだろう」

「いますぐ引っ越すわけにはいかないでしょう？　とりあえず、週末行ってみるわ」

父には、顧問を務めているサッカー部の遠征に付き添うという仕事がある。

「車を使ってもいいよ。わたしは電車で行くから」

「大丈夫だよ。生徒の保護者の車に同乗させてもらうから。おふくろのことではいつもおまえに任せてしまって、すまないと思っている。よろしく頼むよ」

「わかってる。……あ、お父さんも何かわたしに話があるって、何？」

「ああ、それはもういいんだ。いまはおふくろ……おばあちゃんのことだけ考えればいい」

自分の胸に言い聞かせるように言って、父は口元を引き締めた。

7

「振り込め詐欺の電話に無言電話に、真夜中の不審者に犬のフンですか」

四十代半ばに見える恰幅(かっぷく)のいい警察官は、芽衣の話を聞き終えると、「八十四歳になられる坂上(さかがみ)澄子(すみこ)さんは、現在一人暮らしというわけですね。それから、お隣は空き家になって、賃貸物件に出されているのですね」と、住人の居住状況からおさらいした。

宝蔵寺前交番にきている。祖母の家のある集落から緩やかな坂道を下ったところに交番があるのは、車で通うときの通り道なので知っていた。

「何かあってもすぐに駆けつけられなくて心配なんです」

親身になってくれそうな警察官に、芽衣は質問した。「似たような相談は、ほかからきていませんか？」

「振り込め詐欺に遭った高齢者は、市内でも去年一人出ています。今年になっての被害報告はありません。それから、犬のフンに関する苦情は、町内会のほうにはたくさん寄せられているみたいですね。まあ、それは、飼い主のマナーの問題となりますがね」

警察官は苦笑してみせてから、「定期的に巡回はしておりますが、今後は回数を増やすようにします。夜間のパトロールも強化します」と、まじめな顔で請け合ってくれた。

「そうしてくださると心強いです。よろしくお願いします」

「ああ、それから、お隣が貸し物件になっているということは、外部から流入する人も多くなるということですから、なるべくなら、あなたのおばあさんが一人暮らしであることは知られないほうがいいですね」

「表札にはまだ祖父の名前、坂上光一郎(こういちろう)がかかっていますし、男物の洗濯物も干すように祖母に言ってあります。玄関にも男物の靴を置いておくように勧めています」

「それは、よき防犯対策の一つです。いちおうパトロールカードを渡しておきますから、おばあさんの家の冷蔵庫にでも貼っておいてください」

相談に訪れた芽衣に渡されたのは、交番名と警察官の名前の入ったカードだった。畠中(はたなか)、本藤(もとふじ)、と二人の名前が記入されている。

「ああ、自分は畠中です」

タヌキのような丸い顔立ちの警察官は、芽衣の視線に気づくと、にっこりして名乗った。

約束の時間を十分過ぎている。スマホを手にして、芽衣は思案した。十分経過しただけでLINEで確認するのは、神経質すぎるだろうか。

大神坐市に行き、交番に顔を出して祖母の「見守り」を頼んでから三日目。松本弘之との二度目のデートは、映画鑑賞だった。会社帰りに有楽町で待ち合わせて、軽く食事をしてからレイトショーを観る。そういう約束だ。芽衣の独断で選んだ恋愛ものの洋画で、事前に濃厚なベッドシーンがないことをチェックしておいた。

JR有楽町駅前のビル内のカフェを待ち合わせ場所に指定したのも芽衣だった。松本弘之は、最初のデートから間を置かずに次の休日に会いたいと言ってきたが、「祖母のところに行く用事があるから」と断り、そのあとの平日の夜に映画を観ることに決めたのだった。

結局、祖母の家には一泊した。夜間も起きているように努めて、不審者がいないかどうか確認した。そのときは、家の周辺にとくに異常は見られなかった。早朝、あの畠中という警察官も「何か変わったことはなかったですか？」と、巡回に訪れてくれた。滞在中、二度電話が鳴ったが、祖母が対応したときのように芽衣が出て「もしもし？」と言った途端、切れてしまった。その後はずっと留守番電話にしておいたのだが、もうかかってはこなかった。

「警察がまめに巡回してくれて、その動きを犯人がキャッチしたのなら、もう嫌がらせめいたことはしなくなるのでは」

芽衣が自分の推測を伝えると、祖母は「そうね」と、納得して安心した様子だった。

だから、もう祖母の件はいちおう解決した、あとはわたし自身の問題、と気持ちを切り替えて、松本弘之との今後の交際を真剣に考えるつもりだったのだが……。

三十分が経過した。

――なぜ来ないのだろう。

映画の開始時間が迫っている。もういいだろう、と彼にメッセージを送ってみた。

――残業ですか？

しばらく待ってみたが、なかなか既読にならない。

思いきって電話をかけてみたが、通じる気配はない。そのときはじめて、彼の勤務先も「新橋方面の広告関係」と聞いているだけで、会社名は知らないことに気づいた。

――何か突発的なことが起きたのかしら。

事故に巻き込まれたとか、急に体調が悪くなったとか。スマホで電車の遅延情報を調べてみた。路線事故などは起きていない。

一時間が経過した。カフェを出て、映画館の入り口で待つことにした。場所を変えた旨を伝えたが、やはり既読にはならない。

不安が胸に満ちてくる。疑心も入り混じる。「何かトラブルですか？」「大丈夫ですか？」と、立て続けにメッセージを送ったが、結果は同じだった。

映画の開始時刻になってしまった。諦めて帰ることにした。帰ってからも何度か、就寝前にもメッセージを送った。既読にはならない。

そして、翌朝、自分が松本弘之にブロックされたことを知った。

――わたしは拒絶された？

昨日のデートもあちらが意図的にすっぽかしたのではないのか。生まれてはじめて男性にふられた可能性に思い至って、芽衣は愕然とした。

9

それから二日後。早朝、テレビをつけた芽衣の目に衝撃的なニュースが飛び込んできた。

全国三箇所で、大麻取締法違反容疑により、二十四歳から三十九歳までの男女二十一人が一斉逮捕され、乾燥大麻数キロが摘発されたという。N県とF県とG県のその三箇所に共通しているのは、いずれも限界集落と呼ばれる地域で、農業従事者、ミュージシャン、建設作業員、介護士、システムエンジニアなどの肩書きを持つ彼らは全員、都会からの移住者という点だった。二十一人の中には夫婦として暮らしているケース、仲間同士がシェアハウスのようにして暮らしているケースがあり、子育て中の夫婦もいて、芽衣は衝撃を受けた。

——大麻って……。

どうしても、松本弘之の話と結びつけてしまう。あのとき彼は、「植物に罪はない」と熱く語り、自ら大麻草についても言及した。大麻草もひっくるめて「植物に罪はない」と主張したのだ、と芽衣は受け取った。

しかし、名前が明らかにされた逮捕者の中に松本弘之という名前はなかった。SNSで検索してみたが、その名前はヒットしなかったし、顔写真も出てこなかった。

婚活パーティーで彼とカップリングしたあと、本名を名乗り合い、LINEのアドレスも交換し合ったが、運転免許証を提示し合ったわけではない。松本弘之という名前そのものが偽名だったとしても不思議ではないのだ。

偽名を使ったのは、後ろめたいことがあったからではないのか。LINEで彼にブロックされたのは、彼が警察の動き——ガサ入れの情報を察知して、身の危険を感じ、交友関係を断ち切ろうとしたからではないのか。大麻所持などに関しては、犯罪の抑止力アップを狙って、テレビ局にガサ入れの情報が事前にもたらされる場合があるという。

芽衣が巡らした推理は、その三日後にほぼ確実なものとなった。

逮捕された容疑者の一人から次のような供述が得られたからだった。

——自分たちは、大麻を常識の範囲で扱っており、理性を逸した扱い方はしていない。大麻を悪者と見る風潮のほうが異常と思われる。我々は、今後も大麻への世間の偏見を解くための最良の方法を模索するとともに、同志を募りながら全国各地に理想の住まいを探す活動をしていきたい。

——同志を集める。

——理想の住まいを探す。

彼らの思想に共鳴した松本弘之もまた、同志になろうとしていた一人だったのかもしれない。そして、同じような若者のグループが大神坐市に理想の住まいを求めに行ったのかもしれない。

松本弘之自身は、そのグループと無関係だったのではないか、と芽衣は推察している。だが、彼が摘発された彼らと同じ思想を持っていた人間であるのは間違いない。それゆえに、あのまま交際を続けていたら、自分もいずれ彼に洗脳されたかもしれないとは思っている。それまでカップリングした男性の中ではもっとも相性がよかったし、知性あふれた彼に惹かれ始めていたのは事実だったから……。

祖母の家への嫌がらせはぴたりとやんだ。振り込め詐欺の電話も無言電話も、不審者のうろつきも犬のフンを門の前に放置するような嫌がらせもなくなった。

——それらはすべて、祖母をあの家から追い出すためだったのではないか。

芽衣は、そう推理したのだった。外から見えにくい中庭のある隣家は、大麻草を栽培するには最適の物件だったのだろう。一人暮らしの老女は邪魔な存在になる。裏の畑でちょろちょろされたり、とれた野菜を届けるために頻繁に訪問されたりしては困る。それで、怖がらせて、排除しようとしたにちがいない。転居させるのが目的であり、金をとるのが目的ではなかったから、手渡し詐欺のような現実的な手法を使わなくてもよかったのだろう。遠隔地に住む家族に不安や恐怖を訴え、心配になった家族が引き取る決断をするのが最終目的だったのだから。

快適な老後を過ごすための移住先として、大神坐市を選ぶ者ばかりではない。世の中には、邪な目的で当地に空き家を探す人間もいる。そのことを、芽衣は学習したのだった。

「待たせたな」

父親の声に、婚活パーティーから今日までを顧みていた芽衣は、我に返った。会社帰りにカフェで待ち合わせている。今朝いきなり、「おまえに会わせたい人がいる。席も設けてある」と、父に切り出されたのだ。話があるとはこの件だったのか。

——お父さんにもついに春がきたのか。お母さんも天国でもう許してくれてるよね。先を越されたのは悔しいけど……。芽衣は、苦笑しながら席を立った。

10

「真理子、ごめんね。いままで黙ってて」

ふだんよりおめかしした母が、個室のドアから娘に視線を戻して言った。母と娘は、レストランの個室にいる。

だった。

「何となく気づいていたけど」

と、真理子は応じた。「会わせたい人がいるんだけど」と、母に切り出されたのは、今朝のこと

──一周忌を済ませるまでは喪に服していたが、その後は徐々に外に出て行く機会を増やして

いった。

真理子は、そうした母の動向を観察していたのだった。母の性格そのものも充分に把握してい

た。異性のパートナーなしには生きていけない甘え上手な女。それが母親──神田桃子という人

間だと理解している。そこは、結婚は考えず、仕事ひと筋に生きていきたい真理子とは正反対だ。

父の遺骨を散骨したことは、母には報告しないままでいる。第二の人生に向けて、彼女が死んだ

夫のことを忘れたがっているのを察知したからだった。

「どういう人か、事前に教えてよ。交際に至ったきっかけだけでも」

と、真理子が請うと、

「じゃあ、それだけね」

と、桃子はいたずらっぽく微笑んで、言葉を継いだ。「本名や年齢を明かさなくてもいいと聞い

て、気軽に婚活パーティーに参加してみたのよ。もちろん、シニア向けの」

「へーえ、そうなの」

相槌を入れると、気分がほぐれたのだろう。桃子は、堰を切ったように話を続けた。

「遊び感覚で、プロフィールカードの五十代後半のところに丸をして、名前は頭文字からとって

M子にしたの。男の人が好きそうなフェミニンな服を選んで、若作りしてね。笑っちゃうでしょ

う？　男性の中にヒロシさんって人がいたんだけど、ちょっと話しただけで、運命的なものを感

じてしまって。ヒロシさんのご実家が、何と大神坐市だったのよ。出会うべくして出会った人だと思わない？　お母さんは当然、ヒロシさんを選んだけど、向こうもきっとわたしを選んでくれる、って確信していたの。めでたくカップル成立となって、街に出て、本名を教え合って……。彼の名前は、坂上博光さん。坂上さんにはあなたと同じ年頃の娘さんがいるのよ。今日は、その娘さん、芽衣さんも連れて来ると言ってたけど……」

そこまで話したとき、個室のドアが開いて、その父と娘が入ってきた。

犬さらい◉図子慧

1

一車線の林道に、うっすらとヒビが入っていた。

「ここ、アスファルトが浮いてるな」

建設会社の太った男がそういって、傾いた部分を足でつついた。路面が危なっかしく揺れた。宙に浮いた部分は数センチほどだが、揺れ具合からして道路下にかなりの空洞ができているらしい。

立ち合いの神薙（かんなぎ）ハジメは、林道が陥没するのではないかと気が気ではなかった。

「それで、工事はいつ頃の予定？」

「さあねえ、先様次第なんで。こりゃ今夜の雨でもっとでっかい穴があくね」

男はニヤニヤしながら煙草を斜面に投げすてた。じゃ、といって離れた場所に停めたワゴン車に向かった。

「ちょっと待って。通行止めは？」

ハジメは怒鳴ったが、男はワゴン車に乗りこんで走りさった。

ああもう。この二ヵ月間、市に陳情をつづけてようやく人を寄こしたと思ったら、担当者でもなんでもない無責任な民間業者とは……。

期待が大きかっただけに、失望も底なしだった。ハジメはゾンビのように重い足取りでピックアップトラックにもどった。荷台からコーンを取りだして、先月から並べてあった自前のコーンに足した。通行止め用のロープも張った。

崩落個所の画像を撮影したものを市の防災担当者に送ろうとしたが、圏外だった。電波にも俺は見放されたのか？　画像を送ったところで、騒いでるのがジジイ一人では予算案の候補にも入れないだろう。

目に映る景色まで暗くみえて、老眼が悪化したかと心配になった。空をみあげると、みたこともないような黒い雲が接近中だった。雨雲だ。ハジメはあわててピックアップに乗り込んでヘッドライトをつけた。

林道は当分通れそうもない。とはいえ林道を利用するのは、ハジメのように付近の山を持ってる山主か、送電線を担当する電気工事車両に限られているから、市民生活への影響はほぼない。林道が通行止めの場合は、迂回すればいいだけの話。つまり今後、コンビニにいくのに一時間よけいにかかるというだけだ。

落ち込むのも飽きて、家に帰ってコーヒーをいれて一服することを考えた。ラジオの天気予報を聞きながらトラックを走らせた。

路肩にぼんやりした人影がみえてきた。こちらに手を振っている。ハジメはトラックの速度を落とした。

自転車と人。小柄だ。フード付きジャケットにリュックをかけている輪郭からして、子どもか？

ハジメは少し先でトラックをとめて、助手席の窓をあけた。

「どうした？」

自転車を押しながら子どもが駆けよってきた。

「タイヤがパンクしちゃって」

年のころは十かそこらの男の子で、自転車用ヘルメットをかぶり、水色のフード付きジャケットを着ている。この辺りの子ではない。そもそも林道沿いは人が住んでない。空き家から白骨がでたとか神隠しがあったとか、気味の悪い話ばかりだ。ハジメは幾分か緊張しながら車をおりた。ヘッドライトの光の中で、子どもの自転車の前輪を調べた。一目で、空気を入れても無駄だとわかった。タイヤ内部のチューブが裂けてちぎれかけている。

「タイヤのチューブを交換するしかないね。修理店まで送ろうか？」

「あの、犬を探してるんです。ぼくの犬がいなくなっちゃって」

こんな山の中で？　山犬とか？

ハジメは無意識に腕を組んで、子どもから心もち身を引いた。林道の先は、ハジメの家をのぞけば山ばかりで人家も施設もない。五キロほど先で国道に繋がっていてパーキングエリアもあるが、そこも売店はなく、トイレと公衆電話があるだけだ。

背中がぞわぞわしてきた。

「犬は、どこでいなくなったんだい？」

「うちからです。月曜日に」

少年は、ハジメの白髪のポニーテールと年には見合わない長身にジーンズという姿を、珍しそうにながめている。

「きみの家はどこかな？」

「網野町です」

ここからずいぶん距離がある。子どもは、リュックから自分の携帯電話を取りだした。待ち受け画面は犬の画像だった。白と茶色のぶち犬で、耳の垂れたかわいらしい犬だ。

スマホを持ってる幽霊はいないだろう。ハジメはやっと肩の力を抜いた。

「ジャックラッセルテリアだね」

子どもの顔が輝いた。

「おじさん、知ってるの？」

「ああ、うちの娘が飼ってるんだ」

娘夫婦が飼ってる元気な小型犬を思い出した。娘一家とともに帰省しては家中をひっくり返してくれるバカ犬だ。

「網野町からずいぶん離れてるけど。どうして？」

「パーキングエリアでみたと教えてくれた人がいたから、探しにきたの」

話してるあいだに、ぽつぽつと雨が降ってきた。あっというまに土砂降りになったから、ハジメは子どもに車に入るようにいった。子ども用自転車を荷台にあげて、シートをかけたころには、全身がずぶ濡れになっていた。

運転席に乗り込み、タオルを探した。タオルは車搭載の防災無線にかかっていた。髪をふきながら、たずねた。

「きみの学校は網野小学校？」

「はい。四年生です」

ハジメは、防災無線で市役所の防災課を呼びだした。県の条例で、家族以外の子どもを車に乗せるときは親の承諾を得るか、関係機関、つまり学校に知らせる決まりになっている。

防災課の小西（こにし）がでた。神薙ハジメだと名乗った。

「神薙先生、雨はどうです？」

「いやあすごいよ。道が川になってる。竜宮山北の林道にいるんだけど、男の子を保護しましてね。自転車のタイヤがパンクして立ち往生してました。網野小学校の生徒だそうです。問い合わせはきてます？」

「今のとこ子どもの捜索願いはないですね。ケガは？」

「みたところ、ないようです。犬を探しにきたと言ってます」

ハジメは子どもにマイクを差しだした。

「防災課の人と話せるかな？」

「うちに知らせるの？」

子どもは不安そうに身体を動かした。ハジメはあらためて子どもをみた。目のぱっちりした利発そうな顔立ちをしている。Tシャツの上に着た水色のジャケットのロゴに見覚えがあった。娘が孫たちに着せている子ども用ブランドの服だ。店は原宿にある。自転車用ヘルメットは新しかった。

「法律で、よそんちの子を勝手に車にのせちゃいけないことになってるんだ。今日みたいな土砂降りでも、子どもをのせるときは保護者や学校の先生の許可がいるんだよ」

子どもは車窓に目に向けた。ごうごうと降る雨を不安そうにみている。雨の中に追い出されるのではないかと心配しているようだ。

「この辺りは携帯電話が使えない。もしものときのために役所の人に家を教えてくれないかな。そしたら、おじさんと役所の人は安心する。おうちの人も安心するだろう」

「おじさん、役所の人？」

「元公務員だ。定年退職したけどね」

子どもは携帯よりも一回り大きな無線をこわごわ手にとった。話せばいいの、と目顔で聞いてきたので、ハジメは小西に呼びかけた。

「小西さん。この子と話してくれないかな」

小西が役所の部署名を名乗った。つづけて子どもの学校と学年、名前をたずねた。イチカワリョウマ、網野小学校の四年二組。家は幼稚園の近く。古くからの住宅街だ。

二人のやり取りを聞きながら、ハジメはふりしきる雨をながめた。ライトに雨の飛沫（しぶき）が白く光っている。陥没箇所は今ごろどうなったろう？

子どもの名前はイチカワリョウマ。そういえば市役所の教育課に市河という主事がいる。子どもの父親だろうか。

空が白く光った。数秒落雷の轟音がとどいたあと、防災無線が無音になった。

「こりゃ市役所に雷が落ちたな」

「また光った」

今度の落雷は近かった。ドーンという衝撃波と轟音が届いた。二人はギャッと悲鳴をあげた。

「急いで帰らなきゃな」

「でも、パオを探さないと。おじさん、パーキングエリアに連れていってください」

そういえば、犬を探しにきたんだっけか。

ハジメは、雷光が怪しく明滅している空をみあげた。子どもは真剣な面持ちで車窓にかじりついている。真っ暗な森のどこかに自分の犬がいると信じているのだ。

「パーキングエリアで、パオそっくりの犬をみた人がいるんだ」

小型犬が、市内からこんな山中まで逃げるわけがない。

「だれに聞いたんだい？」

子どもは口ごもった。

「ネットかい？」

「地元口コミサイト。携帯電話の」

ハジメはしばらく考えて、ああ、といった。思い出した。電話番号登録の地域コミュニティサイトがあるのだ。病院や保育園の口コミが投稿されている。市内在住者だけのサイトで、外部の人は読むことができない。ハジメは防災情報のチェックに使っている。

「地域ネットは、十八歳未満は登録できないんじゃなかったっけ？」

「おばちゃんに頼んだの。そしたら教えてくれた人がいて……。でもママは、パオがそんな遠くまでいくはずがない、野良犬だろうって、車をだしてくれなかった」

それで、彼は自転車に乗って犬を探しにきたのだ。

「犬は外飼い？　室内飼い？」

「室内飼い。病気だから物置に寝かしたの」

「どんな病気？」

「お腹の調子が悪くて。家中を汚しちゃった。おじさんが怒っちゃって。それでママが、パオを物置にいれたんだ。一人ぽっちでかわいそうで、ぼくとママで交代で世話したんだ。月曜日に学校から帰ったら、パオがいなくなってた」

「犬は、月曜日に家からいなくなったんだね？」

少年は涙ぐみながら、うなずいた。

「そうか。おじさんも、きみをパーキングエリアに連れていってあげたいが、この道路は途中で崩れていて通行できないんだ」

「でもパオが……」

「パーキングエリアには建物があるし、近くに店もあるから保護してもらえるだろう」

パーキング自体に店はない。だが、トイレはあるし国道沿いには工場やコンビニが並んでいる。

「大丈夫かな」

「ああ。あとで、ぼくも探してみるよ」

ハジメは車のドアロックをかけた。子どもにシートベルトをさせた。

「とりあえず、携帯電話の使えるところまでいこう」

雨の中、トラックを走らせながら、ハジメは子どもの話を聞いた。

イチカワリョウマは、去年、母親と二人で東京から引っ越してきた。母親は薬剤師をしている。東京では親子三人でペット可のマンションに住んでいた。今住んでるおじいちゃんおばあちゃんの家は二階があって離れと母屋がある。母方の祖父母と、母の兄一家が同居している。

ハジメは天気ラジオをつけっぱなしにしていた。雨は一時ほどの勢いはないが、側溝から水があふれて路面は浅い川のようだ。

子どもはこの辺りに不案内で、マップでみた最短ルートがこんな山奥の道だとは知らなかったといった。窓の外を珍しそうにながめている。

「家が真っ暗だ。あ、あそこの家も。停電？」

「この辺の家は、みんな空き家だよ」

「パオ、空き家に隠れてるかもしれない。呼んでもいい？」

「じゃあ二分間。一分呼んで一分待つ」

ハジメがトラックを止めると、子どもは窓をおろした。全開にしようとして雨の勢いに驚いている。結局、上三分の一だけ開けて、隙間に口をつけた。両手を窓ガラスにかけて、叫んだ。

「パオ、おいで。パオ！」

子どもの澄んだ声が、真っ暗な厚い雨に吸いこまれてゆく。

防災無線が復活した。地元警察署の畠中から通話が入った。

「神薙先生、畠中です。連絡のあった児童、そこにいますか？」

「ああ。車の中から犬を呼んでる」

「保護者が探してるそうです。大雨になったので母親が心配して携帯電話にかけたら繋がらなくて、友人宅にもいないってことで、警察にかけてきました」

ハジメは、苦笑しながら無線を聞いた。子どもは犬を呼ぶのをやめてふり向いた。顔が青ざめている。

「おうちの人にはおじさんが説明するよ。きみが怒られないよう頼んであげる。この辺りは、山に邪魔されて携帯電話がつながらないんだ。きみのせいじゃないから」

子どもは安心した表情になった。畠中と話し合い、先に家族に連絡を頼んだあと、子どもの自宅へ向かった。

2

子どもの家は、古くからの住宅地にあった。大きな家が多く、なかでも白い塀に囲まれて一際目立つ日本家屋が、子どもの自宅だった。『市河』と表札がかかっていた。

初老の女性がでてきて、恐縮しながらしきりに礼をいった。子どもが追い立てられるように家に入ったあと、ハジメは、トラックの荷台から濡れた自転車をおろした。

家から四十代の男性がでてきて、「門の中にいれといて」と横柄な口調でいった。教育課の市河だ。

ハジメは、自転車を抱えて門の中に入った。市河は、作業服を着た男が知りあいだと突然気づいたようで、ころりと態度を変えた。声の調子があがって、腰が低くなった。

「神薙先生、どうも申し訳ありませんでした」

「たまたま通りかかったんですよ。パンクしたというのでみてたら、雨が降りだしましてね。ついでなので乗せてくることにしました。知らない人の車にのったことで、リョウマ君を叱らないでくださいね」

「通りかかったのが先生で本当によかったですよ。最近、この辺りは子どもへのいたずら事件が頻発してますので」

それは初耳だった。市河は、塾通いの小学生や中学生が帰り道に男に追いかけられた話をした。犯人はまだ捕まってないらしい。市河は苦々しい口調でいった。

「うちも娘がいるものですから、塾の送り迎えはすべて車ですよ。娘を持つ親はみんな不安がってましてね」

「犬がなかなか帰ってこないのは心配ですね」

ハジメは話題を変えた。犬ですか、と市河が顔をしかめた。

「ここだけの話、あの犬、もう長くないんですよ。ガンでね。犬のガンってものすごい治療費がかかるんです。犬も苦しむだけだから、安楽死させたらどうかって妹に話をしてるんですけど、妹リョウマはかわいがってますのでね。こういうのを話すのは父親の仕事だと思うんですけど、妹夫婦は離婚しちゃいましたから」

子どもは大人たちの思惑に感づいたから、自分で犬を探しにいったのかもしれない。ハジメは、玄関においた自転車に目を向けた。水たまりができている。

「自転車の前輪は、タイヤごと取り替えないと無理でしょうね。裂けてるから」

「ああ、あれね。リョウマが自分で犬を探しまわるんじゃないかとアツコが――、リョウマの母親が心配してたんで、わたしが空気を抜いておいたんですよ。当分、修理しないつもりです」

タイヤの空気を抜いたことを手柄のように話す市河に、ハジメは腹が立った。

子どもは、空気の抜けたタイヤで、山道を何時間ものぼりつづけたのだ。そしてタイヤが裂けて立ち往生した。もし自分が林道を通らなかったら、子どもはどうなっていたか。ハジメはぞっとした。

腹立ちが顔にでてしまったようで、市河はあわてた表情になった。

「これからは気を付けますよ。ところで、先生、市民講座のことでご相談がありまして。近々ご連絡差し上げてもよろしいでしょうかね」

3

ろくでもない日だったと思いながら、ハジメは自宅に帰った。シャワーを浴びて着替えるあいだにコーヒーの粉をセットした。帰宅途中、レストランで受けとった鍋をレンジであたためた。

自炊が面倒臭いハジメは、地元の店に食材と鍋を持ちこんで料理を作ってもらい、そのつど料金を払っている。今週はボルシチだった。

夕食の用意をしているあいだに、電話が次から次へとかかってきた。地元と東京の友人、家族、さきほど会った主事の市河から「犬がみつかりました」という知らせ。

「えっ、パオがみつかったんですか？　雨の中、探しに？」

「いやいや、犬が自分で戻ってきたんですよ。近所にいたんだと思いますよ」

「犬の状態はどうです？」

「ずぶ濡れでしたが、元気そうでしたよ。リョウマが付きっ切りで世話してます。ところで先生、市民講座なんですが——。来年といってましたが、早めてもらえませんかね。講師の人が亡くなって後釜がみつからないんですよ。講座に穴があいて」

厄介な電話中に鍋がこげそうになり、あわてて火を止めた。

ようやく食べはじめると、また電話が鳴った。

今度は、リョウマの母親の市河アツコだった。

「息子のリョウマが本当にお世話になりました」

アツコは、何度もくどいほど礼をいいながら、息子をどこでどんな状況でみつけたかを知りたがった。ハジメはわかりやすく場所と状況を説明した。

母親は呑み込みが早かったが、それでもまだ納得してないようだった。

「何度も同じことを聞きまして申し訳ありませんが、リョウマは携帯電話が通じないような山中にいたのでしょうか」

「市街地ですよ。山に遮られてて、たまたま電波状況の悪い場所でパンクしたんです」

アツコはホッとしたようだ。

「そうですか。わたし、S市の病院に勤務しておりまして、リョウマに電話が通じなくて家にもいないとわかって、すぐ目撃情報が寄せられたパーキングエリアのことが浮かんだものですから、探しにいったんです」

ハジメは、母親のカンの鋭さに舌を巻いた。

「パーキングエリアというのは、おたくの犬をみかけたと書き込みのあった場所ですね？」

「はい。そこに到着する前に保護したと連絡がきましたので、寄らずに家に帰りました」

「リョウマ君はしっかりしたお子さんですね。ところでその『犬をみた』というレス、いつあったんですか？」

考えるような間があった。

「犬探しの投稿をしたのは義姉です。地域ネットで呼びかけてくれたんです。月曜にいなくなって二日間近所を探して。水曜日に投稿したそうです。レスがきたのが昨日――、金曜の夕方でしたが、わたしは、残業で家に帰ったのが十時で。リョウマに頼まれたときは気力がなかったものですから……、いい加減な返事をしてしまいました」

まあ、それは仕方なかろう。

「ところで、リョウマをみつけたとき、神薙さんはお一人だったんですか？」

突然、聞かれてハジメは面食らった。

「わたしですか？　ええ、道路を調べにいった帰りでして、一人でした」

「じゃあ、たまたまリョウマに会ったんですね？」

「そうです。リョウマ君はだれかと待ち合わせてたんですか？」

一寸、沈黙があった。

「……失礼しました。リョウマが、神薙さんのことをパパと同じ東京の言葉を話すといったので、勘違いしてしまいました。申し訳ございませんでした」

市河アツコは、何度も謝ってから電話を切った。

ハジメは釈然としないまま、テーブルについた。ボルシチはさめていたが、温めなおす気力がそがれて、そのまま食べた。


翌日の日曜日、山上近くにある彼の一軒家に市河(いちかわ)アツコが菓子を持ってたずねてきた。思いがけなかったが、どうやらアツコのほうは相談があるようだった。ハジメとしても、美人が高級菓子を持ってあらわれたので、悪い気分ではなかった。

暖かい季節は、ポーチにガーデンチェアとテーブルを置いていて、来客はそっちでもてなすことが多いのだが、今日は雨でじめついていたから、居間に通した。本と書類に埋もれた室内を、アツコは珍しそうにながめている。

「神薙先生は、大学の先生でいらしたと兄に聞きましたが、ご専門はなんでしたの？」

「機械の制御系でした。今は木こりをしてます。それと、ときどき市の公開講座の講師をつとめております」

「お一人なんですか？」

「やもめです。子どもたちは独立しまして、ときどき遊びにきます」

雑談のあいだ、ハジメは探りをいれられるのを感じた。息子によく似たアツコの整った顔には、警戒心が張りつめている。大きな両目は落ちくぼみ、くまができていた。

「嶋達弘(しまたつひろ)をご存知でしょうか。東京都新宿区で、内視鏡専門クリニックの院長をしております」

その名前に心当たりはなかった。そう伝えた。

「では元夫から頼まれて、リョウマを車に乗せたわけではないんですね？」

「嶋さんの名前は、今日はじめて知りました。リョウマくんの父親ですか？」

リョウマの母親はようやく納得したらしく話しはじめた。ハジメは今回の件で多少引っかかっていたことがあり、耳を傾けた。

市河アツコと嶋達弘は、一年前に離婚した。元夫側に離婚原因があったとはいえ、嶋は医者であり裕福で家庭環境も安定していたことから、離婚に際して息子の親権と監護権を求めてきた。結局は、リョウマ本人の希望で、息子は母親側に引き取られた。とはいえ、リョウマは新しい環境に馴染んでいるとはいえず、父親はまだ息子を諦めてない。最近は、進学を理由に子どもを東京に戻そうとしている。

「リョウマがわたしを選んだのは、パオのためなんです」

「あなたの犬だからですか？」

「パオはわたしとリョウマの犬で、嶋になつきませんでした。元夫は、そのこともあって、わたしには『犬を連れてでていけ』といいました。息子が、わたしの側につくとは予想してなかったようです。でも、リョウマにとってパオは妹同然ですから、離れる気は全然なかったんです。嶋もあとでそのことに気が付いて、パオも一緒に引き取ると伝えてきましたが、リョウマは信用してません。元夫は、パオを蹴って怪我をさせたことがありますから」

「それで、お子さんを犬にかこつけて呼びだしたのが元夫だと疑ったわけですか」

「そのぐらいのことはやりかねない人ですので」

ハジメは、問題の投稿を教えてもらった。

電話番号で登録する地元口コミサイトの過去ログに犬を探す投稿記事があった。「探し物」のカテゴリーだ。

さとみ【うちの犬がいなくなりました】
ジャックラッセルテリアのパオ君が月曜日の夜から行方不明です。場所は大神坐市網野町付近。みかけた方、連絡お願いします。
犬種：ジャックラッセルテリア
名前：パオ（女の子） 5歳
小型犬 人なつっこいです。リードはつけていません
避妊手術しています
#迷い犬#ジャックラッセルテリア 画像三種。

>>ヨッシー
今朝、白と茶色の洋犬をパーキングエリアでみかけたよ。サンライズ工業の東畑工場の東側。
#迷い犬#ジャックラッセルテリア

「さとみは義姉です。ヨッシーという人物がだれなのかはわかりません。ヨッシーという名前の書き込みを探したんですけど、この一件だけでした」

ハジメは「ヨッシー」のプロフィール欄をみた。四十代女性。市内在住。登録は三年前。趣味つまみ細工。

ハジメはふと、ひらめくものがあった。市河アツコに言った。

「もし、同じ人物からレスがきたら、教えてもらえませんか？」

「でも、パオは帰ってきたんですよ？」

「パオが戻ったことは、この掲示板にはまだ書いてませんね。このままにしておいてください。リョウマくんを誘いだそうとした人物が、もう一度レスをつけるかもしれません」

5

翌日、市河アツコから電話がかかってきた。興奮した口調で、さっき不審なメッセージが届いたと話した。

「メッセージをくれる人は、みんな知りあいです。学校の関係者か仕事仲間です。でも、一人、まったく知らない人からメッセージがきました。迷い犬を保護してる人を知ってると書いてありました。田中という人でしたが心あたりがなくて。プロフィールをみたら、昨日登録されたばかりの人でした。気味が悪いです」

予想通りだ。ハジメは、メッセージの画像の保存方法を教えた。

「ところで、例のヨッシーの趣味で思いだしたことがありまして」

ハジメは、ときどき市のコミュニティ会館で市民公開講座の講師をしている。同時に開講されている講座の名前は、なんとなくおぼえていた。アツコの兄が話したことで、ある講座が去年からなくなったことを思いだしたのだ。

「『つまみ細工』の講座、講師の方が交通事故で亡くなって、中止になったんですよ」

市河アツコは察しが早かった。

「もしかして、ヨッシーはその先生だということですか？　亡くなった人のアカウント？」

「葭原さんという女性だったそうです。お嬢さんを車にのせて帰宅途中に、居眠り運転のトラックに追突されて、お二人とも亡くなってます。コミュニティセンターの趣味講座の人に確認してもらったんですが、地域ネットに登録されてるアカウントと電話番号が葭原さんのままでした。だれかが亡くなった人のアカウントを使用してるようです」

　アツコが大きく息を吸い込む音が聞こえた。震える早口で告げた。

「葭原さんという方、知ってると思います。たぶん、義理の姉の知りあいです。去年、離婚してこちらに帰ってすぐ、葬儀がありまして。義姉が喪服姿で告別式から帰ってきて泣きじゃくってて。亡くなった人は義姉のママ友で、離婚してお一人で中学生のお子さんを育ててらっしゃったとかで、他人事とは思えませんでした。強烈におぼえてます」

「同居のお兄さんのところのお子さんは、女の子ですよね。中学生？」

「え、ええ。姪は中学生です」

「義姉さんのＳＮＳに、姪御さんとパオが一緒の画像を投稿したことは？」

「わかりません。でも聞いてみます」

予想はついていた。アツコがその通りだったと電話をかけてきたときもハジメは驚かなかった。

知りあいの刑事の名前をあげて、すぐに連絡するように、といった。

6

「結局、狙われたのはリョウマじゃなくて、アカネちゃんだったんですか」

他人のアカウントで地域ネットにアクセスしていた県内の男が、不正アクセス禁止法の疑いで逮捕された。翌週、市役所で緊急の防犯のミーティングがひらかれた。ハジメも出席した。子どもを守るためなら地域も議会も即座に立ちあがるのだ。林道の陥没は、何度陳情してもほったらかしだが。

役所の中で市河アツコに会って、カフェテリアで軽食を取ることになった。

アツコは体調がよさそうだったが、亡くなった葭原さんの元夫に猛烈に怒っていた。

「刑事さんの話では、葭原さんの別れた夫が、葭原さんの携帯をそのまま職場の男、つまり犯人に売ったそうなんです。義姉の話では、『子どもの画像を手元に残しておきたい』といって、おばあちゃんのところから、スマホを強引に持っていったんですって。それなのに大事にするどころかＳＩＭカードも抜かずに売ってしまうなんて。ほんとに最低です」

まあまあ、とハジメはなだめた。

「葭原さんは、指紋認証をかけてなかったんですか？」

「わかりませんけど、元夫は葭原さんのパスワードを知ってたんでしょう。わたしも、もしものときのために、自分のスマホのパスワードを子どもと親に教えてますから」

「ぼくも家族や友だちに教えてますね。なんせ独り者ですし」

高齢だというのも言わずもがなだ。

逮捕された男には、窃盗罪と強制わいせつ罪で他県で逮捕された前歴があった。付近の女子中学生の自宅住所をＳＮＳで知って、塾の帰宅を待ち伏せたようだが、遠隔地からきていたため土地勘がなく、成功しなかったようだ。

男は、犬探しの投稿をみつけて、防犯カメラのない辺鄙（へんぴ）なパーキングエリアに市河の娘を誘いだそうと企んだ。

「パオの具合はどうですか？」

アツコは目を伏せた。

「先日、安楽死させました」

「よく決断しましたね」

アツコは涙でうるんだ目で、ハジメをみつめた。小さなため息とともに告白した。

「先生、気づいてらっしゃいますよね。パオを自宅から連れだしたのはわたしだってこと」

「あなたはパオがいなくなったとき、心配してなかった。ペットの世話をしてるのはお母さんです。あなたが心配してないのは、犬の行方を知ってるからだと思いました。内緒で動物病院に入院させたんじゃないですか？」

アツコはその通りだと認めた。五年前流産したあと、パオを飼いはじめた。夫に逆らったのはそれがはじめてで、何度蹴られてもアツコを守ろうとするパオをみて離婚を決意したという。息子には「パオは妹」といい聞かせた。離婚して、パオが病気になったとき、兄たちは費用がかかる犬の治療に否定的だった。

だが、アツコは希望を捨てきれなかった。勤務先の近くの大きな動物病院にパオを内緒で入院させた。検査の結果がでてから息子に話すつもりだったが、パオがいなくなったことで、息子はショックを受けた。それまで犬に無関心だった両親や兄一家まで騒ぎだしたので、告白するタイミングを失った。

「獣医さんには安楽死しかないといわれて……。もし、パオがいなくなったら息子は父親の元に戻ってしまうんじゃないかと心配で。自分の気持ちを支えるものが何もなくなったら、生きていけない気がしたんです。だから、パオがこのまま行方不明になったことにしようと思ってました。でも、先生に、息子の気持ちに付け込む大人がいるかもしれないと指摘されて、自分のまちがいに気が付きました。大変なことになるところでした」

「それでパオを自宅に戻したんですね」

「はい。リョウマが無事だったと聞いてすぐ動物病院に引き取りにいったんです」

子どもを送り届けたとき、出迎えたのは祖母と同居の兄だった。騒いでいるのは母親だと聞いていたから、母親が不在だったことには違和感があった。

「リョウマくん、どうですか？」

「泣いてましたが、この件でお姉ちゃん――、アカネちゃんと義姉のさとみさんがとても親身になってくれて、すっかり元気になりました。わたしはまだ辛いのですけど。家族にホントのことを打ち明けましたら、次の日、兄が駄菓子を買ってきたんです。わたしが子どものとき好きだった物をあれやこれや。びっくりしました」

口うるさい市河主事にそんな面があったというのは驚きだった。ハジメが笑うと、アツコも微笑んだ。

母子が、家族と打ち解けて、子どもは元気になった。何よりの知らせだ。道路の補修は当面無理だとしても、これは悪くなかった。

「いいご家族ですね」

「はい。やっとわかりました」

アツコは心からの笑みを浮かべた。

竜宮城の花◉大崎梢

1

下校の途中、通学路の真ん中にクラスメイトの安東一弥が突っ立っていた。十月初旬のことだった。

車の行き来が少なく、歩道もガードレールもないような静かな道だ。左右には生け垣やブロック塀に囲まれた民家、二階建てのアパート、空き地や駐車場などが並んでいる。

和希はランドセルの背中に歩み寄り、蓋の部分を軽く引っぱった。一弥はすごい勢いで振り返り、和希だと気づいたとたん、「あっ」とか「わっ」とか声をあげた。身長は和希より少し低くて、体重は三キロ少ない。細っそりしていて顔が小さく、吊り上がった目と眉はそれなりにキリリとしている。

「こんなところで何してんだよ」

和希が尋ねると、一弥はしきりに前を気にしながら言う。

「学校から出るとき、おまえの弟……なんだっけ」

「康太」

「ああ、康太な。うん。康太が前を歩いて行くのが見えたんだ。今日は二年生も五時間授業みたいだな。おれは後ろをぶらぶら歩いていたんだけど、間に変な人がいた」

まっすぐ延びた通学路に目をやる。康太らしい姿は見えなかった。両親が働いている和希の家では、放課後、児童館でやっている学童保育に行くのが常だ。現在六年生の和希も四年生まではほぼ毎日通っていた。

児童館はバス道路に突き当たったところで右に曲がるので、康太はすでに行ってしまったあとだろう。でも一弥が目配せする先に、別の人影があった。

道沿いの生け垣にへばりつくようにして立っている。後ろ姿なので顔はわからないが、髪は長くてスカートをはいているので女の人だろう。

「最初見たときは、そこの電信柱の影に隠れていたんだ。康太が通り過ぎるのを注意深く見てる感じでさ。行ってしまったら、こっそりあとをつけていく。なあ、もしかして知ってる人？」

和希は首を傾げたり横に振ったりしたのち、そばまで寄ってみることにした。一弥もくっついてくる。女の人は「中年のおばさん」という雰囲気ではない。髪の毛はふんわりカールしていて、スカートも靴もおしゃれっぽい。それなのに生け垣の角にあるゴミ捨て場に身を潜め、しきりに斜め前をうかがっている。康太が曲がったであろう方角だ。

声をかけられるくらいに近付いたそのとき、バス道路から白髪頭のおじいさんたちがやってきた。誰かの家を探しているらしく、あそこだ向こうだと指を差しながら歩いている。女の人はにわかに背筋を伸ばし、ゴミ捨て場から離れた。左の路地にさっと入ってしまう。

和希たちは駆け寄ったが、足早に去って行く後ろ姿が見えただけだった。

「おまえんちとは逆方向だよな。あとをつけるのはやめたのかな」

一弥の言葉にうなずいたものの、さぞかし深刻な顔をしていたのだろう。どうかしたのかと問いかけられた。

「そういえばイッチーって、転校生だったんだよな」

深刻な理由を話そうとして和希は前置きのようにつぶやいた。一弥は小学五年生にあがる年の春に東京から引っ越してきた。お父さんの仕事の都合だそうだ。ここ、大神坐市はそのお父さんの生まれ故郷でもあるらしい。

なので知り合ってからまだ一年半だが、帰る方角が同じなので自然としゃべるようになった。するとサッカー好きのゲーム好き、漫画好きという共通項があり、今では転校生であることを忘れてしまうくらいに仲良くしている。頭のいい男でもあるので会話のテンポが速く、話し相手としても楽しい。

「康太さ、三年前の秋、行方不明になったことがあるんだ」

「行方不明？」

寄り道するときの定番、道路沿いの空き地に潜り込む。廃材の上に並んで腰かけると、今までふたりの姿をほどよく隠してくれた雑草が枯れて、隙間ができていた。二学期の始めに赤々と咲いていた彼岸花も、いつのまにかなくなっている。

「いなくなった翌日に見つかったから、テレビのニュースになったり新聞に載るようなことはなかった。でもこのあたりでは大騒ぎだったよ」

忘れもしない三年前の十月、第一日曜日。その日は村岡地区の公園広場でバザーが開かれていた。隣接している公民館もフル回転だ。台所を使い、恒例とも言える炊き込みご飯や白玉ぜんざいが作られ、バザーで販売される。売上げの一部は公民館の補修に使われるので、世話役一同、張り切っていた。

和希の母もそのひとりだった。美容師として働いているので買い出しの準備などはできないが、当日は休みを取って朝から忙しく走りまわっていた。小学三年生だった和希は、バザーよりも河原のグラウンドで開かれるサッカー教室が気になってたまらない。そちらに行くという学校の友だちをみつけ、昼前にはバザー会場から抜け出した。父はあいにくの休日出勤で、五歳になる弟の康太は母のまわりでうろちょろしていた。

公園広場では子ども向けのゲーム大会やシャボン玉ショーも開かれ、康太は遊び疲れと早起きのせいもあるのだろう。夕方前の三時頃、あくびを繰り返すようになった。寝かせればいいわよとまわりに言われ、母は台所の奥にある和室に連れて行った。畳敷きの小部屋で、世話役たちの荷物置き場になっていた。座布団もあるし、大人の上着をかければ寒くもない。康太はあっという間に寝てしまった。

それから一時間ほど経った頃、後片付けの合間に様子を見にいった母は、康太がいないことに気がついた。ひとりで起きて、どこかに行ってしまったにちがいない。最初はそう考えた。名前を呼びながら公園を一周し、自宅にも帰ってみた。康太はいない。和希と合流したのかと河原に行ったところ、すでにサッカー教室は終わったあと。小学校に向かうと和希は校庭にいたが、康太の姿は見てないと言う。

近所を訪ねて歩くうちにみんなも心配し、一緒に探してくれるようになった。交番に声をかけた人がいて、おまわりさんも捜索に加わった。河原や神社、空き地、公園、保育園やスーパーマーケット、手分けして探しまわる。

暗くなってからはさらに人数も増え、捜索の範囲も広がった。仕事を切り上げ帰宅した父も自転車を走らせ、道行く人に声をかけた。商店の一軒ずつに聞いてまわり、雑草の生い茂る空き地にも分け入った。けれど康太はみつからない。

忽然（こつぜん）と姿を消し、目撃情報さえなく、手がかりもない。

バザーの準備や後片付けで公民館は人の出入りが多かった。台所や和室はある程度の関係者しか入れなかったはずだが、常に誰かが目を光らせていたわけではない。無人になる時間もあっただろう。誰かが連れ去ったという疑いは当初からあった。何者かに手を引かれて歩く康太は目撃されてないが、熟睡していれば抱き上げることもできる。小柄な康太ならば男女を問わず抱えて歩けるだろう。そして子どもを抱っこした人は、バザー会場のそこかしこに見受けられた。

深夜になって捜索は一旦休止となった。

なんの進展もないまま夜が明けて、新たに範囲や分担を相談している中、突如として発見の報が入った。亀山の頂上まで早朝ウォーキングに出ていた人が、ひとりぽつねんとベンチに腰かける男の子を見つけたのだ。

朝の冷え込みのため寒そうにしていたが怪我も衰弱もない。本人はいたって元気だった。

「村岡の公民館から亀山って、けっこうな距離だよな。ひとりで行ったの？　それとも誰かに連れて行かれた？」

「わからないんだ。本人が言うには、目が覚めたら立派なお城みたいなところにいて、おもちゃやお菓子がいっぱいあって、壁にはいろんな魚がひらひら泳いでいていて、お姫さまみたいにきれいな女の人がすごく優しくしてくれた。毎日毎日、夢のように過ごしたそうだ」

「毎日？　一晩じゃなかったのか？」

「一晩だよ。話が嚙み合ってない。誰かに連れて行かれたとか、どこにいたかという具体的な話はなく、ただただ夢みたいなことを言う。康太の靴もね。公民館の玄関からなくなっていて、発見されたときにちゃんとそれを履いていた。だからやっぱりひとりで起き出して、どこかに出かけて眠り込んだのではというのが結論になった」

草木や泥などの汚れがなかったことから、野宿とは考えにくく、どこかで保護されていたのかもしれない。通報されなかったのは、おそらく不可抗力。康太が民家に潜り込んで寝てしまい、朝になって気づいた住民はびっくり仰天。誘拐だの何だの疑われたくなくて、こっそり亀山に連れて行ったのではないかとされた。

「ほんとうのことはわかってないのか」

一弥に言われて和希はうなずく。

「とにかく見つかってよかった、無事でよかったと、みんなほっとして捜索隊も解散した。でもお母さんはすごくこたえて、やたらぴりぴりして夜も眠れなくなった。しばらく病院に通っていたんだよ。お父さんはお母さんに気をつかうんだけど、八つ当たりされてばかり」

「それは……なんていうか、大変だったね」

最大限に気を遣ってくれている一弥に、和希は笑みを返した。

「もう元気になったんだ。美容師の仕事も辞めるって言い出したけど、お父さんが続けるよう説得して。そのときは仕事なんて休めばいいと思ったけど、ひとりで家にいる方がよくなかったんだと今ならわかる」

「カズのおじさんやおばさん、ふつうに明るくて面白くて元気がいいから、そんなのぜんぜん知らなかった」

一弥は家に来たこともあるし、運動会や授業参観でも会っている。明るいと言われて素直に嬉しい。

「康太はどうした？　何かあったようには、これまたぜんぜん見えないけど」

「あいつは変わってるんだよ。たぶん、行方不明の時間が悪い思い出になっていない。見つかってすぐは、お母さんを心配させたのが自分だとわかって少しは責任を感じたのかな。しょんぼりしてたよ。でもあとから聞くと、目を輝かせてしゃべるんだ」

「お城みたいなところで、ひらひら魚が泳いでいるんだっけ。お姫さまみたいな人が優しくしてくれる夢のような毎日か」

「それそれ」

「まるで竜宮城だな」

和希は思わず親指を立てた。同じように考える人間がいて嬉しい。これまで騒ぎを起こした張本人の家族として、自分からは決して口にしない話題だった。包み隠さず話をするのは一弥が初めてだ。

「ありえないだろ。あいつ、どうかしている」

「浦島太郎ならば、数日のつもりで過ごしたのに、故郷の浜辺に帰ったらすごい年月が経っていたんだよな。カズの弟は逆。本人は数日のつもりだったのに、帰ったらほんの一晩だった」

「亀は助けてないからね」

「でも見つかったのは亀山だ」

ふたりして顔を見合わせて笑った。

「あとあれは？　ほら、玉手箱。康太は何か持ち帰ってないの？　開けてびっくりみたいなの」

「何も持ってなかったよ。ただ」

せっかく声を上げて笑ったばかりなのに、和希の眉間に皺が寄る。

「びっくりはあった。行方不明になってから一ヶ月位してからかな。あいつ、変なことを言い出した。お城で会ったきれいな女の人から、こう言われたんだって。『わたしはあなたのほんとうのママなのよ』って」

「なんだよ、それ」

「言っとくけど絶対にちがうよ。おれ、お母さんのお腹が大きくなるのを見てたし、康太が生まれたときも病院の廊下にいた。生まれたてのあいつを見ている。赤ちゃんの取り違えもない。その日に生まれたのは康太だけだ」

そのことを本人にも言って聞かせた。アルバムもあらためて一緒に眺めた。

「へらへらしてる康太だけど、それについては不安だったらしい。今のお母さんがほんとうのお母さんじゃないなんて、とんでもない一大事だもんな。おれが保証してやったらほっとしていた。だから、この話は誰にもするなと、その場で口止めしたんだ。お母さんは病院に通っている頃だったし、お父さんも大変そうだった。どう考えても気持ちの悪い話だろ。康太はうなずいたよ。あいつのことだから言ってないと思う。ふたりの間でもそれきり話していない。でもおれ自身、嫌な気分をずっと引きずっているんだ。さっき怪しい女の人を見て思った。もしやって」

一弥はしばらく考え込んでから言った。

「カズは、康太の話を全部夢とは思っていないんだね。現実にあったことが少しは混じっているんじゃないかって考えてる？」

「うん。夢にしては言うことがはっきりしていたし、『あなたはほんとうのママ？』なんてあいつに思いつかないよ」

「だとしたら、公民館からそんなに離れてないところ、おそらく大神坐市のどこかに、お城みたいな場所があって、そこの壁には魚がひらひら泳いでいるんだよ」

2

怪しい女性を通学路で見かけた翌日は雨降りだった。見かけたその日に、和希は兄らしく康太に厳重注意を呼びかけた。知らない人やおかしな人についていかないよう大真面目に説いて聞かせたのに、康太は「わかっているよぅ」のひと言ですませようとする。ため息までつけて。なんか、馬鹿にされた気分。

たまには痛い目に遭った方がいいような気もするが、その場合、より深い痛手を負うのは両親だとわかっているので、「何があっても知らないぞ」と捨て台詞を吐いてもいられない。

まさかと思うが康太がらみで変な人が現れると、三年前のことを考えずにいられない。薄曇りとなった翌々日、児童館のまわりを探ってみることにした。

一弥も付き合ってくれるというので、一緒に校門を出る。

「康太から他に何か聞いた？」

「最近のやりとりではなく、思い出したことがあったんだ。その、竜宮城みたいな場所はいい匂いがしていたらしい。それだけじゃわからないと思っていたら、あるとき、ニーナちゃんちのトイレに行き、同じ匂いがしてたっていうんだ。ニーナちゃんってのは康太の保育園の友だちな」

「トイレ？　もしかして芳香剤？」

さすがだと舌を巻く。

「おれ、ずっとわからなかった。最初に聞いたときはおれも小学三年生だろ。ニーナちゃんちが竜宮城なのかとびっくりして、乙姫さまみたいなお姉さんがいるのかと勘違いした。わざわざおれまでニーナちゃんちに遊びに行き、誤解はとけたんだけど、それきりすっかり忘れてしまった。昨日思い出して、トイレの芳香剤の匂いかとやっと気づいた」

「芳香剤にもいろいろあるからな。ミントとかラベンダーとかキンモクセイとか」

「康太に聞いてみたよ。でもあいつも忘れてた」

兄弟して間の抜けた話だ。

歩いているうちに、女の人が潜んでいた生け垣の前を通り過ぎた。バス通りに出て、右に曲がる。一弥の家は通りを渡った先にある。いつもは横断歩道で別れるが、今日は和希と共に学童保育の子たちが使う児童公園に向かう。

二年生は午後の授業がない日なので、給食を食べ終わって帰路に就き、今ごろ学童の子たちと遊んでいるはずだ。

近付くにつれ、賑やかな声が聞こえてきた。公園の広場では女の子たちが大縄飛びで遊んでいる。出入り口は四カ所あり、北側に砂場やブランコ、滑り台などが集められている。反対側の南側には花壇やちょっとした四阿(あずまや)が設けられ、西と東の出入り口付近には水飲み場やベンチがあるくらい。

バス通りから歩いていると、北口から入ることになる。砂場やブランコには小さな子どもとお母さんがいるだけだ。南側に目をやれば、花壇近くのベンチに数人の男の子が群がっていた。ゲームでもやっているのだろう。その中に康太もいるにちがいない。

向こうに気づかれて、「兄ちゃんと家に帰る」と言われては面倒だ。お菓子を食べながらだらだらテレビを見たり漫画を読むのは上級生の特権だろう。連れて帰るのは病気のときだけにしてほしい。

なるべく近付かないでいようと心に決めていると腕を引っぱられた。

「おい。あそこ見ろ」

一弥の視線の先、西口のベンチに女の人がひとりで座っていた。男の子たちがいる方をじっと見ている。

「この前と同じ人？」

「よくわからないけど髪の長さは同じじゃないかな。着てる物の雰囲気も似てる」

和希も目を凝らした。母親よりも若くてほっそりしている。おばさんではなく、お姉さんの感じ。ふんわりしたブラウスにスカート。

「なあカズ。近付いて声をかけてみようか」

「おれたちから？　なんて？」

「名探偵っぽく、もしもし、あなた一昨日も通学路にいましたね？　何をしていたんですか？　って」

冗談だろうか。本気だろうか。わからなくて返事に窮していると、男の子の一群がにわかに動いた。立ち上がり、じゃれ合いながら公園を出ようとしている。児童館の建物に戻るのだろう。女の人も腰を浮かした。男の子たちを追うらしい。和希たちもつられて動く。

男の子たちは南出入口から、女の人は西の出入り口から、和希たちは北の出入り口から、それぞれ公園の外に出る。

児童館は南にあるので男の子たちが一番近い。和希と一弥は公園を囲む道路に出て女の人を探した。この前と同じ後ろ姿で、南を向いて突っ立っている。

それを眺めていると、背後からやってきた大きな車が和希たちの横を走り抜けた。女の人を追い抜いたところで止まる。

運転席から男の人が出てきた。女の人のもとに駆け寄り腕を摑んで引っぱろうとする。女の人は身をよじり、嫌がっているように見える。車の後部座席のドアが開いた。そこに押し込むつもりだろうか。

あたりに人影はなかった。公園のまわりには立ち木が茂っているので、中から道路は見づらい。女の人は逃げようとするが後部座席からも腕が伸びる。このままでは車に乗せられてしまう。

とっさに体が動いた。和希は地面を蹴って駆け出す。一弥もほぼ同時だった。

「何やってるんですか」

「この人、嫌がってる。やめてください」

和希は女の人を引っぱり、一弥は男の人との間に割り込もうとする。力を合わせて振りほどこうとするのだが、向こうも負けじと踏ん張る。公園の柵と車の間でもみ合いになる。

「おいっ。もういい」

ふいに車の中から低い声が発せられた。外にいた男の人は、たちまち手を離した。抵抗していた和希たち三人はよろけて公園の柵にぶつかる。その瞬間、バタンと大きな音がした。後部座席のドアが閉まったのだ。

男の人は運転席側へとまわりこんで車内に滑り込む。エンジンがかかる。向かいから宅配便の車がのろのろやってきた。発車した車とすれ違う。これが見えたから拉致するのをやめたのか。

「大丈夫ですか」

一弥が女の人に話しかけていた。

「警察を呼びましょうか」

和希も思いつくまま言った。

「ごめんなさい。ありがとう。もう大丈夫」

「でも」

女の人はよろよろと身を起こし、おぼつかない足取りでなんとか歩こうとする。一弥と共に左右に分かれて支えた。他に行き場所もなく公園に引き返し、さっきまで女の人が座っていたベンチに腰かけた。

「さっきの人たちはなんなんですか。知らない人？　それとも知ってる人？」

「知ってる人……。だから心配しないで。ほんとうに大丈夫。ただ、いきなりあんなことするから驚いてしまって」

「無理やりはひどいですよ」

「そうよね。まだドキドキしている。喉もからから。苦しいくらい」

「飲み物、買ってきましょうか。すぐそこに自販機あるし」

一弥から「なあ」と声をかけられ、和希は夢中でうなずく。女の人は手にしていた鞄から財布を出し百円玉を二枚つまんだ。

「おれが買ってきます」

和希はコインを受け取って立ち上がった。自販機の場所は知っている。すっ飛んでいってお茶か水かで迷ったが水にした。お釣りも摑んで戻る。和希がいない間もふたりはほとんど話してなかったらしい。水を受け取った女の人がキャップを外し、一口飲んでホッとした顔になる。

乙姫レベルかどうかはわからないが、形の良い目に細い鼻筋、小さな口元、透明感のある白い肌。きれいな人だと思う。

「名前を聞いてもいいですか」

一弥が尋ねると、女の人は水を飲んだきり押し黙る。

「一昨日もあなたを見かけました。小学校近くにいましたよね？」

さっきのセリフをほんとうにぶつける気だ。

「どうして、それを？」

「通学路なので、毎日あそこを通っているんです」

女の人はバツが悪そうな顔になり、手にしたペットボトルを回したり揺らしたりする。

「ちょっとした用事があって、たまたま歩いていただけよ」

「どういう用事ですか」

「それは……。ごめんなさい。言えないわ」

「黒い車の人たちはどういう知り合いですか」

「それもちょっと。気を悪くしないでね。助けてもらったことは心から感謝している。あなたたち、そうか、小学生よね。すごく勇敢で正義感があって素晴らしい。あなたたちがいてくれなかったら私はどうなっていたかわからない。命拾いしたわ。ほんとうにありがとう」

笑顔を向けられ和希はぼんやりしかけたが、すんでのところで気持ちを引き締める。褒め言葉やお礼が聞きたいのではない。一弥がさらに続ける。

「警察に行った方がいいんじゃないですか。命拾いなんて、ふつうには出てこない言葉ですよ。それだけ恐ろしかったんでしょう？　ぼくたちも心配です。警察の人に話してガードしてもらった方がいいです」

「ううん。ごめんなさい。大げさに言ってしまったわ」

「すぐそこに交番があります。知り合いのおまわりさんがいるから、なんでも相談に乗ってくれる。ぼく、紹介します」

そんなおまわりさんがいたっけ。交番はあったっけ。思いつつも、口には出さない。話を合わせた方がよさそうだ。なんて言おう。考えていると、どこからかプップッと音がした。顔を上げるとベンチの真正面、広場の向こうの出入口に黒い車が見えた。プップーとまた鳴る。クラクションの音だ。

形や大きさからするとさっきの車と同じみたいだ。懲りずにまた来たのか。再び襲いかかるつもりか。そのわりには聞こえるように音を立てているのがわからない。何をやっているのだろう。

とまどう和希の横で、女の人が立ち上がった。「ほんとうにありがとう」と言葉を残し、いきなり前に向かって駆け出した。止める間もない。みるみるうちに広場を突っ切って、車のもとにたどり着く。後部座席のドアが開いてその中に吸い込まれた。

「なんで。どうして。嘘だろ」

追いかける暇もなかった。ドアが閉じると同時に車は発車した。目の前の光景が信じられない。

「イッチー、どうなってるんだよ。さっきとはちがう車？」

「いいや。同じだ。一瞬だけど後ろに座っている人が見えた。同じ人だった」

「おかしいよ。ありえないよ。嫌がってたじゃないか。やっとのことで振り切ったのに、なぜその車に乗るんだ」

「事情があるんだろうな、きっと」

広場に立ち尽くし、和希は歯嚙みした。

「名前も聞いてない。どこの誰なのかわからない。あんな黒い車、いくらでも走ってる」

「そうでもないよ。かなりの高級車だ。それに、いいものがある」

一弥はにやりと笑い、自分の右手を胸の高さまで持ち上げた。その手には光沢のある茶色のバッグがぶら下がっていた。いかにもブランド品っぽい、あの女の人の持ち物だ。

「水のペットボトルを持っていたから、バッグを忘れたんだな。おれたちで届けてあげよう」

「どうやって。住所わからないだろ。手がかりが入っていればいいけど」

「中身を見なくても、あの車に心当たりがあるんだ」

信じられない光景のあと、信じられない言葉を聞く。行こうよと誘う笑みを向けられ夢中で首を縦に振る。

話し相手にちょうどいいと思っていたクラスメイトは、とんでもなく心強い味方にして案外、本物の名探偵なのかもしれない。きれいなお姉さんのとなりに座るより、ずっとずっと心が躍った。

3

一弥からの提案で、ランドセルを置いて再集合することになった。待ち合わせの場所はバス停だ。和希がたどり着いてすぐ一弥もやってきた。七、八分待って、駅前から来たバスに乗り込む。行き先はとなり町にある健康ランドだが、長くは乗らずにすぐ降りるという。

その通りに、四つ目のバス停「小倉二丁目」で降りると、一弥はなだらかな坂道へと向かった。

「あの車に乗ってた人、誰なんだよ。知ってる人？」

「うん。最初は『もしや』と思っただけだったけど、二度目があったからね。たぶんまちがいない」

後ろを歩いていたが、追い越してもう一度「誰だよ」と尋ねる。

「この町には昔ながらの名家があって、日下部家って言うんだな。聞いたことある？」

「なんとなく。神社の石灯籠で見たことがある。一本だけじゃなく、ずらりと同じ名前が刻んでるんだ。古くからの大地主って近所のおじいさんが言ってた。まさか、あの車は日下部家の？」

「ううん。そうじゃない。あっちは町の西側一帯を治めていたんだけど、いろいろあって今では大きなお屋敷があるくらい。あんな立派な車は持ってないよ。これから行こうとしている家は、わかりやすくいうと東の新興勢力だ。戦後、ぐいぐいのし上がってきたと、うちのおばあちゃんが言ってた」

最後に情報源が付け足された。大神坐市は一弥の父の出身地なので、祖父母はこの土地の人なのだろう。

長く住んでいる自分より詳しいというのは妙な気がしたが、和希の父方の祖父母は町はずれで果樹園を営んでいる。いつも忙しそうで町の歴史その他、聞いたことはほとんどない。母方の実家は車で一時間ほど離れたとなりの市にある。

「東の新興勢力は、あんな車が持てるほど金持ちってこと？」

「カズ、勘がいいな。その通りだよ」

坂道をだらだら登っていくうちに、いつの間にか片側に立派な石塀が続いていた。塀の内側の樹木も幹が太く枝振りが立派だ。見とれながら歩いていると一弥が止まった。

大きな木造の門扉にたどり着いていた。門には瓦屋根もあしらわれてる。そこに枝を伸ばしているのは松の木だ。子どもの腕では抱えきれないほど太い門柱に、「柳沢」と青銅製の表札がかかっていた。

すっかり気圧（けお）された和希だったが、こっちこっちと一弥は手招きする。行ってみると巨大な門の脇に通用口がもうけられていた。それさえふつうの家にあったら立派な門だが、一弥は臆することなく指を差す。その先にカメラ付きインターフォンがあった。

いいかと問われて、うなずく。今さら尻込みはできない。一弥の人さし指がボタンを押す。しばらくして「ハイ」と声がした。

「ぼくたち、神坐小学校に通っている小学生なんですけど、公園で忘れ物をみつけました。この家の人のだと思います」

一弥は手にしていた茶色の鞄を掲げてみせた。ちょうどカメラに写る高さだ。

応対に出た人は「あら」と驚いた声を出した。

「マキコさんのかしら」

すばやくふたりで目を合わせた。この家の人にまちがいないらしい。女の人の名前もわかった。マキコさん。

「直接渡したいので、取り次いでもらえますか？」

「はい。かしこまりました。少々お待ちくださいませ」

それからしばらく待たされた。痺(しび)れを切らしていると、通用門がやっと開いた。エプロン姿の中年女性がひとりで現れた。

「お待たせしてごめんなさい。その鞄、こちらの家族の物にまちがいありません。公園に置き忘れたそうです。わざわざ届けてくださったんですね。ほんとうにありがとうございます」

満面の笑みと共に両手を差し出す。けれど一弥は渡さない。

「直接、マキコさんに渡したいんです。さっきそう言いましたよね。取り次いでください」

きっぱり言われ、お手伝いさんは眉根を寄せた。

「それはちょっと」

「お願いします。伝えてください」

「お時間がかかりますよ。もう一度聞いてくるだけでもしばらくかかります。何しろ家が広いもので」

「大丈夫です。おとなしく待っています」

そして引っ込もうとするお手伝いさんの後ろに、一弥はへばりつく。

「中で待たせてください」

強引ともいえる素早さで門の内側に入ってしまう。和希もあわててあとに続いた。お手伝いさんはたじろいだが、ふたりを上から下まで眺めまわし、小学生であることは納得したようだ。追い出すのも面倒くさいと思ったのか、「動かないでくださいね」と念を押しつつ門の鍵を閉めた。建物に向かって急ぎ足で去って行った。

「やったね」

姿が見えなくなってから、一弥は嬉しそうに親指を立てた。

「中に入りたかったってこと?」

「見せたいものがあるんだよ」

門の内側には、同じ市内とは思えない眺めが広がっていた。正門から幅広の白い道が延び、その先にあるのは大きな玄関だ。家もそれに合わせて大きいのだろうが、通用門からは全容が見えない。道の両側には手入れの行き届いた植木が並び、途中に梅のような桜のような老木がうやうやしく枝を広げていた。

「なあ、どこに行くんだよ」

「その前にあそこ、見てみろ」

一弥が指差す方に目を向けると、正門を背にして右側に車庫が見えた。数台の車が置ける造りだ。黒い車も駐まっている。さっきの車だろうか。

「誰かいるかもしれないから腰を屈めて行こう」

言われたとおり頭を低くして細い小道を歩く。幸い、植木があるので姿は隠しやすい。黒い車を確かめたかったが、運転手がいるかもしれないので近付くのは危険だ。車庫の前を通り過ぎると、花壇やベンチのある公園のような場所に出た。

「こっちは裏庭って呼ばれている。でも明るくて広くて、裏って感じはしないよな」

「表もあるってこと？」

「お屋敷の南側が表庭。純和風造りで、築山や池があるらしい。そっちは見たことがないんだ」

「ってことは、こっちはあるわけ？」

一弥は忘れ物の鞄を揺らしてうなずく。

「おばあちゃん、犬を飼ってるんだ。その散歩に付き合っているときに一度だけ、中に入れてもらったことがある。でもってこの庭を歩いた」

つまり一弥のおばあさんは、この家の人と知り合いらしい。そのとき風が吹いて何かの匂いがした。自然と顔が上を向くような、くっきりとした香りだ。

「なんだろう、これ」

「花の匂いだよ」

バラのように甘すぎず、百合のようにきつくもない。もっと華やかで明るくて、にぎやかな感じ。

あたりを見まわすと、オレンジ色の小さな花をつけた木が見えた。

「キンモクセイだよ」

一弥に教えられ、和希は花壇の間の石畳を足早に進んだ。近寄るにつれ、匂いがいっそう強くなる。どこか覚えるあるような香り。

「トイレの芳香剤！　ドラッグストアとかでなんとなく嗅いでる匂いだ」

「ラベンダーだと初夏の花なんだよな。バザーがあったのが秋なら、キンモクセイかもしれないと思った。おれがこの庭に来たときも今日みたいに咲いていた」

木のそばまで来ると、その奥の建物が目に入った。外国の町角にあるような、白い石造りの洋館だ。格子の入った出窓も三角屋根も、優雅で品があって周囲の緑によく映える。

「昔はあの建物の中で、ティーパーティやミニ演奏会が開かれていたらしいよ」

「エレガントだな」

口にするのは初めてかもしれない言葉だ。

「窓から中をのぞいてみろよ」

言われて出窓のひとつに歩み寄った。和希の身長でも、背伸びをするとカーテンの隙間から中が見える。

外観を裏切ることのない優雅な室内だった。天井からシャンデリアが下がり、壁紙はシックなモスグリーン。立派な額縁の絵が飾られている。ソファーやテーブルも見えるけれど、部屋は広いので奥の方がどうなっているのかはわからない。暖炉などがあるのかもしれない。

「さすが金持ちって感じ。これだけ見たらどこかのお城のひと部屋みたいだ」

感心してからハッとする。

「康太もお城みたいって言ってた」

「だろ。おれもキンモクセイからこの庭を思い出し、木のそばにあった洋館を思い出し、今のカズみたいに窓から見た部屋を思い出した。窓を開けたら、今の季節だと部屋中がキンモクセイの香りだよ」

「魚はなんだろう。洋館に魚はおかしくないか？」

「やろうと思ったらできるよな。たとえば壁にスクリーンを設置して、プロジェクターを使えば画像が映せる。『どうして魚？』ってのはわからないけど」

兄として、そこは不思議ではない。

「康太は魚が好きなんだよ。食べる方じゃなく、見る方。映画の『ニモ』にはまって、夏休みはあちこちの水族館に付き合わされた。だから康太の好きなものが映し出されていた、と考えれば魚はありえる」

「それ、誰が知っている？」

尋ねられて和希は慎重に考えた。

「いろんな人かもしれない。前はよく、お母さんがブログを更新して写真を載せてたんだ。見てた人は知っていたはずだ」

そんなことを話していると背後から足音が聞こえてきた。あわてて窓から離れて石畳の小道に戻ると、やって来たのは先ほどのお手伝いさんだった。

「門から離れたらダメでしょ。ここにいてって言ったのに。どこに行ったのかわからなくなって冷や汗かいたわ」

「すみません」

「戻りましょう、門まで」

「マキコさんは？」

「お体の具合が優れなくて、お部屋で休まれているの。鞄のことはとても喜んでらしたわ」

言いながらお手伝いさんは手に提げていた紙袋を持ち上げる。

「わざわざ届けに来てくれてほんとうにありがとう。お礼がてらに、こちらを、どうぞ。クッキーとカステラよ。仲良く分けてね」

差し出されて戸惑う。ふたりとも手を出さなかった。

「どうしたの。いいのよ、遠慮しなくて」

お手伝いさんはおそらく誰かの指示で動いている。ここの家の人が、子どもならこれで片付くと思っているのだ。菓子箱ふたつ。それも家の中で適当に見繕った品にちがいない。

顔を強ばらせる和希をよそに、一弥は涼しい声で言い放つ。

「マキコさんに会えないなら帰ります。ぼくたち、お礼がほしくて来たんじゃないんです。話したいことがあって来たんです。ダメなら帰ります」

「ちょ、ちょっと待って。その鞄は？」

「警察に届けます。警察から返してもらってください」

そんな方法があったのかと和希も首を縦に振る。唖然とするお手伝いさんの横をすり抜けて門へと向かった。

「困るわ、そんなの。マキコさんの鞄にまちがいないのよ。持ち帰るなんておかしいでしょ」

車庫の前を通り過ぎる。門が見えてくる。

「ねえ、待って。大きな声を出して人を呼ぶわよ。その鞄、とてもだいじなの。子どもの玩具じゃないの。いい加減にして。返しなさい！」

後ろから腕を摑まれそうになり、それをかわして一弥は足を止めた。

「もう一度、取り次いでください。マキコさんに会えないのなら鞄は警察に持っていく、そう言ってるって」

お手伝いさんは鼻の穴を広げて目を吊り上げた。山のような悪態がこみ上げたのだろうが、飲みこんで「わかりました」とうなずく。

「だったらどこにも行かず、玄関の中でお待ちください」

舌打ちの聞こえてきそうな剣幕だった。

4

お手伝いさんに連れられて、和希と一弥は旅館のように大きな建物に入った。さあどうぞと招き入れられたものの、家の中にあげられるわけではなかった。「ここにいてください」と言い置いて、お手伝いさんはさっさと奥に引っ込んでしまう。あとに残されたふたりは靴を履いたまま、広い三和土（たたき）のすみっこに立ち続けるしかない。

いかにも値打ちのありそうな壺に派手な花が活けられているが、きれいというより威圧感が半端ない。

「なんか、失礼だよな。悪いことしてないのに廊下に立たされてる気分」

和希が小声で言うと、一弥も口をへの字に曲げた。

「この家の人はみんなそうだ。相手次第で舐め放題」

大きな屋敷を背にして礼を言えば、庶民は喜ぶとでも思っているのだろか。公園の一件も似たようなものだ。マキコさんは逃げたはずの車に飛び乗り、なんの説明もなく走り去った。

「イッチー、ここからどうするつもり。ほんとうに鞄を持って帰るの？　警察に届け出る？」

「どっちでもいいな」

意外な答えだ。

「もうすでに収穫があったから手ぶらじゃないよ」

「だな。キンモクセイの洋館か」

三年前の事件を思えば大収穫だ。焦らず大事につなげていきたい。あのときわからなかった真相にたどり着けるかもしれない。だったらどんなにいいだろう。

一弥ともっと話したかったが、廊下に気配がして誰かがやって来た。

和服姿のきりっとした中年女性だった。

「お初にお目にかかります。このたびは柳沢邸にようこそいらっしゃいました。置き忘れた鞄を届けてくださったとのこと。ご親切、厚くお礼を申し上げます」

女性は言いながら両膝を床につけ、両手もぴたりと床につけ、深々と頭を下げた。

「ご足労をおかけしましたね。神坐小学校とうかがいましたが、おふたりのお住まいも大神坐市内で？」

「はい」

「どのあたりでしょう」

満面の笑みを浮かべているが有無を言わさぬ迫力がある。さっきのお手伝いさんに比べて、いかにもなボスキャラだ。

「村岡地区と笠井地区です」

和希が答えた。

「それはそれは。お子さんの足では大義だったでしょう。歩いていらっしゃいました？　それとも自転車かしら」

「バスです。バス停からは歩いてきました」

女の人はふむふむとうなずく。

「せっかくいらしてくださったのに、ろくな応対もせず申し訳ありませんでした。本来ならきちんとおもてなしをしなくてはならないところ、あいにくこの家にはお子さんのお口に合うような飲み物などがなく、応接間なども堅苦しいばかりかと存じます。ご寛恕（かんじょ）くださいませ」

言葉遣いと貫禄がみごとにマッチして、「はあ」と気の抜けた声を出すのがやっとだ。

「そうそう、お名前をうかがってもよろしいでしょうか。わたくしは宮本松乃と申します」

「ぼくは佐藤和希。こっちは……」

「安東一弥です」

ボスキャラ松乃さんは穏やかに微笑みつつふたりをじっくり観察する。忘れ物を持ってきたと言う口実で、悪事を企んでいる小学生と思っているのかもしれない。まさしくその通りなのだ。

足音がしてさっきのお手伝いさんがやってきた。松乃さんに耳打ちし、白い封筒を渡す。嫌な予感しかしない。

「マキコさんは体調が崩れず伏せっておりまして、どうしても部屋から出ることができません。直接お礼を言うべきところを、まことに申し訳ございません。この通り、深くお詫びいたします。どうかご勘弁くださいませ」

お手伝いさんも同じように床に手を付け、ふたりして頭を下げる。大変な居心地の悪さだ。

「わたくしたちのような使用人のお詫びではお許しいただけませんか」

「いえ、そういうわけでは……」

「よかった。わかっていただけて。ごめんなさいね。こんなふうに大人がそろって頭を下げたら、驚いてしまうわね。きちんとお話ししなくてはと思ったらつい堅苦しくなってしまって。このお屋敷の応接間と変わりませんね」

おほほと笑い、松乃さんは横に置いた白い封筒を手にする。

「これはほんの気持ちです。バス代だと思ってください。お帰りには車をご用意しましょう。ご自宅までお送りします。わたしくもご一緒させてくださいね。おうちの方にもご挨拶したいので」

松乃さんは立ち上がり、玄関すみに置いていた紙袋も手にする。封筒と一緒に持ったままなので、親に渡すつもりなのかもしれない。

和希は一弥をうかがった。どうするのかと目で問う。一弥は迷わなかった。表情を動かさず首だけ横に振り、松乃さんに言う。

「ぼくたちは鞄を届けに来たんじゃないんです。マキコさんと話がしたかった。本人に会えれば返すのでかまわなかったんですけど、会えないのならこのまま帰ります。鞄は警察に届けるので、そっちから受け取ってください」

「車を」

「歩いて帰るので大丈夫です」

「いったいなんの話でしょうか」

「マキコさんは知っています」

ぺこりと頭を下げて、一弥は踵を返す。和希もあとに続いて玄関から出た。

「予定通りだな」

「いいのか。このまま帰れるのか、おれたち」

「面倒くさいから、鞄はそのへんに置いていこうか」

一弥は持てあますように、わざと鞄をぶらぶらさせた。

「警察で思い出したんだけど、康太のときに顔見知りになった刑事さんがいる。お父さんなら連絡先を知っている。このこと相談してもいいよな」

「名案だ。そうしよう。おれたちだけで頑張らない方がいい。康太がいたのがあの洋館ならば、どこかに必ず康太の指紋が残っている。動かぬ証拠ってやつだ」

一弥に言われ、気持ちが引き締まる。緊張のような興奮のような熱い塊が体を駆け抜ける。

話しながら門まで歩いていると追いかけてくる人がいた。最初のお手伝いさんだ。

「待って。大旦那さまがあなたたちに会うと言っているの。マキコさんはどうしても無理なの。そこはわかってちょうだい。とにかく戻って。ね、お願い。そうして」

予定外の展開だ。大旦那さまならば正真正銘、このお屋敷の大ボスだ。

会うのは恐い気もした。でも康太のいなかった夜を思い出し、和希は一弥と共に屋敷へと引き返した。

5

玄関に入ると松乃さんの姿はなかった。和希たちはお手伝いさんに案内されて、松乃さんが堅苦しいと評した応接間に入った。

年代を感じさせる重々しくどっしりとした洋間だった。床には絨毯が敷き詰められ、壁には古びた時計や大きな静物画が掛けられ、棚には陶器の人形やランプが飾られている。革張りのソファーも大きい。どうぞと言われて腰かけようとしたが、ひとり分のところにふたり並んで座れてしまう。見上げた天井から「わあ」と感嘆の声が漏れるようなシャンデリアが下がっていた。ついさっき見た裏庭の洋館は、窓が大きくて広間も明るかったが、こちらの出窓はレースのカーテンも分厚くて室内がほの暗い。昼間でもシャンデリアが点けられていた。

部屋を見まわしているとノックが聞こえ、男の人が入っていた。祖父より年上の感じ。下膨れの顔に細い眼、撫でつけた薄い髪の毛に、でっぷりした体格。卒業式の来賓席に座っている、どこかの偉い人みたいだ。服装はポロシャツとズボンに、カーディガンを羽織っている。

和希たちは立ち上がりお辞儀をした。掛けなさいと言われて、またソファーに腰を下ろす。松乃さんが紅茶を持ってきた。砂糖やミルクも置いて、静かに部屋から出て行く。

男の人は柳沢仙太郎と名乗った。

「もしやと思ったが、君たち、村岡公園にいた子どもたちだね」

気がついたらしい。ふたりがうなずくと、柳沢氏は頭に片手を乗せ、苦笑いのようなものを浮かべた。

「えらいところを見られてしまった。さぞかしびっくりしただろう。君たちは真喜子（まきこ）を助けようとしてくれた勇敢な小学生だ。礼を言わなきゃいけないし、驚かせたことを詫びなくてはならない。このとおりだ」

柳沢氏はソファーに座ったまま頭を下げた。

「あれにはいろいろ事情があるんだよ。だから君たちの誤解をときたくて、家に上がってもらった。緊張しなくていいんだよ。お茶でも飲んでくつろいでくれたまえ。おお。つまむものがないね。気が利かない。ケーキでも持って来させよう」

「いいんです。ぼくたち、あまりゆっくりはできないので。遅くなると家族が心配します」

一弥が素早く制した。とても助かる。ここも居心地が悪い。

「そうか。ならば手短に言うが、あれは私の孫娘なんだ。神経の細い子で、医者からも目を離さないようと注意されている。家でじっとしているよう言い聞かせているんだが、今日もいつの間にかふらりと出かけてしまった。家から連絡があって、私はたまたま外にいたもんだから車でぐるりとまわってみた。そしたら公園わきの道路に突っ立っているところをみつけたんだ」

和希たちは黙ってうなずく。

「もっと穏やかに声をかければよかったよ。あのときはつい、強引なまねをしてしまった。君たちからしたら無理やり連れ去ろうとしているように見えただろうね」

「はい」

「大人げなかった。反省している。運転手にも諭され、もう一度公園に戻ってクラクションを鳴らした。すると今度は真喜子も車に乗ってくれた」

そうなんですかと慎重に相槌を打つ。

「いろいろ心配をかけたね」

「マキコさん、今はどうしているんですか」

「部屋で休んでいる」

「ここで暮らしているんですか」

「いや。十年前に結婚して自宅はとなり町にある。気持ちの弱いところがあって、調子を崩すとここにやってくる。あの子にとって療養所みたいなものなんだろう」

十年前ならば康太の生まれる前だ。年齢を聞くと、今年三十四歳になると言われた。

「君たちにも心配をかけたがもう迷惑をかけることもなくなる。ここから離れた場所で新しい生活を始めるんだ。医療機関も近くにあるのでなんの心配もいらない。出発はもう来週に迫っている」

「どこに行くんですか」

「ハワイだ」

柳沢氏は得意そうに言った。

「ひとりで？」

「まさか。あれの夫も一緒だよ。ほどよく転勤が決まってね。まあそれも私がいろいろ便宜を図ってやったんだが。彼も真喜子を守ると約束してくれた。ひと安心だ」

上機嫌の柳沢氏に引き替え、和希と一弥は顔は曇る。

マキコさんが康太のあとをつけていたのと、彼女自身のハワイ行きは無関係だろうか。そうとは言えない気がする。もしも関係があるとしたらまだ油断はできない。あの事件をうやむやにしての新生活も許せない。

「ん？　どうした？　へんな顔をして」

一弥がソファーに座り直して話しかけてくる。それにうなずいて、和希は柳沢氏に問いかけた。

「マキコさん、前にも体調を悪くしたことがありますか？」

「ああ。それはね、二、三年前にも少し。あのときは転地療養という形でしばらく石垣島にいた。

だいぶ元気になったんだが、こっちに戻ってくるとじわじわ悪くなる。もっと図太くなってほしいものだよ。優しい子なんだが、どうも昔から神経が細くて困る」

「二、三年前？　もしかして三年前の秋ですか」

「そうなるかね」

「石垣島に行ったのは十月ですか。それとも十一月？」

「あの子の誕生日をこちらで祝えなかったので、十月の中旬だね」

三年前の十月第一日曜日はいた。康太がいなくなった日に、マキコさんはこちらにいた。そして事件の直後、石垣島に行ってしまった。

ここに置いておけない事情があったからではないのか。それがもし康太の誘拐を差しているのなら、なぜそんなことをしたのだろう。この家と康太につながりがあるとは思えない。「あなたのママ」という気持ち悪い言葉の意味もわからない。

聞きたいことは山ほどあったが、一弥が鞄をテーブルに置いた。帰ろうという合図だ。

「話を聞かせてくださってありがとうございました。マキコさんにもよろしく言ってください。ぼくたち」

帰りますという言葉と、廊下からのノックが重なった。ドアが開いて松乃さんが顔をのぞかせる。「旦那さまちょっと」と柳沢氏を呼び寄せてドアを閉じる。何があったのだろう。またしても嫌な予感しかしない。廊下からは驚いているような、怒っているような柳沢氏の声が聞こえてくる。

一刻も早く帰りたかったが、出入り口はひとつきりだ。いっそ出窓から出てしまおうか。腰を浮かしていると柳沢氏が戻ってきた。

「どちらが佐藤和希くんか?」

さっきとは打って変わって厳しい顔になっている。和希は片手を挙げ、立ち上がった。

「君は何しにここに来たんだい?」

「マキコさんが公園に置き忘れた鞄を届けに」

「それだけか?」

それ以外の理由を思いついたらしい。

「マキコの近くにいたのは偶然だろうか」

「は?」

探るような、疑わしいものを見るような柳沢氏の目を見て気がつく。こちらがマキコさんをつけ回しているとでも思っているのだろうか。口惜しくて、和希は言い返した。

「弟のあとをつけている女の人がいたんです。今日だけじゃない。一昨日もです。気になって今日は様子を見ていました。いったい誰なのかと話しかけるつもりだったんです。そしたらあなたの車が来た。こっちこそ聞きたいです。マキコさんに答えてほしい。なぜ弟のあとをつけていたんですか」

柳沢氏の目がにわかに泳ぐ。

「知っているなら教えてください。マキコさんはどうして弟にこだわるんですか」

「何を言っているのか。私にはまったくわからない」

「嘘だ。知っているんですよね。三年前だって」

言いかけたところで横から一弥が制した。もう帰ろうと促す。

「ここから先は大人にまかせよう」

「でも」

「何を言ったって、この人は話してくれないよ。隠すことしか考えていない。マキコさんのことも、よけいなことを言わせないために部屋に閉じ込めているんだ」

柳沢氏はわざとらしくため息をついた。

「あれはほんとうに不安定で、夢遊病者のようにふらふらしている。和希くんと言ったね、具合が悪くても、君の弟さんに危害を加えるようなまねはけっしてしない。来週には日本から離れるんだ。それまでこちらとしてもよく見ておく。心配には及ばない」

ちがう。そうじゃない。気持ちも言葉もあふれてくる。ぶつけたいものが多すぎて、それらが出口めがけて殺到して体がわななく。

「カズ、行こう。今はとにかく帰るんだ」

「うちの家族がどんな思いをしたか、あなたは何も考えてない。終わってないんだ。三年前のあの日からずっと終わっていない。未だに、この世のどこかに康太をさらった人間がいて、またあんな目に遭うかもしれないと、家族みんな思っている。恐くてたまらない」

それがどれほど苦しいことか、この家の人間にはわからない。隠せばいいと思っている。ごまかせばなんとかなると思っている。

一弥は和希の背中に手を添えてドアの外へと押し出す。もつれる足で和希は廊下に立った。警察に行ってやる。誘拐罪で捕まえてやる。ごめんなさいやすみませんで、ごまかされてたまるか。拳を握りしめると、目の前に誰かいた。

「マキコさん」

6

そのひと言が聞こえたらしく、柳沢氏もあわてて応接間から廊下に出ようとした。しかしドアには一弥がいて、柳沢氏が出るのを阻止する。

灯りがぼんやりともるだけの廊下で、マキコさんと対峙するのは和希だ。

「会いに来てくれたんですか」

「鞄を持ってきてくれたの？　ありがとう」

「今の話、聞いていましたか」

マキコさんは唇を結ぶ。公園で会ったときとは異なって、ベージュ色のブラウスに、すとんとした同系色のジャンパースカートを着ている。三十四歳に見えるかどうかはさておき、透明感のある妖精風ではある。

この人が寝ている康太を抱きかかえ、玄関で康太の靴も手にし、公民館の外に出たのか。車などの手段で洋館に運び、目を覚ました康太に魚の映像を見せ、乙姫さまのように優しくもてなしたのか。想像しようとしてもうまく浮かばない。

「一昨日は弟のあとをつけていましたよね。今日は弟の遊んでいる公園にいた。なぜですか。なんのためですか」

「弟……」

「佐藤康太です」

はっきり名前を出すと、さすがにマキコさんの表情が動いた。

「ぼくは康太の兄です。三年前、弟が行方不明になって、死ぬほど心配しました。ぼくだけじゃなく家族みんな、頭が変になるくらい心配した。お母さんは泣いて泣いて目が開かなくなるくらい腫れて」

「一晩じゃない」

は？

「たったの一晩でしょ。それくらい、いいじゃない」

聞き間違いかと思った。この人は何を言っている？

「一晩だけならいいって、どういうことですか」

「あの子と同じ予定日の赤ちゃんが私にもいたの。馴染みの美容師さんと同じ頃に妊娠がわかって、どんな赤ちゃんかしら、楽しみねって一緒に話したのよ。なのに私の赤ちゃんはすぐいなくなり、あの人のところには予定日通りに産まれた。逆ならよかったのに。だってあの人にはもう、子どもがいたのよ。私にはいない。だったら私の方に産まれてもいいじゃない。なんで、いる人の方に産まれるの。不公平よ。ずるいわ」

一弥も呆然としていたのだろう。柳沢氏が廊下に飛び出し、「真喜子」と呼びかけた。

「おじいさまが早く産めって言ったのよ。早く早くって。女は子どもを産んで一人前だって。私、ちゃんと妊娠したわ。言われたとおりにちゃんと。でも赤ちゃんはどこかに行ってしまった。早くなんとかして。するっておじいさま、約束したわ。代理母でもなんでもいい。ハワイにはいるのよね。私の赤ちゃん。また今度は絶対にいや。早く会わせて」

廊下には松乃さんをはじめ、お手伝いさんたち数名が立ち尽くしていた。何事かと駆けつけてしまったのだろう。この家のタブーだ。みんな沈鬱な表情で黙り込む。

柳沢氏でさえ、似たり寄ったりの状態だった。腫れ物に触るようにして、もう行きなさいとマキコさんの背中に手をまわす。松乃さんが歩み寄り連れて行く。廊下には和希と一弥と柳沢氏が残った。

しばらく三人とも声が出なかった。ようやく一弥が上着のポケットに手を突っ込む。小さな機械を取り出した。柳沢氏に向かって言う。

「レコーダーです。必要になるときがあるかもと思って家から持ってきました。柳沢さんとの会話は録音してません。でも今のマキコさんの話は録りました。和希に渡してもいいですか。和希の家族には聞く権利があると思います」

柳沢氏はじっとそれを見つめ、取り上げようとはしなかった。

「子どもは無事に帰ったんだから、あの件はもうすんだとばかり思っていた。たしかに私は終わったことと考えていた。ちがったのか。和希くんの家族にとっても、真喜子にとっても。すまないが少し時間がほしい。頭を冷やすだけの時間が。そして近々、君の家族にお詫びに上がろう」

車を出すと言われたが、和希にしても頭を冷やしたくて歩くことにした。

一弥と並んで坂道を下りていく。夕焼けが東の空に少し残っていた。日没が近い。

バスがすぐ来ればいいけれど、しばらく来ないようなら母の働く美容院に電話を入れておこうか。家に帰って、いるはずの長男がいなければまた心配する。

「それにしてもすごかったな。康太にこだわった理由って」

和希がつぶやくと一弥もうなずく。

「あんな理由があるとは考えもしなかった」

「ほんとだよ」

「おれとカズと、きっと柳沢さんも、玉手箱を開けたときの浦島太郎状態だったよな。いろいろ真っ白になった」

一弥の言葉を聞いて、思わず頭に手をやる。白髪になっていそうだ。

「あの人にも哀しいことがあったんだとは思うけど、『たったの一晩だけじゃない』はひどいよ。言い返せなかったのが口惜しい。でも、何がどうひどいのか、言葉にして言うのはむずかしい」

「相手に聞く気がないんだから返さなくてよかったんだよ。『たったの一晩』ってさ、言い換えてみればいい。自分の子どもがいるかいないか、たったそれだけのことだろ、大げさなんだよ。それくらい我慢しろって言われたら、あの人も怒るだろ。頭にくるだろ」

誰にとっても、『たったの』ではすまされないことがある。

和希の中にすとんと入ってきた。

人によって大事にしてること、守りたいもの、叶えたい願いは異なる。

それを軽んじて、自分の方だけ重く扱えと言ったら、相手にしてくれる人はいなくなる。

もしかしてあの人は、そんなことを繰り返してきたのではないか。

ふいにあの白い洋館の広間が、空虚な場所に思えた。玩具やお菓子で埋め尽くしても、壁に綺麗な魚を映し出しても、招き入れた子どもは再び行きたいとは思わない。夢のような時間を懐かしがるだけ。現実になくてもかまわないのだ。そのうち記憶は薄れ、忘れてしまう。

キンモクセイの匂いに触れても、ニーナちゃんちのトイレの方が思い出になっているのかもしれない。一緒に笑ったり踊ったりの楽しい時間をニーナちゃんと過ごしている。その方が強い結びつきを生む。

家族もそうだ。

「ん？　どうした。何考えてるの？」

となりを歩きながら、一弥が顔をのぞき込んでくる。

「ううん。なんでもない」

「考えすぎるなよ。警察もいるし、弁護士もいるし、柳沢家に強い日下部家の縁者もいる」

「警察はわかるけど、弁護士って？」

「うちの親がそうなんだ。おばあちゃんは、日下部家の今の当主の叔母に当たる」

それはとても心強い。

風に乗って華やかな香りがどこからか流れてきた。家々の軒先に花を探したが、見当たらない。柳沢家の裏庭から、さよならを言いに来てくれたのかもしれない。

和希は足を止め、ほんの一瞬だけ振り返った。花びらに似た金色の星が瞬いていた。

虫めずる◉福田和代

「また穴だらけだったよ」

杏子が熱いおしぼりを広げながら、軽く興奮した口調で話しだした。

「あれ何だろうね。イノシシ？　イノシシって、あんな土の掘り方する？」

「どうかな？　そりゃ、亀山にはイノシシくらい、いるんだろうけど」

星野恵津子は、首をかしげながらコーヒーカップを持ち上げる。

古本屋カフェ『EX LIBRIS』の本日のおすすめは、マンデリンだ。恵津子は、しっかりとした苦味のあるコーヒーが好きで、週に二、三回はこの店に来て、小さい焼き菓子とのセットを頼む。

――ほんと、この店ができて良かったわ。

『EX LIBRIS』は、近ごろ流行の古民家を改造したカフェだ。太い梁を渡した天井を見上げて、小さく頷く。ここができるまでは、ちょっとお茶を飲む場所すらなかった。

――ここまで何にもないところだとは、思わなかったのよね。

塩漬けにした桜の花びらを一枚載せた、上品な甘さのフィナンシェを小さく割って口に運び、ため息を隠す。

「――おいしい。これ」

店のオーナー夫妻は、東京からの移住組だそうだ。やっぱり、センスがいい。

夫の清隆が証券会社を定年退職したのは、二年前だった。あと五年、定年を延長することもできたが、そうはせず、東京のマンションを売った代金と退職金を合わせ、地方に庭つきの戸建てを買って、家庭菜園の手入れでもしながら余生を送りたいと言いだした。

——まだ、余生と呼ぶほどの年齢でもないのに。

勤め先の証券会社は業界の中堅クラスで、仕事は多忙だったが給与もそれなりによかった。夫婦ともに堅実で、ひとり息子の隆弘（たかひろ）は、ＩＴ企業に勤めてとっくに独立したし、年金を受け取れる年齢になるまで数年あるが、蓄えもきちんと確保できている。

——そりゃ、庭でトマトをつくるのも、楽しいかもね。

田舎暮らしの経験はなかったが、夫が憧れを持っていることは知っていた。家庭菜園で収穫した野菜を食べる素朴な生活に、恵津子自身も夢を抱いたことは確かだ。

旅行のついでに郊外の町を歩いて物件を探し、大神坐市にたどりつくと夢中になった。

（新幹線とＪＲを乗り継いで、かんたんに東京に出られますから、日帰りも可能です。マイカーがあれば、国道まで出るとショッピングセンターや大きなスーパーがありますから、毎日のお買い物も楽ですよ）

不動産屋の若い社員は、キラキラと目を輝かせながら、大神坐の暮らしやすさをふたりに売り込んだ。彼の熱意に負けたこともあるが、なにより心を揺さぶられたのは、物件を見るうち夜になり、不動産屋に誘われて亀山の展望駐車場から見た、満天の星空だった。

（——こんなの見たことない！）

東京生まれの東京育ち、星空よりも高層ビルの照明のほうに親しんできた。今から思えば、田舎の景色に免疫がなかったわけだ。

だが、旅行者として訪れるのと、実際その土地に住むのとでは大違いだった。

たとえば書店。東京なら、大きな駅の周囲では大型書店がしのぎを削っているし、各地に個性豊かな書店、古書店が軒を並べる。大神坐にだって書店がないわけではないが、スーパーの中に一軒、ショッピングモールの中にもう一軒。棚に並ぶ本のラインナップを見てがっかりし、新聞に広告が掲載されるような新刊が並ばないことに失望し、やがては諦めた。ここはそういう町なのだ。

映画だってそうだ。たしかに、ショッピングモールには一軒、シネコンが入っていて、アメコミを実写化したハリウッドの大作映画がやってくる。子ども向けのアニメも来る。だが、恵津子が好きな、アカデミー賞は取らないけどベルリンやカンヌの映画祭で高評価を得るような映画は、まず来ない。

――すっかり、文化の香りから遠ざかってしまった。

老けこんだ気分になっていたので、こういう洒落た雰囲気の、古書店を併設したカフェができるとは、嬉しい驚きだった。本の品ぞろえも恵津子の好みにぴったりだ。

ちなみに、夫の清隆は、当初の予定通り庭に土を入れて家庭菜園にし、土壌改良から始めて畝もつくり、ナスだトマトだレタスだ枝豆だと欲張って、畑のお世話に熱中している。まさか、あそこまで菜園に入れ込むとは思わなかった。東京では考えられないが、敷地が三百坪ほどあるので、ついでに果樹園まで作る気らしい。三百坪といえば、都会なら大豪邸だ。

「それでね、誰か詳しい人に聞いてみようと思って、写真を撮ってみたの」

杏子がスマートフォンを操作し、写真を表示させてこちらに向けた。一瞬、何の話だかわからなかった。杏子はまだ、亀山の穴が気になっているらしい。

彼女、向江（むかえ）杏子は、恵津子の向かいの家に半年前に越してきた。やっぱり自然に憧れた、リタイア後の移住組だ。

大神坐市は、人口減少が避けられないとわかって、移住者を積極的に募っている。特に、古民家や田畑を低価格で貸し出したり、売却したりして、商売や農業を始める若手を優遇しているようだ。だが、実際に市の人口増加に寄与しているのは、リタイア後に都会から越してくる高齢者だった。

通勤しないので、交通の便が多少悪くても気にならないし、若いころと違って派手な夜遊びもしない。落ち着いた世代には、このくらいの町が暮らしやすい。

「――この穴って」

恵津子はようやく、写真に注意を払った。杏子がおおげさに言うほど、「穴だらけ」というふうには見えない。ただ、ひとつの穴のサイズがかなり大きい。

「人間が入れるくらいじゃない？」

「そうよ。まあ、私だと無理だけど、恵津子さんなら充分に入れると思う」

ウエストまわりがたっぷりした杏子が、穴の大きさを手で示す。およそ、四十センチ四方といったところだろうか。しかも、きれいな直方体の穴だ。深さはそれほどでもなく、二十センチほど。ところどころ、深い丸穴も空いているようだ。

「動物が掘った穴ではないんじゃない？　人間でしょ、これ」

「人間が何のために掘るの？」

杏子が顔をしかめた。

「まさか――あれ？　死体を埋めるとか」

「やめてよ、もう」

ふたりして吹き出す。杏子はミステリーの愛読者で、いわゆる火曜サスペンス、テレビのミステリードラマも大好物だ。

「でも、こんな大きな穴が複数あるなんて、たしかに変ね」

「穴があるのは遠くからでもわかるから、落ちる人はいないだろうけど、不思議よね」

「あの山の地主さんは誰なのかな？　勝手に入っていい山なの？」

「持ち主は知らないけど、ハイキングコースになってるの。展望駐車場まで車で行けるじゃない。その舗装された道路とは別に、ふもとから歩いていく道があるの。で、そこから脇の斜面を見ると、この穴があるのね」

ふうん、と恵津子は頷いた。杏子は健康維持にも熱心で、早朝からひとりで動きやすい服装をして、散歩がてら亀山に登っているらしい。杏子の外見からは、一日中、優雅に腰かけて菓子をつまんでいる印象を受けるが、実はたいへん活動的だ。

「あら、このフィナンシェ、よくできてる。ほんとにここは、何を食べてもいい味ね。一昨日は夫と食事に来たんだけど、近くにクラフトビールの工場ができたらしくて、少しいただいたの。美味しかった」

「へえ、クラフトビール？」

「ブランド名がね、『ウラシマ』っていうんですって」

「竜宮城の？」

身を乗り出す。こういう話ができるのも、相手が同じ移住者の杏子ならではだ。それからしばらく、クラフトビールに始まり、恵比寿にあるお気に入りのビアホールから、多国籍料理の話にも花が咲いた。

ふと気づくと、二時間以上も店で粘っていて、ティータイムに来た客たちは帰り、そろそろディナーの客が入り始めたようだ。地元の商工会議所の青年団らしい宴会が始まったほか、おそろいのアノラックを着てリュックを背負った若い男女が、隅のテーブルに通されたところだった。さっそくメニューを広げ、熱心に読んでいる。

——観光客かな。

鄙（ひな）びた町に観光客が来るなんて不思議だが、海外では旅慣れた人の間で「日本に行くなら田舎に行け」と言われているそうだ。都市部は似たり寄ったりだが、田舎には古い日本の面影が残り、旅情が味わえる。それに、どこに行ってもコンビニがあるから便利だ、ということらしい。

「たいへん、もうこんな時間」

杏子が時計を見て驚いたように言う。

「帰ってご飯のしたく、しなくちゃ」

「あら、私も」

慌ただしく立ち上がり、主婦らしくきっちり割り勘にして精算した。オーナー夫妻は若いのに笑顔が温かく、人柄の素直さを感じさせる。感じのいい人たちだ。

「いつもありがとうございます。またいらしてくださいね」

勘定をすませると、オーナーの奥さんがにっこり笑って、頭を下げた。常連扱いしてくれることに、気を良くする。

外に出ると、蒸し暑い空気に取り巻かれた。

杏子とは帰る方向も同じだ。再び、ぺちゃくちゃと怒濤のお喋りが始まり、「じゃあね」と手を振って向かいあわせの家に消えるまで、会話が続いた。

軽く、息切れしている。暑い中、ずっと喋りながら歩いていたせいだろうか。

――いやあね。杏子さんは平気そうだったのに。

毎日、山に登って心肺機能を鍛えているので、歩くのも速いのだろうか。

「私も、ちょっと歩いてみようかな」

息子が学生のころに使っていた、体操着がまだあるはずだ。息子は小柄で、男性のSサイズを着ていたから、スポーツウェアなら自分にちょうどいいかもしれない。


翌朝、亀山に登るというと、夫も一緒に行きたいと言った。ひょっとすると、庭仕事に飽きてきたのだろうか。

亀山のハイキングコースは、大神坐市役所のホームページにも、簡易な地図が掲載されている。印刷して持ってきたが、そんなものを見る必要もないくらい、わかりやすい。

随所に、道に迷わないようという配慮か、亀に乗った浦島太郎の小さな像とともに、コースの道しるべが設置されている。

「歩きやすいじゃないか。役所も親切だな」

夫はご機嫌で、庭仕事で使っている作業服のようなズボンに、白いシャツを着て、タオルを首に巻いている。とても、以前は証券会社でバリバリ働いていたようには見えない。ふつうに、田舎のおじさんだ。

この町への、夫の過剰な馴染み方には、正直ついていけない感じもするのだが、ハイキングコースが気持ちいいのは確かだ。

アスファルトの上は、早朝でもむっと立ち上る熱気に満ちているが、山道に入ると草木が暑さをやわらげてくれた。わさわさと枝を広げた木々がまぶしい陽光を遮ってくれるおかげで、踏み固められたハイキングコースは涼しさすら感じられる。

「あ、ほら、あれだわ。昨日話したでしょう、杏子さんが見た穴」

恵津子は先に行く夫の背中をつついた。

たしかに、コースの脇にいくつか穴が見える。写真で見たより浅いようだが、穴は穴。しかも、どう見ても人為的な穴だ。

「なんだろうな？　キノコでも栽培するのかもしれないぞ。マツ材を並べて松茸とか」

「こんなにハイキングコースから近いところで松茸なんか栽培したら、みんな盗られちゃうんじゃない？」

コースを登ると、先ほどの穴の周辺を、はるかふもとに見下ろすことができた。

――あら。

先ほどは姿が見えなかったが、穴のあたりに三人、人影がある。歩き回ったり、穴にかがみこんだりして、何かを探しているように見える。ずいぶん熱心な様子だ。

「何してるのかな」

夫も下を覗いたが、高所恐怖症の気があるので、ぞっとしたようにすぐ後じさった。

「やっぱり、何かの調査か、栽培の下見じゃないか？　きっとキノコだよ。こんな場所で栽培するには、ぴったりだ」

夫の意見が正しいのかもしれない。

そう思いつつ、何が気になったのかと考えて、昨日『EX LIBRIS』で見かけた、リュックを背負ったカップルを思い出した。ちょうど、彼らと似たような服装だった。

見ているうちに、三人は林のなかに姿を消してしまった。

ハイキングコースの終点は、以前にも車で来て、星空に感激した展望駐車場だ。徒歩で片道およそ一時間。これなら、いい運動になる。

駐車場にある自動販売機で水を買って飲み、大神坐の景色を満喫してひと休みし、ゆるゆると下りはじめる。

夫の清隆がそれを見つけたのは、半分ほど山道を下りたあたりだった。

「なんだ、あれは」

急にコースをそれ、脇の茂みに入っていったと思ったら、大きな葉の上でうごめく虫を手のひらに載せて戻ってきたので、ぎょっとした。白っぽい蛾の幼虫のようだ。体長二センチほどの身体を踊るようにくねらせている。

「お父さん、変なものを取ってこないでよ」

毛虫が大嫌いな恵津子は顔をしかめた。

「これが見えたんだ」

「蛾の幼虫でしょ」

「だっておまえ、これは――」

何か言いかけた夫は、ためらうように口をつぐんだ。

「飼うなら入れ物がいるな」

「えっ、まさか、うちで蛾を飼うつもりじゃないでしょうね」

「隆弘が昔、蝶の幼虫が蛹になって、孵化するまでの観察をしたプラスチックのケースがあったよな。あれ、まだあるかな」

恵津子は目を丸くした。

「蝶じゃないでしょ、それ。蛾でしょ」

「うん、そうだよ」

——酔狂だとは思っていたが、そこまで妙なことを始めるとは。

「まさか、こんなところにいるなんてな。驚いたよ。こんな場所で、何を食べてたんだ、おまえ？ うん？」

道々、やさしく幼虫に話しかけている。自分に話す時だって、あれほどやさしげな声を聞いたことはない。恵津子は呆れ、だんだん、夫と距離をおいて歩きはじめた。


「えっ、それじゃあ、旦那さんは蛾の幼虫をペットにしてるの？」

杏子が、目を丸くしている。今日も、ふたたび『EX LIBRIS』に来ているのだ。隆弘が蛾の幼虫を飼い始めてから三日、彼は毎日、エサの葉っぱがどうのこうのと言い、飼育に頭を悩ませているようだ。

「そうなのよ。あたしは見たくもないから、雨戸が閉まる縁側の隅っこの、私が見えないところに置いてって言ってるの。玄関なんかに置いてあったら、気持ち悪いじゃない」

「ペットが蛾って珍しいわね」

「ずっと東京で証券マンなんかやってきたから、田舎暮らしと自然が豊かな環境にあこがれてるの。それはわかるんだけどさ」

声が高かったのか、他のテーブルの男性客が、ちらりとこちらを振り返った。四十代だろうか。声の主を探した時の目つきが、キラリと光るようで、厳しかった。

——ああ、いけない。田舎だなんて言ったら、地元の人に失礼になるわよね。

ほんとに田舎だけど、という言葉を呑みこみ、恵津子は心を落ち着かせようと胸に手を当てた。杏子は「ペットの蛾」と呟きながら、笑いをこらえている。

「うちの夫も、時々妙なことをするの」

杏子が嬉しそうに暴露を始めた。それから互いの連れ合いの、子どものような奇行の告白大会になり、「いらっしゃいませ」というオーナー夫妻の声でふと顔を上げると、リュックを背負った三人連れが、隅のテーブルに座るところだった。

「観光の人かしらね」

杏子も、見ていないふりをして、ちらちら見ている。恵津子はふと、三人のおそろいのアノラックに目を留めた。

「この前の人たちと、同じデザインだ」

「この前って?」

「前回、私たちがここに来た時、同じ上着を着たカップルがいたの」

もちろん、先日の男女とは別人だ。先日はふたりとも二十代前半くらいに見えたが、今日の三人は全員が男性で、三十代から五十代くらいと幅がある。

先日のふたりと異なり、今日の三人は深刻な表情で、ぼそぼそと話し合っている。

「会社の制服かもね」

アノラックの下の服装が、平日の会社員にしては軽装すぎるようだが。

次いで、その三人の姿と、亀山のハイキングコースで見かけた三人とがオーバーラップした。遠目だったのではっきり見えなかったが、あんな服装だったのではないか。

胸にロゴマークのようなものが刺繍されているが、恵津子の席からはよく見えなかった。

「おっと、いけない。帰って、買い出しに行かなくちゃ。明日から夏休みで孫が来るのよ」

「あらま、いいわね」

杏子がいそいそと立ち上がり、レジに向かった。彼女には娘がふたりいる。妹娘の夫が妻の実家に気をつかう性質で、休みに入ると、自分の実家よりも先に、妻の実家に孫を連れて来るのだ。

ふたりで店を出ると、前の駐車場に白いライトバンとシルバーの乗用車が停まっていた。

「このマーク」

ライトバンの白い横腹に、青色で描かれたロゴが、先ほどアノラックの胸に刺繍されていたロゴにそっくりだ。

――シジミカンパニー？

小さくアルファベットで書かれた文字を読み、首をかしげる。

「これって、シジミ製薬の車？」

杏子も覗き込んだ。

「旧街道沿いに、シジミ製薬の研究所があるよね。あそこから来たのかな」

「あそこの製薬会社の人たち、このへんでほとんど見かけないよね」

ずいぶん前に、市役所を中心とした誘致活動が成功して、研究所ができたと聞いている。向こうのほうが恵津子たちよりずっと移住の「先輩」なのだが、大神坐市の住民には、シジミ製薬の好感度は高くない。

なにしろ、研究所の敷地が広く、内部に従業員の住宅、コンビニ、託児所とひとそろいあるのだそうで、就学児童がいる家庭でもなければ、敷地の外まで出てこない。数百人単位の従業員が移住して新しい雇用も生まれ、買い物や外食で市内にお金を落としてくれると期待していたら、当てが外れた。

――という噂だ。

恵津子は、シジミ製薬の社員らが少し気の毒になった。都会の研究所に就職したつもりでいたら大神坐市に転勤になり、自然は豊かだし暮らしに困ることはないが、なにしろ若い人には遊ぶ場所がない。

「だけど、製薬会社の研究者って風情でもないよね。さっきの三人」

「服装なんか、ジーパンじゃなかった？」

先日のカップルも軽装だったので、てっきりハイキングに来た観光客かと思っていた。服装が自由な会社なのだろうか。

「そう言えば、あそこの研究所って、周囲に高い塀をめぐらせてあるから、すごく閉鎖的に見えるのよね。うちの夫は、越してきてすぐ車で市内を走り回っていたんだけど、まるで刑務所みたいだって言ってた」

杏子が面白そうに笑う。

「社員を閉じ込めて働かせるとか？」

「逆に、部外者が勝手に入らないようにしてるのかも？」

最先端技術の研究所なら、産業スパイの心配もあるだろう。

「あのう、お話し中に失礼します」

遠慮がちに声をかけられ、最初は自分たちが話しかけられているとは思わなかった。

「はい？」

振り返ると、中年の男性が腰をかがめてこちらを見つめている。『EX LIBRIS』で、「田舎暮らし」の話をしたら、こちらを睨んでいた男だ。今は、満面にこぼれるような笑みを浮かべているが、どことなくキツネっぽい印象の目つきだった。笑っているけど、笑っていない雰囲気なのだ。

「そちらの方は、ご自宅で蛾の幼虫を育てていると言っておられませんでしたか」

杏子と顔を見合わせてしまった。――そんな話まで聞かれていたとは。この歳だから笑ってすませることができるが、若い頃ならきっと、気持ち悪い男だと感じたはずだ。

「ええ、私じゃなくて、私の主人がですけど」

「私も蛾の幼虫が大好きなんですよ」

男が目を輝かせた。

「ご主人は、どちらで幼虫を見つけられたんですか。お庭ですか」

「いいえ、亀山に登った時に、たまたまです」

「たいへんぶしつけなお願いですが、もし差し支えなければ、その幼虫をひと目、見せていただけないかと思いまして――」

清隆と同じ「もの好き」なのかもしれないが、これはいささか唐突だし、不快な依頼だ。

「申し訳ないんですけど、あれは夫の趣味ですから、私が勝手にお見せするわけには」

「――そうですか」

案に相違し、相手はあっさり引き下がって頭を下げた。

「わかりました。突然、無理を言いまして失礼いたしました」

こちらも会釈し、杏子とふたりで足早に男から離れた。男はしばらく、見送っていたようだ。

帰宅の道すがら、視線を感じて振り返ったが、姿は見えなかった。

「変な人だったね」

肩をすくめ、自宅の前で杏子に別れを告げる。

「あなた、帰りましたよ」

声をかけてみたが、返事はない。玄関に靴があるので、外出ではなく広縁にいるのだろう。どうせまた、蛾の幼虫を眺めているのだ。先ほどの男について、夫の耳にも入れておいたほうがいいかもしれない。

広縁の様子を見に行くと、案の定、清隆は飼育ケースの前にしゃがみ、ケースの黒い覆い布を上げて、虫に話しかけている。

「帰りましたよ」

近づいていき、恵津子はうっかりケースの中を見て驚愕した。

「――いやだ、気持ち悪い。すごく大きくなってるじゃない」

「ああ、お帰り」

清隆がにこにこしながら振り返る。

「さっき脱皮したんだよ。4令から5令に」

最初に幼虫を見た時は、体長が二センチほどで、恵津子の小指より細かったのに、今では五センチ以上ある。人差し指の大きさだ。

成虫――蛾になった時の大きさを想像して、めまいがした。

「どうしてあんなところにいたんだろうな。おまえ、きっと迷子になったんだろう。よく病気にならずに生きてこられたな」

清隆は、しきりに話しかけながら、青々とした葉をケースの中に差し入れている。ジャムをつくるからと恵津子には説明し、実のなる木をいくらか庭に植えて、本人は果樹園と称しているのだ。そこから葉っぱを摘んできたらしい。

幼虫を見つけてから、菜園の手入れには以前ほど力が入らないようだ。

「すぐご飯ができますよ」

夫は、こんなに物事にのめりこみやすい性格だっただろうか。首をかしげながら、恵津子は声をかけた。

先ほど話しかけてきた男の顔が浮かんだが、夫にその話をするのはためらわれた。これほど幼虫を溺愛している夫なら、何をするかわからない。逆に、ケースごとあの男に押しつけてやりたかったとも思った。

しかし、無理だろう。なにしろ清隆は、幼虫が来てからは散歩にも出ず、魅入られたように虫の世話をして、話しかけている。幼虫に恋でもしているようだ。寝る時や食事、トイレに風呂など、よんどころない用がある時以外は、ケースのそばでうっとりしている。あれでは、幼虫を手放すはずがない。

――うちの旦那、ちょっとおかしくなっちゃったんじゃないかしらん。

傾国の姫ならぬ傾国の虫でもあるまいし。だんだん、心配になってきた。


「誰だ！」

大きな怒鳴り声で目が覚めたのは、翌朝の四時すぎだった。

心臓がドキドキして、隣を見ると夫の姿はない。怒鳴ったのは彼らしい。

パジャマ姿で二階の寝室からそろそろと一階に下りてみると、仁王立ちした夫が、ガラス越しに庭を睨んでいる。

「――どうしたの」

恵津子が尋ねると、珍しく怒りに満ちた表情で振り向いた。

「庭に、泥棒がいた！」

トイレに行きたくなって下りてきたところ、庭で動く懐中電灯の光が見えたと夫は言う。窓から覗くと、果樹園のあたりに見知らぬ男がひとり立っていて、夫が怒鳴りつけると急いで逃げだした。

「警察に通報したほうがいいかしら」

「うん、すぐ通報してくれ」

放っておけば、近所の家にも被害が出るかもしれない。パトカーが来れば、泥棒は逃げだすだろう。

恵津子はすぐに一一〇番通報をした。

早朝なので、サイレンを鳴らさず、回転灯だけつけてパトカーが到着したのは、五分ほど後のことだった。

「大神坐警察署の、畠中（ハタナカ）です」

「――本藤（モトフジ）です」

現れた警察官は、恰幅のいい中年男性の巡査部長と、ひょろりと縦に細長い三十代男性の巡査のふたり組だった。今夜の宿直なのだという。畠中健太（けんた）巡査部長は、アニメ「日本むかし話」に出てくるタヌキのような丸い顔立ちで、本藤真一（しんいち）巡査は女性もののゲタのような、ほっそりしているが四角い顔立ちだ。

「被害はありませんでしたか」

夫が畠中巡査部長に詳しい状況を伝えるあいだ、本藤巡査は懐中電灯で庭を照らし、外に出て周辺の様子を見て回ってくれた。

「そのへんには、もういないようです。明るくなれば、鑑識を呼んで足跡を探します」

見た目は頼りないが、本藤はそんなことを言って、しっかりメモを取った。

――ここの警察じゃ、事件らしい事件なんて、ほとんど扱うことはないんだろうな。

恵津子がそう考えたのを見透かしたように、畠中が胸を張る。

「この町も、こう見えていろいろ事件が起きましてね。私などこれでも、過去には殺人事件に遭遇したこともありますよ。父親も警官でして、いろんな話を聞いています」

え、と恵津子は眉をひそめた。なぜ「犯罪自慢」を始めるのか、この警察官は。

「田舎の警察だとお思いでしょうが、ご安心ください。しっかり捜査しますので」

畠中が、胸を反らして高らかに笑う。安心しろと言われると、よけいに不安が募る。

「桑の木を育てておられるんですね」

本藤がふいにそう言った。尋ねるというより、感心しているような、嬉しそうな表情だ。

「桑――ですか？」

名前くらいは知っているが、恵津子はどれが桑の木なのかも見分けがつかない。

「そうです、桑です」

夫が聞きつけ、意気揚々と答える。

「実を何かに使われるんでしょうか。失礼ながら、菜園がとても充実しているので」

そのひと言で、夫が舞い上がるのを感じた。本藤は若いのに、年上の大人の扱いを心得ているようだ。

「そうなんです、ジャムをつくりましたよ。まだ木が小さいから、実が少なくて」

顔を輝かせている。そんな話を他人にしたくて、したくて、たまらなかったのだろう。

「桑の葉のお茶をつくったりもできますしね。この子にも少し食べさせて」

きっと嬉しそうに幼虫を見せると思ったら、案の定、夫はケースをわざわざ縁側から居間に持ってきて、得意げに見せた。

ケースを覗き込んだ本藤の四角い顔が、驚きでさらに縦に伸びた。

「カイコじゃないですか！」

えっ、と恵津子は目を瞠った。

——カイコ？

カイコとは、絹の原材料になる糸を吐いて繭をつくる、あの蚕のことだろうか。

——この気味悪い幼虫が？

「そうなんですよ！」

夫が欣喜雀躍（きんきじゃくやく）した。

「家内はわかってくれないんです。5令に入ったばかりの蚕なんですよ。可愛いでしょう」

「僕も、小学校の生き物観察で見たことがあるだけなんですけど。一匹だけですか。蚕の飼育セットを購入されたんですか」

「いや、それが」

言いかけて、夫は一瞬、ためらうような表情になった。

「実は、亀山のハイキングコースを歩いているときに、葉っぱの上をうろうろしているところを見つけたんです」

「そんなところに、どうして蚕がいたんでしょうね。昭和の初めごろまでは、このあたりでも養蚕が盛んだったと聞いていますが、今では、このへんに養蚕農家があるという話は聞いたことがありません」

「そうなんですか。僕はてっきり、近くの農家から、成虫が逃げ出して卵を産んだのかなと思ったんですが」

「あるいは、子どもが夏休みの自由研究用に蚕を買って、飽きて亀山に放したとか——？」

「そうかもしれませんね。蚕は食事にうるさいので、あの山だと食べるものがないと思って、家に連れてきました。ここなら桑がありますから」

感心したように本藤がうなずく。

「蚕も幸運でしたね。いい人に拾われて」

そのひと言で、夫が顔を輝かせた。

「あなたが、それほど蚕が好きだなんて、ぜんぜん知らなかった」

星野家の朝は、炊きたてのご飯と、玉子焼きと刻みキャベツに、熱い味噌汁で始まる。

夜明け前に侵入者のせいで起こされ、その後は警察官や鑑識が庭の足跡を写真に撮ったりしていたので、ようやく落ち着いたころには午前十時ごろになっていた。二度寝を決め込むには、ちょっとばかり手遅れだ。

「僕の曾祖父は、長野で養蚕農家をやってたんだ」

湯気に目を細めて味噌汁をすすりながら、夫が意外なことを言った。

「そうなの？　初めて聞いた」

「祖父の時代には、だいぶ規模が縮小されてたけどね。よく遊びに行ったよ」

そもそも、明治から昭和の初期にかけて、生糸は日本の主たる輸出品であり、一時は世界一の生糸産出量を誇ったものだ。

世界遺産に登録された富岡製糸場は、明治五年に操業した生糸工場だし、『女工哀史』や『あゝ野麦峠』は、製糸工場を舞台にしたノンフィクションだ。

だが、第二次世界大戦で大きな打撃を受け、戦後は一時的に持ち直したものの、生糸価格の低迷により衰退した。現在は、世界の生糸のおよそ七割を、中国が産出している。

かつて二百万戸を超える養蚕農家を抱え、四十万トンもの繭を生産したわが国に、今も残る養蚕農家は三百五十戸弱、繭の生産量は百三十トンほどだ。

「三木露風が書いた『赤とんぼ』の歌詞に、桑の実を摘むシーンが出てくるだろう。子ども時代の僕の原風景には、たしかに赤とんぼ、桑、蚕がセットになっているんだよ」

「そうなの？」

恵津子が清隆と知り合ったのは、彼が証券会社で働くようになった後のことだ。恵津子自身は東京都の地銀で事務職として働いていて、金融関係のコンパに誘われたのだった。

だから、自分の夫が家庭菜園や田舎の暮らしに憧れる理由を誤解していた。

「日本の養蚕を復活させようという動きもあるんだが、コストを考えると、なかなか難しいだろうなあ。まあ、僕はそれで、昔を懐かしんで桑なんか植えちゃったけどね」

食事の後で、恵津子は広縁の隅に置かれたケースを覗き込んだ。小ぶりの枝を差し渡し、青々とした葉も何枚か、幼虫が食べやすいように置かれている。灰白色の幼虫は、枝に乗って、桑の葉を食べている。

——意外と可愛らしい。

絹糸を生むと知って見方を変える自分も現金なものだが、丸みをおびた頭を桑の葉に近づけ、真剣に齧る様子は愛しくもある。

ぺたんと広縁に座り込んで幼虫の食事を見つめていると、いつのまにか夫もそばに来て、一緒にケースの中を覗き込んでいた。

「蚕の幼虫って、ひょっとしてものすごい価値があったりする?」

ふと気づいて尋ねる。

「価値? いや、それはないだろう。さっきのおまわりさんも言ってたけど、蚕の幼虫を何匹かセットにして、子どもの観察用に売ってたりもするし」

「そっか」

「ひょっとして、例の侵入者か? まさか、この蚕を狙ってたっていうのか」

まさかね、と応じかけ、昨日『EX LIBRIS』にいて、幼虫を見たいと話しかけてきた男のことを思い出した。夫に話すと、顔をしかめた。

「そんな妙なことがあったのに、どうしてもっと早く言わないんだ」

「私も忘れてたの。昨日は、帰るなりあなたが虫に夢中になってて話しそびれたし」

「僕のせいにするなよ」

「だいたい、あなたが虫を拾ってきたりするからでしょう。警察の人も拾ったと聞いて驚いてたじゃない」

「いや、彼らが驚いたのは、蚕があんな場所に一匹だけいたってところだよ」

「そう言えば、この子はどうしてあんなところにいたのかしらね」

「天蚕という、自然界で生きている天然の蚕もいるにはいるんだけど、色や模様が違うはずなんだよな。これは、ごく普通の蚕だよ」

本藤巡査が言ったように、子どもが夏休みの宿題用の蚕を捨てた、というのが正解だろうか。

夫は、畠中巡査部長にもらった電話番号に、電話をかけ始めた。昨日会ったキツネっぽい中年男の件を、知らせておくのだろう。


畠中巡査部長から電話があり、今からそちらに行くと言われたのは、五日後だった。

「犯人、捕まりました」

来るなり畠中は、簡潔に告げた。

だが、恵津子は彼の同行者に驚いていた。本藤巡査はわかる。彼らの後ろにいる、スーツ姿の中年男性ふたりは、いったい何者だろう。もちろん、先日、『EX LIBRIS』を出たところで話しかけてきたキツネ男とは別人だ。

「今日は、その報告とともに、こちらのおふたりから事情を説明したいとの申し出がありましたので、一緒に来てもらったんですよ」

そう言われると、中に通すしかない。夫も在宅していてちょうど良かった。

「古本屋カフェの外で、男が奥さんに話しかけたという話から、犯人を突き止めて逮捕できたんです。まさに、犯人はその男でした。本人も認めています」

警察官が捜査の内容を話すとは思わなかったが、畠中はよほどの話し好きらしく、いかにして犯人逮捕につながったかをとくとくと話し続けた。

「え――逮捕ですか」

居間のソファに腰かけ、夫が驚いたように口を開く。庭に無断で侵入していただけなのに、逮捕までするのかと驚いたようだ。

「いろいろありましてね」

畠中が得意げに鼻をうごめかす。

「まず、『EX LIBRIS』の駐車場の防犯カメラから、男の車が割り出せました。奥さんが言われた時刻の直後に、奥さんの話に出てきた服装の男が、銀色の乗用車に乗り込むところが映っていたんです。駐車場で事故が起きやすいので、カメラをつけてるんですよ」

警察官らの説明によれば、車のナンバーから、登録されている所有者を割り出した。隣の市に住む男だが、しばらく駅前のホテルに宿泊していることもわかった。

「それで、ホテルに出向いて話を聞こうとしたんですが、その前にちょうど、こちらの方々が警察署にお見えになりまして」

頭を下げた中年男ふたりが、立ち上がって名刺を清隆に渡した。

「このたびは突然お邪魔いたしまして。シジミ製薬バイオ研究所所長の、戌亥(いぬい)と申します」

「同じく、副所長の辰巳(たつみ)です」

――北西と南東だなんて、変わった名前。

そう思いつつ、ふたりに注目して気がついた。服装がぜんぜん違うのでわからなかったのだが、彼らも『EX LIBRIS』にいた三人組のうちのふたりだ。ジーンズに赤いアノラック姿とスーツ姿では、別人のように見える。

「どこからお話しすればいいか、迷うのですが――まずは、星野さんが蚕を保護してくださったことに、お礼を言わせてください。ありがとうございました。警察の方から、運よくいい方が拾ってくださったと伺っておりましたが、本当に助かりました」

ふたりに深々と頭を下げられ、あっけにとられていた夫が、慌てたように手を振った。

「いやいやいや、ちょっと待ってください。蚕って、亀山で見つけたあの蚕ですか。あれが、皆さんの——シジミ製薬のものだとおっしゃるんですか」

「実は、そうなんです。少なくとも、我々はそうに違いないと見ています」

戌亥たちが顔を上げる。

「だって、そちらは製薬会社ですよね」

「——なぜ製薬会社が蚕を扱うのかと疑問に思っておられるのですね。星野さんは、生分解性プラスチックという言葉をお聞きになったことはございますか」

セイブンカイ——と口の中で呟いた夫は、どうだったかな、と言いたげに首をかしげた。彼も元証券マンで、企業や製品情報については詳しいはずだが、守備範囲外のようだ。

「いま、世界中でマイクロプラスチックの存在が問題視されていまして」

「マイクロプラスチックというのは、自然環境に放出された微小なプラスチック片のことですが」

「放置されたプラスチックが劣化し、破片が土中や海中に散らばりまして」

戌亥と辰巳が、かわるがわる話し始める。

海に流れ込んだマイクロプラスチックを、エサと間違えて魚が食べる。ペットボトルに詰めて売られている水の中から、マイクロプラスチックが見つかったこともある。

みんな、最後は人間の口に入る。

恵津子は、プラスチックの使い捨てストローを使わない運動が起きたという記事を思い出した。

「人体に悪影響があるといけないので、もっと分解しやすく、自然に土に還るようなプラスチックをつくろうとしているんです。それが、生分解性プラスチックです」

ほう、と夫も頷いている。

「ところで、自然界の微生物の中には、体内でプラスチックを作れるものがおりまして」

「プラスチックを作る遺伝子を特定して、酵母や大腸菌に遺伝子を組み込むと、プラスチックを作る『生物工場』ができるんです」

「そしてシジミ製薬のバイオ研究所は、酵母や大腸菌ではなく、蚕でそれを実現する研究をしています」

戌亥と辰巳の話ぶりは熱っぽく、恵津子と夫は彼らの説明に聞き入った。

「一般的なプラスチックは、石油を原材料としますが」

「生物工場が作るプラスチックの材料は、酵母や大腸菌が食べる糖や、蚕が食べる桑の葉――というわけです」

「つまり、自然に優しい」

ふたりがそろって胸を張った。微笑ましかったが、恵津子の頭の中には「？」マークがたくさん点滅していた。

それでは、夫が亀山から連れて帰った蚕は、シジミ製薬が遺伝子を組み換えた蚕なのか？

つまり、あの蚕はよほどの価値のある蚕なのか？

そんな蚕が、いったいぜんたいなぜ、山の中に逃げ込んでいたのか？

蚕を見せろと要求したり、庭に侵入したりした男は、何者なのか？

「ちょっと、待ってください」

夫が手を上げ、懐疑的に首をかしげた。

「僕が拾った蚕が、あなたたちのものだとどうしてわかるんですか。たまたま、自然界にいる蚕だったという可能性はないんですか」

――この人、そんなにあの幼虫を気に入ってるんだ。

少し呆れながら、恵津子はそう考えた。夫は、幼虫を手放したくなくて、そんなことを言っているのだと、長いつきあいで恵津子にはよくわかった。

戌亥と辰巳が顔を見合わせ、頷き合う。

「――蚕が私どもの研究所から盗まれたものなら、いま5令に入って五日めですね」

夫が、ちくりとどこかを刺されたような表情を浮かべたのは、まさにあの蚕がそれくらいに成長しているからだろう。

「失礼ですが、問題の蚕を見せていただけませんか」

ふたりの依頼に応じ、しぶしぶ夫が腰を上げる。広縁の隅に、あいかわらずケースは置かれている。だが、恵津子はケース内の様子が変わっていることに気がついた。

「ありがとうございます。『まぶし』を入れてくださったんですね」

戌亥たちが声を弾ませる。

「まあ、見よう見まねで適当ですが」

照れくさそうに夫が応じた。ケースの中に、ボール紙でできた四角い箱のようなものが、いつの間にか入っている。それを、「まぶし」と呼ぶらしい。

幼虫は、もう桑の葉をむさぼり食べていなかった。「まぶし」の中に入り、自分の位置を決めると、せっせと白く輝く糸を吐いている。

――繭をつくり始めたんだ。

神秘的ですらある、感動的な光景だった。自分の人差し指ほどのサイズしかない虫が、口から美しい糸をつむぎ、「まぶし」に自分の足掛かりを築いて、繭をつくろうとしている。

誰に教えられたわけでもないはずだ。この虫は、生まれながらに、こうして糸を吐き、繭をつくって成虫になるのだと知っている。

「この糸を見てください」

戌亥が少し身体をずらし、清隆を呼んで、蚕の様子をよく見せようとした。

「糸の色を、よくご覧になってください。ふつうの繭の色と違うでしょう」

清隆が覗き込む横から、恵津子も首を伸ばす。繭の色など見たことはないが——違うという理由は、すぐにわかった。

「レインボーカラー？」

恵津子の言葉に、戌亥がにこっと笑う。

「真珠母貝の内側の、虹色の輝きをめざしています。これも、遺伝子組み換えで別の生物の遺伝子を真似たんです」

「——普通の蚕じゃ、なかったのか」

清隆が唸った。彼は、淡い虹色に輝く糸と、それを熱心に吐き出して自分を囲もうとしている虫を、憧憬のまなざしで見つめている。

戌亥と辰巳があらためて清隆に向き直り、頭を下げた。

「ありがとうございました。星野さんのおかげで、この蚕はぶじに繭をつくることができそうです」

まるで、自分の子どもについて語るように、愛情たっぷり弾んだ声で、ふたりは感謝の言葉を述べたのだった。

「あらあ、このゼリー美味しい！」

ひとさじすくい、杏子がとろけるような表情を浮かべた。

『EX LIBRIS』の本日のデザートは、夏みかんのゼリーだ。甘いだけでない、きゅっと舌を刺激する酸味がある。

「あたし、梅干しも大好きなのよね。酸っぱいものって、暑い時には美味しいし元気が出るから」

杏子に同意しながら、恵津子は店内の客たちをそっと見回した。今日は、あの赤いアノラックを着た研究所員らはいないようだ。だが、シジミ製薬の社員がひとりもいないとは限らない。

将棋か囲碁の話でもしているらしい、おじいちゃんたちが三人集まり、隅のテーブルで額を突き合わせるように話し込んでいた。

「で、例の蚕は、研究所に返しちゃったの？」

杏子の遠慮のない問いに、「そうなの」と頷く。夫はがっかりしていたが、逆に楽しみもできた。シジミ製薬の研究所から、桑の木を育てるにあたり、指導して欲しいという依頼を受けたのだ。それほど詳しいわけでもないからと最初は渋っていたが、結局、引き受けた。定年後に思わぬ「仕事」ができて、おまけにそれが蚕に関わることで、内心では嬉しいのだ。

「いやあ、まさか産業スパイがらみの大事だったなんてねえ」

地元の地方新聞に、大きな記事が載ったため、いまや杏子も事件の全貌を知っている。

あの蚕は、シジミ製薬の研究所で飼育されていたものだ。産業スパイに依頼されたアルバイト学生が盗みだしたものの、良くないことだと仲間に説得され、研究所に返すこともできず、怖くなって亀山に捨てたのだという。

産業スパイというのが、恵津子に声をかけた、例のキツネっぽい中年男性だった。

(私どもは、亀山の所有者の許可を得て、土の奥深いところにいる微生物を採取していたんです。まだ見つかっていない微生物が、ユニークな性質を持っていることが、多々ありますからね。そのために、学生アルバイトを何名か雇いまして)

戌亥らの説明によれば、そのアルバイトたちが掘った穴こそが、杏子が不思議がっていたものだった。

サンプルの土を掘って容器におさめ、研究所に持ち込み、微生物を採取して培養する。そんなアルバイトだったそうだ。夏休みに入った隣県の大学の農学部から学生を五人呼んだ。

(蚕のシルクプラスチックは、いま国内でもしのぎを削って研究していますが、海外からも注目されているんです)

海外の企業の依頼で、例のキツネっぽい中年男性を通じ、アルバイトの学生に、とある秘密のミッションが課された。蚕の幼虫を盗み出せという内容だ。

その男子学生は、みごと一匹の蚕を研究所から持ち出すことに成功したが、たぶん途中で不安になったのだろう、古本屋カフェでそれを同じアルバイトの女子学生に話したところ、遺伝子組み換え生物を研究所の外に持ち出すことは、単純な盗みより罪が重い法律違反だと言われたそうだ。「カルタヘナ法」とかいうそうだ。

どうも、そのふたりは、恵津子たちが『EX LIBRIS』でお茶を飲んでいた日に見かけた、赤いアノラック姿の、若い男女だったようだ。なにしろ雰囲気のいいカフェが一軒しかないので、いろんな人たちに遭遇してしまう。

「法律違反？　どうして」

杏子が首をひねる。

「遺伝子を編集した生物を自然界に放すと、交配してその編集された遺伝子が拡散するかもしれないでしょう。そうすると、どんな影響があるか、わからないじゃない。それを防ぐための法律なんだって」

「へええ」

男子学生は自分がしでかしたことに慄き、後悔し、とはいえ正直に研究所に蚕を返すこともできなかった。

「幼虫を殺そうかとも考えたらしいけど、あの可愛らしい姿を見ていると、それもできなかったらしくて」

「ちょっと待って。いま恵津子さん、幼虫を可愛らしいって言わなかった？」

杏子が眉をひそめている。

「あら、言ったかも。可愛いわよ、蚕」

「この前まで、気持ち悪いって言ってなかったっけ」

「だって、蛾の幼虫だと思ってたから気持ち悪かったけど、蚕の幼虫だと思うとね」

杏子は呆れたように「そう？」と眉を上げた。蚕だって、蛾の仲間だ。見方が百八十度転換してしまったあたり、自分でも現金だとは思っている。

学生は、幼虫を亀山に放した。周辺に蚕がいなければ、交配して遺伝子が拡散する可能性もないから——と思ったらしいが、その話を聞いた夫は、カンカンに怒っていた。

（蚕はさ、桑の葉や、それを扱いやすくした人工飼料しか食べないんだよ。すっごい繊細でグルメなんだよ。桑の木がない場所に捨てたら、飢え死にするじゃないか！）

まあ、学生のやったことは、二重、三重にいいかげんで許されないことだ。

学生に蚕を盗み出せと依頼した、例のキツネっぽい中年男性は、学生が蚕を捨てたと知って山を探そうとしたが、シジミ製薬の社員らが何人も山で蚕の捜索活動を行っていたので断念した。

女子学生のほうがシジミ製薬に通報したため、幼虫が盗まれて亀山に捨てられたらしいと知らされ、研究員らも真っ青になって探していたのだ。

幼虫は鳥に食べられたか、腹を空かせてどこかで死んだかとスパイが煩悶していたら、恵津子らの会話が耳に入った。亀山で蛾の幼虫を拾って育てている旦那の話だ。

彼が、内心で躍り上がって喜んだことは、想像に難くない。もちろん話を聞いてすぐ、彼女らが話しているのは、蚕の幼虫に違いないと気づいたそうだ。

（庭を覗くと桑の木があったので、家のどこかに飼育室があるんじゃないかと思って、忍び込む方法を探していた）

警察署で、例の中年男性はそう白状したという。彼の靴を調べると、星野家の庭に残っていた足跡と同じ足型だったし、靴底に庭の土もまだついていたそうだ。夫の清隆が熱心に土壌改良を行ったせいで、残留した土の成分から場所の特定までできたそうだ。

シジミ製薬が、幼虫盗難の一件を警察に通報したため、男子学生と中年男性は逮捕されることとなった。

「じゃあ、あれ？　すべて片づいて、めでたしめでたし、ってこと？」

杏子が気楽そうな表情で尋ねる。恵津子も頷いた。

「ええ、そうね」

プラスチックをつくる蚕の幼虫は、ぶじシジミ製薬の研究所に戻された。中年男性に幼虫泥棒を依頼した外国企業については、これからおいおい捜査するのだろう。

「でもさ、あそこの研究所で、そういう研究をしてるって知らなかった。このへんの人たち、誰も知らなかったんじゃない？　やっぱり、閉鎖的だからよね」

「それがね、今まではそうだったんだけど、これからは変わるかも」

戌亥所長らが話してくれたのだが、最近ようやく特許の申請や論文の提出が終わり、研究内容を極秘にする段階は過ぎたそうだ。

（今までは、研究内容について外部に漏らせないこともあって、地元から距離を置くような形になっていましたが、これからはむしろ、バイオ研究所と研究の成果を、地元にもどんどんアピールしていくつもりです。この蚕の存在を、広く知ってもらわなければいけませんからね）

戌亥と辰巳が、そう話していた。

「大神坐市にある古民家や畑を利用して、桑の木を栽培したり、蚕や生糸についての展示館をつくったりする考えもあるそうよ」

「あら、恵津子さん。ずいぶんと蚕に入れ込んでるみたい」

杏子が目を丸くしている。恵津子はウフフと微笑んだ。自分でもおかしいが、蚕や桑の木の栽培に興味が出てきた。古民家を利用した展示館だなんて、わくわくする。

戌亥たちから聞いた話が、きっかけになったのかもしれない。

（養蚕業は、近年のわが国にとって過去の遺物だったといっても間違いではありません。しかし、僕らの新しい蚕とその糸が商業ベースに乗れば、革命的な変化が起きますよ。この国でまた、養蚕が息を吹き返します。蚕の力で、環境にやさしいプラスチックが生まれ、それが世界中に拡

散します）

（さまざまな化学繊維が、強靱で手触りがよく、シルクのように輝く繊維をつくることを目標に誕生したことを思えば、蚕の復権という意味で感慨深いですね）

辰巳もそう話して目を細めた。

彼らの目にはきっと、見渡すかぎりの桑畑が映っている。そして、その緑の葉にむらがって無心に食む、灰白色の幼虫の群れ。

彼らがパールのように輝く糸を吐き、天然のプラスチック繊維が生まれる。石油から合成されたのでない、環境にやさしいプラスチック繊維が、この大神坐市から生まれ、世界中を包み込むように広がっていくのだ。

「——大神坐市に来たのは、悪くないかも」

恵津子は小声で呟いた。

引っ越してからの二年というもの、自分は都会にあってここにないものを探し、残念がるだけの毎日だったような気がする。だけど、都会にないものが、大神坐にはある。

夫はすでに、桑の栽培計画に夢中だ。

「昔は大神坐でも、養蚕業が盛んだったんですって。私も何か新しいことを始めようかな」

「あら、新しいこと？　何をするの」

杏子が嬉しそうに食いついてくる。

夫が桑の栽培を極めるつもりなら、自分は家庭菜園を担当してもいいだろう。夏はトマトもいいし、ゴーヤやナスも作りたい——というか、食べたい。

視線をテーブルに落とすと、「夏野菜のカレー」という新メニューの宣伝が貼られていた。ナス、トマト、ズッキーニ、オクラは、カフェのオーナー夫妻が丹精したものだそうだ。
「とりあえず――これ食べてみようかな」

「あら、今日は家で旦那さんにご飯つくらなくていいの？」

「いいの。今夜はシジミ製薬の人たちと、飲みに行くんですって」

彼らとも、すっかり仲良くなったようだ。夫が大神坐市で新しい友達をつくったのは、本当にいいことだった。

「美味しそう。あたしも食べちゃおうかな」

杏子もカレーの写真を見て、乗り気になっている。

「すみません」と厨房のふたりに手を上げながら、恵津子はなんだか楽しくなって、微笑を浮かべた。自分はやっと、大神坐市の人間になったのかもしれない。

カルタへナ法●佐藤青南

「へえっ。お洒落じゃないか」

田村大輝（たむらだいき）はカフェの店内を見回した。古民家を改装した板張りの空間に、趣味の良い調度品が配置されている。席同士もほどよい距離感を保っていて、いかにも居心地がよさそうだ。

「おれたち、場違いじゃないかな」

声が聞こえて振り返ると、堀江慎司（ほりえしんじ）が怯えたように肩をすくめている。

「なにが場違いなんだよ」

「だって、こんな洒落た店に男二人って」

「金払うんだから場違いもなにもあるか」

「でも、この格好だし」

二人は揃いのアノラック姿だった。

「どの恰好ならよかったんだ。そんな洒落た服、持ってたか」

「洒落た服はないけど、せめて普通の服……」

この男はいつもこうだ。そんな場所に男同士で訪れるのはいかがなものか、あの店はカップル客が行くべきところだと、いつも勝手な自己判断で尻込みする。もっとも、大輝はそんな慎司といるのが嫌いではない。慎司が過剰に臆病なぶん、自分が積極的な人間になれる。親友の背中を押して、いろんな世界を見せてやるのが、自らに課せられた使命のようにすら感じていた。

「自意識過剰なんだよ」

あえて強い口調で言い、悠然とカフェスペースに歩を進めた。カウンター内で愛想よく笑顔を向けてくる女性店員に「二人」とピースサインを掲げると「お好きなお席にどうぞ」と返ってきた。

窓際のテーブル席に、慎司と向かい合って座る。

「あっちのほうが古書スペースか。後で見てみようか」

古本屋カフェと謳うだけあって、カウンターの向こうには書棚が並んでいる。

「うん」と返事したものの、親友はまだこの場に馴染めない様子で、所在なさげに身体をもぞもぞと動かしていた。

「話なら、おれの部屋でもよかったんじゃないの」

それが本音のようだ。たしかに大輝は、暇さえあれば慎司の部屋に入り浸っている。慎司の部屋には、彼が自宅から持参した家庭用ゲーム機が設置されているのだ。おかげで退屈することなく過ごせているが、そのせいで「外」の世界に触れる機会が失われているのだとしたら考えものかもしれないと、この店を訪れてみて思った。ゲームなんてどこにいてもできる。

「よくはないだろ。おまえの部屋じゃ、誰に聞かれるかわかったものじゃない」

「そんな、大げさな――」

大輝は慎司を遮った。

「聞いただろう、あの声」

慎司の顔がいっきに赤くなる。

二人は隣県の大学の農学部に通う学生だった。シジミ製薬の短期アルバイトとして、夏休みの間だけこの大神坐市に滞在している。

宿泊所としてあてがわれたのは、シジミ製薬研究所の敷地内にあるプレハブだった。大輝たちのようなアルバイトが宿泊するための施設らしく、大きな倉庫のような空間を、間仕切りで四畳半ほどの広さに区切っている。ユニットバスとミニキッチン、あとはパイプベッドと小型の液晶テレビだけという質素きわまりない設備だが、屋根があれば文句はない。むしろ個室が与えられたのに感激した。

ただ部屋の壁は薄く、おまけに全館空調のために上方に通風孔が開いていて、ほかの部屋の生活音が聞こえてくる。それも隣室の生活音だけではない。いくつも離れた部屋の生活音や、話し声が聞こえてくることがあった。

数日前、二人がいつものようにゲームに興じていると、男女が性交する喘ぎ声が聞こえてきた。最初は誰かが体調を崩して苦しんでいるのかと思い、ゲームの音量を落として耳を澄ませたところ、そうだとわかったのだ。建物は男女別棟になっていて女性は立ち入り禁止なので、誰かがアダルトビデオを見ていたのだろう。あのときの気まずさといったら。

アダルトビデオなら自分が見るときにはヘッドホンを装着するなど気をつければいいだけだが、これから大輝がしようとしている話は、そうはいかない。シジミ製薬の息がかかった人間には、ぜったいに聞かれるわけにはいかなかった。

女性店員が注文を取りに来たので、アイスコーヒーを二つ注文する。

と思いきや、店員が背を向けたタイミングで、慎司がデザートセットにすると言い出した。男だけで洒落た店に出かけるのには尻込みするくせに、こういうところには躊躇がない。せっかくなので大輝も乗っかることにする。デザートセット二つに注文を変更した。

「美味っ」

デザートセットのザッハトルテをフォークで口に運び、慎司が目を丸くする。大輝も一口食べてみたが、たしかに美味い。

「なにげに『外』に出ることって、ほとんどなかったよな」

大輝の言葉に、慎司が二口目を頰張りながら頷いた。

「出なくても事足りるしね」

研究所の広大な敷地には、研究施設のほかに社員の住宅が建ち並び、コンビニまである。聞いた話では、託児所もあるらしい。特別な用でもない限り、敷地の外に出る必要がなかった。大神坐駅からの送迎バスで研究所にやってきたとき、すでに敷地内であることにしばらく気づかなかったほどだ。それ自体一つの街として完結しているため、二人がプライベートで敷地外に出ることもめったにない。たまにアルバイト同士で映画やカラオケに出かけたりすることはあっても、だいたいの施設が駅周辺に固まっているので、じっくり街を探索するようなこともなかった。

この古本屋カフェ『EX LIBRIS』は、昨晩、大輝がネットで検索して見つけた店だった。

ザッハトルテを堪能し終えると、大輝はおもむろに口を開いた。

「おまえじゃないよな」

慎司はきょとんとした顔で瞬きを繰り返し、真っ青な顔になる。

「そそ、そんなわけないだろう」

「そうか」

「昨日だっておれの部屋にいたじゃないか。あの部屋のどこに隠したっていうんだ」

「すでにカトウに渡した後かもしれない」

大輝の指摘に、慎司は呼吸を吸ったまま固まった。

大輝は鼻を鳴らし、手を振った。

「冗談だよ。犯人がおまえだったら、カトウのことをおれに話したりしない。念のために確認しただけだ」

慎司が胸をなで下ろす。

「大輝は、カトウさんが研究所に忍び込んだと思ってるのか？」

「それは無理だ」

研究施設への出入りには、カードキーによる解錠とＩＤカードの認証が必要になる。外部の人間は容易に侵入できない。

「なら、カトウさんのことをさっさと辰巳さんに報告したほうがいいよ。おれたちじゃどうしようもない」

慎司の言う「辰巳さん」とは研究所の副所長で、アルバイトを統括する立場にある。

「ほかの三人のうち、誰かが犯人だとしても、か？」

「三人って？」

「おれたち以外のバイト」

慎司は言葉を失ったようだった。

シジミ製薬が雇ったアルバイトは五人。大輝たちのほかに三人の学生が、同じ大学の農学部から参加していた。

飼育されていた蚕が行方不明になったとかで、昨日から研究所が大騒ぎになっている。ただの蚕ではなく、遺伝子組み換えされた、自然界には存在しえない蚕らしい。

ことの重大さは、大輝ですらわかる。

遺伝子組換え生物等の使用等の規制による生物の多様性の確保に関する法律――通称カルタヘナ法に違反するおそれがあるのだ。遺伝子組み換えによって生まれた生物が、在来種を駆逐してしまったり、人の健康への悪影響を及ぼさないようコントロールするために整備されたこの法律では、遺伝子組み換え生物の栽培・成育について厳格に規定している。遺伝子組み換え生物の行方がわからなくなるというのは、あってはならない事態だった。下手をすればプロジェクト自体がなくなるどころか、シジミ製薬の経営が傾きかねないレベルの失態だ。

　蚕がいなくなった。研究員からそう聞かされた瞬間に、ピンときた。カトウの仕業に違いない。そしてカトウが直接手を下したのではなく、仲間のうちの誰かが、カトウに協力したのだと。

　一週間ほど前、慎司からカトウという男について相談されたことがある。大輝たちアルバイトの仕事は、微生物採取のために土を掘り、研究所に運ぶことだ。亀山の斜面に分け入り、穴を掘って専用のケースに土を収納する。

　慎司はその作業中、キツネっぽい風貌の男に声をかけられたという。男はカトウと名乗り、研究所内で飼育されている蚕を盗み出してくれと依頼してきたそうだ。

　なんでその場で断らないんだよと、大輝は親友を叱責した。カトウの提示した報酬は、学生には目の玉が飛び出るほどの金額だった。つまりそれだけ危険な仕事なのだ。今後卒業するまでアルバイトの必要がなくなるほどの金が手に入っても、学生の身分を失い、将来を棒に振ってしまっては元も子もない。

　慎司は、カトウから待ち合わせの時間と場所を指定されていた。即答できないでいた慎司に、一晩ゆっくり考えてから依頼を受けるか決めてくれと言ったらしい。連絡先すら明かせないのだから、カトウには犯罪行為の自覚があるのだ。大輝の助言を受け、慎司はカトウとの約束を反故(ほご)

にした。

慎司に逃げられたカトウはきっと、ほかのアルバイトに接触したのだ。

「三人のうち、誰が？」

大輝が昼の前に人さし指を立てると、慎司は自分の口を手で覆った。

「それを考えるために、ここに来たんじゃないか」

「そうか……そうだね」

慎司は警戒するように周囲を見回しながら、声を落とす。

「でも、おれたちが犯人を特定したところで、意味なくない？　犯罪なんだから、警察に捕まるだけじゃないか」

「誰かが盗んだと、はっきりしたならな」

不可解そうに眉根を寄せる慎司に、大輝は言った。

「社員さんたちは、蚕が何者かによって外部に持ち出されたとは考えていない。だからまだ、警察には通報していない」

盗まれたとは、考えたくないのかもしれない。なにかの拍子に逃げだした蚕が、施設内にいる――いや、いて欲しい。物事を自分の都合の良いように解釈する、正常性バイアスというやつだ。ギリギリまで施設内を捜索し、警察への通報を避けようとするだろう。

「だけど時間の問題じゃないか。いまは警察に通報していないってだけで」

「だからその猶予期間に、蚕を戻してやればいい。社員さんたちが警察に通報する前に蚕が見つかれば、誰かが逮捕されることもない」

「そう……かもしれないけど」

慎司が眉尻を下げ、肩をすぼめる。

「慎司は、仲間が逮捕されてもいいっていうのか」

「よくはないけど、罪を犯したわけだし」

「おまえだって、罪を犯しかけた」

「おれはやってない」

「おれが止めなかったら？」

慎司は反論しようとしたようだが、最後には言葉が見つからないという感じで視線を落とした。

「その場で断り切れなかった時点で、堂々と犯人を糾弾できる立場じゃないだろ。おまえがやってた可能性だってあるんだ」

おまえを責めてるわけじゃない、おれだって同じだよ、あんな金額を提示されたら、おれだって相当揺れたと思う。慎司をフォローしてから、大輝は続ける。

「おれたち五人のうち、誰がカトウに目を付けられてもおかしくなかったんだから。慎司はたまたまおれに相談したから、思い留まった。でも一人で考えてたら、大金に目がくらんでカトウの言うなりになっていた可能性もある」

そうだろ？　と同意を求めると、慎司が口を開いた。

「大輝の言うとおりだよ。おれ自身、かなり迷った。そんなことはぜったいにないと思うけど、もしも大輝からやれって背中を押されたら、蚕を盗み出していた」

「ないけどな」

「ああ。ない。わかってる。だから止めて欲しくて相談したんだ。でもほかの連中には、相談する相手がいなかった」

大輝と慎司はもともと友人同士で、誘い合わせて求人に応募した。しかしほかの三人はそれぞれ単独で応募したようだ。休日には五人で連れ立って飲みに行ったり遊んだりするが、深刻な相談を持ちかけるほどの信頼関係までは築けていないだろう。

「大輝の気持ちはわかる。わかるけど、蚕はもうカトウさんの手に渡ってるんじゃないか」

「そうとも限らない。おまえに接触したとき、カトウは連絡先を教えずに日時と場所を指定した。連絡先を教えることで、素性がバレるのを嫌がったんだ。たぶん、カトウっていうのも偽名だろうな」

「素性を探られないために連絡先を教えていないから、蚕を盗み出してもすぐにはカトウに接触できないってことか」

「ぜったいにそうとは言わないけどな。でももしおれの推理通りなら、蚕はまだ実行犯の手もとに残っている可能性がある」

慎司はしばらく顎に手をあてて考え込んでいたが、わずかな可能性に賭けてみる気になったようだ。顔を上げて身を乗り出してくる。

「だったら、三人の部屋を調べよう」

「そりゃ無理だ」

「どうして」

「おれたちは警察じゃない。他人の部屋に押しかけて家捜しする権利なんてない」

「押しかけるんじゃなくて、遊びに行くのを装えばいいじゃないか。普通に部屋に遊びに行って、さりげなく蚕を探すんだ」

「おまえなら素直に受け入れるか？　これまで部屋を訪ねてきたこともなかったおれたちがいき

なりやってきて、部屋で遊ぼうって言い出すんだぞ」

「後ろめたいことがないんだから、断る理由はない」

「三人の部屋を順番に訪問するのか」

「そう」

胸を張る慎司に「どうかな」と大輝はこめかみをかいた。

「相手が犯人であろうとなかろうと、相手の目を盗んでどこにあるかわからない蚕を探すなんて、簡単にできるとは思えない。不審に思われて喧嘩になることも考えられる。それにもしも相手が無実だった場合、おれたちの目的を知ったら相当不快に感じるだろうな。好意から訪ねてきたと思っていたのに、実は疑われていたんだ」

「まあ、そうだけど……」

慎司はすっかりトーンダウンしたようだ。

「それに、今井さんはどうする。今井さんの部屋に押しかけるなんてできないぞ」

大輝のその言葉で、そうかあと、慎司が肩を落とした。

「そうだった。女の子の部屋には行けないな」

今井千秋。大輝と慎司と同じ大学の二年生で、五人のアルバイトのうち唯一の女性だった。女性専用の宿泊施設に男性は立ち入り禁止のため、部屋を訪ねることはできない。

ふいに、慎司が弾かれたように顔を上げた。

「今井さんじゃないかな」

「なにが？」

「蚕を持ち出したの」

「どうしてそうなる」

論理の飛躍に戸惑う大輝に、慎司は熱っぽくまくし立てた。

「だって考えてもみてよ。彼女一人だけ、おれたちとは別の建物で寝泊まりを許されている」

「女性だからな」

「そうだけど、おかげでおれたちから疑われて部屋を凸される心配はない」

「その理屈はおかしいぞ」

興奮した慎司に、大輝の声は届いていないようだ。

「女だから、研究所をうろついていても警戒されにくい」

「男女関係なく、そもそも社員さんたちは誰かが蚕を持ち出すなんて、警戒していなかったと思うが」

「今井さんがまず疑わしい」

「いや、だから――」

大輝が言い終える前に、横から声をかぶせられた。

「なにが疑わしいって？」

心臓が止まりそうになった。

正面の慎司も、目を大きく見開いた驚愕の表情で固まっている。

恐る恐る視線を動かすと、案の定だった。

そこには大輝たちと同じアノラックをまとった話題の中心人物が、仁王立ちで見下ろしていた。

「なんで、今井さんが……？」

呆然と呟く大輝に向かって、彼女は不可解そうに首をひねる。

「それはこっちの台詞なんだけど。どうしてあなたたちがいるの」

「いちゃ悪いのかよ」

「そうじゃなくて、この店で出くわすとは思ってもいなかったから」

彼女はアルバイトを始めた当初から、このカフェに通っていたらしい。たしかに店員ともすっかり気心が知れた雰囲気だった。

すべての話を聞き終えると、彼女はうんざりとしたような息をついた。

「なにそれ。あきれ果てて言葉も出ない。たんに別棟で寝泊まりしているっていう理由で疑いを向けられたんじゃ、たまったもんじゃない」

言葉も出ないと言ったわりには、するするとよどみなくしゃべるものだと思いながら、大輝は謝罪の言葉を口にする。

「ごめん」

「そんなとってつけたような謝罪の言葉、別に欲しくもないけど」

そう言いながらも、千秋は謝罪を求めるように慎司を見た。慎司が疑わしげに目を細める。

「本当に、蚕を持ち出したりしていないんだね？」

「慎司！」

大丈夫、という感じにこちらに手の平を向け、千秋は慎司を見つめた。

「疑うのなら、いますぐに私の部屋に案内しましょうか」

「男は入れない」

「社員さんに事情を話せば、それぐらいはなんとかなる。下着を干しっぱなしだったかもしれないけど、理不尽に疑われるよりよほどマシよ」

二人の間でしばらく視線の応酬があった。

先に目を逸らしたのは慎司のほうだった。

「犯人扱いして悪かった」

「わかってくれればいい」

千秋が満足げに唇の端を吊り上げ、二人の同級生を交互に見る。

「そのカトウって男の話、本当なの？」

「そんな嘘をついても、なんの得にもならない」

慎司がむっとしながら言った。千秋にたいしてあらぬ疑いをかけておきながら、自分が疑われるのは許せないようだ。

「慎司から協力を断られたカトウは、ほかのアルバイトに声をかけたんだ」

大輝の言葉に、千秋が口角を下げる。

「三人候補がいる中で、真っ先に疑われたのは心外ね」

「申し訳なかった。たんにほかのバイトが部屋を訪ねる可能性がなく、蚕を隠しやすいという条件があっただけで、三人の中でもっとも疑わしいと考えたわけじゃない」

そうだよな、慎司、と視線を動かすと、慎司は少し不本意そうに顎を引いた。それから腕組みをして、虚空を見上げる。

「今井さんが違うとなると、候補は二人に絞られたってことか」

「樽水（たるみず）くんと小笠原（おがさわら）さんだな」

呼称で差別化しているように、樽水は一年生、小笠原は四年生だ。細面の優男でいつもへらへららしている樽水と、眼鏡をかけて表情が乏しく、いかにも融通の利かなそうな小笠原。脳裏に二人の顔を並べると、どうしても樽水のほうが疑わしく思えてくる。

慎司も同じ意見のようだ。

「その二人だったら、樽水くんが怪しいんじゃないかな」

千秋が弾かれたように顔を上げた。

「どうして？」

「だって、小笠原さんは四年生だ。農学部で三年半も学んでいるから、カルタヘナ法について知っている確率が高い。その点、一年生の樽水くんはまだ一年生だから、カルタヘナ法を学んでなくて、遺伝子組み換えの生物の扱いについて認識が甘い」

先ほどの千秋に疑いを向けたときよりは、よほど筋の通った推理だ。

ところが、千秋にはそう受け取れなかったようだ。

「樽水くんは違う」

「どうして」

慎司が気圧されたように、わずかに身を引く。

「どうしても。っていうか、小笠原さんのことをむやみに疑うのも、よくない」

「だけどもどっちかが犯人だ」

「わからないじゃん、そんなの」と、千秋は強い口調で言った。「どっちも犯人じゃないかもしれないし、そもそも犯人なんていないかもしれない。蚕はなにかの手違いで逃げ出しただけなのかも」

「でももしも犯人だったら、大変なことになる」

「犯人はいない。仲間を疑いたくない」

救いを求めるような慎司の視線が、大輝を見た。この女はどうしてこんなに感情的になっているんだと、顔に書いてある。大輝にも女心は理解できない。日ごろから慎司が女性との交際経験がないのをからかっているが、実は大輝も女性と交際したことはない。

それでも、この場を収められるのは自分だけだろう。

「今井さんの気持ちはわかるよ。おれたちだって、誰かが憎くて犯人捜しをしているわけじゃない。むしろなにかの間違いであって欲しいと思っている」

「だったら――」と食い下がる千秋に「だからだよ」と声をかぶせた。

「樽水くんも小笠原さんも、もちろん今井さんや慎司も、誰のことも疑いたくない。蚕を盗んだ犯人が、仲間の中にいて欲しくないと願っている。でも実際に蚕はいなくなったし、慎司がカトウという怪しい男から、蚕を盗み出して欲しいと頼まれた事実がある」

頷きながら話を聞いていた慎司が「それは嘘じゃない」と言った。

「本来ならおれと慎司がするべきことは、カトウについて社員さんに報告することだ。でもそうすると、警察に通報せざるをえなくなる」

「大輝の言うとおりだよ。仲間を疑いたくはないけど、もしも仲間の中に犯人がいるのなら、おれたちが見つけたほうがいい。蚕がすでにカトウの手に渡っていたらお手上げだけど、そうじゃなければまだ説得の余地がある。止められるかもしれない」

慎司の話を、大輝が引き継いだ。

「なんなら、おれたちが見つけたことにして研究所に戻してもかまわない」

なあ、と、慎司を見ると、頷きが返ってきた。

「でも違う。樽水くんは、ぜったいに違う」

ふてくされたように口をすぼめる千秋の姿を見ているうちに、閃きが訪れた。

「今井さん、もしかしてだけど、樽水くんと付き合ってる？」

ちらりとこちらを見た千秋の顔が、みるみる赤く染まる。その時点で返事は不要だったが、千秋は遠慮がちに顎を引いた。

「えっ？　マジで？　年下じゃん」

慎司がぎょっとした顔で身を引いた。

「年下だから、なに？」

千秋が横目で睨みつける。

「年下っていっても一コ違いじゃない」

「いや。別に」

「いつから？」

この質問をしたのは、大輝だった。

「ちゃんと告白されたのは、三日前」

「ぜんぜん気づかなかった」

慎司は自分の顔を撫で回している。

「気づかれないようにしてたからね。途中で付き合いだしたら、まわりも気を遣うだろうからって」

彼も言っていた、と続くのだろうが、千秋は皆まで言わずに口を噤んだ。

「そんなこと……」

ない、と言おうとしたであろう慎司も、途中で言葉を飲み込んだ。今井と樽水が付き合うようになったと聞いたら、これまでの五人の関係性になんらかの変化が及んだのは間違いない。そこまで器用に振る舞う自信も経験もない。

「事情はわかった。今井さんは樽水くんと付き合っているから、彼が犯人だと疑いたくないってことだね」

大輝の言葉に真っ先に反応したのは、慎司だった。

「付き合ってるっていっても、まだ三日じゃないか。樽水くんのすべてを知ってるわけじゃない。寮の部屋に蚕を隠し持っているかもしれない」

「部屋にはない」

反射的に答えてしまった後で、千秋がしまった、という顔になる。

その言葉としぐさの意味を理解し、大輝にも心臓が跳ねるような感覚があった。

「樽水くんの部屋に、行ったことがあるの？」

千秋はしばらく返事を躊躇していたが、やがてうなだれるように頷いた。

呆然としていた慎司が、はっとなにかを思い出した顔になる。

「もしかしてあのときの声――」

「慎司！」と語気を強め、親友の発言を遮った。あのとき聞こえてきた音声は、アダルトビデオじゃなかったかもしれない。大輝もそう考えたが、いま口に出すべきではない。

「声って？」

首をかしげる千秋に「女の人の話し声が聞こえたんだ」と誤魔化し、あらためて質問した。

「樽水くんの部屋に、蚕はいなかったんだね？」

「なかった。隠すとしたらクローゼットとかだと思うけど、着替えの服を借りようと思って私がクローゼットを開けたときにも、平気な顔をしていたし」

着替えの服を借りるという行動が生々しくて内心どぎまぎしてしまうが、極力顔に出さないよう心がけた。

「すでにカトウさんの手に渡っていた可能性もある」

慎司が言う。

「だったら私にはわからないけど、そんなことはないと思う。もし犯人だったら、蚕がいなくなったという話を聞いて少しは不審なところを見せるだろうし。それに、告白されたのは三日前だけど、それより前からバイト以外の時間はほとんど一緒に過ごしていたから、研究所に忍び込んで蚕を盗み出すような時間もなかったはず」

大輝は反応に困って慎司を見た。慎司も不自然に視線を泳がせている。

「だとしたら、犯人は小笠原さんってことになるけど」

大輝は小笠原の顔を思い浮かべた。あの生真面目そうな男が？　まさか。

「私たちの中に犯人はいない。そもそも蚕は盗まれていないっていう可能性も」

そう信じたいという感じの、千秋の口調だった。

「わかってる。もしもおれたちの中に犯人がいるのなら、っていう前提の話さ」

慎司が千秋を諭すように言う。

「そう。杞憂だったらそれでかまわない。疑った相手に不快な思いをさせたのなら、土下座だってなんだってして謝る。だけどもしも本当に蚕を盗んだやつがアルバイトの中にいるのなら、それがどれだけ大変な事態なのか、今井さんにもわかるよな？」

大輝の言葉を聞くうちに、千秋の瞳に悲しげな光が宿る。

「でも、本当に小笠原さんがやったのかな」と、慎司が腕組みをした。「カルタヘナ法のこと、知ってるはずなのに」

「カルタヘナ法について知識があろうがなかろうが、盗みが犯罪なのは小学生にだってわかる。報酬に目が眩んだのかもしれない」

それほど、カトウが提示した報酬額は魅力的だった。

「そうか。じゃあ、小笠原さんか」

慎司の言葉を最後に、重たい沈黙が横たわる。

やがて口を開いたのは、千秋だった。

「だったら、私に話をさせて欲しい」

「小笠原さんに……ってことか」

「それ以外になにがあるの」と、察しの悪い慎司をひと睨みし、彼女は続けた。

「何人かで話したらつるし上げみたいなかたちになって、向こうも素直に認めにくくなる。だから、説得するにしても一対一がいい。それにしたって同性同士で、相手が年下となると角が立つし、そうでなくても私がいちばん、小笠原さんとよくしゃべっているから」

大輝と慎司は互いの顔を見合った。もともと犯人を断罪する意図はないし、罪を認めさせて蚕を返すように説得するのも気が重かったのだ。千秋の申し出は渡りに船だった。

「じゃあ、お願いしようかな」

大輝が言うと、千秋は早速スマートフォンを取り出した。液晶画面を操作して、電話をかけ始める。

「もしもし。小笠原さんですか？　私です。今井です。いま、なにしてました？」

漏れ聞こえてくる小笠原の声は、いつもよりワントーン高い気がした。

「折り入って話したいことがあるんですけど、いまから出てこられますか？　できればほかの人たち抜きで、二人きりで話したいんですけど……わかりました。それじゃ」

通話を終えた千秋が、椅子から腰を浮かせる。

「研究所前で合流することになった。この店に連れてきて話そうと思うから、私たちが来るまでに店を出ておいて」

「わかった」大輝は頷いた。

「結果は後で連絡するね」

店を出て行く千秋を見送りながら、慎司が呟く。

「なんかいまの電話だと、今井さんから小笠原さんに告白するみたいだったな」

まったくその通りだと、大輝も思った。千秋は自分がいちばん小笠原としゃべっていると言ったが、そのせいで小笠原は彼女から好意を寄せられていると誤解していないだろうか。大輝や慎司から説得されるより角が立たないのは間違いないだろうが、自分がいまの電話を受けた小笠原の立場だったら、千秋の本当の目的を知れば相当気落ちするだろう。自業自得といえど、小笠原が気の毒になる。

その数時間後、千秋から連絡があった。小笠原と『EX LIBRIS』で話したところ、はっきりと認めはしなかったが、蚕を盗み出したのは彼で間違いなさそうだという話だった。カルタヘナ法についても釈迦に説法で、当然承知していた。にもかかわらず、報酬につられて一線を越えてしまったようだ。奨学金をいっきに返済するチャンスだと考えたらしい。

千秋は蚕をこっそり返してくれれば、社員に報告はしないと伝えた。小笠原もわかってくれたと思うと話していた。

　これで万事上手く収まる。

　そのときには、そう思った。


「なんでだろうね」と、車窓を眺めながら慎司がぽつりと言葉を吐いた。こちらに顔を向け、シートに座り直す。

「なんで小笠原さんは、蚕を研究所に返さなかったのかな」

「そんなの本人に訊けよ。おれに聞かれても知るわけない」

　二人を乗せた電車は大神坐駅を出て北へと向かっている。二十分も走ると周囲に住宅はほとんどなくなり、車窓から見える景色は緑のグラデーションになった。

　千秋に説得されたはずの小笠原は、その場では蚕を研究所に返すと約束したものの、どういうわけかその足で亀山に向かい、蚕を放してしまった。こうなるともはや穏便にことを収めたいなどと、悠長なことは言っていられない。千秋は社員に経緯を報告し、小笠原とカトウは警察に逮捕された。

　放された蚕は市民に捕獲され、飼育されていたようだ。生態系に影響を及ぼすことなく、無事に回収された。

　不可解なのは、小笠原が千秋との約束を破り、蚕を亀山に放したことだ。第三者に犯行が露見した以上、蚕を研究所に返す以外の選択肢はなかった。それなのに彼は蚕を返さず、カトウの手に渡すこともせずに、亀山に放すという暴挙に出た。

農学部四年の小笠原には、カルタヘナ法についての知識があった。千秋からもそう伝え聞いている。

「マジで謎だよ。別に難しいことじゃない。もとあった場所に返さなくても、研究所の近くのどこかに置いておけば、必死に探している社員さんが見つけてくれる。盗み出すのより、百倍簡単じゃないか。それなのに小笠原さんは、研究所に戻さなかった。かといってカトウに蚕を渡すこともしなかった」

「カトウは産業スパイだからな。良心の呵責があったんだろう」

「だったら研究所に返せばいいのに、それをしなかったのは、どうしてだろう」

「めんどくさくなったんじゃないか」

「大輝。考えるのがめんどくさくなったか」

「まあな」

小笠原は警察の取り調べにたいし、千秋から説得された結果、ことの重大さに気づき、蚕を所有しているのが怖くなって亀山に放したと供述しているらしい。明らかな嘘だ。小笠原はカルタヘナ法について承知していた。

「今井さんに任せたのが、よくなかったのかもしれない」

大輝は言った。

慎司は驚いたように目を見開いたが、冗談と解釈したらしい。

「たしかに。あの女、物言いがきついところがあるもんな。おれたちが話したほうがよかったかも」と調子を合わせてくる。

そうではない。彼女の物言いにきついところがあるのが問題ではないのだ。

小笠原はやはり、千秋のことが好きだったのではないだろうか。そんな相手から、二人きりで話がしたいと電話があった。

——なんかいまの電話だと、今井さんから小笠原さんに告白するみたいだったな。

大輝もそう感じたし、小笠原も同じだったのだろう。期待に胸を膨らませて呼び出しに応じたら、待っていたのは愛の告白どころか、罪の追及だった。それだけでなく、千秋が樽水と交際している事実も、その場で知らされたかもしれない。だから自暴自棄になって、その足で森に向かい、蚕を放ったのだ。

憶測に過ぎないし、小笠原が逮捕されてしまったいまとなっては、真相をたしかめようもない。かりに大輝の推理が当たっていたとしても、同情の余地はまるでない。

それでも大輝には、小笠原に自分を重ねてしまう部分があった。

大輝自身が、千秋にひそかな好意を寄せていたからだった。

千秋が樽水と付き合っていると知った瞬間、寮で聞いた喘ぎ声が、どうやらアダルトビデオの音声でないらしいと判った瞬間は、大輝にとって、淡い恋心が打ち砕かれた瞬間でもあった。あれからずっと悶々としている。考えまいとしているのに、千秋と樽水が裸で抱き合う様子が脳裏に浮かんでくる。きっと小笠原も同じ——いや、千秋からの愛の告白を期待していたのなら、大輝以上に衝撃を受けたに違いない。蚕を返すよう上から目線で諭してくる千秋にたいし、反発めいた感情が生まれ、衝動的に蚕を森に放してしまった。もちろん、だからといって罪が軽くなるわけでもないし、そもそも勝手に期待して勝手に裏切られたと思い込んでいるだけの身勝手な理屈に情状酌量の余地はない。それでも大輝には、蚕を放すに至った小笠原の心理が、なんとなく理解できる気がした。人間はつねに合理的な判断のもとに行動できるわけではない。いくら賢い理性的な人間でも、怒りや絶望に囚われ、衝動に突き動かされる瞬間がある。小笠原はきっと後悔しているだろう。蚕を亀山に放った理由を、カルタヘナ法について無知だったことにしたのは、彼なりのプライドなのかもしれない。

「しっかし、あの二人がデキてたなんて。いつでもどこでもベタベタしてマジでウザかった」

慎司が忌々しげに鼻に皺を寄せる。千秋と樽水はアルバイト期間満了後も数日滞在を延長し、大神坐観光を楽しんでいくという。交際を公にしてからの二人は、人目をはばかることなくいちゃつくようになった。千秋はたぶん、自分たちのせいで小笠原が自暴自棄になったとは、つゆほども考えていない。かといって、彼女に非は一ミリもない。小笠原の完全な独り相撲だ。

「いいんじゃないか、二人が幸せなら」

「なんだよ、大輝」

悪口合戦を繰り広げる気満々だったらしく、慎司が不服そうに口をすぼめる。しかしすぐに気を取り直したように、天を仰いだ。

「もうすぐ夏休み終わりかあ。だるいなあ」

「だるいよな」

大輝は窓枠に肘をつき、車窓から外を眺めた。

亀山のシルエットは、すでに小さくなっていた。

竜宮の泉◉図子慧

1

竜宮口のバス停でおりたのは、神薙（かんなぎ）タモツ一人だった。

大神坐市駅を発車したときから乗客は少なかったが、わずかな客の大半が病院前でおりてしまい、タモツは心細くなって、スマホの電源をいれた。

明日まで充電できないかもしれないので、なるべく電源を入れないようにしていたのだ。着信が四件。一件は社長からだった。

『月曜日午前七時。小会議室で面談』

タモツがP社への移籍を断った話が、人事担当者から社長に伝わったのだろう。簡潔極まりないメッセージから、社長の怒りが伝わってくる。怖い。タモツは速攻で画面を閉じて電源を切った。ああ……。

いつもの迷いがわきあがった。

会社をやめて進学するという自分の決断は、はたして正しかったのか？

何か月も考え抜いて決めたことだが、今も迷っている。

がくん、とバスが急停車して、我に返った。あわてて駅名を確認した。バス停はリハビリテーションセンター前。停車表によれば、自分が降りる「竜宮口」バス停は、「リハビリテーション前」から七つめだ。まだ余裕がある。よかった。

背もたれに身体を預けて、車窓の外をながめた。バスはいつのまにか町をでていた。沿道は畑と林ばかりになっている。木立のあいまから、ちらちらと川がみえる。

運転手が「お客さん」といった。

「どこまでいくの？」

タモツは上半身を回して後部の座席をながめた。無人だ。つまり運転手が話しかけたのは自分ということになる。

「竜宮口です」

運転手がなにか言った。

「あの、もう一度言ってください」

こんどは、運転手は耳の遠い人に言って聞かせるように大きな声でゆっくり話した。竜宮口に停車するバス便は朝と夕方の上下二本だけ。近くに店はなし。当然、電波圏外。

「夕方が最終なんですね。気を付けます」

「次のバス停の霊園まで歩けば売店と公衆電話があるよ。そこからタクシーが呼べる」

「ありがとうございます」

礼をいってるうちに竜宮口についた。六回停車するはずが、一回も止まらなかった。

タモツは、あわててバックパックを摑んでバスをおりた。両足が地面につくと同時にバスが発車した。

山と国道と木々。チュンチュンと野鳥が鳴きかわしている。

レンタカーを借りればよかった……。猛烈な後悔がこみあげた。

レンタカー会社が駅から遠かったので、目の前にきた市バスに、つい乗ってしまったのだ。帰りのバスは一便だけ。失敗した。地方の公共交通機関をナメていた。地元の親戚に電話しようにも圏外。すでに手遅れ。

——やっちゃったよ。

タモツは、地面に座りこんで泣きそうになった。なぜいつも大事なところで間違った選択をしてしまうのか。バカなの？　間抜けなの？　まあ、その通りなのだが。

父が病死して母が再婚したとき、タモツは母とではなく祖父母と暮らすことを選んだ。そのせいで、今に至るまで母との関係はよくない。商社マンの先輩にプロポーズされたときも、名前もろくに知らない相手だからという理由で断った。その後、彼氏はできない。一生に一度のモテを逃がしてしまった気がしている。就職先にスタートアップ企業を選んだときも、三年で勤務先が消滅することを覚悟しておくべきだった。

「まあ三年持ったんだからラッキーか」

タモツはバックパックを背負いなおして、とぼとぼと国道を歩きだした。国道に沿って川が流れている。歩数を数えておよそ二キロの地点で脇道をみつけた。

少しのぼると、道路にわたされた黄色いロープに行きあたった。『私有地につき車両通行禁止』の札。この道だ。ロープの下をくぐって、山道をのぼりはじめた。

『最初の分かれ道は左』

おじが送ってくれた手書きの地図をみながら歩いた。不安が半分、期待も半分。懐かしさが一歩ごとにあふれてくる。

子どものころ、何度もこの山に連れてきてもらった。ほかの家族や大人たちと山仕事を手伝い、バーベキューをした。窯の中の炎が赤々と輝いていた。両親の笑顔も。

あんなに楽しかった思い出は後にも先にもない。父が亡くなる前の家族そろっての最後の遠出だった。

『倒木の先は、右へ進むこと』

タモツは荷物からタオルを取りだして首にかけた。シャツの背中が汗で濡れている。ひざも痛くなってきた。運動不足だ。

朽葉のつもった山道は、ところどころ岩盤が露出していて、スニーカーがすべった。車を借りればこんな苦労はしなかったのに、という思いをおさえて登りつづけた。

突然、木立が切れて、視界がひらけた。

草むらに囲まれた空き地の中央に、三角形に尖った苔(こけ)むす小山。

——竜宮岩だ。

黒っぽい巨岩が地面から斜めに飛びだして、縦になった壁のような岩を支えていた。隙間に無数の岩。小山の周囲は空き地で、枯れかけた細い草が生えていた。地面は砂礫(されき)だ。

子どものころは、本物の山にみえた。よじのぼって大人たちに怒られたものだった。

タモツは足腰の痛みも後悔も忘れて、岩山と岩肌をおおうコケの緑に眺めいった。

——なんとかなった。

うれしさで全身があったかくなった。タモツは最後の数メートルを歩きだした。

家は、岩山の西側にあった。記憶より頑丈そうなコンクリート建ての建物だった。正面のシャッターは閉じられて、シャッターの右にドアがある。

家に近づくにつれ、電信柱の列がみえてきた。電気がきてるのだ。ありがたい。

家の並びには増築された平屋と、屋根のついた炭焼き小屋。

草地にはぐるりと木製の柵がめぐらされている。いわゆる囲地だ。囲われている私有地は、所有者に無断で侵入することはできないから、不法侵入者避けだろう。

電気、井戸水あり、ガスはプロパン、トイレは浄化槽。

タモツはシャッターを開錠した。ブレーカーはガレージにあるとおじから聞いていたからだ。シャッターをあげて中をのぞきこんだ。

閉めきられた家の中から、湿った冷たい空気が流れだした。締め切られた場所特有のカビ臭さ。コンクリートの床に、埃をかぶったテーブル。折り畳み椅子。清潔で乾いていた。

荷物を床に置いてガレージに入った。ブレーカーボックスにはカギがかかっていた。カギをあけて、倉庫と台所、風呂のブレーカーをオンにした。電灯をつけると、明るい光が灰色の部屋を照らしだした。

奥行きのある大きな棚が、奥の壁面を占有している。ここも施錠されていた。扉をあけて棚に保管された電動工具類を確かめていった。チェーンソー、オノ、工具、大型の懐中電灯。ナイフも数種類あった。引き出し内にマニュアルと保証書。錆止めオイルの匂いがこもっている。

本来は重機やトラック、ユンボ用のガレージだったが、重機類はおじが預かっている。

台所と風呂は倉庫東側の増築部分にある。流しは新品というより、新品のまま古びたようにみえた。タモツは冷蔵庫をあけた。上の棚に水のボトルと缶ビールが二ダース。流しの下には乾パンの箱。掃除用品。

魔法使いがでてきそうな家。

タモツは、だれもいない家のなかでつぶやいた。

2

タモツは、もうすぐ無職になる。

在学中に二年インターンして、新卒で三年勤めた会社が解散することになったのだ。業績はよかったのだが、いろいろと不運なことが重なって製品をだせなくなった。三十代の社長は解散を決めて、八十人ほどいた社員を、親会社に移籍させることにした。

退職金がわりに、製品や備品のいくつかを持ち帰ってもいいというお達しがでた。

タモツは、設計室で使っていたマシンをもらうことにした。ついでに希望者のいない古い電気炉に目をつけたが、置く場所がなかった。

ふと思いついて、郷里の大神坐市の親戚に相談した。

「おじさん、安く借りられるガレージはないかな。古い機械をもらえることになったんだけど、置く場所がなくてさ」

子どものころ住んでいた祖父母の家は、祖母が亡くなったあと売却された。再婚した母の家を選んでいれば、今でも帰るところはあったはずだが、これは仕方がない。

祖父母宅と同じ町内におばの家があり、おば夫婦とは今も付き合いがつづいている。

農業法人の経営者でもあるおじのコウタロウが、たずねた。

「住むのか？」

「いや、ガレージだけ」

「機械ってのは、どのくらいの大きさだ？」

「電気炉だから、業務用冷蔵庫ぐらいかな」

「なら、竜宮山にちょうどいいガレージ付きの家があるぞ。山の上でちょっとばかり不便だけどな」

竜宮山と聞いたとたん、タモツの頭がクリアになった。

竜宮山？　あそこの家を借りられる？

おじによれば、一年ほど前、竜宮山で一人住まいをしていた遠縁がなくなり、家が空き家になったという。相続人もいないので、法人にして管財人の弁護士が預かっている。

「へえ、うちの親類？」

「おまえのお祖父さんのイトコだ。神薙の本家だな。ところで、タモツの会社は倒産したのか？」

「いや、倒産じゃなくて解散」

おじは、タモツの勤務先の裁判のことを知っていた。

タモツの勤め先は、半導体冷熱素子の設計開発に特化した産学共同のスタートアップ企業だ。大手企業から融資を受けて、研究所を立ちあげた。ところが製造委託先の大企業が、特許を横取りしようとして、そっくりな特許を申請した。双方が提訴して、裁判中だ。

粘れば勝てる裁判だが、なにぶん製造委託先が係争相手なので、肝心の製品を製造できなくなってしまった。裁判に勝つまで社員の給料も払えないことになる。

「裁判のあいだ会社は畳んで、社長一人になるんだって」

「負債は？」

「ないよ。設立のときの融資も三年で返したぐらい業績がよかったんだから。でも、副社長が産休に入っちゃって、会社が回らなくなったんだよ」

「産休って、副社長は女性か？」

「社長のお姉さんだよ。知財専門の超優秀なコンサルタント」

「じゃあ社長は若いのか」

「三十一かな。大学の先輩だよ」

若くてイケメンで、というのは省いた。細身で色白端正な社長のルックスは、タモツの好みのど真ん中だが、同僚や友だちには受けが悪かった。その後、社長が面食いで、美人モデルのガールフレンドが多数いることを知ったが、仕事には支障がなかったし、遠くからながめているだけなら害もない。

だが、会社の閉鎖はショックだった。社長から聞かされたときは、天が落ちてきたように感じられたものだ。

「全員失業したのか」

「ううん。社員は、オフィスそのままで籍だけ親会社に移るよ。基本給が下がるから、何人かは外資に転職するけど」

「おまえはどうなんだ？　移籍できるのか？」

移籍を断ったとは、おじに言いづらかった。怒られるに決まってる。

「希望すればいけるけど、大学院にいこうかなと思って。それぐらいの貯金はできたし」

タモツは、入社したときから学部卒だということに引け目を感じていた。実は入社前の面接で、社長から「仕事しながらの進学はどうだ？」と会社補助での社会人コースの入学を進められたのだが、遠慮したのと奨学金ローンを抱えてたこともあって断った。一日でも早く社会人になりたかったのだ。

——あのとき、遠慮せずに院の社会人コースに入っていれば。

自分の選択を、後悔するようになったのは入社後だ。

同僚たちはみな修士以上の学歴を持っていた。知識も能力も機材の扱いも何もかも足りてないタモツは、もどかしい思いをしてきた。

とはいえ、この失敗は挽回できないわけではない。勉強しなおせばいいのだ。社会人になってから院に入り直した同僚や知り合いが何人もいる。自分もまだ間に合うはずだ。

「タモツはがんばりやだな」

おじは、しみじみした口調になった。

「でも、たまには相談しろよ。いつでもうちに帰ってきていいんだぞ。竜宮山の家もちゃんと管理しとくから」

「だから、竜宮山を借りるかどうかまだ決めてないって」

「それで、年寄りが喜ぶような話はないのか？　だれか紹介しようか？」

「いいよ。一生結婚しなくたって」

おじはため息をついたあと、空き家のことを説明した。

「竜宮山の家は、神薙の本家が持ってたんだ。山がまるまる敷地なんだ」

「身内はあとを継がなかったの？」

「うん。生前から取り決めをしてたそうだ。前のオーナーは学者さんで、定年後に山を引き継いだんだ。葬儀のときに娘さん一家がイギリスからきて家を片付けていったよ。フォークリフトや重機はうちが預かってる」

「へえ、学者だったんだ」

山上のわび住まいが、とたんに高尚なものに思えてきた。

「国立大の教授だったんだ。本をだすたび、うちに送ってくれたよ」

「すごいな。生きてるあいだに会いたかった」

「何いってんだ」

おじが呆れた声をだした。

「しょっちゅう会ってたろ。うちにきてた炭焼きのカンさんだ」

カンさん？　タモツは記憶に検索をかけた。一人しか該当者がいない。

「まさか、あの髪の長いおじいさん？」

炭焼きのカンさん。長い白髪をポニーテールにした背の高い老人で、革ジャンパーを着てオフロードバイクにまたがり、山道を疾走していた。かっこいいジジイで、タモツの中学でも有名だった。カンさんは、毎週のようにおじの家に飲みにきていた。

秋になると、おじの一家とともにタモツは山へいって薪造りの手伝いをした。

あのカンさんが亡くなった――、という事実が遅れてタモツの身体に届いた。喪失感はいつも身体をすうすうと風が吹き抜けるような心もとない気分にする。

「カンさんって、元大学教授だったんだ」

「偉ぶらない人だったからな」

「本家の山だから売れないの？」

おじは言葉をにごした。

「法人化されて売却できないんだ。状態は悪くない。一回みにいって確かめてくれ。バス停が登山口近くにあるが、車がないと不便だろうなあ。帰るときは連絡してくれ」

3

タモツは窓をあけて換気をしてから、裏のプロパンガスと井戸の様子をみにいった。子どものころの山作業のときは、ガレージとキッチンは自由に出入りできた。だから基本的なことは知っている。山の上には上水道がきてない。井戸水の汲み上げ方式だ。停電にそなえて、自家発電機もある。

井戸は山の南側で、周囲の地面は柔らかくて植生も豊かだ。斜面には鬱蒼と木立がしげり、谷底を流れる渓流が見え隠れしている。

森の木々は広葉樹ばかりだった。シラカシや、ウバメガシ、タブノキといった硬い木材のほか、サクラ、ナラの木も多い。

山肌はかなり急で、過去、土砂崩れを起こしたんじゃないかと思われる跡がある。

タモツは電動ポンプを始動させた。じき水が蛇口からもれてきて、水道管がうねった。家の横の水タンクに水がたまりはじめた。

トイレは反対側、家の裏手にあった。浄化槽とたい肥の発酵処理槽の複合式で、つまり肥溜め式になっている。

西側の斜面は、針葉樹と灌木が多くて土がやせていた。

炭焼き小屋はだいぶ前に使われなくなったようで、窯の入口が粘土と板で封鎖されている。薪棚には薪の山。切り口が新しいから、おじたちが作ったものだろう。あとで薪ストーブを探さないと。

水タンクに水をためるあいだ、手を洗って簡単な食事をした。

それから家の計測をおこなった。ガレージは広くて天井も高い。入口には搬入用の傾斜路まで作られている。電炉を置いても問題はないだろう。

寝室は簡素だった。窓辺に簡素なベッド、中央に薪ストーブ。煙突が二階につづいている。二階は書斎として使われていたようで、壁は四方とも作り付けの本棚になっていた。小さなデスクとソファが置かれている。

棚板がたわんだ本棚は空っぽだった。前のオーナーの家族が片付けたようだ。

タモツは家の外にでた。


岩山のまわりを子どもの頃を思いだしながら一周した。

岩は苔むして、枯れ葉がたまったところから灌木がのびてこんもりした繁みになっている。陽だまりでは、大きなアオダイショウが日向ぼっこをしていた。ほかにも小さな蛇がいたるところでとぐろを巻いていた。

岩と岩のあいだは人が潜りこめそうな幅があった。蛇に気を付けながら、内部をポケットライトで照らした。穴の先に錆びだらけの煎餅の缶がみえた。子どもだった自分が、宝物をいれて隠したのだ。『竜宮岩の神さま、お父さんの病気をなおしてください』の手紙をそえて。

当時の辛い気持ちを思いだしそうになって、缶から目をそらした。

水タンクがいっぱいになるのを待って、プロパンガスをつないだ。

ベッドのマットレスは取り払われていたから——、たぶんカンさんがそこで亡くなったのだろう。タモツは、ソファに寝袋を置いた。

薪ストーブは収納庫に入っていた。山の夜は冷えこんだから、使うことを一瞬考えたが、煙突内を確認してなかった。鳥の巣があるとまずいことになる。メモ帳に、煙突確認と書きこんだ。

電池式のランタンをぶらさげて、風呂に入った。冷えきった身体に、湯の熱がぴりぴりと沁(し)みた。聞こえるのは自分の息遣いと風呂の水音だけ。田舎の夜の静かさを思いだした。

タモツは風呂の縁に頭をのせて、ぼんやり考えた。山ひとつが敷地なら固定資産税はどのぐらいだろう。家賃は聞いてないが、貸倉庫より高いのは確実だ。この家を借りるのは諦めたほうがいいかもしれない。

考えていると、スマホに着信が入って飛びあがった。「サトコ」。おばからだ。

「ここ、電波が届くんだね」

「タモツちゃん、どこにいるの？　東京でしょ。え、竜宮山？」

歩いてのぼった、というと、サトコおばが笑いだした。声の背後からテレビの音がする。

「山登りは大変だったでしょう。電波はね、カンさんが自前で中継基地を建てたから、その家だけ届くのよ。様子はどう？」

「すごくいいよ。広いし、きれい」

「いつ東京にもどるの？　迎えにいくよ」

「助かる。帰りはどうしようかと思ってた」

タモツは、帰りの方法を考えずにバスできてしまった失敗を愚痴った。おばが笑った。

「あんたもすっかり東京の人になったねえ」

「おばさんは、忙しいんじゃない？」

「あたしの仕事は午前中だけだから。お父ちゃんは一日働いてるけどね」

十一月は農業法人の繁忙期だ。悪いと思いつつ、好意に甘えることにした。

「サトコおばさん、ここの岩山ってなに？」

おばの口が重くなった。

「ああ、竜宮岩だね。昔からあるのよ。大学の人が調査にきたこともあったけど、遺跡じゃないといってたよ。カンさんは大事にしてたけどね」

「カンさんて、おじさんの友だちだったよね。どんなふうに亡くなったの？」

「肺炎。具合が悪いと電話してきたんで、お父ちゃんが病院につれていったの。そのまま入院して、すぐに亡くなっちゃった。直前まで会話してたから、大丈夫だと思って、あたしたちは帰ったの。そしたらその晩、すっと心臓が止まっちゃったのよ」

おばは最期の看取りができなかったことを残念がってるが、安らかな死といえるだろう。カンさんはこの家のベッドで孤独死したのではなかったのだ。不謹慎だが、タモツはホッとした。

「炭焼き小屋があったよ。長いこと使われてないみたいだったけど」

「炭は手間がかかるからね。カンさんもしばらくやってたけど、体力がなくなって諦めたといってた」

おばが、ふと黙りこんだ。口を開いたときは声のトーンが変わっていた。

「ところで、タモツは、お父ちゃんから管理人の話は聞いた？」

「カンさんが管理人をしてたことは聞いたよ。わたしは、倉庫用に借りられるガレージはないかとおじさんに聞いたんだ。それで竜宮山の家のことを教えてもらったんだけど」

「やっぱり、そんなことだと思った」

おばは小声で夫をののしった。あのね、と低い声でいった。

「お父ちゃんは、タモっちゃんに帰ってきてほしいから、管理人のことを黙ってるのよ。その家に住むには山の管理人にならなきゃいけないのよ。財団に雇用されて住み込みで山の管理をするの。お給料は、薪や木材を売った代金だから幾らにもならないよ」

「でも、カンさんは住みこみの管理人だったよね?」

「そりゃ先生は、お金持ちのヤモメだったし年金もあったからね。独身の人は、管理人になったら一生結婚なんてできないよ」

「しなくてもいいよ。そもそも借りると決めたわけじゃないし」

「あそこに住むってことは、消防団に入ることでもあるのよ」

消防団の仕事の大変さはタモツも知っていた。高齢の祖父が、台風がくるたび地域の防災に駆り出されていた。

山の暮らしは、予想より過酷なもののようだ。というか単にガレージを借りるだけの話が、いつのまに山の管理人の話にすり替わったのか?

おじに、まんまと乗せられたのかもしれない。

タモツは、他の場所でガレージを探すことを考えた。竜宮山のことなど忘れて、どこかの別のガレージに荷物を置いて、東京にもどるのだ。だが、ここはタモツの大好きな山だ。諦めきれるのか?

考えこんでふと気が付くと、風呂の湯はすっかりぬるくなっていた。

4

会社での最後の週、社員たちはオフィスを片付けて、データをクラウドに移し、持ち帰る予定のパソコンを初期化していった。

タモツは、早朝、社長の面談を受けた。会社の隣のマンションに住んでる社長は、ジムにいくときのスポーツウェアのままで、寝起き顔だった。タモツの今後の予定についてざっくばらんに質問したあと、「わかった」といった。

「神薙なりに考えたんだな。がんばれよ」

引き止めの言葉は一切なかった。

タモツは安心したが、同時にがっかりしていた。それでも面談が終わると、いよいよ退職が身に迫って感じられて、熱いものがこみあげてきた。トイレの個室でちょっと泣いた。

五年前、インターンに採用されたときも泣いたのだ。うれしくて。まさかこんなに早く退職することになるとは思わなかった。

仕事をやめたら、社長に会えなくなる。会社にくることもできない。寂しい気持ちでタモツは机を片付けた。電気炉の使い方を担当者に教えてもらっていたとき、社長がやってきた。

「陶芸でもするのか？」

「いいえ、炭を焼けないかと思ってまして」

社長の近くにいると、タモツは無暗に緊張してしまう。

「炭を使った充電装置？」

「はい？」

いったあとで、タモツは炭が電池になることを思いだした。自分の進学するコースは、全個体電池研究学科だ。社長はすべてのことを研究に関連づけて考える傾向があった。

「いいえ、充電装置を作る予定はありません。子どものころ地元で炭焼きの手伝いをしてたので。

窯で高温をだすのは難しいから、電炉があれば白炭が作れるかもしれないと思ったんです」

ほう、と社長は考えこむ顔になった。

「面白そうだな。電炉を置く場所は用意してあるのか？」

「はい。うちの地元に空き家がありまして、そこを貸りる予定です」

「移送の手はずは？　業者には頼んだ？」

社長相手に、口先のウソは通用しない。タモツは自分でレンタカーを借りて、移送する予定だと説明した。矢つぎ早に質問されて、汗をかいた。社長はしかめ面で腕組みしている。

「神薙はペーパードライバーだろう？」

「地元ではたまに運転してます」

社長はふうん、と目を細めた。

「じゃあ会社のトラックを貸してやろう。荷物の搬送ということにしておくから無料だ」


一トントラックはありがたかったが、社長がオマケでついてきたのは余計だった。とはいえ、社長がフォークリフトで手伝ってくれたおかげで、搬出作業は劇的にはかどった。

タモツ一人では、会社から機械をトラックにのせて駐車場をでることもできなかったろう。最初の左折で脱輪したにちがいない。

都内は社長に運転してもらい、高速のＰＡでタモツが運転席に座った。道中、社長は最近発表された有機化合物を利用する充電装置についてずっと喋っていた。

「全個体電池部門を今の倍の体制にする予定なんで、神薙、しっかり勉強してこいよ」

何の話ですか、と思ったが、タモツは返事をする余裕がなかった。生まれてはじめてトラックの運転席に乗って、生まれてはじめて高速道を走ってるのだから。

「左に車線変更。次のＩＣで一般道だからな」

年に二度の墓参りのときしか運転しないタモツは、車のナビに目をやることもできなかった。隣で、滑舌爽やかにナビゲーションしてくれる社長が頼もしい。とはいえ大半は仕事の話だったのだが。

びくびくしながら高速道を通って、大神坐市に入ったのは午後も遅い時間だった。山頂の空はまだ明るいが、木立の影になった道はかなり暗くなっている。

山をのぼりきって、エンジンを止めたときは、タモツは安堵のあまり全身の毛穴という毛穴がひらいた。涙と鼻水がでた。

「家のカギは？」

社長に命じられるまま、タモツは家のカギをわたした。

「電気がつかないぞ」

家の中で社長が怒鳴っている。

「ブレーカーボックスはガレージ内です」

「ヘッドライトをつけて」

ふたたびトラックのエンジンをかけて、ライトを点灯させた。

無事に家に灯りがともり、タモツはエンジンを止めて、よろよろとトラックをおりた。手洗いにいって、コーヒーメーカーのスイッチをいれた。途中で買った食料品を冷蔵庫につめたり、トイレットペーパーを補充した。

コーヒーを飲んで、ようやく人心地がもどってきた。

それから、社長がどこにもいないことに気が付いた。

まさか、と思いながら懐中電灯で岩山の周囲を照らすと、岩と岩の隙間から社長の下半身が突き出していた。

「箱があるけど、これ、御神体？」

「煎餅の箱です。岩の隙間に蛇がいますよ？」

「蛇は冬眠してるだろ。ここの名前は？」

社長がランタンを手に、岩山からでてきた。手についた土を払い、岩山を振り返った。

「この岩山、名前はついてるんだろ？」

「竜宮岩です」

「じゃあ、あの箱は、玉手箱だな」

その発想は、タモツにはなかった。

前の住人のことを根掘り葉掘り聞いてくる社長に、タモツは聞かれるまま遠縁で本家筋のカンさんの話をした。亀の由来のある神社のことまで説明した。

「亀岩ってのが市内にありますけど、かなり離れてますね」

「亀岩をひっくり返せば竜宮にいけるとか？」

「郷里の遺跡をいじめないでください」

興味しんしんの社長を家につれていって、タモツは食事の支度をした。社長はガレージの工具で遊んでいる。面白かったようで、興奮気味にキッチンに入ってきた。

冷蔵庫をあけて勝手にビールを飲もうとするのを、タモツは止めた。

「アルコールは駄目です。帰りの運転」

社長が目をむいた。

「明日は炭を焼くんじゃないのか。そのために東京からきたんだぞ」

炭。社長が喜々として荷運びを手伝ってくれたのは、炭のためだった。タモツはくらっとした。

社長は缶ビールを飲んでいる。

「ぼくがトラックに乗って帰ったら、神薙はどうするんだ？　こんな山中で、車もなしで」

「親戚が迎えにきてくれます。でも二人分の布団がないので……」

社長がキョトンとしてるので、タモツは、意識していたのは自分だけだと気が付いた。恥ずかしい。

「そういえば、寝袋があります。ソファも」

二人は無言で鍋をつついた。道の駅の鍋セットは、イノシシ肉で味が濃厚だった。野菜もたっぷりの地元産で、身体がしんから温まった。

社長がしみじみした口調でいった。

「神薙、うちみたいな会社に新卒で勤めてくれてありがとう。退職させてすまなかった」

「一緒に働けてよかったです。学生のときから社長に憧れてたんです」

「知ってる。面談のときに毎回言ってるな」

自分、毎回言ってるんだ……。タモツは顔をあげられなかった。顔面が熱かった。

「なんでまたこんな山の中の一軒家を借りることにしたんだ？」

この質問なら答えられる。

「この家を借りたのは荷物を置くためと――、帰省先がないからです」

家族はいる。母の再婚先には父親ちがいの弟もいて、その家にいつでも立ち寄ることができる。ただタモツの居場所はない。

タモツは、幾つかのアメリカ映画のタイトルをあげた。それらの映画で、主人公たちは危機が迫ると、必ず山小屋に避難する。

「いざというとき逃げこめる場所を確保したかったんです。維持費用は大変ですけど」

「この家の家賃は、いくら？」

「お試し期間なので光熱費だけです」

「今夜は絶対ソファで寝ないとダメか？」

まさか口説かれてるとか？　タモツは横目で社長の顔をうかがった。目があった瞬間、タモツの心拍数がはねあがった。社長の目は、東京から二時間トラックを運転してきた目的が炭以外にもあることを物語っていた。

「でも、社長は、恋人がいるんですよね？」

「いないよ」

「会社の設立五周年パーティのときに腕を組んでた人は？　彼女だと言ってましたよ」

「あの人は連れが必要なときに頼んでるモデルだ。日当を払ってるが、本名も知らん」

タモツはびっくりして、社長をみた。

社長はいつのまにか手酌で日本酒をぐいぐい飲んでいる。タモツは日本酒を買った記憶はないから、もともと家にあったのか、社長が持ってきたものかもしれない。

「経営上の理由だ」

グラス一杯飲みほしたあと、社長は説明した。色白の肌が染まって色っぽい。

「姉は高校時代、アメリカに留学してカップル文化に染まった。パートナーがいない人間は孤独で不幸だと信じこんでる。姉に副社長を依頼するにあたって、ぼくは、自分が孤独で不幸なシングル男でないことを証明する必要があった」

タモツは副社長のことを思い浮かべた。副社長は弟より五センチ背が高く、幅はおよそ二倍で、頭も口もフル回転のすごい人だった。人と人を引きあわせることが大好きで、副社長の在社中は社員の既婚率があがった。タモツも商社マンを紹介されたのだった。

「ぼくが前の彼女に振られたことを姉が知ったら、大騒ぎになって経営どころじゃなくなる。姉対策で、外注してたんだ。トップシークレットだからな」

タモツが笑いだすと、社長も仕方なさそうに笑った。なんだレンタルの彼女さんだったのか、と思ったとたん、タモツの気持ちが軽くなった。全身が風船みたいにふわふわしている。タモツも日本酒を飲んだ。

「今日の社長は何だか人間ぽいです」

「社長モードは、終了した。個人的にたずねるんだが、ぼくは神薙に怖がられてる？」

「ちょっとだけ」

タモツはつぶやいた。

「ぼくは、セクハラをしたか？」

「いえ、まったく。わたし自身に能力がないのが原因です。情けないです」

社長の手が猫をなでるようにタモツの頭をなでた。とても気持ちのいい感覚で、タモツはごろごろとノドを鳴らしたくなった。

二人の身体は知らぬ間に近づいていた。酔っぱらったせいだ。社長が怖くない、その感覚に慣れてしまったらタモツはどうすればいいのか。社長の仕事上の質問に答えられなくて、『わかりません』と返事をすると、社長は落胆の表情を浮かべた。あの顔をみるのが辛かった。頻繁に目が合うようになってからは、眼差しが怖くなった。気持ちを見透かされている気がして。

「ここに住むのか？」

「大学院入学まででです。そのあとは、竜宮山のサポーターがつづけられるかどうか様子をみて、つづけられそうなら、正式に借ります」

タモツが酒瓶に手をのばすと、社長が取りあげた。グラス一杯の水を持ってきた。

「光熱費ってどのぐらいだ？」

「月一万ぐらいだそうです。でも電炉を使うとしたら電源工事が必要だし、電気料金もかかるので。学生のあいだは無理ですね」

タモツは水を飲んだ。この会話が向かってる先が、さっぱりわからない。

「ぼくが神薙と共同で借りることはできる？」

「山仕事をする気なら、だれでも受け入れてくれると思います。この山、法人の持ち物で、人手不足で困ってるんです」

「山仕事ってどんな？」

タモツは、里山の手入れの話をした。間伐、薪造り、運送。専従になってもわずかの給料しか支払われない。消防団にも入らなければならない。社長の脚のぬくもりが気持ちいい。

「おばは、山の管理人を引きうけるのはやめろ、と言いました。山の一軒家に、独り身で住んだりしたら一生独りだって」

「神薙は結婚したいの？」

それはタモツの想像をこえた問いかけだった。生え際まで赤く染まる顔を隠すために、テーブルに額をくっつけた。酔いで火照った肌に冷えた木肌が気持ちよかった。

「そんなの――」

一生、一人でも平気です。いつも通りに口にしかけて、タモツは黙りこんだ。その答えでいいの？　ほんとに？

子どものころ、再婚した母に、『どっちの家で暮らしたい？』と聞かれたとき、祖父母の家にいたいと答えた。母の再婚相手に遠慮したのだが、母は泣きそうな顔になった。あんなこと言わなければよかった。ずっと後悔していた。本当の気持ちを言っていれば、たとえうまくいかなかったとしても、失敗したとは思わなかったはず。

それで、タモツは生まれてはじめて自分の気持ちのままを口にした。

「結婚したいです。ものすごく。でも片思いなんです。社長は、どうなんですか？　結婚したい人はいますか？」

「答える前に聞きたいんだが、神薙は、商社マンと付き合ってるんだろう？　姉が話してた。そいつが結婚してくれないのか？」

タモツは首をふった。

「その人は彼氏でも何でもありません。断ったらどっかに転勤していったきりです。自分が好きなのは他の人で、入社したときから好きで、もう諦めようと思って、退職しました。そしたら――」

「そしたら？」

「今日、もしかしたら、ちょっとは望みがあるかもしれないと思って」

最後まで言えなかった。唾を飲みこもうとしたが、唾液がでなかった。心臓が破裂しそうな勢いで動いている。耳元の鼓動がごうごうと嵐のようだ。

タモツはテーブルに顔をくっつけたまま、ちらっと社長をみた。社長は目を閉じていた。身体を小刻みに揺らしている。タモツは勇気をだして目をあけた。今度はびっくりするほど間近に社長の顔があった。

「神薙の片思い相手は、ぼくだと思っていいのか？」

タモツはこっくりうなずいた。そういえば、ほのめかしが一切通用しない人だったのだ。

「一致してよかった。さっきの答えだが、ぼくが結婚したい相手は目の前にいる」

タモツは自分が何かピンク色をした果物か花弁のようなものに変わって、世界に向かって開いてゆくのを感じた。社長も生身の人間だということを、タモツは今、五感で味わっている。温かくて息をしていて気持ちがよかった。鼓動が肌ごしに伝わってきた。

泊まってもいいか、と社長はもう聞かなかった。

5

タモツが起きたときは、社長はまたしても家の中にいなかった。

探しにいくと岩山のてっぺんに座っていた。ぼさぼさ頭で眠そうで、でも嬉しそうな顔をしていた。

「竜宮の秘密がわかったぞ」

こい、と手招きされてタモツは岩山をよじ登った。社長が場所をあけてくれたので、二人並んで腰かけた。

「地面をみて」

　タモツは岩山を取り囲む平地をながめた。家が建ってる西側の砂礫と岩だらけの地面は灰色がかっている。東側は森におおわれた黒っぽい土だ。その境界線がくっきりまっすぐ岩山からのびている。

「断層なんですね」

「活断層だ。岩盤が斜めに柔らかい地層の下に入っている。たぶん東南側の傾斜部分は地滑りしやすいんじゃないか。森の手入れをまめにしてるのもそのせいだろう」

「あ、聞いたことがあります。こっち側の森に、根が深いカシの木をたくさん植えてあるのは、山の崩落防止用だって。カシの木は高級材なんですけど、薪にするには硬すぎるから、柔らかいナラの木を植えてこまめに手入れしてるそうです。この岩山は人工物？」

　社長がタモツの手を取って、降りるよう言った。岩山の背後にまわって、北側の崖をのぞかせた。竜宮山の北側は、大きな岩がごろごろ積み重なった急な斜面になっている。

「北側も断層だ。何万年かかけて土壌が浸食されて、岩だけが残ったんだ。竜宮岩は、残った岩の集積だろうな」

「断層のことを、竜と呼んだんでしょうか」

「いや、山の頂上付近に井戸があるからだろう。想像だが、西側の岩盤が、井戸の下あたりで褶曲していて、そこに谷の伏流水が地下水流として流れこんでるんじゃないかな。山の上に井戸があることが珍しいから、竜宮と繋がってると地元の人は思ったんだろう」

　タモツはすっかり感心して、色のちがう山の平地をながめた。

「断層だったなんて気づかなかった」

「日本中どこにでもある地形だ。自然現象に家族円満を祈っても無駄だと思うぞ」

社長は、岩陰から錆びついた煎餅缶を取りだした。

「家族の大事な写真は、自分で持ってるほうがいいと思うね」

タモツはむすっとして缶を奪い返した。最後に父ときたとき、親子三人が写った写真を竜宮岩に隠したのだ。竜宮城の伝説のように、家族がとこしえに仲良く暮らせることを祈って。

とはいえ、断層が三つも集まる場所というのは、もしかして逆効果とか？

「ぼくはアニミズムは信じないが、だれかと別れたいと祈るならここだろうな」

「社長、ひどい」

「社長は終了だ。セクハラしてる気分になる」

じゃあ、とタモツは社長の名前を呼ぼうとしたが、吹きだしてしまった。二人で手をつないで岩に腰掛けて、朝日が差す森をながめた。

目の前の山と家をどうすればいいのかまだわからない。だが、今の自分には、一緒に考えてくれる人がいる。これからも。それ以上にうれしいことはなかった。

虹色の着物◉松村比呂美

人を殺す夢を見た。

これまでも私はいい夢を見たことがなく、道に迷ったり、時間に遅れたり、自分の靴だけがなくなったりして、夢の中で焦り、もがき続けてきた。それなのに、人を殺した私は、仕方がないとあっさり諦めて、自分が殺した人を見下ろしている。

奇妙な夢を見たのは、久しぶりに大神坐市の祖母の家に泊まったせいだろう。

長年空き家にしていたが、使用することを連絡していたので、ブレーカーを上げたら電気はついたし、水道も開栓したらブブスと空気を含んだ音を立てながらもちゃんと水が出た。料金はあとで精算すればいいらしい。

雨戸を開けて部屋の空気を入れ換え、掃除機をかけたが、布団を干す時間はなかった。

じっとり湿った布団に横になったときは、悪寒がしてとても眠れそうにないと思ったのに、睡魔に引き込まれるようにして深い眠りに落ちていった。そうして見たのが、人を殺した夢だった。

両親が離婚して母子家庭で育った私は、中学三年のときに母とも死に別れ、祖母に引き取られてこの家で育った。

母は、二十歳になったばかりの頃、祖母に結婚を反対され、逃げるようにして生家を出て父の待つ東京に向かったという。

知っているのはそれだけで、別れた父のことを母が話したがらなかったので、私もあえて聞かなかった。きっと話したくないような人だったのだろう。

母は、父と別れ、幼い私を抱えて苦労していたときも、治る見込みのない病気を宣告されたときも、祖母を頼ろうとせず、大神坐市に足を踏み入れようとはしなかった。私が初めて祖母に会ったのは、母が死んでからだ。

祖母にとって、母はひとり娘だし、私は初孫なのに、祖母のほうからも連絡を取ろうとしなかったのはなぜなのだろう。祖母も女手ひとつで母を育ててきたのだから、母の苦労はわかっていたはずだ。もしかしたら、母が離婚したことさえ知らなかったのかもしれない。

祖母は、私にとっては厳しい人ではなく、料理も裁縫も上手で、何でも教えてくれた。

そんな祖母が認知症を発症したのは、七十代半ばの頃だった。

徐々に病状が進み、徘徊がひどくなったが、就職して三年目の私は介護のために離職するわけにはいかなかった。祖母には私以外に身よりがなかったので、それを理由に優先的に特別養護老人ホームに入居することができ、そのおかげで思いがけず打診のあった東京本社への転勤も受けることができたのだ。

月に一度は片道三時間かけて日帰りで祖母を見舞いに行っているが、老人ホームからバスで三十分かかる家には立ち寄っていなかった。誰もいない家に行く時間があったら、少しでも祖母の側にいたかったし、付き合っている彼との夢の実現のために掛け持ちで在宅の仕事もしていたので、空き家の掃除をする体力も時間もなかったのだ。

祖母は私のことがわかるし、認知症を患ってからは、これまで話してくれなかった実家の話などを聞かせてくれるようになっていた。

辛抱強く聞いていたら、いつか母とのいきさつも聞けるのではないかと思っているが、今のところ母の話は出てこない。話の中心は、祖母の母親である、私のひいおばあちゃんのことで、今回この家に来たのも、ひいおばあちゃんから託されたという着物を探すためなのだ。

「虹色の着物をなんとかしないと……」

祖母が思い詰めた表情で何度も繰り返し始めたのは、ひと月前からだ。

「家に虹色の着物があるの？　なんとかって、どうすればいいの？」

私は祖母の顔をのぞき込んだ。

祖母は髪が白くなっているが、肌には艶がある。ぼうっとして返事をしないことも、会話がかみ合わないことも多いが、時折、びっくりするほど難しい話をすることもあるので、認知症の症状がどういうものなのか、私はまだよく理解できていない。

その日の祖母は、しっかりした顔つきで、大神坐のことをいろいろ話してくれた。

「大神坐は不思議な土地だから、奇妙な言い伝えがいろいろあるんだよ」

確かに、海がないのに浦島伝説があるし、辰見湖は遠く離れた海とつながっているという、まことしやかな話まである。ほかにも、数十年に一度見つかって、大神坐に束の間の富をもたらした「大蚕様」の言い伝えがあるのだと祖母は話を続けた。

「雪深い飛騨高山の白川郷が、あんなに立派な合掌造りの家を維持できたのは、戦国時代に火薬の原料を密造して戦地に送っていたからだというのは知っているだろう？」

私は首を横に振った。白川郷には行ったことがないが、戦争や火薬などとは無縁の、風情のある山里だと思っていた。

「かやぶき屋根の葺き替えには大金が必要なんだ。白川郷ほど立派だと桁が違う。それを支えていたのが火薬作りだったんだよ。蚕の糞は貴重な材料で、それに人間の尿を混ぜて、火薬の原料になる硝煙を作っていたんだ。それとは違うが、この大神坐にも、蚕にまつわる秘密があってね」

昔は、大神坐には養蚕農家が多く、桑畑もあちこちに点在していたという。

「私の母親は蚕を育てて繭から糸を紡ぎ、それを織って反物にして、着物を仕立てていたんだ」

祖母からいくら説明されても、蚕から着物になる過程を思い浮かべることはできなかった。ただ、ひいおばあちゃんが祖母以上に器用だったことだけはわかった。

祖母の実家は養蚕業を営んでいたわけではなく、ひいおばあちゃんは近所の養蚕農家に頼まれて、特別な蚕を育てていた。「大蚕様」とは真逆の、ごく小さな蚕だったが、不思議なことに、ひいおばあちゃんが育てた蚕は、「大蚕様」と同じように、虹色の糸を吐いていたというのだ。

しかも、通常の蚕は四回の脱皮を繰り返して糸を吐き繭を作り始めるが、ひいおばあちゃんの育てた蚕は、三回しか脱皮をしないまま繭を作り始めるので、糸もごく細いものだったらしい。

その糸で作られた着物は、繊細で風合いもやわらかいが、紡ぐのが難しい。

虹色の着物を売れば大金が手に入るが、それは養蚕農家のもので、ひいおばあちゃんにはわずかな手間賃が渡されるだけだったという。

そんな虹色の着物がなぜ家にあるのかと思い、熱心に話を聞いていたが、肝心なところで祖母の口が重くなった。

「虹色の着物があるかどうか、調べてくれればいいのね?」

私がそう言った途端、祖母はスイッチが切れたようにうつろな表情になった。

「和簞笥の中にあるのよね?」

何度訊いても、返事はなかった。ぼんやりした目つきで遠くを見ているだけだ。

それでも妙に気になって、会社を休んで虹色の着物を探しにきたのだ。

休暇を取った三日間で、いろいろな答えを出したかった。

連絡が取れなくなった彼のことも、祖母が怯えている虹色の着物のことも……。

昨日は夜遅くまで箪笥や押し入れの中を探したが、虹色の着物はまだ見つかっていない。

夢の残像を消そうと、頭を振って起き上がり、洗面所に向かった。

鏡に映った自分の顔がやつれてくすんで見えたが、首筋のあたりがひと筋光っていた。

まただ……。

何度抜いても、右耳の後ろにあるニキビ痕のような突起から、金色の産毛が生えてくる。しかも伸びるのが異常に早い。インターネットで調べると、それは縁起のいい「福毛」というものらしかった。福毛は抜かないほうがいいというが、細くても金色に光るので、いつも抜いてしまう。でも、気付くとまた十センチほどに伸びているのだ。この家に来てから、特に伸びるのが早いような気がした。

このまま放っておいたら、どのくらい伸びるのだろうか。肩まである髪より長くなってしまうかもしれない。

金色の産毛をそのままにして顔を洗い、コンビニで買っていたパンと缶コーヒーで朝食を済ませて、再び虹色の着物を探した。

こんな小さな引き出しに入っているはずがないと思いつつ、祖母の鏡台や文机も開けてみた。どちらも几帳面な祖母らしく、きれいに整理されていた。

私は、母の匂いを感じないこの家を、実家ではなく、未だに「祖母の家」だと思っているので、祖母が老人ホームに入ってからも、勝手に祖母の持ち物をチェックすることはなかった。箪笥の引き出しや押し入れを開けたのも今回が初めてだ。文机の中には手紙の類は残されておらず、古い万年筆や切手シート、一筆箋などが入っているだけだった。

自分が何を探しているのか忘れてしまいそうになる。母に関するものがないかと探しているような気がしてならなかった。

祖父は若い頃に亡くなっているので、祖母は女手ひとつで母を育ててきたことになる。そんなひとり娘の写真を一枚も持っていないことなどあるだろうか。

祖母は、苦労して育ててきた母が家を出たことに腹を立てて、母に関わるものを捨ててしまったのかもしれない。私の父親は、どうしても結婚を許すことができないほどの人間だったということか。

探すところがなくなって、もう一度、和箪笥を開けてみた。祖母が虹色と言ったので、虹のような七色を思い浮かべたが、七色が混ざったような色の可能性もある。

ネットで検索してみると、日本の伝統色の虹色は、光の反射によってさまざまな色に見える「薄い紅色」のことを指している、という記述があった。薄い紅色の着物ならあったかもしれない。

改めて引き出しを開けて、畳紙（たとうし）にくるまれた着物を一枚ずつ見ていく。

藤色はあるが、薄い紅色と呼べるものはなかった。諦めかけたとき、引き出しの一番下の台の部分に目がいった。単なる台だと思っていたが、それにしては厚みがある。でも、どこから見ても引き出すようにはなっていない。

もしやと思い、引き出しを全部出して床に置いた。

空洞になった箪笥の中を覗くと、底板の中央に奇妙な切り込みがあった。しかし、取っ手がないので底板を持ち上げることはできない。

叩いてみると、底板が少し動き、そのまま力を入れて押すと、板の右端が持ち上がった。

こうやって開けるようになっていたのか……。

二枚に分かれた底板をはずすと、古びた畳紙が目に入った。隠し引き出しに入れるほどの貴重な着物ということだ。きっとこの中に虹色の着物が入っているに違いない。

かすかに樟脳(しょうのう)の匂いがする畳紙を開いて、文字通り息を飲んだ。

「本当に虹色だ……」

何色もの色が織り込まれているように見えた。

手に取ってみると、驚くほど軽かった。裏もついていない。夏に着る絽の着物とも違う、子供の頃に絵本で見た、天女の羽衣を思わせるような不思議な風合いだった。

祖母の話は嘘ではなかったのだ。

着物に袖を通して広げると、懐紙と一緒に色あせた写真が落ちてきた。

拾い上げる前から鼓動が高まっている。十一月に入ったというのに、うっすら汗までかいてきた。

手に取った写真が撮られた場所は、間違いなくこの家の中だ。

特徴のある織物のソファに母が腰をおろしている。そして母の横にちょこんと座っている一歳くらいに見える女の子は、まぎれもなく私だった。

母は、私を連れてこの家に来ていたのか。

結婚してから一度も大神坐市には帰っていない、死ぬまで実家の敷居をまたがないと決めていると、はっきり言っていたのに……。

祖母も、母は家を出てからずっと音信不通だったと言っていた。

なぜ、そんな嘘をつく必要があるのだろう。理由が思いつかない。

虹色の着物を小さく畳んで紙袋に入れ、母と私が一緒に写っている写真も持って家を出た。

祖母に訊いてみるしかない。


祖母が入所している特別養護老人ホームは、入居者それぞれに小さいながら個室が与えられており、中央に広い共有スペースが設けられている。そこでみんなが集まって食事をしたり、ゲームをしたりできるようになっているのだ。費用が祖母の年金でまかなえているのもありがたかった。

大きなテーブルの前に座っている祖母の姿が見えた。綿のゆったりした服を着ている。

「おばあちゃん、お部屋に行こうね」

施設の人に挨拶をしてから個室に入った。

「おばあちゃん、虹色の着物があったよ」

紙袋から出して着物を広げると、祖母は怯えたような表情になった。

「これ、お母さんと私よね？」

写真を祖母の目の前に差し出した。

祖母が気の毒そうに私の顔を見て、「もう美英(みえ)の番なの……」と呟いた。美英は母の名前だ。私と母を混同しているようだ。最近痩せたので、母に似てきたのかもしれない。

「沈めるのは、屏風岩の反対側の、曲がった松があるところからよ。ほかの場所からだと浮いてくるからね」

そう言うと、祖母は目を逸らした。

屏風岩があるのは辰見湖だ。何かを湖に沈めろと言っているのか。

浮いてくると困るもの……。

ふいに夢で見た死体を思い出した。私が見下ろしていたのは男性だったような気がする。

「何を沈めるの？」

おそるおそる聞いてみる。

「この着物も一緒に沈めなさい」

祖母は、顔を合わせようとしなかった。

「おばあちゃん、これはお母さんよ。こっちの子供が私、紗英（さえ）よ」

顔をのぞき込んだ途端、祖母はまた、スイッチが切れたように黙り込んだ。

施設の人に聞いてみると、最近はこんな日が多いという。面会時間が終わるまで祖母に話しかけながら粘ったが、反応が戻ることはなかった。

どっと疲れが出る。美味しいコーヒーが飲みたい。

施設をあとにしてバス停まで歩き、ふたつ先の停留所で降りた。引っ越し前にはなかったカフェができていたので気になっていたのだ。グルメサイトには、東京から移住してきた夫婦が始めた店で、古い商人宿を改修した古本屋カフェだと書かれていた。

バス停からしばらく歩き、古本屋カフェ『EX LIBRIS』のドアを開けると、店主らしき女性が厨房の中から、「いらっしゃいませ」と顔を出した。

天井に渡された大きな梁が商人宿だった面影を残している。奥の壁面にはずらりと本が並んでいた。

「ブレンドをお願いします。向こうの本を見てもいいですか？」

本が置かれたほうを指さした。

「ごゆっくりどうぞ。コーヒーはあちらのテーブルにお持ちしますね」

書棚の側にも無垢材の細長いテーブルが置かれていた。本を読みながらコーヒーを飲むことができるようだ。郷土史と書かれた棚には、年季の入った本も並んでいる。インターネットで調べても、大神坐独自の蚕伝説などはヒットしなかったが、ここなら、「大蚕様」や虹色の着物にまつわる資料があるかもしれない。

一番古そうな本をテーブルに持っていき、ページをめくっていく。

確かに、大神坐は養蚕が盛んだった頃があったようだ。全国の蚕伝説もいくつか紹介されていたが、人間と馬との恋や、継母に何度も殺されそうになるなどの悲しい伝説は、すでにネットで読んで知っていた。

さらに読み進めていると、コーヒーが運ばれてきた。

メニューと一緒に陶器のカップがテーブルに置かれた。カップも、何かの果実のような面白い形のシュガーポットもセンスがいい。なによりコーヒーが美味しかった。

彼と一緒にコーヒー教室に通っていた頃を思い出す。深煎り豆のコーヒーを淹れるのが難しかったが、彼はいつも上手に淹れていた。

喫茶店を開く夢を持つようになったのも、彼が淹れるコーヒーが好きだったからだ。

ふたりで毎月コツコツと貯めていた喫茶店の開店資金。通帳の数字が増えるたびに、夢に近づいていると思い込んでいた。だから月に十五万円、彼に手渡すことが喜びだったのだ。そのために副業で在宅の仕事も始め、会社から戻ると、深夜までパソコンの前に座っていた。祖母を見舞う以外は、彼に会う時間がないほど、ほとんど仕事ばかりしていた。

そうやって、ふたりで七百万円、やっと目標の開業資金ができたと思っていたのに……。

彼は、そのお金を持って姿を消してしまった。警察に届けたとしても、彼名義の通帳なのだから、持ち逃げしたのが私のお金だということを証明するのは難しい。それにまだ、彼を信じたいという気持ちがどこかにあった。

通帳の名義は連名にはできないと聞いて、じゃあ、あなたの名義で、と言ったのは私だし、彼は毎月、ちゃんと通帳を見せてくれていた。一度もおろされたことがない通帳の数字が、彼の誠実な人柄の表れだと思っていた。

よくあることだ。騙されるほうが悪い。きっとそうなのだ。私も喫茶店を開業する夢を追っている間、楽しかった。仕事を掛け持ちして死ぬ気で働いたら、二年間で三百万円以上貯められることもわかった。彼も最初からだますつもりはなかったはずだ。喫茶店を始めることができなくなった事情があるのだと思う。

諦めよう。騒ぎ立てても惨めになるだけだ。そう自分に言い聞かせても、深いため息が出てしまう。

コーヒーを飲みながら蚕について書かれた記述を読んでいった。繭から糸を取るとき、蚕が入ったまま繭を茹でることを初めて知った。蚕が繭を破って出てくると糸が切断されてしまうからだという。

ひいおばあちゃんも、小さな繭を茹でて虹色の糸を取っていたのだろうか。昼夜問わず糸を吐きながら作り上げた繭から絹が取れるために、蚕は生きたまま茹でられてしまうのだ。

深呼吸をしてからコーヒーのおかわりを頼み、続きを読んでいると、着物の写真が掲載されているページが出てきた。

白黒写真だが、ひいおばあちゃんが作ったという虹色の着物に似ている気がした。紙袋から虹色の着物を出して写真と見比べてみる。やはりそっくりだ。白黒写真なのに、ふわりとした風合いまで伝わってきた。

コーヒーのおかわりを持ってきた店主が、テーブルに広げた着物を見て、カップを少し離れたところに置いた。

私は、同意を求めるように「これ」と写真を指さした。

「お持ちの着物と織りが似ていますね。こんな色あいの着物、初めて見ました。きれいですね」

店主は、興味深そうに、着物に顔を近づけた。

「この本、おいくらでしょうか」

裏表紙を見たが、値札は貼られていなかった。

「あの棚の本は非売品なんですよ。夫婦でこちらに移住してきたので、大神坐の歴史が知りたくて郷土資料を集めているんです。よかったら、ここでゆっくり読んでくださいね」

店主はそう言うと、本を譲れなかったお詫びだと言って、小さな焼き菓子を持ってきてくれた。

それだけで涙が出そうになる。最近、誰かに優しくしてもらった記憶がない。蚕のように、ただ糸を吐き続けていた気がしてならなかった。生きたまま茹でられるとも知らないで……。

虹色の着物を紙袋にしまって本の続きを読んでいく。

その昔、写真の着物一枚で蔵が建つほどの価値があったが、それを狙う者があとを絶たず、さまざまな悲劇が繰り返された、というようなことが古い言い伝えとして書かれていた。

さらに読み進んでいくと、「綾女の繭毛を織り混ぜて紡ぐ、ほかに類を見ない着物」という記述が出てきた。

その着物は、旧家から盗まれて、行方がわからないままだという。

まさか……。

私は綾女（あやめ）という珍しい苗字だが、こんな言い伝えに自分たちが関わっているはずがない。綾という文字は糸と関係しているから、糸を紡ぐ女性のことをそう呼んでいたのだろう。写真の着物と和箪笥に隠されていた着物が似ているのも偶然だ。きっとそうだ。

そう思いながら耳の後ろに手をやると、金色の福毛が、今朝より更に伸びていた。

肩より長くなったその毛を指に絡めてじっと見る。金色だと思っていたが、絡めてみると、虹色にも見えた。


読み終えた本を元の棚に戻し、店主に礼を言って外に出ると、辺りはすっかり暗くなっていた。

ふたたびバスに乗って、祖母の家に向かった。

古い平屋の家の周囲にも庭にも雑草が生い茂っている。隣近所と家が離れているので迷惑をかけることはないと思うが、このまま放っておくわけにはいかないだろう。

ますます気が重くなってくる。

シャワーを浴びて、何も食べないまま昨夜と同じように冷たい布団に潜り込んだ。

この部屋で寝たら、もう一度、あの夢を見ることができるかもしれない。もし見ることができたら、今度は、殺した相手の顔をしっかり脳裏に焼き付けよう。

見下ろしていた死体は、私の父親のような気がしてならなかった。

何らかの事情があって、母はこの家で父を殺し、祖母とふたりで辰見湖に沈めたのではないだろうか。

だとしたら、祖母はどうして湖に沈める場所を知っていたのだろう。祖母もその場所から何かを沈めたことがあるからではないか。

若くして亡くなったと聞かされている祖父は、ちゃんと荼毘に付されたのだろうか。

考えがどんどん恐ろしいほうに転がっている。

母は父の死体を湖に沈めてから、私を連れて東京に戻り、祖母と母は、その罪を隠すために、ずっと疎遠だったふりを続けた。

ありえないと思うのに、その考えに支配されつつあった。


布団にくるまりながら睡魔が訪れるのを待っていると、携帯電話が鳴った。

ディスプレイに表示されているのは知らない番号だ。

通話ボタンを押すと、連絡が取れなくなっていた彼の声が聞こえてきた。

「紗英、ごめん……」

聞いているこちらが苦しくなってくるような、切羽詰まった声だった。

彼は、私を納得させる答えを用意しているのだろうか。

「警察に追われているんだ。助けてくれ。紗英だけが頼りなんだ」

彼の言い訳はそれだけで、あとは沈黙が続いた。

「私は警察に通報なんかしてない」

自分のものとは思えない低い声が出た。

「付き合っていた女性たちから刑事告訴されたんだ。彼女たちは、どこで知り合ったのか、一緒に告訴したらしい。紗英だけが警察にも言わずに待っていてくれた。僕を信じてくれたのは紗英だけだ」

――付き合っていた女性たち。

私以外にも複数の女性と同時に付き合っていたというのか。彼女たちからもお金を搾取して、ひとつの通帳を見せて安心させていたのか。

結婚詐欺という言葉が浮かんで、こめかみが脈打つのがわかった。

彼は、最初から喫茶店を開くつもりなどなかったのだ。

「紗英の実家、空き家だと言ってたよね。そこにしばらくかくまってくれないかな。小さい事件だから、地方まで追ってくることはないと思う。警察もそこまで暇じゃないだろう」

刑事告訴は損害賠償金を求めるのではなく、法的に罰してほしいと強く思っているからこそするものだろう。そこまでした女性たちの思いを、彼は小さい事件と言い放った。

「今、実家に来ているの。田舎で敷地だけは広いから、隣近所と離れているし、安心だと思う」

冷たい身体と同じように頭の中もどんどん冷えて冴えている。

「助かるよ。明日の朝一番で行くから。やっぱりぼくには紗英しかいないよ。お金もまだ少しは残っているからね」

甘えた声が耳にからみついた。

「誰にも見つからないように気をつけてね」

私は実家の詳しい場所を教えた。

「わかった。着いたら美味しいコーヒーを淹れてあげるからね」

安心したのだろう。彼はいつもの優しい声になっている。

その夜、私は再び夢を見た。

曾祖母が紡いだ美しい虹色の着物が座敷に広げられている。

受け取った手間賃がわずかだったことに腹を立て、養蚕家が売った旧家から、曾祖父が盗んだものだ。

そのことを曾祖母がとがめて、夫婦で激しい諍いが起きている。

私が見つけた虹色の着物は、そういう因縁めいたものだったに違いない。

納得した私は、夢の中で、冷ややかな表情で男の顔を見下ろしていた。

今度は、はっきりと顔を見た。マッシュヘアで顎がとがっている男の顔を……。

着ているコーデュロイのパーカーは私がプレゼントしたものだ。

あの夢は、母の過去の出来事を見たのではなく、予知夢だったのかもしれない。

辰見湖に行くには、レンタカーを借りるしかないだろう。

お腹の子は、私と同じように、父親の顔を知らずに生まれてくることになるのだろうか……。

夜の底と、その向こう◉松尾由美

1

そう、あたしは、ナツミのことがうらやましかった。

自分がそう思っているのはわかっていたし、認めないわけにいかなかった。うらやましいポイントはいくつかあって、まず東京からの転校生ということ。

大神坐は東京からそんなに遠くない、なんていうのは大人目線の話。小学生にとっては（五年生でも）東京はやっぱり遠いところ、簡単には行けないあこがれの場所だった。

そこがナツミにとっては生まれた場所で、今も家があってお父さんとお母さんが住んでいる。ナツミ自身は引退して大神坐で暮らすおじいちゃんのところにやってきたけれど。

そしてこのおじいちゃんがまたかっこいい。背が高くて、服装もめちゃくちゃおしゃれ。仕事が建築家っていうのも、そして今住んでいる、おじいちゃんが自分で建てた家もかっこいい。

もちろんあたしのお父さんの勤め先（地元の信用金庫）や、平凡な家が悪いわけじゃない。何しろ去年からは自分だけの部屋ができた。納戸だったところにお父さんが花模様の壁紙を貼って、お母さんがそれに合うカーテンを作って、あたしの部屋にしてくれたのだ。

それはともかく、もうひとつのうらやましいポイントは、ずっと前に亡くなったナツミのおばあちゃんが「日下部さんの家」の人だということ。

日下部さんといえば、同級生のリュウヘイの家で、大神坐で一番由緒ある「いいおうち」。

だからナツミは、東京からの転校生で、しかもまったくの「よそ者」じゃないどころか、一番の「いいおうち」の親戚でもあって――

そんなナツミのことが内心うらやましかったのは、決してあたしだけじゃないはずで、ナツミがそのことを鼻にかけるような子だったらきっと嫌われていたと思う。

逆に、「東京」という言葉から想像するようなきらきらしたものを自然と教室に持ち込んで、みんなに分けてくれるような子だったら、クラスの人気者になっていたかもしれない。

八雲ナツミは、そのどっちでもなかった。

「東京ではこう」なんて、あたしたちや大神坐を見下したりはしなかったけど、あたしたちのほうから東京の話を振った時に、期待するようなことを教えてくれるわけでもなかったのだ。

少し「ひっこみじあん」なところもあるけど、けっこうマイペース。嫌われ者でも人気者でもない普通の子として、少しずつクラスになじんでいった。

それでも時々、やっぱりあたしたちとはちょっとちがうなと思うこともあった。たとえば、クラスのアンケートで「将来の夢」を書いた時。

しばらく鉛筆を迷わせてから、「建築家」と書いた。それからあたしの視線に気づいて、「一応書いとく」と言った。「なれるかどうかわからないけど。なりたいかどうかも、まだ」

そんなことを書くナツミがあたしにはまぶしく思え、「パン屋さん or ケーキ屋さん」なんて書いた自分がちょっと恥ずかしい気もしたのだ。女の子の夢としてあまりにもありがちだから。

「ありがちでも何でも、それが自分の夢ならいいじゃん」とナツミには言われたのだけど。

ナツミはそういう子で、仲良くなったのが親戚のリュウヘイと、タツヒコ、そしてあたし。

リュウヘイは真面目、タツヒコはお調子者、ナツミはマイペースで、あたしは、何だろう。

お母さんによれば、「はっきりしない子」だそうだ。どんなことでも、決めるのに時間がかかる。

「大人になっても、結婚相手なんて決められなくて、ずっとうちにいるんじゃない？」

「それでもいいよ。なあ、ミサト？」

なんて両親から言われたりする、そういう子だった。

そんな四人が、七月のある日、帰りじたくをしながら教室でしゃべっていた時に、

「夏休みになったら、ＵＦＯ観察会をしようぜ」

リュウヘイがいきなりそう言い出したのだ。

ちょっと説明が必要かもしれないけど、あたしたちの学校、というか大神坐の子供たちのあいだで、ＵＦＯというのはわりあい身近な話題だった。

「昔々、ある男が亀に乗って竜宮城へ行き、帰ってきたら長い時間がたっていた」という伝説がある。「浦島太郎」の話だけど、問題は、このあたりが海のない土地というところ。

亀に連れられて海へ行ったわけじゃないよね？　だったらもしかして、行った先は宇宙で、乙姫様は宇宙人で、亀っていうのはＵＦＯのことじゃないの？

というのは誰かしら思いつきそうなことだし、おまけに市の北側には「亀山」がある。

昔からある登山道が途中で崩れていて、てっぺんまで行くことはできないけど、そこには何と、亀の形をした巨大な岩がまつられているらしい。

山のてっぺんに大きな岩だよ？　しかも亀の形！　それってやっぱりＵＦＯじゃない？

というわけで、うちの学校でも、たぶん市内のほかの小学校でも、

「昔々、このあたりにはＵＦＯが来たことがある」

というのはおなじみの説で、誰かがいきなりＵＦＯとか言い出しても「ああ、あの話」みたいな、そこまでびっくりしない雰囲気があったのだ。

「とにかく、一度はこのへんに来たのはたしかなんだから」

なぜか熱心なリュウヘイが、筆箱をふりまわしながらそう言って、

「たしか、ってことはないでしょ」

ランドセルのふたを閉めながら、ナツミが冷静につっこみを入れる。

「来たみたいだから、また来てもおかしくないだろ？　着陸しなくても、近くを通るかも」

「それを観察するわけ？」

「そう。見晴らしのいいところで。亀山の駐車場とか」

リュウヘイの声が大きかったので、何人かの女子がそばを通りながら、

「日下部くんたち、亀山で何するって？」

「ＵＦＯを見にいくんだって」

「ふうん」

最後のはクラスで一番かわいいサヤちゃんで、興味がないのがまるわかりのそっけない調子。

「やめとこうよ。そんなの見えるわけないじゃん」

タツヒコが大声で言ったのは、きっとサヤちゃんに聞かせようとしたんだと思う。

「なんだよ、やってみないとわからないだろ。ナツミはどう思う？」

「そりゃ、見えたら面白いとは思うけど――」

「そうだろ？」リュウヘイはうれしそうな顔になって、「ミサトはどう？」

「うーん」あたしはちょっと迷う。「ＵＦＯってことは、夜だよね？」

「そりゃそうだよ。怖いの？」

そうじゃなく、わくわくするような気持ちもあるけど、でもやっぱりちょっと——

とか思いながら（例によって）あたしがぐずぐずしていると、

「うちの母さんに頼めば、車を出してくれるかも」

タツヒコの態度がぜんぜんちがうのは、サヤちゃんが帰ってしまったからにちがいない。

水筒を持って、おやつも用意して——なんて言っているうちに楽しくなって、まず家の人の許可をもらい、みんなの都合やお天気と相談して日を決めようということになったのだ。


「こういう道って、あんまり好きじゃないのよね」

ハンドルを握ったタツヒコのお母さんがそうぼやく。すごくきついというほどじゃないけど、それなりにカーブのある上り坂だ。

助手席にタツヒコ、後ろにはあたし、ナツミ、リュウヘイ。真ん中にすわったナツミの上半身が、カーブを曲がるたびに傾き、右の時はあたしに、左の時はリュウヘイにぶつかりそうになる。

そして左に曲がるたび、あたしはちょっと落ち着かない気持ちになるのだ。

「リュウヘイくんは真面目なタイプだと思ってたけど、UFOなんかに興味があるんだね」

今回のことを言い出したのがリュウヘイだと聞いて、おばさんはちょっと意外だったらしい。

「日下部郁弥さんの血なのかも。リュウヘイくんのひいおじいさん。ナツミちゃんにとってもひいおじいさんなんだっけ？」

「そうです。おばあちゃんのお父さん」

郁弥さんの名前はあたしも知っている。ちょっと変わったことが好きで、昔の伝説みたいなのを研究したり、古い本や珍しい品物を集めたりしていたとか。

「リュウヘイくんちの土蔵に郁弥さんのコレクションがあるのよね。見たことある?」

「ええ、まあ――」

リュウヘイらしくないぐずぐずした返事、なんて思っているうちに展望駐車場に着き、あたしたちは荷物を持って車を降りる。おばさんはタツヒコに携帯電話を渡しながら、

「みんな、寒くなったら上着を着てね。登山道は危ないから行ったらだめ。手すりから体を乗り出さないように」いろんな注意をたてつづけに言った。「それじゃ、電話してね」

車が帰っていって、エンジンの音が聞こえなくなると、あたりはしんと静かになった。

ここへ来たことは何度もあるけど、夕方ははじめてだから、まるっきりちがう場所みたいに見える。しめ縄をかけた大きな岩が飾ってあるのも、こうして見るとけっこう不気味だ。

シートに座っておしゃべりするうちに、あたりはすっかり暗くなる。昼間なら町の景色が見渡せる展望台からは、何も見えないわけじゃなく、家や建物の明かりがぽつぽつ見えている。田舎だからたいしたことのない夜景を、リュウヘイが持ってきた双眼鏡で順番に見てから、

「きれい」

ナツミが空を見上げて言う。そう、この町の夜は、下より上のほうがずっときらきらしている。都会ならきっと逆なんだろう。

「星なら、前にお父さんと来た時は、もっとすごかった」とタツヒコ。

「今日は月が明るいからね」リュウヘイも言うけど、それでも星はきれいだった。

「流れ星が見えたらいいいな」

「そんなことより、ＵＦＯだよ」

「火星とか金星とかじゃなく、もっと遠くから来るんだよね？」ナツミの言葉に、

「そう」リュウヘイが双眼鏡を手にもっともらしくうなずく。

「異星人がいるとしたら、ぼくらの太陽系じゃなく、もっとずっと遠いところ。UFOっていうのは、そういう距離を一瞬で飛び越える、すごい技術のかたまりなんだよ」

すごい、とあたしたちは感心して、時々双眼鏡を借りながら夜空に目をこらしていた。

とはいえだんだん首も疲れてきて、とりあえず休憩。水筒のお茶を飲んで、お菓子も食べる。

「UFOってさ」ナツミがエンゼルパイをひと口かじって、「何をしに地球に来るんだろう？」

「いろんな説があるけど」とリュウヘイ、「ありそうなのは、まあ、調査かな」

「だけど、時々、地球人を自分の星に連れていくっていうじゃない。自分たちの星をあたしたちに見せて自慢したいのかな？」

「というより、地球人を見せたいんじゃないの？　自分たちの仲間に」

「遠くへ探検に行って、珍しい蝶々を見つけて、持って帰るみたいなもの？」

「でも」とあたし、「それだと、あたしたちのことを人間だとは思ってないみたい――」

ちがう星の人間ではなく、探検に行った先の動物。そんなふうに見ているってことだろうか。

「そういう説もある」リュウヘイはうなずいて、「UFOに乗ってほかの星へ行った人の中にも、『連れていってもらった』と言う人と、『さらわれた』と言う人がいるからね。

それでも、『さらわれた』ほうの人だって、結局帰ってきてるわけだし――」

「それって、帰ってきた人のことがわかってるだけじゃないの」

タツヒコが怖いことを言い、あたしたちはちょっとひるんだけれど、

「いや」リュウヘイがなだめるように、「ちゃんと帰してると思うな。データを取った上で」

「そうだ、もしかしたら」とナツミ、「宇宙人にはすごい技術があるから、さらった人間のコピーをつくってから帰すんじゃない？　コピーのほうは取っておいて」

「コピーのほうを帰してるのかも」とタツヒコ。「意識までコピーされてるから、自分がもとの人間のほうだと思って、気づかないまま地球で暮らしてるのかも」

この考えがあまりにも怖かったので、みんなちょっとのあいだ黙ってしまう。

「なーんて、ね」

タツヒコが変な顔をして見せたけど、自分で言ってから怖くなって、無理にふざけているみたいだと思った。そのまま立ち上がり、手すりのところまで行って下をのぞきこむと、

「なんか、霧が出てきた」

あたしたちもそっちへ行ってのぞいてみる。たしかにそう。

このあたりは「盆地」という言葉のまま、浅いお盆の形をしていて、その底をうっすらと白い霧がつつんでいる。まばらな明かりがにじんでひろがり、湖か海みたいに見えはじめている。

あたしは手すりに手をついて見下ろし、しばらくして「それ」に気づいた。

「UFOだ！」

「えっ？」「本当？」「どこ？」

「あのへん。もう見えないけど」

下のほう、白い霧につつまれた夜の底から、不思議な乗り物みたいな銀色の何かが一瞬だけふわっと浮かびあがって見えたのだ。

「え、下？　なんで？」

「あのへんっていうなら、道路じゃん」とタツヒコ。「車が道を通っただけじゃないの」

「でも、もっと平べったくて、ライトも右と左に離れてて――」

「そういう形の車なんじゃないの。車高の低いやつ」

「外国の車だと、変わったデザインのもあるしね」男子たちが口々に言い、

「あれみたいな?」とナツミ、『『バック・トゥ・ザ・フューチャー』に出てきた」

その映画はみんな見ていた。しばらく前にテレビでやったし、「すごく面白いよ」という、担任の先生のおすすめもあったから。

「あの車かっこいいよね、タイムマシンになるやつ」

「UFOはタイムマシンだっていう説もあるよね」とナツミ。「イラストに出てくるような『宇宙人』、目が大きくてあごの細いやつ、あれは遠い未来の地球人だって」

「だとしたら、宇宙人なんてどこにもいないの?」

「いや」とリュウヘイ、「ぼくは、いると思うな」

「あたしも、いると思う」とあたし。

なんでそう思うの、ときかれたらどうしよう。ひやひやしたけど、あとの二人も「いるんじゃないかな」「いたほうが面白い」という意見。

そのまましばらく手すりのところに立って、また夜空に目をこらしていたけど、

「あ、ちょっとトイレ」

タツヒコが駐車場の横にある建物に向かって走り、あたしは涼しくなってきたから上着を着ようと思って、荷物を置いたシートのほうへ戻りかけた。その時、

「ナツミ、あのさ――」

片手をポケットに入れたリュウヘイが、手すりにもたれて空を見ているナツミに声をかける

――だけじゃなく手も伸ばしたけど、ナツミはそのことに気づかず、

「え、何?」

体ごと振り向いたから、ナツミの肩とリュウヘイの手がぶつかった。何か小さなものがその手から飛び出し、手すりを越えて落ちてゆく。

「あっ、ごめん。何か落とした?」

「いいんだよ、そのへんに落ちてた石。面白い形だったから、見せようと思って」

リュウヘイは言ったけど、それは嘘だった。その一、落ちていたのではなく、リュウヘイのポケットから出てきたのだ。その二、ただの石ではなく緑色で、磨いたみたいにつやつやしているのが、月の光に照らされた一瞬でわかった。

ひいおじいさんのコレクション、とあたしは思う。タツヒコのお母さんがその話をした時のリュウヘイの気まずそうな態度は、そこから何かを持ち出し、ポケットに入れていたせい。

何か、小さいけど宝物っぽいもの。リュウヘイがナツミにあげようと思ったのかどうかはわからない。ただ見せたかっただけかもしれないけど、だとしても「ナツミにだけ」なのはたしか。

タツヒコが戻ってきて、あたしたちも交代でトイレに行ったりして、全部で一時間かもうちょっとくらいそこにいたんだと思う。結局UFOは現れず、あたしたちの根気もつづかなかった。

そろそろ迎えにきてもらおうということになって、タツヒコが携帯電話を開くと、

「下のコンビニのところへ来てもらおうよ」リュウヘイが言い出す。「おばさんもそのほうが楽だろ。坂道の運転は好きじゃないって言ってたし」

というわけで、来た時より小さく軽い荷物を手に(お菓子は食べ、飲み物は飲んで、上着は身

につけていた)、あたしたちはぶらぶらと坂道を下ってゆくことになったのだ。

街灯はまばらだけど、そのあいだのところでも、月の光でじゅうぶんに明るい。

タツヒコのお母さんもそのほうが楽。リュウヘイはそう言っていたけど、こうして歩いてふもとまで降りる本当の理由はそれじゃないのがあたしにはわかっていた。

その証拠に、ずいぶんゆっくり歩いている。顔を下に向け、地面に目を走らせて——さっきの緑色の石みたいなものが落ちていないかと探しているのだ。

そんなに大事なものを、ナツミだけに見せようとした。それだけじゃなく、落としたことをナツミに黙っている。ナツミが「あたしのせい」と思わなくてすむように。

あーあ。一番うしろを歩きながら、あたしは胸の中でため息をつく。

リュウヘイは、やっぱりナツミが好きなのかな。

頭がよくて、リュウヘイと話が合う。サヤちゃんのような美少女じゃないけど、小さくて丸顔で、漫画の主人公みたいなかわいさがある。

あたしはといえば、はっきりしない性格で、美少女じゃないし、かわいくもない——体はひょろひょろして、顔も何だか間のびしている。

お母さんの友達が「将来美人になるかも」と言ってくれたそうだけど、きっとお世辞だろうし、「将来」「なるかも」というのは今はそうじゃないという意味だし——

なんて思いながら、あたしはみんなのあとについて坂道を下り、地面に目を走らせていた。

リュウヘイが探しているものを、あたしが見つけてあげられるかも、そう思って。

地面の端の草むらをのぞくと、蚊が足元に寄ってきて、追い払おうとかがんだ時何かが光るのが見えた。

緑色の石みたいな、でも半分以上土に埋まっていたから、ついさっき展望台から落ちたにしてはおかしい気もした。だけどリュウヘイが持っていたものに似ているような——

掘り出して立ち上がった時、さんざん話題にのぼったことが、あたしの身にふりかかった。

体が宙に浮き、あたしはさらわれて、ＵＦＯに乗ったのだ。宇宙人のいる銀色の乗り物に。

2

「ちょっと、ジョギングに行ってくる」

玄関から居間のほうへ言うと、返ってきたのは「ああ、そう」というあいまいな返事。

声の主はお母さんで、前なら「こんな夜に？」「どこへ行くの？」と質問ばかりだったが、「中学生くらいの男の子をあまり質問攻めにしちゃいけないものだよ」

ある時お父さんがそう言ったのをきっかけに、お母さんの態度がちょっと変わったのだ。

うしろ手に扉を閉めて、八月の夜の中へ走りだす。

夜中じゃないし、別にやましいところへ行くわけでもなく、寄り道をするとしてもコンビニくらい。すぐ帰ってくる時もあれば、気分しだいで少し遠くまで行くこともある。

そしてその日は、ちょっと遠くまで行きたい気分だった。お母さんにあれこれきかれなくても、頭の中はいろんな疑問、「どうして」で始まるやつでいっぱいなのだ。

どうして勉強しなくちゃいけないんだろう。

どうしていい高校に入らないといけないんだろう。

どうして（男は）背が低いとばかにされるんだろう。

夜に走ったからといって、そういう「どうして」が消えてなくなるわけじゃない。けれども体があたたまると、頭の奥がすっきりして、よけいなことは端のほうへ引いてゆく感じ。とはいえ、走っているうちに、空いたスペースに別の「どうして」が湧いてくることもある。「どうして走っているのか」とか。「そもそも、どうして生きているのか」とか。

走りすぎるのもよくないのか、逆にまだ走り足りないのか。ちょうどいいところを探すのだけれど、その日はなかなか見つからず、頭の中のもやもやが形になったみたいに霧まで出てきて、街灯がぼんやり光る中、気がつくと亀山のふもとのコンビニのところまで来てしまっていた。

何か買って帰るか、と入口をくぐると、ラックに入った新聞の第一面に大きな文字でオバマ大統領のことが書いてある。

アメリカ初の黒人大統領になったオバマさんとぼくには、実はひとつ共通点がある。向こうは背も高いし、頭もいいはずだから、いろいろとかけはなれた人なんだけど——

ふと気分が変わり、ぼくはきびすを返してコンビニを出る。

ここまで来たから、上の展望台で星でも見よう。そう思って歩き出してから、アメリカ——星条旗——星と連想が働いたらしいと気づいた。自分ながら単純なやつ。

しばらくのぼると、視界がクリアになる。霧が晴れたわけではなく、その上に抜け出たのだ。歩いたり走ったりしながら坂の途中まで来た時、

「カツン」

という音。数メートル前の地面に、小さな何かが落ちてきたようだ。

小石かと思ったけれど、渋い緑色でつやがあり、形もオタマジャクシみたいというか、音楽のへ音記号というか——

近づいて拾いあげる。一番似ているのは教科書に出ていた「勾玉」だった。硬いアスファルトの上に落ちたのに、割れもせずにつやつやと光っている——

なんて思っていると、突然うしろからタックルされた。

相手はどうやら大人、それも大男で、中三にしては小柄な（はっきりいえば、クラス一のチビ）ぼくが抵抗しても痛くもかゆくもない。

そのまま抱え上げられ、側道に連れこまれる。もともと細いところへ左右から木の枝が張り出し、知らない人にはわからないような、ぼく自身さっき前を通ったのに気づかなかったような道。その奥に車が停まっている。銀色のスポーツカー、車にくわしくないのでそれ以上はわからない。

その車のかたわらで、待っていたもうひとりの男と二人がかりで、体にテープをぐるぐると巻かれた。脚は二本まとめてひざと足首に、腕は一本ずつ体の横にくっつけた状態で、その上から。

後部座席の奥から声が聞こえたが、外国語らしく意味はまったくわからない。

「そのくらいにしとけってさ」大男が言う。「暴れると体に跡が残って、撮影にさしつかえるから」

撮影？　今、撮影と言った？

最後に口にテープを貼られ、叫ぼうと思えばできたんだなと遅ればせながら気づいた。後部座席に放りこまれ、ドアが閉められ、大男は助手席に、もうひとりは運転席にそれぞれ乗りこむ。

おそるおそる首を動かし、自分の横、さっき声のしたほうをうかがった。

そこにいたのは外国人の人物——というのはぱっと見には性別がわからないからで、きゃしゃな男か凛々しい女のどっちか。ギャングみたいな黒い帽子からはみ出して波打った髪は車と同じような銀色、こんな季節にグレーのコートを着こみ、黒いズボンをはいた脚を組んでいる。

白い肌、鼻筋の通ったきれいな顔立ち、眼鏡のレンズが薄紫なので瞳の色はわからない。若いのかそうでもないのか、何を考えているのかも。

顔の筋肉ひとつ動かさず、目だけでぼくを頭からつま先までながめ、また外国語で（たぶん英語じゃないと思う）助手席の大男に何か言い、言われたほうは「ＯＫ、ボス」と言葉を返して、

「あとは女の子だ」

運転手に向かって言うと、そのあとは誰も口をきかず、聞こえるのは虫の声だけ。

手足を縛られて転がされたぼくは、ひりひりする恐怖を感じるいっぽうで、さっき聞いた「撮影」「体に跡が残る」そして「あとは女の子」といった言葉からよからぬことを想像していた。

中学生が何かにつけ想像することだが、楽しい気持ちで考えたわけじゃない。もちろんない。

中学生の男女を無理やりさらい、強引にある種の行為をさせ、そのようすをカメラにおさめる。そんな異常なことをするのがどういう連中か、そんな連中が「撮影」が終わったあと、ぼくやその女の子をどうするつもりかなどは、想像できない、というより、したくない。

車のエンジンは切られ、窓はあいている。本当ならそれでちょうどいい涼しさのはずだけど、じっとりといやな汗をかいていた。腕を固定されているから、その汗をぬぐうこともできない。

隣では「ボス」が、コート姿で汗ひとつかかず平然としている。

顔も姿もあきれるほどきれいで、都会の香りがした。それだけでなく、もっと邪悪なにおいも。

誰ひとり何をするでもなく、そのまま時間がすぎ、彼らが「待っている」のだとわかる。

こんな時間のこんな場所で、都合よく女の子が通りかかるのを「期待している」はずがない。

展望台のところに誰かがいるのを知っていて、待ち伏せしているのだろう。

話し声と足音が上から聞こえ、道路をゆっくり下っていって、側道の入口を通りすぎる。

大男が静かにドアを開け、音もなく車から離れていった。

運転手もつづいて降り、こちらは車のそばで待機する。

大男が女の子を抱えて走ってくる。口を押さえられもがいているその子を見てぼくはショックを受けた。予想した「女の子」とはちがう――どう見ても小学生だったのだ。

年ごろのつりあう男女をそろえるつもりだと思っていた、と考えてから気づく。彼らからすれば、この子とぼくが「つりあう」――ぼくのことも小学生だと思っているのにちがいない。

そして、まだ小学生の子供をさらい、ぼくが思うような「撮影」をたくらんでいるとしたら、最初に考えたよりさらに異常な、頭のおかしい、吐き気のするようなこと。

ぼくはこいつら全員の死を願った。粗暴な大男も、こすっからそうな運転手も、すかした外国人の男または女も、みんな死んでしまえばいい。いや、それだけではまだ足りない――

心の底からそう思ったけれど、そんなことを考えても、まったくどうにもなりはしない。

ぼく以上に小さく非力な女の子が、同じように拘束され、口もふさがれて、ぼくのかたわらに放りこまれた。普通にすわる形ではなく前後逆、背もたれに顔を伏せるような形で。

大男も運転手もそのまま車の外に立ち、ドアも閉めずにじっとしている。女の子が連れてこられてから、まだ何分もたっていないのだ。

「ボス」はといえば顔つきも姿勢もほとんど同じまま、いつのまにか飛び出しナイフを持っている。もちろん飛び出したやつ。ぼくの視線に気づくと、上品ぶってそれを持ち上げてみせる。

「おーい」「ミサト！　ねえ、ミサト！」

道路のほうから聞こえる声は、しばらく行ったりきたりするが、やがて遠ざかってゆく。側道の存在に気づかないまま、大人を呼びに走ったのだろう。

男たちは後部座席のドアを閉め、自分たちも乗りこんで「ボス」と打ち合わせをはじめる。

女の子は背もたれに伏せた顔を横にねじってぼくの顔を見、一瞬救いを求めて、すぐにあきらめたような表情になった。

ごめん、ぼくにはどうしてあげることもできない。

女の子の視線が下がり、そこでふと止まる。口にテープを貼られた小さな顔の、びっくりしたように大きくなった目で、ぼくの手元をじっと見つめている。

手ではなく、そこにあったものにちがいない。彼女から見えるほうの手、つまり左手で、さっき見つけたあの石を握っていたからだ。

アメリカ大統領と同じ左利きのぼくがそれを拾いあげ、直後にさらわれて、ポケットにしまう間もなく腕を縛られた。勾玉のようなあの石が、指のあいだからのぞいていたのだ。

女の子はそれを見、ぼくの目を見た。何か伝えたいことがあるようだったが、しゃべることもできない。

エンジンがかかり、発進した車の中で、女の子は一生懸命上半身をうしろにそらせた。

寝返りを打つみたいに、体の向きを変えようとしている。進行方向を向いてすわろうとしているが、腕を固定されているので簡単にはいかない。

がんばれ。

がんばれ。

車が坂道を下り、来た時より濃くなって白いかたまりのように見える霧に向かってゆく中、ぼくは内心でエールを送った。

女の子が姿勢を変えてどうするつもりなのか――何か目的がありそうで、それが何なのかはわからなかったけれど、とにかく彼女が望んでいるのはたしか。そしてこの状況で自分の望むことをなしとげるというのは、何であれすごいことだと思ったのだ。

彼女の奮闘を「ボス」が目の端でちらりと見たが、特に興味もないらしく、どこかへしまったナイフをまた出してきたりはしない。

彼女はついに体を反転させて前向きにすわると、視線をぼくの目に、次に自分の手に向けた。

今度はぼくが目を丸くする。彼女の右手には、ぼくが持っているのとそっくりの「勾玉」があったのだ。地面から掘り出したばかりのように、まわりには土がついている。

驚くべきことだが、ぼくたちだけの秘密――前にいる二人はもちろん、ぼくの右側の「ボス」にも、ぼくの体が邪魔になってわからないことのはず。

そしてさらに驚くべきことが起こる。ぼくの左手の中で、「勾玉」が熱をおびはじめたのだ。女の子の表情から、彼女の右手でも同じことが起きているのがわかる。

二つの「勾玉」が、おたがいの存在を感知したせい。

しかも、かすかに光っている。もともと光を反射していたけれど、今は内側から。

ぼくが体を彼女のほうへずらすと、光が強くなり、脈打ちはじめたような気もする。

「勾玉」が息づいている。二つのものが、いっしょになりたがってうずうずしているのだ。

ぼくはそれに気づき、彼女も気づく。

ぼくは体をさらに彼女のほうへずらし、彼女も同じようにする。

ここで「ボス」が気づいた。ぼくたちの動きにというより、ぼくたちの手の中で強さを増し、いまや指のあいだからあふれ出ている光に。

きゃしゃな長身をぼくたちのほうへ乗り出し、意味のわからない言葉とナイフを向けてくる。そのナイフを、ぼくが蹴り飛ばす。ぼく自身が飛び出しナイフのように、縛られた両脚を引き寄せたあと高々と伸ばして。

ぼくたちの体が、手が近づき、吸い寄せられるように合わさり——

最初に運転手、次に大男が、言葉にならない大声を出す。フロントガラスの向こうで、夜の底が裂けたのだ。

どこだかわからないとても深いところから、「それ」があらわれた。

巨大な蛇のような胴体が翼もないのに宙に浮かび、顔のあるべきところに四角い何か——建物の入口にも、闇にも、鏡にも似ているものがあった。

車の前に道はなく、気がついてみると、下にもなにもなかった。いつのまにか宙に浮かび、裂け目からたちのぼる聞こえない音のような気配の中、「それ」と顔をつきあわせていたのだ。

そして気がつくと、動いているのは「それ」と、ぼくたち二人だけだった。町を覆う霧は石膏のように固まり、車のエンジンも鳴りをひそめ、すましていた「ボス」が驚愕と恐怖の表情をうかべたまま、大男は髪を逆立てたまま、運転手は手をハンドルから浮かせたまま、文字通り静止していた。

長い長い一瞬のあいだに、ぼくはそれを「竜」と呼ぶことに決めた。名前のないものと顔をつきあわせるのはとても怖いからだ。それほど竜らしく見えるわけではなかったけれど、知っている言葉の中では、それが一番ふさわしい気がした。

『わたしは滅ぼすために来た』

竜はまっすぐ、ぼくたちに向かって言った。彼女とぼく、封印を解いて自分をよみがえらせた二人に。

　滅ぼす？　何を？　とぼくは思った。

『あらゆるものを』と竜が言った。言葉をしゃべっているわけではなく、竜の思っていることがぼくに伝わる。

『木の葉を食む盲目の虫のように、ただそこにあるものを、優先することも、斟酌（しんしゃく）することもなく。わたしのやり方はそうだが、最初の三つはおまえたちが決めてよい』

『ぼくたちが？』

『そうだ。おまえたちが命じ、わたしは従わねばならない。わたしをよみがえらせたものの命令に従う、それが誓約だからだ。

　わたしにできることであるかぎり。そして、わたし自身を滅ぼせ、というものでないかぎり』

　こんな怪物が、ぼくたち二人の言葉を待っている。

　ぼくが邪悪で、世界そのものを滅ぼせと言えば、竜はそうするのかもしれない。いや、言わなくても、放っておけばいずれそうなるのかもしれない。

　そしてぼくが善良で、世界を救おうと思ったとしても、竜自身を滅ぼせという命令は無効だというのだ。

　この状況のとてつもなさに、ぼくは何と答えることもできなかった。できる人がいるだろうか。生意気ざかりの中学生にも、分別のある大人にも。けれども、

『この車を』

　彼女、小学生の女の子が、ほとんど迷わずにそう言い、

『その言葉通りに』竜が言って、車が消えた。

あとかたもなく消えていったのだが、だからといってぼくたちは落ちてゆくわけでもなく、凍りついたような三人の悪党ともども、中途半端な姿勢で宙に浮かんでいるのだった。

『それから？』

『この人たちを』彼女が少しもためらわずに言い、

『その言葉通りに』竜が言って、三人が消えた。

かたわらの「ボス」が驚愕と恐怖の表情のまま消えていくのを見ながら、少しは苦しんだだろうか、とぼくは思う。たとえそうでも、こいつらのしたことを思えば全然足りないのだが——

『それから？』

竜がまた言い、彼女は沈黙した。ためらったのではなく、思いつかなかったのだ。子供らしく純粋な、そして正当な復讐の気持ちがさっきまでので尽きたのだろう。

となるとぼくの番で、ぼくは腹をくくって竜に向かい、

『さっきの三人の、これまでの存在を』と伝えた。『今だけでなく、過去にまでさかのぼって』

そう、今のあいつらを消すだけでは、まったく足りはしない。

なぜなら、あいつらのやり口は、これがはじめてとは到底思えなかったからだ。ここと似たような場所、都会からそれほど離れていない田舎町で、似たようなことをくりかえしてきたはず。過去にさかのぼってあいつらの存在を消せば、これまでにあいつらがさらった子供たちがみんな助かる。そしてそれだけではなく——

竜にそれができるだろうか。できる、とぼくは思った。たったひとつの機会を、その可能性に賭けた。できるにちがいない。今、こうして時間を静止させていることからいって。

そして、できるとしたら、しなければならない。それが誓約だから、と竜自身が言っていた。

『——その言葉通りに』

竜はもう一度、ほんのひと呼吸だけ遅れてそう返す。

そしてぼくの頭に——おそらく彼女のにも——手品師が飛ばすトランプみたいに、無数の場面が流れこんできた。

写真のような画像、現在や過去、場合によっては未来を切り取ったものだとわかる。たくさんの画像の一部にはぼく自身、小さな子供のぼくや、大人になったぼくもいたからだ。

勾玉を地面から掘り出している彼女。別の町で夜の隅にひそんでいる銀色の車。あの「ボス」の子供時代の天使みたいにかわいらしい姿。

無数の画像がめまぐるしく変化し、そして——

霧がかかったように、ぼくの記憶が薄れはじめる。

なぜなら、あいつらが最初からいなかったことになれば、ぼくがこの場所でこんなことを考えているはずがない。

あのまま坂道を上り、たぶん展望台まで行ってしばらくすごしてから、家に帰るところのはず。

この女の子はあれから友達と帰って、たぶん今ごろはベッドに入っているはずなのだ。

ぼくたちがすれちがっていたとしても、坂道のもっと上のほうで、彼女は「勾玉」を持っていないから、二つが近づいて光りだすことも、たがいに呼び合うこともなく——

もちろん、触れ合って、竜をよみがえらせることもない。

急スピードで薄れてゆく意識の中で、ぼくは垣間見た「未来」のことを思う。

ぼくと彼女は、たぶんいつか出会うだろう。

そしてすぐにおたがいのことがわかるだろう。今はただの子供としか思えない彼女がすごくきれいになっていても。ぼくの背が伸びて、あいかわらず小柄だが、まあそれなりになっていても。

別の次元で会っていることを心のどこかで知っているみたいに、理由もわからないまま惹かれあい、恋人同士になるだろう。友人たちは驚くだろう。二人ともそんなふうに恋に落ちるようなタイプではないはずだから。

たぶん、とぼくは言った。それはぼくが垣間見た未来ではあるけれど、過去が変われば未来も変わる可能性がある。

もちろん、現在も。

現在が少し変わっていれば、ぼくの手にある「勾玉」はもとの持ち主のところに、彼女の手にあるほうは地面の中にそれぞれとどまり、ぼくたちとかかわりを持つことはないかもしれない。

そうだといい。本当に。ぼくは心からそう願った。

夜の底と、その向こう　SIDE B

永嶋恵美

ヘタ打った。しくじった。真っ先に考えたのがそれだった。

次に浮かんだのが謝罪の言葉。声に出して謝りたかったが、ひゅうひゅうという息が漏ればかり。

真一(しんいち)、ごめんな。

うまく言えたとしても、どうせ届かない。俺の傍らに倒れている真一は、ぴくりとも動かなかった。即死だったんだろう。眉間に、それも至近距離で鉛玉を食らって無事なはずがなかった。

俺のせいだ。真一は、こんな死に方をしていいヤツじゃない。やっと二十歳を過ぎたばかりで、くだらない連中のくだらない縄張り争いでタマ除けにされるとか、絶対、あっちゃならなかった。

俺さえいなかったら、真一は普通に高校生活を送って、インターハイか何かに出て、推薦もらって大学に入っていたかもしれない。それを踏み外させたのは俺だ。

あの日、俺たちが再会していなかったら、こんなことには……。

＊

高校二年で、夏だった。久しぶりに熱帯夜じゃなくて、そのくせ妙に空気がべたついていた夜。

コンビニから手ぶらで出て行く中坊とすれ違った瞬間、なぜだか俺は真一のことを思い出した。

『店に入ったら、何も買わずに出ちゃだめだって言われた』

『なんで？』

『失礼だから』

それを聞いたとき、こいつは育ちがいいんだな、と思った。俺とは違うんだ、と。

小学校の教室で、俺と真一は似たもの同士だった。おとなしくて目立たなくて、いつも隅っこに追いやられている。だから、仲良くなった。手っ取り早く味方を作って、教室の中での居場所を確保するためには、お互いが必要だったのだ。

あいつと最後に会ったのは、いつだっけ？　三カ月前？　いや、もう半年前か？

そんな疑問を追い払い、俺は店内を回った。余計なことを考えると、大事なことを忘れる。

弁当四個に、ペットボトルの緑茶とコーヒーとコーラ。それから、煙草を一箱。銘柄はラーク。

パシリの俺が今、覚えておかなきゃならないのは、こっちだ。

弁当と飲み物をカゴに押し込み、レジへ向かう。幸い、他に客の姿はなく、待たされることはなかった。

「年齢確認のタッチをお願いします」

ここで、正直に「いいえ」を選択するバカはいない。免許証を提示させるならまだしも、ただ画面を触らせるだけの行為に何の意味があるんだろう？

四個の弁当が温まる時間ともなれば、それなりに長い。一人なら雑誌でも立ち読みするところだが、今はまずい。雑誌が置いてある場所は、外から丸見えだ。店のすぐ外には喫煙中の「センパイ」がいる。だらけた行動は厳禁なのだ。ヤンキーにはヤンキーなりの規律がある。学校の中にクソつまんねえ規則があるのと同じ。

いつもなら、買い出しは俺よりも下っ端の中坊どもの仕事だ。ただ、今日は俺一人にしか声がかからなかったから、パシリは全部、俺がやらなきゃならない。

めんどくせえなあ、と思った。何もかも全部ほっぽらかして、こんなクソちっせえ町から出て、どっか遠くへ……いや、よそう。できるわけがない。

そんなことより弁当はまだかと、レジへと目をやったときだった。聞き覚えのある声がした。

「あっ！」

目をまん丸に見開いた顔が斜め上にあった。ほんの少し前に思い浮かべていた、真一の顔が。

「久しぶりだね」

「おまえ、また背ぇ伸びた？」

「うん。伸びた」

小学生のころは俺よりも背が低かったのに、中学二年辺りから伸び始めたらしい。毎日顔を合わせていないせいか、会うたびに顔の位置が違う。

「夏休み前に計ったら、四月のときより五センチ伸びてた」

急速に背が伸びたからか、ジャージの丈が妙に短い。買い換えるより先にサイズアウトしてしまったんだろう。日に焼けた顔がはっきりと汗ばんでいる。トレーニングとばかりに走ってきたに違いなかった。

「おまえ、新聞なんか買ってんの？」

真一の手には、新聞があった。入り口のラックに差してあったやつだ。やたらとデカいカタカナの文字が目を引いた。オバマ？　なんだっけ？　そう思っただけで、俺はスルーしたが。

「うん。夏休みの宿題でさ。この時間まで新聞売ってるのって、ここくらいだから」

「おまえのガッコ、宿題あるんだ？」

「あるよ。高校にもなって、自由研究とか。中学のほうがマシだったな」

「そっか」

「宿題、ないの？」

ねえよ、と答えたものの、俺が知らないだけかもしれない。

知る必要もない。どうせ、休み明けと同時に退学だ。八月下旬の一週間、成績不振の生徒を集めた補習があって、それに出れば、お情けで在籍を許される。去年は俺も、母親に泣きつかれて出席した。今年はもういい。

「うらやましいなぁ」

図体は別人みたいにデカくなったのに、口調はまるで変わっていなかった。きっと中身もそうなんだろう。おとなしくて素直な真一のままなんだろう。うらやましいのは、こっちのほうだ。

日替わり弁当をお待ちのお客様、と声がした。

「悪い。急いでんだ。センパイの使いっぱでさ」

大急ぎで真一に背を向けると、俺はレジへと向かった。

＊

俺と真一が仲良くなったのは、小学校三年だった。毎年クラス替えをする学校もあるらしいが、俺たちの学校では二年ごとだった。つまり、教室内の人間関係が二年ごとにリセットされる。

幸運なことに、二年後のクラス替えでも真一と同じクラスになれた。三年生から卒業するまでの四年間、俺たちはこれといったトラブルに見舞われることもなく、いくつかの「思い出」などを作ったりもした。

これで同じ中学に進学できていれば、俺たちは、いや、俺は、今とは全く違った場所にいたのかもしれない。

ずっと不仲だった両親が離婚したのは、小学校六年の冬。俺は住み慣れた社宅を出て、隣町にある祖父母の家に引っ越すことになった。親権をとったのが母親だったから、母方の祖父母の家だ。卒業まで二カ月足らずということもあり、転校はせずに、祖父の運転する車で登校した。

祖父母の家から小学校までの所要時間は、車で十五分。たいした距離ではない。ただ、それまでとは校区が違っていた。お役所が勝手に決めた境界線だが、子供にとっては国境にも等しい。別々の中学に通うということは、違う国で生きていくようなものだった。

異国。俺にとって、中学校はまさに異国だった。知った顔がひとつもない教室は。味方を作るどころか、誰が敵なのかすらわからない。誰と、どの程度の距離を取れば、安全に過ごせるのか。一分一秒たりとも気が抜けず、毎日、ぐったりと疲れ切って帰宅した。

真一はどうしてるかな、と何度も思った。中学生に携帯電話は早いと考えている祖父のせいで、俺には真一との連絡手段がなかった。わざわざ固定電話にかけるのも大袈裟な気がしたし、手紙はもっとあり得なかった。

五月の連休明けに、駅前で真一を見かけたが、声をかけずにやり過ごした。真一が一人じゃなかったからだ。

真一は、同級生三人に囲まれるようにして歩いていた。三人とも知っている。やたらと声がデカくて、腕力があって、性格が悪い連中だ。一人は同じクラスになったことがあるが、残り二人とは六年間、ずっと別のクラスだった。それでも顔と名前を覚えてしまうほど、連中は有名だった。もちろん、悪い意味で、だ。

あいつらに目を付けられたのか……。

遠目に見ただけで、真一の置かれた状況がわかってしまった。俺たちは似たもの同士だった。味方を作るのも、安全地帯へ逃げ込むのも下手くそだ。小学校の間は二人だったから、何とかできた。一人になった途端に、これだ。泣きそうな顔に半笑いを貼り付けている真一は、俺自身の姿だった。教室の中で、俺はあんな顔をしているのだ。

何かが、ぷつんと切れた。もう頑張れないと思った。翌日、俺は学校に行かなかった。

いや、いつもの時間に家は出た。学校を休んでいいのは親の葬式だけと言って憚らない石頭の祖父である。腹が痛い程度では、鉄拳と共に家から叩き出されるとわかっていた。だから、家を出た後は、学校と正反対の方角へと歩いた。

そうして、俺は出会ってしまった。目の前の問題を一挙に解決してくれるセンパイたちに。

＊

自動ドアが開くなり、湿った空気が押し寄せてくる。今日は涼しいと思っていたが、やっぱり八月は八月だ。

俺が頭を下げると、藤川さんは煙草を灰皿に押しつけて消した。

「あの、藤川さん……」

「ん？」

「ちょっとダチ送ってきていいですか？　今、バッタリ会ったんで。送ったら、すぐ戻ります」

「もしかして、ガキんとき、つるんでたってヤツか？」

「覚えててくれたんすか」

藤川さんは、にこりと笑った。ヤンキーらしからぬ、人の好さげな笑いだ。この笑顔があったから、俺は恐れることなく藤川さんの後をついていったのだ。

中学一年の五月、初めて学校をサボったあの日、俺は行き場に困って、古い寺の墓地に忍び込んだ。こんな田舎町では「盛り場」なんてなかったし、ショッピングモールは車でないと行かれない。公園は若い母親だの保育士だのと、それなりに大人がいた。

ただ、考えるのは誰しも同じだった。墓石に隠れるようにして座り込んでいた俺は、見るからに「ヤバい」とわかる連中に取り囲まれた。真一が絡まれていた三人組どころの話じゃなかった。

ところが、一人だけ、様子の違う人がいた。

『なんだ。おまえ、うちのガッコか？』

そう言って、にこりと笑ったのが藤川さんだった。てっきり高校生だと思っていたが、「うちのガッコ」という言葉で中学生だとわかった。

藤川さんは、今にも俺の襟首を摑もうとしていたヤツの手を止めた。

『伊部（いべ）、やめとけよ』

『あ？』

『怖がってんだろ』

一番優しそうな人が、一番ヤバそうなヤツとタメ口をきいていることに驚いた。それどころか、そのヤバそうなヤツは全く逆らおうとしなかったのだ。もしかしたら、この人、超スゲえのかな、なんて思った。

今なら、これが常套手段だったとわかる。凄んでビビらせる役と、優しくして警戒心を解かせる役とに分かれて、相手を懐柔するというやり方だ。仲間に引き入れる、カモにする、どんな状況でも使える便利な手口だった。

だが、そんなことも知らない俺は、その手口にコロリといった。あの日は本当に行き場がなかった。何もかもが怖くてたまらなかった。教室にいるクラスメートたちが怖かった。口うるさく、厳しい祖父が怖かった。楽しいことなどひとつもないまま、延々と続いていく毎日が、その先にある未来が、怖かった。

もちろん、目の前に現れたヤンキーたちも怖かった。そんな中、唯一、怖くなかったのが藤川さんだった。真一に代わる味方が現れたと信じた。やっと安全地帯を見つけた、と。

実際、藤川さんは、当時の俺にとっての強い味方で、揺るぎない安全地帯だった。

まず、クラスの連中からの嫌がらせがぴたりと止んだ。俺がヤバい上級生とつるんでるって話は、あっという間に知れ渡ったのだ。孤立しているのは相変わらずだったが、そんなの全く気にならなくなった。以前のように、朝から放課後まで教室にいるわけではなくなったからだ。

遅刻と早退は当たり前、一日学校内にいるとしたら土砂降り雨の日くらい。教室にいたとしても、休み時間は机に伏せて爆睡。教室内で誰かとしゃべる暇もなければ、その必要も感じなかった。雑談をする相手もいないと思い悩んでいた、かつての自分がバカみたいに思えた。

生活指導の教師に説教されても、祖父に怒鳴られても、全く怖くなくなった。マジ切れした伊部さんに比べたら可愛いもんだ。その伊部さんだって、四六時中しかめっ面をしているわけじゃないし、バカ話をして笑うこともある。怖くないときの伊部さんは、頼りになる人だった。

周りの何もかもが怖いなんて、錯覚だったのだ。要するに、俺がビビりだっただけで。そう気づくと、何やら愉快な気分だった。毎日が楽しくなった。そう、藤川さんたちと出会った日を境に、俺の生活は一変したのだ……。

＊

藤川さんは話のわかる人だったから、弁当と飲み物を届けた後なら好きにしていいと言ってくれた。ダチは大事だよなと、にこにこしながら。

俺は急いで店内に引き返した。真一は、ちょうど会計をすませたところだった。

「おまえ、時間ある？」

「あるけど、なんで？」

「なんか、しゃべりたくなったっていうか。俺、用事すませたら戻ってくるからさ、ここで待っててくんない？　五分か十分くらい」

「いいよ」

即答だった。これも小学生のころから変わっていない。制服を着崩した俺と出くわしても、真一の反応は全く変わらなかった。クラスの連中みたいに、目を逸らしたり、びくついた様子を見せたりしなかった。

俺はそれがうれしくて……苦しかった。中学一年の五月、俺と真一は同じ表情を顔に貼り付けて、背中を丸めていた。俺たちは同じ最底辺でもがいていたはずだった。

だが、その次、夏休みの終わりに会ったとき、真一は別人のように明るい表情になっていた。ひょろ長い体型は変わっていなかったが、俺よりも背が高くなって、いくらか日焼けしていた。

ナントカという大会の帰りだと言われて、真一が大きなスポーツバッグを肩に掛けていたことに気づいた。空手を習い始めたんだ、と真一は言った。

最初は、たちの悪い連中から身を守る手段として習い始めたのだろう。ありそうな話だ。ただ、動機はともかく、真一は空手にのめり込んだ。ほんの二カ月か三カ月で大会に出場できるほどに。

さらに、年明け早々に会ったときには、柔道部に入ったと言った。真一の中学では、柔道部が部員減少で存続の危機にあったらしい。空手と柔道は別物だが、とりあえず在籍してくれればいいからと上級生に泣きつかれたのだという。そんな成り行きで入部した柔道部でも、真一はそれなりに活躍したらしく、三年生では主将を務めていたようだ。

俺には、そんな真一がまぶしかった……。

「じゃあ、俺、ここで待ってるから」

「悪(わり)いな」

小走りに店内から出ると、藤川さんはもうバイクのエンジンを吹かしていた。乗れ、と顎で合図され、俺はコンビニの袋を手にひっかけたまま、バイクのケツにまたがった。

＊

その場所まではバイクで数分とかからなかった。カーブだらけの狭い上り坂を、藤川さんはガンガン飛ばしたからだ。

途中、コンビニですれ違った中坊を追い抜いた。学校指定のジャージのおかげで、ギリギリ中学生とわかる背の低さは、かえって記憶に残る。それに、そのちょっと変わった色と形のジャージは、真一の中学のものだった。

ああ、そうか。コンビニの入り口で、あのジャージを見たせいか。唐突に、真一のことを思い出したのは。まさか、その直後に本人と再会するとは思わなかったが。

コンビニで待っている真一のことを考えた瞬間、ひどくイヤな味のするものを口に入れたような、何とも知れない不快感を覚えた。今すぐにでも逃げ出したい、バイクから飛び降りてしまいたい衝動に駆られる。

もちろん、実行に移せるはずもなければ、その時間もなかった。路面を擦る耳障りな音とともにバイクが急停止した。着いたのだ。

「遅えよ」

側道の入り口に伊部さんが立っていた。そんなに遅れたつもりはなかったのだが、待たされる側にしてみれば長く感じるものなのかもしれない。

「俺、先にこれ届けてきます」

大あわてでバイクから飛び降りた俺を、藤川さんが呼び止めた。

「いいよ。そっちは俺と伊部が行くし」

「え？　でも……」

藤川さんがバイクのスタンドを立てた。使えよ、と言われて俺は戸惑った。

「送ってくなら、アシあったほうがいいべ」

「いいんですか？」

藤川さんは答えの代わりにヘルメットを脱いで俺の手に押しつけた。

「送ってく？　何の話だ？」

伊部さんが眉間に皺を寄せて、俺と藤川さんとを見比べる。俺が口を開く前に、「野暮用な」と藤川さんが笑った。

「三十分でいいか？」

俺はうなずいた。運転を覚えたばかりで、藤川さんほど速く走れないが、それでも真一の家とここの往復なら、そんなところだろう。……寄り道をしたりしなければ。

「だったら、こっちには戻ってこなくていい。直接、『カラオケ屋』に行け」

カラオケ屋、というのは、もう何年も前につぶれてしまったカラオケボックスのことだ。大手のチェーン店でもない、地元のジジイが税金対策に始めたダサい店で、あっという間につぶれた。その後、別の店になるでもなければ、取り壊されるでもなく、県道沿いに放置されている。結構な広さがあるのと、駐車場が広いのとで、ヤバい連中がヤバいことをするとき、便利に使う場所だった。

「そっかそっか。俺と伊部はそっちか。じゃあ、あっちで合流な」

藤川さんが俺に向かって手を出す。その動作で、弁当の入った袋を手首にひっかけたままだったことに気づいた。

「お願いします」

「おう。コケんなよ？」

並んで歩いていく二人の後ろ姿に、俺は頭を下げる。どんなに急いでいても、センパイに背を向けて立ち去るわけにはいかなかった。マジで弁当二個も食うのかよ、いや三個食うらしいぜ、などと笑い含みの声が遠ざかっていく。

そろそろ頭を上げようかと思ったときだった。足下で何かが、きらりと光った。出来損ないの三日月みたいな、薄緑色の小さな何か。拾い上げるまでもなかった。飾りだか玩具だか、そんな類のものだ。俺には関係ない。

そう思った瞬間、無性に腹が立った。自分とは異なる世界にあるすべてが腹立たしく思えて、俺は出来損ないの三日月を踏みつけた。粉々につぶしてやりたかった。

ただ、そんなちっぽけな八つ当たりさえ、俺にはできなかった。どうせガラスかプラスティックの類だと思ったのに、違ったらしい。三日月は地面にめり込んだだけで、傷ひとつつけられなかったのだ。

もう一度、力任せに靴底を叩きつけたところで、俺はあきらめてメットをかぶった。

＊

真一はイートインコーナーで、買ったばかりの新聞を広げていた。

「五分じゃ戻れなかった」

「うん。それは無理だと思ってた」

真一がていねいに新聞を折り畳んでリュックにしまう様子を、俺はじっと見ていた。

夏休み。広げた新聞紙。虫かご。自由研究。昆虫の標本。氷を浮かべた麦茶。

いくつもの光景が頭の中を通り過ぎていった。一日中、セミやトンボを追いかけた、夏。虫取り網の扱いでは真一にかなわなかったが、素手でトンボを捕まえるのは俺のほうがうまかった。

朝の五時に待ち合わせて、クワガタを捕りに行ったこともある。展望台の近く、さっき通ってきたあの坂道を自転車で登った。時期は、ちょうど今頃だった。この辺りでクワガタを捕まえられるのは八月初めまでで、それを知らなかった俺たちは手ぶらで帰る羽目に陥ったのだから。

「どうかした？」

「あ、いや。何でもない」

外へ出るなり、真一が「何かあった？」と心配そうに言った。察しの良さも相変わらずだ。

「別に」

「何か、話したいことがあるんなら聞くよ」

話したいこと？　いくらでもある。山ほどある。けど、話せることはひとつもない。

「乗れよ。送ってやる」

初めて、真一の目に狼狽の色が浮かんだ。……だよな。ヤンキーとバイクの二人乗りなんて、したくねえよな。それでいい。それが普通なんだ。

「でも、ヘルメットがひとつしか……」

もっとマシな理由を思いつかなかったのか？　バカだな。俺はメットを真一の頭にかぶせた。

「おまえが使え」

「いいの？　大丈夫？」

「慣れてるし」

いやだって言えよ。乗りたくないって言えよ。そしたら、俺、友だちやめられるからさ。おまえをこっち側に引っ張り込んでやろうなんて、二度と考えないからさ。

なのに、真一は素直にうなずいて、メットのベルトを締めた。

「あれ？　これ、どうやって留めるんだろ？　チャリのメットと違う？　こうかな？」

「んなもん、適当でいいんだよ」

なんでだよ？　なんで、いつまでも、俺なんかと関わってんだよ？

「そういや、チャリの二人乗りってしたことなかったよね」

どこまでも呑気な口調だった。それほど車高があるバイクではないから、自転車と同じようなものだと自分自身を納得させたんだろう。

「おまえんちまで、五分だから」

五分は無理だが、十分はかからない。たぶん。真一を送り届けたら、俺は「カラオケ屋」へ行かなきゃならない。逃げられるわけがなかったんだ……。

逃げたい。抜け出したい。そんなふうに思うようになったのは、いつからだった？

最初は楽しかった。センパイたちとつるんで、学校をサボったり、夜遊びしたり、毎日毎日、冒険をしてるみたいで、わくわくした。

中学二年の終わりには、そんな日々にも少し飽きていた。藤川さんと伊部さんはとっくに卒業していたし、ひとつ上のセンパイたちも卒業してしまえば、自分が最上級生だ。下に誰かがいるというのは、それなりに面倒くさい。

きっと、遊びに出る回数も減っていって、中学卒業と同時に今の仲間とは距離ができていくんだろうと思っていた。今さら普通の高校を目指すのは無理だろうが、底辺校と言われるところなら入れるだろう。そうしたら、案外、おとなしく高校生活を送るようになるのかもしれない……。などと考えていたのだが、そうはならなかった。高校に入ると同時に、また藤川さんたちとつながりができた。いや、藤川さんのほうから声をかけてきたのだ。

藤川さんも伊部さんも、中学のころとは比べものにならないくらい金回りが良くなっていて、遊び方もずいぶんと派手になっていた。

上に凄え人がいるから、と藤川さんは言った。それがどういう人なのか、俺は訊けなかった。なんとなく想像はついたし、訊いてしまったら抜けるに抜けられなくなると思った。……訊かなくても抜けられなくなったわけだが。

今日になって、急に藤川さんから「東京から上の人が来る」と呼び出された。「使いっぱ頼むわ」とも言われた。めずらしく藤川さんのほうからバイクで迎えに来てくれた。その時点で、嫌な予感がしていた。悪事の片棒を担がされるとわかってしまった。

それまでもそうだった。ヤバいことをするとき、させるときほど、藤川さんは優しくなる。

案の定、引き合わされたのは、その筋とわかる三人だった。一人は元プロレスラーの大男で、もう一人は外国人。何かの組織の関係者らしいが、いっぺん聞いただけじゃ覚えられない名前だった。三人のうち、一番まともそうなヤツだって、カタギじゃないとわかる外見だった。

集められたのは、俺たちだけじゃなかった。地元の、顔くらいはわかる連中も数人いた。たぶん、全員、藤川さんの知り合いだ。

東京から来たという「上の人」が俺たちを使って何をしようとしているのかまでは、教えてもらえなかった。だが、直後に向かったのが亀山の展望台で、おまけに彼らが乗ってるのがナンバプレートを付け替えた車とくれば、そこから先は想像がつく。

実際、俺たちは交代で展望台の様子を探りに行っては、いちいち「上の人」に報告した。あの辺りには、夏休み中の今、遅い時間までガキどもがたむろしていたりする。……ということは。先の想像がついてしまって、ますます俺はイヤな気分になった。

だから、元プロレスラーが腹が減ったと騒ぎ出して、弁当を買ってこいと言われたとき、俺はどうにかして逃げ出せないものかと考えた。幸い、同行者は伊部さんではなく藤川さんだ。

コンビニでは、さらに幸運が重なった。真一だ。それで、俺は藤川さんに「ダチ送ってっていいですか」と切り出してみたのだ。伊部さんにはとてもそんなことは言えないが、藤川さんには時々、甘えたふりをしたほうが受けがいい。

今回は、それに乗じて逃げ出したかった。間に合わなかったふりをしたかった。けど、俺のお粗末な頭の中なんて、お見通しだったんだろう。バイクに乗って行けと言ったのは、親切でも何でもなく、「間に合わなかった」という言い訳をさせないためだ。

どう転んでも逃げられないとわかった以上、もう言葉どおりに真一を送っていく必要なんてなかった。コンビニで真一とバカ話でもしてちょっと時間をつぶしたら、合流先へ向かうだけだ。ところが、イートインコーナーで新聞を広げている真一を見て、気が変わった。昔と少しも変わらない、素直でまっすぐな真一がねたましくなった。それで、計画どおり、バイクに乗れと言った。

真一の家に着いたら、無免許運転だったんだと言ってやろうと思った。おまけに、このバイクは盗難車だ。ほんの数分間だけでも、こっち側に片足を突っ込んだと知ったら、真一はどんな顔をするだろう？

俺はもう逃げられない。だったら、明るく楽しく呑気に過ごしている真一に、ちょっとくらい嫌がらせをしてやってもいいんじゃないか？

だが、走り出して一分と経たないうちに、俺はもう後悔し始めていた。バイクのケツに乗るなんて初めてだからだろう、真一は呆れるくらい、きつくしがみついている。

俺よりも背が高くなって、中学では柔道部の主将になって、高校では空手部でインターハイに出場するほど強くなったくせに。その真一がビビってる。俺のせいだ。自分がとんでもないクソ野郎になった気がした。

自己嫌悪まみれの時間を早く終わらせたくて、俺は一気にスピードを上げた。だが、それが裏目に出た。

交差点を曲がろうとしたときだった。いきなり車体が反対側へと引っ張られた。車体が傾くのが怖かったのだろう、真一が反対側へ体重を移動させたのだ。無意識のうちに傾きを戻そうとしてしまうのは、二人乗りに慣れていない初心者がやりがちなミスだ。

バイクは車体を倒さないと曲がれない。しかも、真一は俺よりも体格がいい。おまけに、俺はまだヘタクソだ。とっさに立て直せるほど運転に慣れていない。

あっと思ったときには、バスの横っ腹が目の前にあった。

やばい。この状況で事故ったら、真一も無関係じゃすまされなくなる。夏休み明けに自主退学予定の俺と違って、真一はこれからもフツーに高校生をやっていたいヤツだ。無免許運転のバイクに二人乗りして事故ったとか学校にバレたら、良くて停学、悪けりゃ退学だろう。

もしも、停学ですんだとしても、部活はどうなる？　退部……だよな？　確か、大学はスポーツ推薦狙ってるって言ってなかったっけか。退部になったら、それもパーだ。どっちにしても、何もかもブチ壊しだ。俺がバイクに乗れなんて言ったばっかりに。

空手部を退部した後、自暴自棄になる真一が見えた。高校を自主退学して、それでも俺を責めたりしなくて、それどころか、俺たちとつるむようになって、藤川さんに誘われて一緒に東京へ行って……え？　なんだ、これ？

走馬灯ってヤツか？　いや、こんなの俺は知らない。ヤバい連中の抗争に巻き込まれて、撃たれたことなんかない。眉間に鉛玉食らって倒れる真一なんて、一度も見ていない。俺は今、いったい何を見てるんだ？

時間が止まってる⁉　バスの横っ腹にぶつかって、跳ね飛ばされて、地面に叩きつけられたはずなのに、俺も真一もまだ空中に止まっていた。

わけがわからない。それとも、俺はとっくに死んでるんだろうか？

そんな疑問を感じていられたのも、つかの間だった。遠くに光を見たと思った瞬間、意識が途切れた。

＊

高校二年で、夏だった。久しぶりに熱帯夜じゃなくて、そのくせ妙に空気がべたついていた夜。コンビニから手ぶらで出て行く中坊とすれ違った瞬間、なぜだか俺は真一のことを思い出した。

あいつと最後に会ったのは、いつだっけ？　三カ月前？　いや、もう半年前か？　違う違う。何ボケてんだ、俺。先々週、会ったばかりだろうが。駅前で。

県予選の準々決勝で負けたって、悔しそうに言ってたっけ。来年は絶対にインターハイに行ってやる、リベンジだって。今から合宿だとも言ってたな。同じジャージを着た女子に「本藤先輩」なんて呼ばれてて、ちょっと冷やかしてやったりして。

その前に会ったときは、何の話をしたっけか。そうだ、あいつ、将来は警察官になりたいとか言ったんだ。それを聞いて、そろそろ俺も進路を考えなきゃなあ、なんて答えたのを覚えてる。

中学を卒業した後、名前さえ書ければ入れる高校に進学した俺は、なんとなくおとなしくなって、普通の高校生活を送っていた。

少し前に、ショッピングセンターで藤川さんを見かけたが、やっぱり中学のときよりヤンキー臭が薄れた感じだった。なるほど、みんなこうやって「マイルドヤンキー」ってやつになっていくんだな、なんて考えた。

あれ？　俺、ここに何を買いにきたんだっけ？　何か用事があってコンビニに入ったような気がするのに、思い出せない。記憶をたどってみても、何やら頼りなくて、忘れているのとも違う、奇妙な感覚がある……。

「あっ！」

目をまん丸に見開いた顔が斜め上にあった。ほんの少し前に思い浮かべていた、真一の顔が。

まあいいか。俺は考えるのをやめて、「よう」と真一に向かって手をあげた。

月の雫◉柄刀一

1

夜来の雨音はすでに遠く、静かに朝靄が晴れようとしていた。

湖の岸辺近くには、屛風状の奇岩がそびえ立っている。まったく静かな朝。聞こえてくるものといえば、間隔をおいて打ち寄せる、もの憂い波音だけだ。いや、鳥の声もか細く混じって聞こえる。屛風状にそびえ立つ岩の高みをイワツバメが飛んでいるのだ。

切り立った岩棚を隠していた柔らかい乳白色の靄が晴れてゆくと、そこに奇妙な景観が見えてきた。

それはどう見ても人間だった。

奥に鳥の巣のある岩洞(がんどう)の手前に、両膝を抱えた男はうずくまっていた。身にはなにもまとわず、胎児のように丸くなっている。しかしその肌は産まれたばかりの発色は伴わず、むしろ薄灰色にくすんでいる。

湖面から二十メートル近くあろう、完全に孤立した岩の窪(くぼ)みだった。翼を細かく動かすイワツバメが、寄っては離れ、離れては寄っていく。自分の巣を守ろうと威嚇しているのか、それとも、卵から孵(かえ)ったばかりの我が子――その男を励まそうとしているのだろうか。羽根を動かせ、飛べ、早く……と。

しかし、翼を持たぬ男は微動もせず、その姿をまた朝靄が隠していった。

静かすぎる朝が、まだ続いていた。

このような田舎の細い町道に、溢れんばかりに人が集まり、車が列を成していた。パトカーまでが停まっている。しかし声高な騒ぎは広がっていなかった。誰もが湖のほうを凝視し、無言で表情を固めている。

奇岩の洞にある遺体に呆然となっているそんな一団に、月下二郎も後ろから加わった。

午前十時十五分。梅雨明けが宣言されて、ここのところ日射しが強くなり始めている。

ここは辰見湖。大神坐の北東部に位置するかなり大きな湖だ。耳に挟んだところでは、問題の岩は屏風岩と呼ばれているという。

「間違いなく死んでるよなぁ、ありゃあ」

二人連れのライダーが言葉を交わしている。

「発見した時からもう何時間もあのままだそうだし、あの肌の色……」

目を凝らした月下にも、こちら向きで蹲るそれは本物の死体としか見えなかった。作り物ではない。生身ではあるが、死後何時間も経っているだろう。

——冒険好きのクライマーの心臓が、あそこまでのぼって止まってしまった……なんてこともないな。

裸でそんな冒険をする者などいないことは考えるまでもない。それに、プロでも装備なしでのぼれるような岩場でもないだろう。ほとんど断崖絶壁である。

町道そのものも、陸地の急坂な地形を切りひらいて造られたようだった。ガードレールの外は急激に湖面へ落ち込み、反対側、南側も切り立った三十メートル近い崖になっている。屏風岩の頂は車道よりいくらか高いが、男のいる窪みは幾分下に見えた。そこまでの距離の三十メート

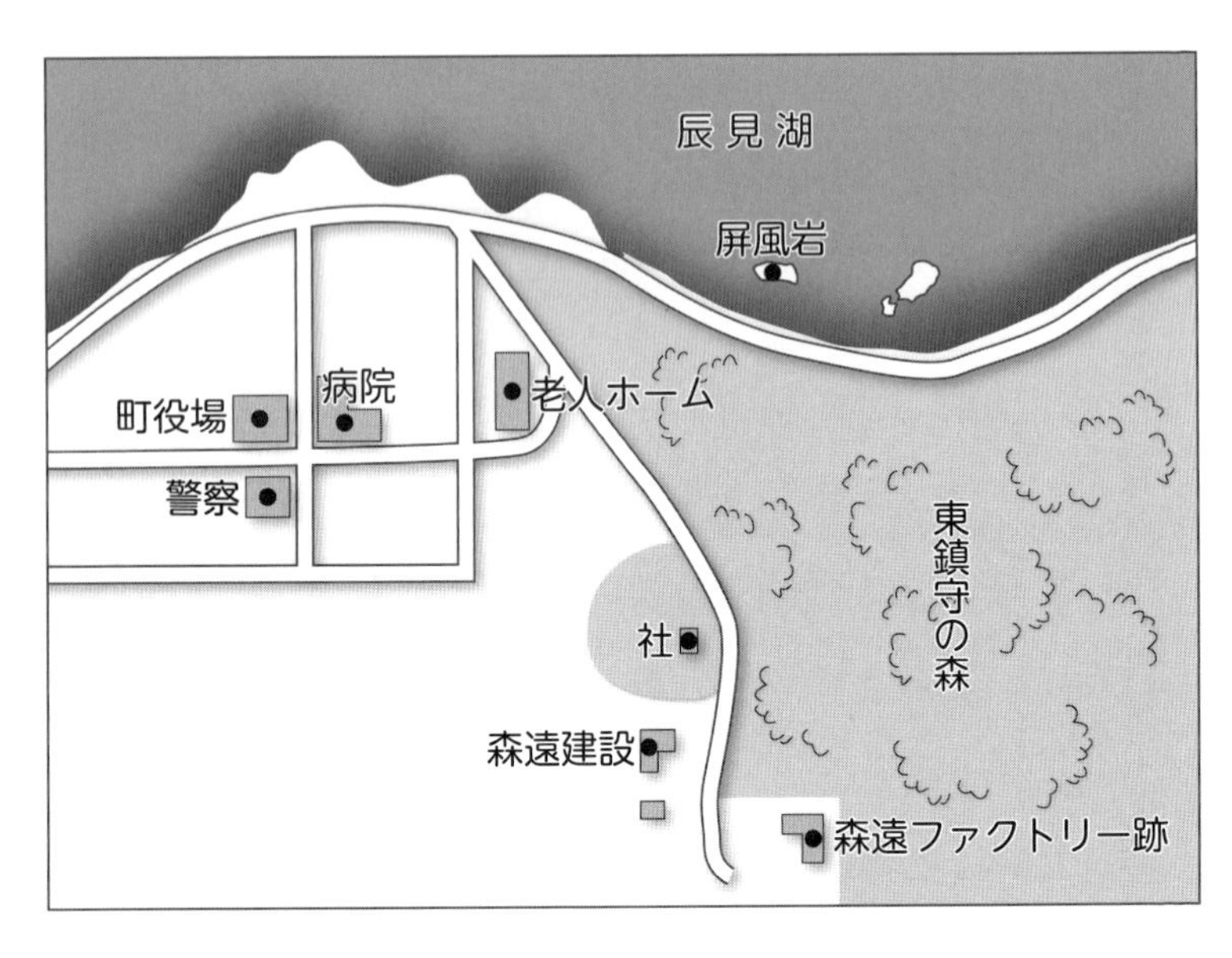

ルは、なにもない空間だった。

屏風岩をカッと照らす陽の光が、洞の中の陰から男の姿を浮かびあがらせ、陰影を与えていた。

　月下二郎のイマジネーションが、ふと、幻視のように働いた。月の光が一条、真上から射し、死してうずくまる男を照らしている。沈黙の秘儀の演出であるかのように、青白い光が男を包んでいるのだ。

　月下という奇妙な名字は、先祖が月下氷人（げっかひょうじん）のようなことを生業（なりわい）にしていたからではなく、児童養護施設の院長がつけたものだ。生後間もない男の子が施設の前に捨てられており、発見したのが院長だった。当時六十代の、その土地では名の知られたユニークな男だ。そして院長は、その子を発見した時のことが印象深く残ったという。

　夜だ。雲の切れ目だったのだろうか。夜霧や、院長のメガネのレンズのたまたまの反射のせいだったのかもしれないが、満月の光が一本の柱のように真っ直ぐに、その子と彼を包んでいる小さな籠を照らしていたという。青白く淡い光の柱の下に、月光を浴びているその子を院長は発見した。ちょっと人とは違う運命をこの子は背負っているのではないかと院長は感じたらしい。それと向き合い、正面からぶち当たり、堂々と進めという願いを込め、院長は月下という名字をその子に与えた。

　三十年をすぎても未だ判明していない生みの両親がその子に残したのは、バスケット状の籠と、おくるみと、「この子の名前は二郎です、よろしく頼みます」と書かれた一枚の紙だけだった。

　そうした出会いのエピソードは、月下自身何十回となく耳に入れてきたが、月の光を浴びすぎると自分は壊れるのではないかという妄想的な懸念を、いつから懐くようになったかは定かでなかった。強い月光のもとで自分は狂う――それは密かな、そしてわずかに甘いような強迫観念だった。誰かに言われたという記憶はない。子供の頃から見聞きした、月光についてのオカルティックな情報が潜在意識に蓄積したのだろう。

　月の満ち欠けは人体に影響を与える。精神状態も左右する。満月の夜には犯罪が増える。狼男の伝説はそこから生まれている。ルナティック――。

　他の者が聞けば反応に困るような思い込みであったし、彼自身、特に都市部などにいる時にはすっかり忘れて生活してもいる。だが、理性が冷笑するようなその観念を完全に振り切ることはできず、彼は、月夜を一人で歩くのは好きではなかった。月にずっと背中を見られているような気になる。

　そしてここ数週間、困惑する明晰夢を見たり、視界の端に現実ではない余計なものが通りすぎるような気になったりし、少々気分を変えようかと、よろずサービス業の手を止めて他県にも足をのばすこの小旅行に出たのだった。

――そういえば、昨夜も満月だったな。

この地方で雨が降り始めたのは午後八時半頃からのはずで、その前には、早くから出ていた満月が夏の夜空を支配していたろう。

遺体の頭上をかすめて洞の奥に飛び込んだイワツバメの動きが、月下の意識を現実に戻した。戻したとはいっても、頭を占めたのは、以前どこかで耳にした民話の内容だった。益鳥であるツバメを雨乞いのために殺さなければならなくなり、その役を務めた若い男が姿を消す。しばらくして村の者は、岩山にあるツバメの巣に大きな卵を見つけた。その卵からは、神隠しにあっていた男が翼を生やして現われ、そのまま天に昇っていった――。

だが、今聞こえてくる地元の者たちの言葉からすると、彼らが頭に浮かべているのは、羽化伝説ではなく、他の昔話のようだった。

――竜宮。

――浦島。

「やっぱりありゃあ、進（すすむ）だろう」双眼鏡をおろした初老の男性が、同年配の男に言っている。

「ああ。ちゅうことは、十五年ぶりになるな」

「だが、あの顔見てみろ」最初の男はもう一度双眼鏡を目に当てた。「三十半ばって顔じゃねえぞ。消えたのが十九の時だったろう？　あの頃のままで、年取ってねえんじゃねえか？」

「そんな感じだが……」もう一人は低く言って、眉間を曇らせている。「髪は真っ白だ。すっかり白髪だぞ」

それは肉眼でもはっきりしていた。顔は若いが、頭髪は見事に白かった。
一、二時間前からこの異変は月下の耳にも入ってきていて、土地の者たちの言葉を合わせると、死んでいるのは森遠進という名の男らしい。彼は生前、何週間や何ヶ月も不意に姿を消すことがあったという。旅していたと答え、ヒマラヤに行ったとか、竜宮城で遊んでいたとも話していたらしい。気まぐれに旅をしていたのがもし本当であるなら、月下も共感できる若者であったのかもしれない。月下もふらりと、海外への貧乏旅行に出ることがある。
十九歳の春に森遠進はまた姿を消し、この時は一年二年とすぎても戻っては来ず、消息不明になった。それが今、彼はこうして帰って来たが、風貌は変わらないままで白髪になっているということになる。

――確かにこの土地は……。

海に面してもいないのに、なぜか浦島太郎伝説が色濃く伝わっているという話を月下も聞いていた。まだ目にしてはいないのだが、町内には浦島太郎の像まであるらしい。海がない土地で、どうしてそこまで……。

まあ少なくと、この土地の者は子供時代から浦島太郎伝説に馴染んでおり、だから言葉の端々に浦島が登場するのだろう。

「山村のところの爺さんがさぁ」

作業着姿の中年男性が、妻らしい太った女性に囁いている。

「うん、なに？」

「今朝早く、東の湖岸を歩いていたらしいんだ」

「大抵そうでしょ。散歩してるんでしょ」

「その時に見たらしいぞ。でっかい亀をな」男は両腕を目いっぱい広げてみせる。

「そんなに大きいのを？」

「見たことないだろ？　爺さんも目を疑ったらしいけどな。で、その亀、この屏風岩から離れるように泳いでいったそうだ」

事件の背景にある道具立てはいよいよ、竜宮城伝説がらみの様相になってきたか、と月下は思う。遺体の近くに玉手箱めいた物があれば、ぞっとするほど完璧だ。

二人の制服警官のうち双眼鏡を持っていないほうが無線で受け答えしていたのだが、声が高まった。

「まだそんなこと言ってるのか。誰が命令すれば動くんだ」

聞こえてきた言葉によると、このようなことらしい。遺体の回収に、消防署のはしご車を回してもらおうとの案が出た。妥当なところだが、はしご部分のアームの長さが三十メートルに達するのは町の中央消防署にしかない。それをこちらまで回してもらおうとする要望に、消防行政幹部は首を縦に振らずにいる。緊急の救命措置ではないからとの理由だった。

これが、柔軟性を欠く杓子定規な対応とは、月下も思わなかった。遠くここまではしご車がやって来ている最中に、よそで火災が発生し、必要とされたはしご車が不在のために死者が出た場合は責任重大だ。

「……判ったが、森遠さんたちが納得するか？」

やはり警察は、遺体は森遠家の者と特定しているようだ。

ここへ来るまで月下は、森遠が運営する仕事場にたまたま足を運んでいた。そして、これから会う人物も、森遠とは縁が深い。

2

築四十年以上という様子は隠しようもないけれど、瀟洒ともいえるデザインの空間は陽の光に満ちていて、老人たちの声には活気があった。

光沢のあるグレーのリネン帽を脱ぎながら進んだ月下に気がついた竹井幸二郎（たけいこうじろう）は、身振りと口の動きで、「すまないが、ちょっと待っていて」と笑顔になって伝えてきた。

無理もない。竹井は、同年代やもっとずっと年上の老人たちに囲まれて、話の中心にいる。全員が男だ。

竹井の年齢は七十をすぎている。くっきりとした皺が目立つが、それは上品すぎる風貌を引き締めていて味がある。かなり白くなっている髪は、まだ変わらずに豊かだった。

「ここの医療機械は使ってなかったからよかったさな」

「一日中っていうのはまずいだろ、なんにしろ」

「クーラーがないのが、じわじわ効いてきたって」

彼らが話しているのは、昨日いっぱい続いていた停電のことだ。月下もニュースで耳にしていた。原因はネズミによる変電所の故障と考えられていたが、送電線の不備も重なっていて、両方の原因究明に時間がかかったようだった。

「ここまで長時間の停電は、だいぶ昔にあっただけだなぁ」

杖を突いている老人が、かすれた声で言うと、「あったか?」という記憶を探るような顔が並んだ。

すると、薄く髭を生やした老人が、

「住田さん、そりゃあ……」と苦笑を見せる。「戦中、戦後の話でしょうが。大昔すぎる」

渋く笑う者たちの中から、

「雷の多い地方にしては、大きな停電はないほうだよな」と言う者もいる。

「昨夜の十一時ぐらいでしょ、復旧したの」別の年寄りは、確認するように周りの顔を見回した。

「職員の人たちは、闇夜から解放されてホッとしたろうね」

「私ら年寄りはとっくに寝ている時刻だから、関係なかったが」

そんな言葉で場をわかせると、竹井は、ちょっと失礼という仕草で手刀を切り、人垣をすり抜けて月下の前にやって来た。

「すまない、すまない、待たせたね」

談話コーナーの隅にある席に、彼は月下を誘った。

竹井幸二郎は、この大神坐出身である。森遠建設で五十代まで働いていた。その後、福祉や介護に興味のあった奥さんの希望で、他県ではあるが、月下が育てられていた施設で夫婦揃って働くことになったのだ。奥さんが病没した後、幸二郎は生まれ故郷に戻り、町議会の事務局に籍を置いたり、町の防犯協会会長を務めたりした。今はすべての職から離れ、この老人ホームで暮らしている。ここでも人望があり、世話役のようになっているらしい。

この終の棲家は、この地方の縮図だなと、電話で連絡を取った時に竹井は言っていた。二十一世紀も間近なのに、地方の勢いは減退している、と彼は嘆く。若者が大きな都市へと出て、高齢化が進む。人口密度が高いのは、平均年齢も極端に高いこのホームぐらいだよ。彼の苦笑の気配には、懸念と寂しさが混じっていた。

帽子をテーブルに載せた月下に、竹井は弁解口調だが、表情はほぐれている。

「なにせ、三つもごたごたがあるから落ち着かなくてね。一つは、今話していた停電。もう一つは、入居者のウメさんが……。いや、これは個人的な事情だが、三つめは、例の、屏風岩の変事だな」

「今、見て来たところです。遺体はまだ回収できずにいますね」

「そうかぁ」痛ましいという思いを吐き出すかのように、竹井は吐息を漏らした。「しかし、回収が困難ということは、遺体をあの場に放置することもまた困難ということだろう」

「そうなります。レスキューか岩山のぼりの専門家が、遺体をあの岩窟まで運びあげたのでしょうか？　それとも、ヘリコプターで吊りさげた？　犯人も一緒におりて、岩の窪みに――って、こんなことあるわけないですよね」

「人口の少ない田舎とはいえ、そんな爆音を立てて気づかれないはずがないな。それ以前に、そんな常識はずれの労力を払う理由があるかね？」

「まったくです。動機も手段も不可解です」

「遺体の隠蔽が動機のわけはないしな。夕食の後、ダイニングコーナーでテレビを見ることが多いんだが、ミステリードラマがよくあって、なにかに見立てるために現場を細工するというのがあるんだ。それなのかな？　しかしそんなことが……」

考え込むように言葉が切れたところで、月下が言った。

「竜宮城からの帰還者か、って囁きは広がっていましたよ」

「そう。それはここでも、話題の一つにはなっている。そんな空想を掻き立てるかのように、早朝、辰見湖で大きな亀が目撃されたそうなんだがね」

「僕も耳に挟みました」

「ここの入居者に、海洋生物専攻の元教授がいる。亀を目撃した老人に訊いたそうなんだが、その特徴だと海亀としか思えないということだったよ」

「内陸部の湖に、海亀ですか？」

「ま、この点は目撃情報の精度の問題だから、論点には入れないにしても、遺体そのものが不可解さに満ちているのは確かだ」

竹井はそうして、順を追って話しだした。ここの入居者は人生経験が豊富な者たちばかりだから、様々な人脈を伝わって情報が集まってくるようだ。

第一発見者は、仕事場である辰見湖に出かけようとしていた漁師。自宅から出て町道を十五分ほど歩いて気がついた。およそ六時十分。

「遺体はどうやら、森遠進くんに間違いないようだ」竹井は沈痛な表情だった。「父親の篤氏が確認し、その後やって来た母親も確認した。双眼鏡で何倍にも拡大して見て、なんとかね」

「進さんとは面識があるのですか？」月下は尋ねた。

「あるね。私たち夫婦がここを離れた一年後に、彼の失踪事件が起こったんだ。だから直接には事態のことは知らないが、世話になってきた森遠家のことであるし、今でも名士的な家のことでもあるから、帰郷してから情報はいろいろと集まったものさ。だから、あの当時のことはすっかり頭に入っているよ」

ここで、「お待たせしました〜」と、元気のいい女性の声が聞こえてきた。

町の広報課に勤めている柳井あかりだ。二十歳そこそこで、短めの髪の先端はカールして波打ち、その瞳もまたくるくるとよく動いて表情豊かだ。

両親を同時に事故で喪って、彼女は四歳の時に月下と同じ施設、〝養成の園〟に入所した。そして九歳の時に柳井家の養女となり、今は幸せに暮らしている。この地に昔なじみが二人いるので、月下もここを旅先に選んだのだ。

3

向かい合って座っている月下と竹井のテーブルの、ホール中央側の席に座り、あかりは竹井に頭をさげた。

「ご紹介いただいていたおかげで、取材はスムーズに運びました。ありがとうございました」

広報誌に載せる記事のため、今朝九時から彼女が取材に赴いたのが森遠建設だった。記事の内容は残念ながら、例によって、苦しい局面の多い地方経済の実例だった。森遠が運営していた大きな施設が閉じられていたのだが、それが解体されることになったのだ。

役場に顔を出した月下も、あかりに請われ、この取材にはカメラマンの体で同行していた。すでに、屏風岩の奇怪な事件が伝わってきていて、亡くなっているのは森遠進らしいとも聞こえてきていたからだ。このタイミングで森遠建設に顔を出せば、事件とその背景などをほぼ直接見聞きできる機会もあるかもしれない。月下二郎には、奇妙なほど、推理力が備わっている。養護施設でももちろんそれは知れわたっていたから、柳井あかりは〝月下お兄ちゃん〟のその力に今回も期待したくなったのだ。

結果からいえば、事件の詳細は、森遠建設関係者にもまだ伝わっていなかったのだが。

それを報告したあかりに、

「ちょうど今、竹井さんが、事件の内容を整理してくれているところだったんだよ」

と月下が伝えると、あかりは、パッとばかりに輝いた取材者の目を竹井に向けた。

「承知しているだろうけれど、森遠進が姿を消したのは、十五年前、一九八五年の春だった」

自分自身整理し直すように、竹井は話し始めていた。

「最後に姿を見られたのは四月十二日だな。当時十九歳だから、今は三十四歳。九十二年に死亡宣告」

「死亡宣告されましたか」

「仕方ないというか、当然でもあるな、月下くん。ずっと音信不通だったのだから」

「ご家族が心痛とあきらめを抱えていたその間（かん）、進さんは竜宮城で楽しく過ごしていたのかもしれないんですね」昔話にかなり則（のっと）った、あかりの意見だ。

「だが夢の時間は覚め、戻って来た世界の変わりように愕然となった森遠進は玉手箱をあけてしまった。――であるかのように、彼の容貌が不自然だそうだね。ミステリーだな。白髪になってしまっているが、顔や体つきは三十半ばとは思えず、二十歳そこそこのままだとか」

昼の下をひと撫でして、月下は言った。

「森遠一族に、進さんによく似た風貌の人はいませんか？　二十歳そこそこの」

「なるほど！」と感心するあかりの傍らで、竹井は、

「私の記憶にはないな。少なくとも、進さんに弟はいない。一人っ子だ。……でも、その辺から事件の真相は見えてくるのかもしれないな」

「森遠進さんは元々、ふらりと姿を消す人だったそうですけど？」

「神隠しへの助走期間みたい」

「助走期間はないだろう、柳井さん」

と一言添えてから、竹井は記憶をさらう顔つきになって月下の問いに答えた。

「彼はたしかに、ふらりとどこかへ出かけていたよ。森遠家は当時、所有していた地価の高騰などもあり、建設業者として相当に羽振りがよくてね。今はちょっと……」

「没落?」あかりの表現のチョイスはいちいち過激だ。広報に向いているのかどうか、月下は心配になる。

「かつての有力者の体裁は保っている、といったところだ。十年ほど前から、徐々に、でもある意味急速に、森遠家は経済的に傾いていった。今も当時も、当主は森遠篤氏。今は森遠興業の会長。森遠興業の中核企業が森遠建設で、十五年前は篤氏がそこの社長だった。篤氏はかなり厳格な人でね、これに反発するようにして進くんは優等生の道をはずれた。最初は高校二年の春だったかな、書き置きもなく、彼は一ヶ月間姿を消した。大騒動になったのは当然だ。自殺したんじゃないか、事件に巻き込まれたのかと、みんなが顔色を変えた捜索になった。でもふらりと、彼は戻って来た」

「行き先は不明でしたっけ?」と、あかり。

「口を割らなかった。誰も姿を見なかったそうだから、町内にはいなかったんだろう。どこを歩いていたのか。一悶着どころか、一時は軟禁されるようにして進くんは叱責されたり、反省を促される教育を受けたりした」

竹井は眉間に皺を寄せる。

「しかし役には立たなかった。秋ぐらいから、彼は、間隔はあけながらだが半月とか二ヶ月といった長さで姿を消すようになった。途中からは、親たちも、問い詰めたり厳重に見張ったりして追い詰めると、もっとまずいことが起きそうだと思ったのか、腫れ物に触るような態度になっていった。よく卒業できたものだよ」

高校卒業直後、短期のバイトを始めた矢先、大神坐駅前で知人が姿を見かけたのを最後に森遠進は完全に消息を絶った。


それぞれが紙カップにアイスコーヒーなどを用意して着席し直すと、バイト先でもトラブルはなかったそうだしね、と口にしたところで竹井は、

「そういえば思い出した」

と、ポンと手を打ち鳴らしそうな若々しい様子を見せた。

「森遠進の失踪当時、彼の信託財産権も注目されたらしいよ。両親が、というか篤氏が巨額の信託を息子のために設けた。息子が長期の家出をするようになってからだ。進くんが二十歳になったら受け取れるもので、金で興味を引いて息子を大人しくさせようとしていると陰口もきかれたらしい。跡取りへの期待から、責任感を植え付けようとしていたというのが表向きの理由だった」

「信託の管理は誰が？」当然ともいえる問いが月下の口を突いていた。

「篤氏の弟、継春(つぐはる)さんだ。ビジネスのいろはや会社運営の基礎を進くんに伝授する役でもあったわけだがね。篤氏とは十四歳離れている。間に女の子がいたのだが、子供の頃に亡くなっていてね。……どちらかというと、継春さんはビジネスマンとして有能って印象ではないんだけれども」

「家族経営だったとしたら、森遠の家が凋落した原因でしょうか？」

「家族経営に近いが、継春さんにそこまでの影響力はなかったろう。この地方には、財力を持った日下部っていう有力者がいるんだが、そこの事業との争いに負けて森遠は傾いたと見ていい。

十年近く前かな。バブル期の終わりにも重なる」

「どちらにしろ……」あかりは自分のことのように考え込んでいる。「引き継ぐ財産をちらつかされて経営の指導なんて、高校生にとっては息苦しそう。……進さんは、あとどれぐらいで二十歳だったのでしょう？」

「誕生日は八月だったかな。だから四ヶ月ぐらいで十代は卒業だった」

月下は少しだけ、アイスコーヒーに口をつけた。「生きて姿を見せれば、資産家という身分でしたか」

「消息がつかめず一、二年経った頃には、信託財産は解体されたんだよ」

あかりは月下に目を合わせてきて、

「わたしたち、先ほど森遠継春さんとお会いしているんですよ、竹井さん」

「おお、そうだったか」

……取材先へ向かうかなり古い小型車のハンドルは、柳井あかりが握っていた。


「ああ、見えてきましたぁ」

南に向かって緩いのぼり傾斜の道を進んで来ると、森遠建設の社屋の上部が右手に見えてきた。手前にある、こんもりとした緑地の向こうだ。

「その小山は涼しそうだな」

「社（やしろ）があります。鎮守（ちんじゅ）様ですよ」あかりは道の左側を手で示した。「こっち一帯は、東鎮守（ひがしちんじゅ）の森」

森という名称の割には樹木が少ないが、面積は広大そうだ。この北に広がっているはずの辰見湖は、ここからは視野には入らなかった。竹井幸二郎が入居している老人ホームは、今走っている道の北の端からそれほど遠くはない。

道はこの先でもう行き止まりのようだった。ハンドルが右に切られ、広い敷地の駐車場に車はゆっくりと入った。

取材相手は、山岸富士男（やまぎしふじお）という男だった。総合事業部部長という肩書きを持つ。五十路（いそじ）手前といった年齢で、メガネをかけていて細身。身だしなみはいいのだが、万事に控えめという印象も受ける。

月下が何枚か相手のプロフィール写真を撮り、テーマに沿った質疑応答をしながら三人は、道を横切って肝心の場所へと向かう。明日、土日から解体作業が始まる施設だ。

東鎮守の森の、南の端に当たる。ここは森遠の事業所が管理する、沢ワサビやジュンサイを栽培しているファームであったが、四ヶ月前に閉鎖したという。

形ばかりの門から見て、左手の奥にはちょっとした工場のような建物が見え、中央から右手にかけては水田跡らしき土地が広がっていた。山岸に取材しているあかりからは少し離れて、月下はカメラ片手に一帯を眺めていた。元は製氷工場であったが採算が取れなくなり、大量の良水は得られることからワサビなどの水耕栽培に打って出たという。しかしそれもとうとう、十二年の歴史に幕をおろしたわけだ。かつての水田には今では水が淀み、周囲には雑草も生い茂っていて、強者共（つわものども）の夢の跡という寂寥感も漂わせている。

「見学ツアーを組んだりと、工夫も凝らしたのですがねえ……」

山岸が近寄って来ていて、溜息交じりに呟いていた。三十代の頃からこの土地と施設の責任者であり続けたという彼には、さすがに落胆の思いがあるようだ。

閉鎖後の土地の有効利用を探ろうとして、ブラックタイガー海老の養殖を研究しに東南アジアを歩いていたという山岸にとっては、裏切りとも思える解体決定であったようだ。一昨日の夜遅くに緊急帰国したらしい。

「海老養殖には会社も同意していましたのに、突然……」

「突然ということはないさ。更地にするのは三週間前には決定していた」

後ろから声をかけてきたのは、やや小柄な男だった。山岸より多少年上らしく、額が広くなりつつあり、ごつごつとした顔立ちで、目つきにまでそのような印象を月下は懐いた。あかりと月下に素早く渡してきた名刺には、森遠建設の特別総務監督、森遠継春とある。続く彼の言動からすると、顔も出せるような取材なら、山岸などではなく俺を対象にするべきだろうとの思いがあるようだった。

森遠継春からは確かに、切れ者という印象は受けなかったな、と、飲み干した紙コップを置きながら月下は述懐した。語りには自己宣伝が多く、経営的な分析にも、よその者の責任を云々するばかりで建設的なものはなかった。会長の弟であるなら、森遠建設の社長ぐらいのポストにいてもいいはずだが、役員ですらなく、よく判らない職名を与えられているだけと見える。

それに、彼に引き連れられる形で戻った森遠建設の様子を思い返すと、竹井に教えられた森遠興業の苦境ぶりが納得できもした。クレーン車はアームを振り、学校の体育館並の大きさのある資材倉庫ではフォークリフトが動いていたが、一方で、不景気な気配もあったのだ。裏のほうに積まれている資材は、使われることもなく放置されている堆積物と見えたし、もう何年も閉じたままなのではないかと思える、錆びたシャッターが閉まっている建物もあった。

「継春さんに、男のお子さんはいますか？」

月下はふと、それを竹井に尋ねていた。

「ん？　一人いるよ。そろそろ三十かな。そういえば、一人っ子なのに、この子を兄夫婦の養子にどうかとずいぶん働きかけていたな。進さんが死亡宣告される前から。こう言っては失礼だが、鳶が鷹を生んだというか、息子さんは有能でね。森遠興業の次世代候補といえたろう。でも当人はこれを嫌い、東京で働いていて帰郷もめったにしない」ここで竹井は、口元に微妙な笑みを覗かせた。「目鼻立ちも体形も、進さんとは全然違うからね、月下くん。屏風岩の遺体が彼ということはない」

月下も薄い苦笑を返し、

「山岸富士男さんに、お子さんは？」

「いや、いないな」竹井は懐かしがる顔になり、「山岸さんのお父さんが篤氏の信任厚い人だったから、富士男さんも若い頃から責任ある仕事をまかされていた。……ああ、弟さんはいたね。十歳ぐらい歳が離れていたか。母親一人に育てられた兄弟で、家族仲がとても良くてね」

不意に出現した森遠進と思える遺体――に関して、月下にはある閃きが訪れた。

「山岸さんは、海外から帰国したということでした。二日前の夜。大きなトランクが使われていたでしょう。この中に、国外にあった遺体が隠されて運び込まれたとしたら……」

「ひょえっ？」

あかりは目を見張って月下を見詰めるだけで、意味の伝わる言葉を発したのは竹井だ。

「とんでもない発想をするなあ、月下くん。驚いた。……しかし、遺体を詰めたトランクなんて、とても空港を通過できまい」

「……そうですね、常識的に判断すれば」月下は冷静に、自説を分析した。「国内だけの移動を想定するなら、旅行トランクだけに注視する必要はなくなりますしね。車のトランクでも、大きな段ボール箱でもいい。山岸さんに容疑をかける理由はなくなります」

ここであかりが、くりっとした目に探偵っぽい光を灯した。

「竹井さん。山岸富士男さんの弟さんは、進さんと似ていませんか？」

「ははは。そこは突き詰めるんだね」記憶をこすり出そうとするかのように、竹井は顎をさすった。「幾馬(いくま)くんといったが、はっきりとした記憶は残っていないな。でも、山岸さんは後年もよく訪ねてくれていて、写真もいただいたりしている。その中に幾馬くんも写っていたと思う。探してみようか？」

竹井に目を向けられた月下は、時間のある時でけっこうですよ、と答えておいた。

4

写真が見つかったという連絡を受けて月下二郎が老人ホームに戻ったのは、午後二時すぎだった。一階の廊下を歩いていると、途端に、入居棟の奥のほうから「狂う」という言葉が聞こえてきたような気がした。

足が止まる。

見ると、二つほど先の個室の前にいる老女たちが、潜めた声で話しているのだった。

「これ以上はおかしくならないと思うけど。パッと目が覚めるように落ち着いてくれるといいわ」

「それほどのショックだったのかねえ……」

個室の中から姿を現わしたのが竹井幸二郎だったので、意外の念もあり、月下は眉をあげた。あちらも月下に気づいた。廊下にいた女性たちと気遣わしげに話しながら、近寄って来る。来客の前に竹井を残すと女性たちは離れて行き、竹井は、「私の部屋まで行こう」と、先導するように歩き始めた。彼の個室は二階にあるという。

「聞こえていたかもしれないが……」

竹井は事情を説明し始めた。ウメ子という九十二歳の女性のことだった。

「ああ。午前中にお聞きした、三つのごたごたの中に出てきた……」

「そう。ウメさん、ウメ子さんだ。昨夜から、ちょっとした錯乱状態になってね」

「錯乱、ですか」

「夕食後に、散歩に出たんだよ、ウメ子さんは。天気も悪くなるからやめたら、と何人かが止めたんだが、聞かなくてね。八時半頃だったか。そのうちやっぱり、雨が降り始めてね。ウメ子さんは雨ガッパは着ていたが、やはり心配だからと職員が見に行った。そうしたら、東鎮守の森から、ウメ子さんが這うように転げ出て来たらしいんだ」

「東鎮守の森……」

二人は階段をのぼり切り、廊下を左に進んだ。

「その時から錯乱状態なのさ。要領を得ないのだが、うわごとのようなその内容からすると、蛇玉と遭遇したらしい」

へび、というのはスネークのことだろうかと月下は想像するが、へびだまというものに心当たりがない。

竹井は説明するように、

「文字どおり、多くの蛇がからまり合って玉を成しているものだ。めったに見ないさ。蛇がそんな風になるのは、繁殖のためだとも、体温調整に関係あるとも言われている。吉兆、凶兆、両方の捉え方がある。ウメ子さんの見方は凶兆なんだな。いきなり遭遇したか、相当に大きかったのか、襲われると錯覚したか、とにかく、恐怖が彼女の神経を苛んだ」

「無数の蛇の塊……」それを月下は想像する。「まだそんなものが見つかるか、森の中に探しに行く気には到底なれませんね」

すっきりと片付けられている個室に入ると、竹井は、

「そうそう」と口調を変えた。「屛風岩の謎めいた遺体は、回収されたらしいね。結局、消防署のはしご車が出動したんだ」

「そうらしいです。森遠建設を含め、この一帯にあるクレーン車のアームは最大で二十三・五メートル。短くて回収には役立たない。そうなると、ヘリか気球でも使わない限りは……」

県警捜査一課が協力を打診したし、最終的には県知事が消防署に特例的に指示を出したらしい。人道的な行為であることと、いつまでも遺体を野ざらしにしていては県のイメージ低下にもつながると強調して。

竹井はテーブルの上にアルバムを広げていた。思い出の写真で少し脱線した後、

「これこれ」と、一枚が指差された。「三年前の写真だ」

少しだけ若い山岸富士男と、三十半ばの男が、屋外で肩を並べて写っている。

「イイ男だが、進さんとはタイプが違うな」

写っているのは、凛々しい顔立ちの男だ。

「進さんは、いかにも勉強ができそうな、もっと大人しい顔立ちだった」

「後ろに写っているのは富士山ですかね？」

「そうだ。幾馬さんは静岡で楽器店を経営している。山岸さんに昼食時に電話したんだよ。進さんの遺体が見つかったらしいなと話題にしてそれとなく聞き出したけど、幾馬さんはごく平穏に生活しているそうだ」

「事件当時の写真もあったそうですね？」

アルバムのページがめくられた。

「これは八十四年。事件の前年だね。幾馬さんが写っている」

「ほう。バンドですか」

練習風景か、二十歳（はたち）前後の六人の姿がある。紅一点（こういってん）、ボーカルらしい女性は人気の出そうなルックスだ。リーダーで、ベースを抱えているのが山岸幾馬だという。三十代半ばの時より当然ながら肉付きが薄く、一層シャープな顔立ちだ。凛々しいというよりやや反抗的なまでの鋭い気配が、黒い瞳にある。

「〝シルク・カラーズ〟というバンド名らしい。この当時の情報を集めようと談話コーナーで話していたら、レクリエーションアシスタントの高部（たかべ）さんがこの件は教えてくれた。青年時代、ファンだったらしい。アマチュアには違いないのだが、全国的に活躍していたバンドだったとか。バンド名の由来は、古風なことに、七色の糸を吐く不思議な蚕がいたという地方に伝わる伝説からとられたようだ。メンバーは、虹色の中からそれぞれのキャラクターカラーを決めていたらしい。幾馬さんはこうした活動もしながら、兄さん――富士男さんの仕事場で臨時に働かせてもらったりしていたよ」

竹井自身が高部であるかのように、どこか遠い目をする。

「ボーカルのこのマドンナも、今では中学生の男の子のいる夫人で、九州で暮らしているそうだ」
「八十年代半ば……。フォークソングが、まだ人気の尻尾を残していましたかねえ」
「高部さんは、初期のテレビゲームに夢中だった時代の話にも目を輝かせていたよ」
輝く目で見るか。目を背けるか。時代ごとに残っている自分の足跡を——。森遠進として発見された遺体は、この年月、自分の足で歩いて来たのだろうか。

月下はそれからの時間、町内を見て回った。亀山の展望台からの見晴らしを観賞しに行くと、そのすぐそばの遊歩道脇に浦島太郎の像があった。複数あるとは思わなかった。しかし、謂われを書いた碑もなく、近くの人に訊いても困ったように苦笑されて首を振られるだけだった。

夜は、小さな居酒屋のような料理店で、竹井幸二郎と柳井あかりと合流した。最初はどうしても、屛風岩事件の話になった。遺体は、森遠進ということで確定したようだ。両親の証言だ。顔はもちろん、ホクロの位置など、身体的な特徴がすべて一致する。犯人の遺留品はなにもなく、事件当時の目撃証言もない。森遠進を最近見たという証人も出てこない。

首に内出血が認められ、死因は扼殺。死亡推定時刻ははっきりとせず、数日は経過しているのではないかと見積もられているらしい。

事件のことを離れると、話題は過疎化の問題へと移った。大好きだった書店も、後継者がいなくて閉店しちゃったんですよ、と、あかりはとても残念そうだ。展望としては、田舎ならではの利点と長期的に結びつくような企画だけではなく、おしゃれな感覚も持ち込むべきかもしれません、と、彼女は上気した顔で語った。若い女性の嗅覚に働きかける手だ。さらに女性パワーで言うと、定年退職したご夫婦の奥さんが、元気に、旦那さんを引っ張って移住して来ることなども期待したいようだった。

昔を思い出す月下は、内心、おじさんじみた感慨を懐きながら、柳井あかりを柔らかな目で見詰めていた。十歳近くも歳が離れている。小さかった彼女を、おぶり、抱っこし、手を引いて歩いた。その彼女が今は、立派に大人の貌をしている。

三人は、よく呑んでよく食べた。特に月下とあかりは、好き嫌いがなかったし、そんなことはできない生育環境だったともいえる。

思い出話や近況を伝える話題で時を忘れる……。

一人で旅館へ向かう月下は、細い道で足を止めた。

帽子を脱いで月を仰ぐ。十六夜の月からの光をしばらく浴びると、月下は不法侵入することにして足の向きを変えた。

5

次の日も辰見湖周辺に闇がおりた時、月下二郎は町道に立って屏風岩と向き合っていた。彼から少し離れた場所に立っているのは、私服刑事、制服警官、鑑識課員などだ。誰もが口を結び、起こるのかどうか判らないものを待って空気が張り詰めている。

私服刑事の後ろには初老の夫婦の姿もあった。共にやせ型で、感情を忘れたかのように表情がひっそりとしている。森遠篤とその妻だ。

彼らを呼ぶつもりは月下にはなかったが、警察が知らせたか、どこからか情報が流れたのだろう。

——おや。

小走りでやって来た人影が夫妻の後ろに見えたが、それは柳井あかりだった。月下に気づくと一度小さく跳ねてから、回り込んで近くまで寄って来た。

幾分息を弾ませ、

「なにか大事が起きそうですね。これって、月下お兄ちゃんが仕掛けたそうですけど、本当ですか？」

昔の呼び方をしていることにも気づいていないようだ。

「まあ、そうなるね」

驚きつつ、あかりのほうがまず、事情を説明した。今日から解体作業が始まるはずだった水耕栽培跡地——森遠ファーム跡にその動きがなく、その周辺取材をしていたあかりは、一時間ほど前に竹井幸二郎と電話で連絡が取れたのだ。月下くんの見解を容れた警察が、ある種の現場検証をすることになり、自分も協力しにこれから森遠ファーム跡に行くところだ、ということだった。月下くんは屏風岩のほうにいるはずだと聞き、所用を済ませてあかりはこうしてやって来たという。

月下は昨夜、閉鎖されている森遠ファーム跡に入り込んだのだ。そして、ある妄想を推理と呼べるものに変えられるかもしれない痕跡を探した。そしてそれらは見つかった。

ここから先を、月下はあかりに伝えた。

朝一番で捜査本部に出向き、彼らに推理を話した。突拍子もない内容に聞こえたはずだが、同時に、それしかないという面を持つ仮説であることも無視できず、警察は森遠ファーム跡の解体作業を中止させ、鑑識捜査に入ったのだ。

「状況証拠となる物理的痕跡は幾つか見つかったんだ。それで警察も本気になったけど、とにかく、推測できた犯罪の様相が普通じゃない。推理としての話だけでは伝わらない人間や信じない人間もいそうなのさ。起訴などできないかもしれない。それで、実験だ。そして、その経過と結果を傍証とする」

月下の仕草に誘われてあかりが目を向けると、鑑識課員の一人が大きなカメラを持っているのが見えた。ビデオカメラを用意している者もいる。

「実験に、竹井さんが協力するのですか?」

「実験の目撃証言者だね。経過報告してもらう」月下は携帯電話を取り出した。「実験進行は、やっぱり警察が仕切るから、こっちは傍らで連絡を取り合うだけだ。その許可はもらってある」

月下は、実験に不備が生じたり不首尾に終わったりした時には、矢面に立たされる立場だろう。彼は今日一日かけて、推理を補強し、真犯人を絞り込む情報を集めていた。

身を寄せてきたあかりが声を潜めた。

「なにがつかめたんですか? 実験で、具体的にはなにが判るんですか?」

「あんな所に、どうして遺体が出現したかを解明するんだよ」月下が目を向ける屏風岩は、ほとんどが闇に塗り込められている。湖は漆黒に静まり返っていた。「そして、そこから犯人像を浮かびあがらせる」

あかりが、月下にゆっくりと目を合わせた。「犯人が誰かも判ってるんじゃないですか?」

「筋道としてはね。逮捕できるかどうかは、これからの警察の捜査次第だ。まず、遺体が森遠進さんだと確定したことによって、頭髪は別として、彼は十数年前の姿のままだったことになる。

そして十数年前は、森遠ファームは製氷工場として稼動していたんだ。この二つはすぐに結びつく。結びつけるべきだよ。遺体は凍結していたんだ」

瞬きを繰り返し、言葉を探し、だが結局あかりの口は動かなかった。

「殺害は、当時の製氷工場かその近くで発生していたんだ。犯人は咄嗟に遺体を隠さなければならなかった。恐らく、近くにまだ少し従業員がいたんじゃないかな。それで、使われていない金属製の箱に遺体を詰め込んだ。――これはそれらしいのを警察が発見していて、立方体型の氷が求められた時用のアルミ製の製氷箱だ。犯人は一日二日と、遺体を運び出す機会を窺っていたが、腐敗が始まればにおいで気づかれてしまう。それを防ぐためには、製氷工場という特性を活かせばいい。氷漬けにすればその危険はなくなるんだから」

「ああっ……」

「そしてこの行為は、ある長期的な計画を犯人に思いつかせたんだろう。あと何ヶ月かで、森遠進さんは信託財産を受け取れる身分となる。いつものように長期間家出をして、二十歳をすぎて戻って来たと偽装できるのなら、莫大な信託財産が動く。だから犯人は、遺体の入った特注用製氷箱を死角に隠し、冷やし続けた」

「信託財産を管理していたのは、森遠継春さんですよね」あかりは自分で考えようとしている。

「もし横領なんてしていたら……。進さんが二十歳になって信託財産が移ることになれば、管理体制が変わり、資産が点検され、そうなったら横領の罪がバレてしまう」

彼女の推理の間、携帯電話で竹井を呼び出していた月下は、

「そう。だけどそれだと、遺体は永遠に見つからないほうがいいんじゃないかい？　途中で戻って来てもらっては困る」

「う……ん、そうか」

「それに、進さんの失踪後、一、二年で信託財産は解体された。うまみを失った継春さんが次に目論んだのが、露骨な財産狙いだ。当人の同意もなさそうなのに、息子さんを兄夫婦の養子にしようとまでしていたらしい。将来分与される遺産の取り分を大きくしようということよりも、企業利益の受け皿となる篤ジュニアにしたいという、なりふりかまわない取り入り策だ。でも、篤氏側からすれば、息子の死亡も確認できていないのに受け入れられるはずもないことだよね。だから、継春さんが犯人なら、進さんの遺体をどこかで発見させて、彼の死を周知する必要があるぐらいなんだよ。森遠の産業は急速に傾いていったそうだから、早く手を打たないと取り分は減っていく。じりじりと、進さんの死亡宣告を七年も待つ理由などまったくないだろう。遺体を凍結管理している者なら、こんなことはしない。この事件は、継春さんサイドとは逆の動機を持つ者が犯人なんだよ」

月下が持つ携帯電話から、竹井の声が聞こえてきた。

『しっかり仕上がっているのが所定の位置についた。これは実現できそうだよ、月下くん』

これが合図であったかのように、年輩の私服刑事が月下に寄って来た。そして、「準備ＯＫらしい。スタートするよ」と告げた。

頷く月下から離れて行きながら、彼は携帯電話で指示を送った。大きく腕を振り、ここで待機している捜査班にも開始を伝える。

二基の大型投光器が点灯し、強烈な光が屛風岩に向けられた。

「ねえねえ、それで月下さん。続きは？　犯人の狙いは？　正体は？」

「犯人の条件を絞り込むために着目すべきは、もちろん、遺体出現光景の異状さだ。あれはどう考えても、理屈ですることじゃない。そうなってしまったんだ。拙策であっても、窮余の一手でそれしかやりようがなかった。慎重さは度外視して動かざるを得なかった。……こうした、一種慌(あわ)てなければならなかった姿に該当するのは、急遽外国から帰国した山岸富士男さんだよ」

「………」

「でも、富士男さんは事後従犯なんだろうと思う。主犯はあの人の弟、幾馬さんだよ」

投光器の位置が調整され、屏風岩は効果的に照らしだされていた。ただ、光の角度の関係だろう、遺体が座り込んでいた岩洞だけは、黒々とした空間だった。

こうして準備が調っていく現場からは意識が切り離されているかのように、唖然としているあかりは半信半疑でもあるらしく、その視線に月下は応えた。

「まだ決めつけちゃいけないけどね。真犯人かどうかは、警察の捜査と裁判が決める。でも、網を大きめに広げても、バンドの中の誰かが犯人だと思う。ただね……、富士男さんがここまで必死に護ろうとするのはやはり、殺人の罪を犯したのが実弟だからだろう」

「バ、バンドってなんですか？」

山岸幾馬がリーダーであったバンドのことを、月下が簡潔に伝えている間に、『動き始めたぞ』という竹井の興奮気味の声が聞こえてきた。

「彼らのことが浮かんだのは、僕の発想の中で遺体の白髪と結びついたからなんだ。進さんは、髪を自ら脱色していたんだろう。きれいにカラーリングできるようにね。このバンドの名前は〝シルク・カラーズ〟と言って――〝S・C〟と略すが、メンバーそれぞれが七色の中からオリジナルカラーを決めて髪を染めていた。進さんは、髪を紫色に染めてバンドの臨時メンバーになっていた」

「紫……って、色も判るんですか？」

「これには、証言者の裏付けもある」

このバンドのファンであった施設職員の高部に、月下はこの辺のことは協力を仰いだ。ツテをたどり、集められる限りの情報を集めたのだ。

「このバンドはここ地元でライブをしている時は六人のメンバーだけど、よその土地でアマチュアなりのツアーをしている時は七人であることが多いそうなんだ」

「え……」

「虹の七色が揃うことになる。その七人めのメンバーは、紫色の髪で、パーカッション……といっても目立つものではなく、マリンバやマラカスを担当していたらしい。その男は、ボンと呼ばれていた」

「そ、その男が、森遠進……」

「彼が最初に家出をした時、〝S・C〟にかくまわれて演奏の練習にも加わっていたんじゃないかな。そして意外と、バンドの一角に参加できる才能と乗りを発揮し始めた。こうして森遠進は、〝S・C〟の県外ツアーには同行するようになって、日数の長い行方不明を何度も行なうようになっていった」

あっ！　という顔のあかりだ。「それが、時々、何週間か姿を消していた理由なんですか……」

「〝S・C〟のツアーとの関連に気づかれないように、長く姿を消していたり、関係のない時期に失踪したりもしたはずだけどね。サングラスやメイクで印象も変えたんだろう。だが進さんは、強権的な父親に完全には逆らえなかった。それで、バンドのメンバーから進当人に戻る時には、髪を黒く染め直していた」

「……そして、事件は製氷工場の近くで起こった。あの当時もう、山岸富士男さんは製氷工場で働いていたんでしたよね？」

「かなり責任ある立場だった。そして幾馬さんも、バンド活動の傍ら、製氷工場で働かせてもらっていた。バンド仲間が集まる拠点も近くにできたのだろう。移動用ワンボックスカーなどを近くに停めて、その中がそうだったのかもしれないしね。……遺体が白髪だった意味は大きいだろう？」

月下は問うように言い、

「森遠進さんは殺害された時、バンドメンバーであることと、篤氏の息子であることとの二つの立場の境界線上にいたということになるからね。紫と黒の中間だ。秘密のその姿を知るのは、〝S・C〟のメンバーだけだろう。着ていたバンド衣装を脱がされたから、遺体は裸だったとも考えられる」

指揮を執っている刑事が一声発すると、辺りの緊迫感が最高潮に達した。あかりも、何事にでも備えようとするかのように身構え、道の左右に視線を走らせている。しかし気がついたようだ。ビデオカメラなどを構えている鑑識課員たちの注意が、背後の森に向けられていることに。

月下が言う。

「この東鎮守の森の三百メートルほど上が、森遠ファーム跡の敷地になる」

地元民であるあかりの頭には当然入っているそうした地形情報よりも、彼女は話の先を知りたがった。

「富士男さんは弟の罪を隠蔽するために、遺体を凍結し続けたのですね？」

「さっき、継春さんとは逆向きの動機と言ったけど、これぱかりは想像するしかない。例えば、自由になる財産が手に入ったら、森遠進は多額の運動資金をバンドに渡すという書式の整った契約が交わされていた、とかね。ただ、そうしたこととはまったく別の動機も有り得るだろう。今のは、手に入っている情報の中で想像しただけだからね」

——そして他にも……

妄想に近いある仮定が、月下の中にはあった。バンドのことを調べる中で知ったのだが、当時のボーカル、ルルカの息子は今、十四歳だ。出産後、母子のみで数年間過ごし、その後、今の夫と結婚する。——この子の父親が、森遠進であったとしたら？　資産家の子供だと立証できれば、経済的な行く末は大きく変わると期待できる。そして当時、ＤＮＡ鑑定という技術も一般に知られ始めていた。

将来的な物証として、時を止められた男——。

十四歳の男子の顔は、森遠進に似てはいないか？　奇妙なイメージだ。父親の肉体の上に時は流れず、姿、風貌は若いままだ。だが息子は成長し、母と共に歳を重ねる……。ルルカは、歌い踊る時代の宮殿にいて時を操った乙姫か——。

制服警官が「聞こえる！」と叫んだ。「来るぞ！」

次の瞬間、切り立った三十メートルほどの崖の上から、森の草を掻き分けるようにして巨大なにかが飛び出して来た。轟然とした迫力に、悲鳴を短く漏らすあかりは身を縮めていた。いや、身をすくめたのは捜査官たちも同様だった。それでもカメラのシャッター音がする。彼らは——そしてもちろん月下も、その現象を追う。

斜面から飛び出して宙を横切っているのは、直径一メートル半ほどの透明な球体だった。それは一瞬、丸い月の下でその月光を吸収するかのように青白い反射を見せた。そして、弧を描いて辰見湖に落下するそれは、屏風岩の右端に激しく衝突すると大小の破片となって暗い湖面に消えていった。

6

湖面が波打つ音が消えると数秒、辺りは静寂に包まれた。その後は一斉に人々が動き、熱を帯びた声が交錯した。

「実証だ！」「撮ったか⁉」「森の中の形跡確認！」――。

路肩のガードレールに近い場所で、辰見湖に向かったままで月下は言葉を続けた。

「〝シルク・カラーズ〟は、森遠進が姿を消した年の夏、予定していたツアーをすべてキャンセルして解散したそうだよ、柳井さん。そして、まだ初歩的な聞き込みだそうだけど、一昨日の夕方から夜にかけて、山岸兄弟にアリバイはない」

懼(おそ)れでも感じているかのように黒い湖に視線を据えているあかりの口は、反応に迷うかのように動かなかった。その代わりにというわけではないが、携帯電話から竹井の声がする。こちらの興奮の空気が伝わったようで、首尾を知りたがっている。

「大成功ですよ、竹井さん。ヒットです」

『そうか！』満足の声だ。『大したもんだよ、月下くん』

「いえ」

お疲れさまと伝え合い、電話を切ると月下は言葉を継いだ。

「長期的な計画を始めた時には打算的な動機があったのかもしれない。でも、殺しを招いてしまったのは、瞬間そこに現われた生々しい激情だったろうね。目のくらむ、感情の爆発に違いない」

激論となった音楽性の相違？　マドンナを巡るいさかい？

「些細なことのはずなのに、取り憑かれると抑制をなくす」

その時に焦点を結ぶ狂気。それは、はっきりと形を成さないまま、誰の心にもあって波打っているだろう。刻々月が貌を変えるように、それは時により、人により、欠けた理性の大きさによって境界を越える。その時々の時代の色も溶かし込んでいる、滴るような〝狂気〟の時だ。

あかりがゆっくりと視線を合わせてきた。動機の説明どころじゃないでしょう、とでも訴えるかのように、屏風岩に向かって大きくブンブンと腕を振る。

「これはどういうことなんですかっ？　あれはなんですか！」

「ああ……。見たとおり、あれは氷の球体だよ。森遠進さんの遺体を閉じ込めていた繭だ」

「ええと……」理解できそうでできないというように、あかりはこめかみに指を当てている。

「凍結を解いて、遺体をどの時点かで出現させようとする計画は、結局――それこそ凍結されたんだろう。森遠進が生きていたように見せかける偽装に確実性を感じなくなったなどの理由でね。犯人たちにしてみると、遺体が発見されない、事件が露見していないという安心感のほうが意識を占め始めた。殺人を世に出す危険より大きな利潤が得られるとも思えなくなったんじゃないかな」

「それはあるでしょうねえ」どこか寂しそうに、あかりは頷いた。「犯人の意識の中でもこの事件が風化したというか、風化させたかった……」

「そうだね。ところが、青天の霹靂。静かに凍っていた事態に大変化が起こることになった。森遠ファーム跡が更地になると、山岸富士男さんは海外で突然知らされたんだ。慌てて引き返したのが三日前の夜。弟の幾馬さんと打開策の検討を始めたはずだ。二日前、現場にやって来た富士男さんには、憂慮すべき次の事態が待ち受けていた。停電だ。それも、一時間や二時間では終わらない。一日中続いたんだ」

「氷が……」

「そう。閉鎖しても電気は通じさせておいた跡地が、いつ回復するか判らない停電に見舞われた。処理しなければならない肉体が氷の中から露出してしまう。玉手箱がひらいてゆく。幾馬さんも夕刻には駆けつけていたはずだ。だが、今までは二人を守っていた氷が、ここでは難題となって背を向けた。氷の塊というのはとにかく重たいからね。通常の遺体処理方法なんて簡単には使えない。それに、信号機も消えているから警官が交通整理に出ている。氷を砕いて取り出した遺体を運ぶという気にもなれなかったろう。そんな時、苦慮していた彼らに、氷の塊の様子が奇態な発想を与えた」

「氷の塊の様子が？」

「溶け始めていた。四角い塊だったけれど、角が落ちていく。丸に近くなってきていたのさ」

「ああっ……！」

「あの工場跡の北側には、森が広がっている。しかも下り傾斜だ。転がしてやれば、後は勝手に遠ざかっていく。ルート上に、大きな岩や倒木などの障害物がないのを調べたろう。途中で止まったら、また転がしてやればいいのだしね。雨も降りだしていた。出歩く人はまずいないだろうし、森に降り注ぐ雨はあらゆる物音を消してくれる。フォークリフトとか、なにか重機も使ったんだろう、二人は所定の位置で、製氷箱から氷の塊を転がし出した」

その時の森を覗くかのように、あかりは崖の上を仰ぎ見た。

「でも」月下は言う。「この推論に納得してくれる刑事さんがいたとしても、組織判断としては立証困難が問題となるかもしれない。それで実験することにしたのさ。製氷工場跡には他の氷もまだ残っていて、溶けかかっていたけどそれらをつなぎ合わせ、球状に削った。しっかりと凍りつくためにはかなりの時間がかかるから、それなら犯行推定時刻に再現しようということになった」

あかりは小さな腕時計を覗き込んだ。ほぼ九時だ。

「そしてこの時刻は、ウメ子さんが蛇玉と遭遇した時でもある」

この出来事を、月下はあかりに説明した。

「その蛇玉って……」

「転がってきた、人の死体を中心に閉じ込めた氷の球だ。夜の森の中はほぼ真っ暗。球体は、濡れた落ち葉や折った小枝を張りつけていたろう。老女にとってそれは蛇玉で、巨大すぎるそれが襲いかかってくると思えたのさ」

「それは、肝がつぶれます……」

月下がさらに、

「念のために言っておくと、森遠進さんが白髪だった時に殺意に見舞われたとした場合、父親の森遠篤氏にも動機があったかもしれない」

と言った時に、指揮官の私服刑事が寄って来ていた。

「検証は思いのほかうまくいった。……篤氏がどうかしたのかね？」

「いえ。否定した推論のほうを話していたのです。自分の跡を継ぐべき息子が髪を白くしているのを見つけたら、当時の篤氏ならば激高して、死に至るほどの暴力も振るったかもしれません。でもあの方が犯人なら、このような遺体発見の奇観は生まれなかったでしょう。森遠ファーム跡の解体は、トップであるあの方の意思といってよく、三週間も前に決定していたのですから」

ああ、と刑事は同意の面持ちだ。「責任ある立場にありながら追い立てられる状況になった、山岸富士男を中心に徹底して洗うさ」

あかりは首を回し、照明が消されて再び闇に沈んでいる屏風岩を見やっていた。

「岩の洞とは数メートルずれた場所にぶつかったけど……」

「その程度は誤差のうちで、むしろ自然だ」

そう評価する刑事に月下も続けて、

「犯人たちにすれば、氷の塊は湖に落ちてくれればそれでよかったんだよ。氷はやがて溶け、湖岸に打ち寄せられた遺体が二、三日して発見される。森遠ファーム跡とは無縁の事件となる。解体作業も終わり、現場も証拠も消えているしね」

千に一つ、氷の繭は岩洞に飛び込んでしまったのだ。雨の中、砕けた氷は自らも溶けて岩洞から流れ落ちる。陽が昇ればさらに、すべてが熱せられて消滅する……。

月下は目を閉じ、遺体が岩洞にあった光景を網膜で再生した。そして、それからの出来事を反芻する。すべてが、自分だけが見た幻ではなかったのだろうな、と確認するかのように。

見えるもの◉矢崎存美

長田奈央子は、気がつくと亀山のいつもの場所に立っていた。

いつからだろう。いやなことや悲しいことや落ち込むことがあると、ここへ来るようになったのは。

初めて来たのは、確か飼い犬が死んだ時。小学一年生だった。学校帰りだったと思う。

亀山は、ハイキングコースとして大神坐町民に親しまれているが、ここはそのコースからはずれていて、反対側に当たる。辰見湖が見渡せる場所だ。だが、切り立った崖が迫り、はっきり言って危険な場所だし、頂上の方が絶対に眺めはいい。キノコも山菜も生えていないから、地元の人も来る必要のないところだった。

あの時もなぜか、気がついたらここにいたな、と奈央子は思い出す。ただ足の向くままに歩いていたら突然視界が開けた。

小学生の奈央子は、崖の際に座り込んで気がすむまで泣いた。人前では死んだ時に少し涙を流した程度だった。家族みんなで庭にささやかなお墓を作った時も涙は出なかったが、子供ながらに我慢していたのかもしれない。

その後、気持ちが落ち着いてから、何事もなかったように家へ帰った。少し遅かったので母には怒られたが、どこに行っていたのかと追及されることはなかった。少しぼんやりしていて、道草も珍しくない子供だったからだろう。

亀山は学校と奈央子の自宅の間にある。ちょっとハイキングコースをはずれて登っていくだけで、その場所に行きつける。ただ、ほぼ道なき道を行くしかない。どうして最初にそこへたどりついたのか、それはいまだにわからないが、それからも奈央子は、何かいやなこと――クラスメートにお気に入りの筆箱を壊されたり、テストで悪い点数を取ったり、先生や親から叱られたり――があるとそこで気持ちを落ち着かせてから家に帰るようになった。

最初のうちは登るのに苦労したが、成長するうちに時間が短縮された。学校帰りだけでなく、休日「遊びに行く」と行ってここに来ていることもあった。

中学に入り、部活も始めて、時間がなかったので、ここに来るのは久しぶりだった。

久しぶりに来たのは、意外なことを母と伯父から言われたからだ。

今日の夕方、伯父の雨宮槙男(あめみやまきお)が家へやってきた。たまに来ることはあるが、たいていは家族と一緒なので、一人なのは珍しいと思った。どうしていとこたちが来ないのか、と訊けないまま、父母と兄、妹と伯父となごやかに夕食の膳を囲んだ。

そこまではよかったが、夕食後に奈央子だけが父母の部屋に呼ばれた。伯父から話があるという。

なんだろう、改まって。心当たりがない。

部屋へ行くと、母と伯父が神妙な顔でちゃぶ台をはさんで座っていた。父はいない。あとから来るのかな、と思ったが、

「座りなさい」

と伯父は向かい側を指し示す。素直に奈央子が座ると、伯父は話を始めた。

というより、決まっていることを宣言されたようだった。

「奈央子には将来、雨宮の神社を継いでもらう」

一瞬何を言われたのかわからなかった。

雨宮の神社とは、町にある亀野神社のことだ。現在は伯父が神主をやっている。それを継ぐ？

伯父にも当然子供はいるのに、なぜ？　そんなこと、今までひとことだって聞かされたこともなかった。

「どういうこと？」

ふざけているのかと思いたかったが、伯父も母も真剣そのものだった。

「……どうしてあたしなの？」

やっとそんな質問をした。

「亀野神社は、昔から不思議な能力のある人間が継ぐことになってる」

と伯父は言う。

さらに驚いた。「神社を継げ」と言われるよりも突拍子がない。

奈央子は元々不思議な物語や小説が好きで、最近ＳＦも読み始めていたのだが、今言われたことはそういう物語の一節のようだった。そんなことが自分に降りかかるなんて思ってもみなかった。平凡な人間で不思議なことに縁がないと思っているから、そういう物語が楽しいと感じていたのに。

「本気でそんなこと言ってるの？」

今日、エイプリルフールじゃないよね？　と思うが、六月なのでそんなはずはない。

「真面目な話だ」

伯父の真顔がちょっと怖い。

「能力ある人が継ぐって……それが本当だと仮定したとしても……あたしには何もないけど」

何かの間違いではないだろうか。

「今は確かにない」

伯父がきっぱり言う。ガクッとズッコケそうになる。ええー、物語だとそこは肯定するでしょー？　しかし伯父の次の言葉に、奈央子の口はあんぐりと開く。

「でも、近いうちに目覚めるから」

そんないいかげんな話、読んだことない。

「なんでそんなことわかるの⁉」

「伯父さんは、予知能力があるんだよ」

突然、母が口をはさんだ。それにも呆然とする。

居間から父と兄妹がテレビを見て笑っている声がかすかに聞こえる。そこがとても遠い場所に思えた。昨日まではあたしもあそこにいたのに……。

そういえば小学生の頃、同級生から、

「お前の伯父さんって超能力者なんだって？」

と言われたことがあったと思い出す。テレビに連日のように超能力者が出たり、超常現象の特集番組が山ほど放送されたりしているから、それに感化されただけだろう、と思って、

「そんなはずないでしょ」

とだけ言ったら、その同級生は、

「父さんがそうだって言ってたんだけど」

と不服そうに言っていた。それってただの言い訳だと思ってたのだが……。

「お父さんはこのこと知ってるの？」

その問いに、伯父も母もうなずいた。じゃあ、お父さんもあたしの味方にはなってくれないかもしれない。でも、味方って何？　さっき「神社を継げ」と言われた時から、何かが変わってしまった気がした。お父さんでも元の場所には戻してくれないかもしれない。

「どうして今なの？」

もう少しあとでも……大人になってからでもよかったんじゃないか。奈央子は十三になったばかりだった。

「そろそろお前に能力が目覚めるから」

当たり前のように伯父は言う。

「……それも、伯父ちゃんはわかってるんだね」

「そうだ」

沈黙が流れた。

「今日はそれだけ知っておいてもらいたいから、来たんだよ」

そのあと、どんな話をしたのか憶えていないが、伯父はいつの間にか帰り、奈央子は自分の部屋へ戻っていた。でもここは妹と共用しているから、一人にはなれない。そう思うと、無性に一人になりたくなり、こっそり家を出た。

そして自転車に乗って、ここまで来たのだ。

梅雨時だったが、今夜は雨がやんでいた。少し蒸し暑いくらいだが、不快ではない。過ごしやすい夜だった。下生えも乾いている。奈央子はそこへ体育座りしていた。

一人になれば何かいい考えが浮かぶというか、気持ちが少しは落ち着くかと思ったのだが、何も考えられなかった。月に照らされて白く光る湖を見つめながら、ぼんやりするばかりだった。

無意識に腕を見て、「あ」とつぶやく。腕時計を忘れた。中学に入学した時に買ってもらった腕時計。まだ学校にしていっちゃいけないって言われている。家にいる時はうれしくてつけているのだが、さっき夕食の手伝いをする時にはずして忘れていた。

今、何時だろう。もうだいぶ遅いことはわかっている。夜、こんな時間に家を抜け出すのは初めてのことだった。しかも時間もわからないとなると、帰るきっかけがつかめない。お腹でも空いていれば帰る気にもなるんだろうが、ごはん食べてから出てきちゃったし……。

でも、気づいてないかもしれないな。なら、一晩ここにいて、明け方にそっと帰れるかもしれない。しばらくここにいよう。ていうか、いたい。帰りたくない。

その時、背後からかすかな音が聞こえた。ガサガサと草を踏む音？　何？

動物か、と思う。熊が出たとか聞いたことがないから、猪だろうか？　それともタヌキ？　でも、なんだか大きい生き物の足音に聞こえる——。

振り向くと、光が動いているのがわかった。懐中電灯？　ということはまさか……ここは誰にも知られていない、というか、見当もつかないだろう場所なのに……。

どこかに隠れる場所はないかと見回している間に、木の陰から人影がぬっと現れた。懐中電灯で顔を照らされて、とっさに顔を手で覆った。

「奈央ちゃん？」

聞き憶えのある声がした。

相手は懐中電灯で自分の顔を照らした。それは別の意味で怖かったが、そのおかげで誰だかわかる。

「……畠中さん？」

「よかった、ここにいたんだね」

タヌキのような丸顔が微笑む。駐在の畠中だった。小さい頃から知っている人だ。

「どうして……？」

ここがわかったの、と続けたかったが、驚きすぎて言葉が出ない。

「お母さんに言われて、探しに来たよ」

微妙に違うことを答えられてしまった。しかし母にバレていた、ということにまたショックを受ける。

「お母さんが？　気づかないと思ってた……」

「そんなことないよ」

畠中はそう言って笑う。

「お母さん、とても心配してたよ」

「そうなの……？」

なんだかそれって信じられない、と奈央子は思う。だったらどうしてあんな話を伯父とともにしたんだろう。そこに母の意志はないように思えた。ほとんど口もはさまなかったし、伯父の言いなりみたいに思えたのだ。

「何があったか知らないけど、こんな時間に家を出たら、親御さんは心配するよ」

「そうかな……」

心配って、どんな意味なんだろう。あたしがいなくなったら、神社はどうなるんだろうな。継ぐ人って他にいるんだろうか……。

「親なら、心配するよ、きっと……」

畠中の声がなぜか沈んでいく。彼にも子供がいる。一番下はまだ赤ちゃんのはずだ。

「どうしてここがわかったの？」

何かまた言われる前に、畠中へ質問した。すると彼はハッとして、少しの間ののち、こう答えた。

「前に偶然、ここにいるのを見たことがあったから」

それを聞いて、奈央子は驚く。そんなことってある？

「いつ？」

「さあ、いつだったかな。二、三年前だったか」

「畠中さんはどうして通りかかったの？」

そうたずねて、道もないのに「通りかかる」って変だと思う。

彼はしばらく黙っていた。奈央子は不安になる。だがやがて、

「この場所を、昔から知ってるから」

と言った。本当のことなんだろうか？　奈央子は畠中の目をじっと見つめた。彼は目をそらさなかった。

「昔からって、いつから？」

「奈央ちゃんが生まれた頃から、かな。ここに来ると、気持ちが落ち着くんだ」

不安は消えなかったが、奈央子にはなぜか、畠中が嘘をついているとは思えなかった。

「あたしもです。あたしもここに来るとそんな感じになる」

「奈央ちゃんも？　それはどうして？」

「……わからないけど」

一人になれるからかもしれないが、それだけではないような気がする。

「奈央ちゃんには、ここから何か見えるの？」

さっきまで見つめていた風景に再び目を向ける。特別なものは何も。いつも何も変わらないとしか思わない。でも一瞬、何かが脳裏をかすめた。思い出そうとしても思い出せないみたいな不思議な感覚だった。すぐに消えてしまったが。

何も見えない、と答えようとしてふと思う。

「畠中さんは何か見えるの？」

答えが返るまで、長い時間がかかった。

「何も見えないから、安心するんだ」

それはとても謎めいた言葉だった。まるで、昔何か見えたみたいではないか。

奈央子は、それをたずねようとして口を開きかけたが……突然、さっきとよく似た感覚に襲われる。「あまり知りたくない」という気持ちが湧いた。恐怖にも似た感情だった。

その時、思い出した。畠中は伯父と仲がいい。神社にもよく来ているのを見かける。警察官だから立ち寄っただけかもしれないが、「友だちなんだよ」と母が言っていたような気がする。

「畠中さんは伯父さんと友だちなんでしょう？」

急に話が変わって、畠中は戸惑ったような顔をする。

「友だち……なのかな。仲良くしてもらってるよ。槙男さんの方が年上だからね」

「じゃあ、伯父さんのことを知ってるの？」

「伯父さんのことって？」

訊き方が変だった。どう言ったらいいんだろう。

「伯父さんというか、神社のこと」

「ああ……」

その返事は知っている、ということなんだろうか。

「伯父さんが何か『見える』人だって知ってる？」

「……知ってる。っていうか、この町の人はそう言ってるね」

「あたしは、何も知らなかったよ。今日まで」

奈央子の言葉に、畠中はとても驚いた顔をした。

「みんな、知ってたんだね」

知らなかったのは、あたしだけ。

「なんで教えてくれなかったんだろう。お母さんも、お父さんも」

そう言葉にすると、悲しくなってきた。兄も妹も知っている気がしてきた。あたしだけ除け者だったんだろうか。それとも、何も気づけない鈍感な人間ってこと？

「ほら、これ使いなさい」

畠中が何か差し出す。ポケットティッシュだった。奈央子は自分が泣いていることにその時気づいた。

「槙男さんも、昔似たようなことを言ってたことがあるよ」

「そうなの？」

「奈央子ちゃんの事情とは違うだろうけど……『なんで俺なんだ？』って思ったって」

ゴシゴシ涙を拭いていた奈央子の手が止まる。

「でもそのあと、だいぶたってから妹さんから言われたんだって。『どうしてお兄ちゃんばっかり』って」

妹——つまり、母だ。

「選ばれた人も、選ばれなかった人も、同じようなことを考えるし、苦しむんだな、とその時わたしは思ったよ」

母は、「選ばれた」あたしをどう思ってるんだろう。伯父の子供ではなく、妹である自分の娘が選ばれたことも。昔のくやしい思いを再び味わっているのか、それとも喜んでいるのか。そんな簡単に割り切れないものなのか。

そういえば、さっきは「大人になってからでもよかったんじゃないか」って考えてたのに、今は「なんで教えてくれなかったんだろう」って考えてる。少しの間でも、真逆に変わってしまう。

「いつ言われたらいいのかって、大人にもわからないものだよ。だってショックを受けるのは自分じゃないからね。苦労するってわかってたら、余計迷う。でも少なくとも、お母さんも伯父さんも、奈央ちゃんにちゃんと言ってくれたのなら、そういう点では誠実なんじゃないかな」

母と伯父は、仲が悪いわけじゃない。と思う。大人のことはよくわからないけど。

でも母と伯父も多分、自分と同じように若い時に、ショックを受けたんだろうな、と初めて思えた。大人は大人としか見られなかったけど。自分みたいな頃があるなんて、なかなか想像できない。

「さあ、もう帰ろう。お母さんが心配してるよ」

畠中の言葉に、奈央子はうなずいた。

「自転車で来たんだよね？」

「はい、木のそばに置いてあります」

「先に行きなさい」

畠中に促されて奈央子は歩きだす。彼の脇を通り過ぎた時、再びさっきと似たような感覚が脳裏をよぎった。はっとした奈央子は立ち止まり、手を強く握る。それが逃げて消えていく寸前につかまえた。

「あの――」

畠中に向き直る。

「何？」

「病院――」

「病院？」

「違う病院にした方がいいと思う」

畠中の顔が強張った。

「……なんで？」

絞り出したような声を彼はあげた。奈央子は少し怖くなって、言葉を打ち消すように首を振る。しかし言ってしまったものはどうにもならない。

「なんか……頭に浮かんで」

捉えられたのは、それだけだから、どういう意味があるのかわからない。

「そうか……」

畠中は呆然とした声でそう答えただけだった。

そのあと、奈央子の家に着くまで、二人はほとんど話さなかった。半泣きの母に怒られる奈央子を畠中はとりなしてくれたが、そのあとは挨拶もそこそこに帰ってしまう。

変なことを言ってしまった、と奈央子は気になっていたが、真相がわかったのは、数ヶ月後のことだった。


その日も、奈央子はいつもの場所で湖をながめながら座っていた。

あの夜、奈央子がここにいたことを、畠中は親には内緒にしてくれた。「山道の入り口あたりで偶然会った」としか言わなかったので、今でもここに通っている。

いやなことがあった時だけではなく、考えごとをしたい時にも来るようになった。それから、あの夜感じた不思議な感覚をつかみたい、とも思っていた。

ここで湖を見ていると、あの時つかみかけて消えていったものがたまに浮かぶことがある。が、それだけだ。つかむことはできない。じれったい気持ちと、「あまり知りたくない」という気持ちもやはりある。

もしかしてだけど、この「つかむことのできないもの」って、畠中が「見た」ものと似ているんじゃないか、と奈央子は思っていた。「何も見えないから、安心するんだ」と言っていたから、今はもうないもの。少し怖いものなのかもしれない。畠中はここでそれを一人で見たんだろうか。

でもそれを、今は知りたいとは思わない。伯父が言っていたように「そろそろお前に能力が目覚める」のならば、その時に否が応でも知ることになる、と感じていた。

それとも、別の場所で？　他にも見た人はいるのかな。

神主になれという話は、あの日以来、両親とも伯父とも話していない。伯父は未来が見えるんだから、もうわかっているんだろう。あの夜だって、母が奈央子の家出を伯父に知らせると「そのうち帰ってくる。心配しなくても大丈夫だ」と言ったらしい。そのとおりになったけれど、ちょっと冷たくはないだろうか。

初めて反発心というものを感じたかもしれない。奈央子がのこのこ帰ってくることも、神主になることも確信している伯父に一泡吹かせたい、と思ったり。

でも実際は何も言えない。自分には何かなりたいものや、やりたいことやつきたい仕事があるわけじゃないからだ。それがあれば、「いやだ」とはっきり拒否もできるだろうに……。

自分のできることってなんだろう、ということばかりをここ数ヶ月考えているような気がする。もうそろそろ秋も終わりに近いが、答えは当然出ない。

でも今日は、少しだけ気分が変わっていた。少なくとも昨日までとは。

昨日、学校帰り、家の近くで畠中に呼び止められた。

「奈央ちゃん、今帰り?」

「……こんにちは」

あの夜以来、挨拶はしていたが、話などはしていなかった。なんだかとても忙しいという話を母がしていた記憶があったが、奈央子から話しかけるのもどうも気が引けた。探しに来てくれたことのお礼も言えてなかったけれど、もしかして謝るべきなんじゃないかと思っていたのだ。

ところが、畠中はこんなことを言った。

「奈央ちゃんにお礼が言いたくて」

「え?」

お礼を言われるようにことは一つもしていない。

「『病院を変えろ』って言ってただろ?」

そうだった。変なことを口走ってしまったのだ。なんであんなこと言ったのか、さっぱりわからない。

「あの時、健太の……息子の病気に悩んでたんだよ」

「そうなんですか？」

健太くん——確か、末っ子の赤ちゃん。でも、どうしてそんなことをあたしに言うの？

「あのまま入院していた病院にいたら、息子は死んでたかもしれない」

「え？」

「病院を変えるなんて考えもしなかったから」

「どこに入院してたの？」

病院の名を言われて、なぜかいやな気分になった。ここら辺では一番大きな病院で、院長は町の名士、日下部家の親戚筋だ。奈央子も昔はかかっていたことがあるらしい。「らしい」と言うのは、物心つく前にそこへ行くのをいやがるようになったからだ。いや、母から訊いただけなので、本当かどうかわからない。以来、父方の祖父母が懇意にしている隣町の病院へ行っている。距離的にはどちらもあまり変わらない。

「槙男さんのつてで隣の県の病院を紹介してもらって、先週やっと退院したんだ」

「治ったの？」

「治ったよ。『手の施しようがない』って言われてたのに」

畠中は涙ぐんでいた。

「奈央ちゃんに言われなかったら気づけなかったし、あの時、本当に安心したんだよ。ありがとう」

畠中はそう言って頭を下げた。

「あたしこそ、あの夜探しに来てくれてありがとうございました」

やっと言えた。胸のつかえが下りた気がした。

「いやいや、それは仕事だから」

でも頭の中では、常に健太のことを考えていたんだろう。そんなことが、奈央子の脳裏に浮かんだ。彼の思いがあまりにも強かったから、奈央子も感化されたのかもしれない。

畠中は、奈央子を家まで送ってくれて、母にも健太が退院したことを言う。

「まあ、よかったですね」

「はい、いろいろ気遣っていただき、ありがとうございました」

彼は母にも頭を下げ、帰っていった。

「子供が入院してるなんて、知らなかった……」

奈央子の言葉に母は、

「赤ちゃんの末っ子に付き添って、奥さんがずっと病院にいたから、畠中さんが上の女の子たちの面倒を見てたんだよね」

母もおすそ分けを持っていったりしていたらしい。

「おばあちゃんも来てたみたいだけど、ずっとこっちにはいられなかったみたいで……でも畠中さんの人柄もあって、ご近所の人も助けてたみたいだよ」

「そんなこと、全然気づかなかった……」

毎日のように顔を合わせて、挨拶していたのに。

「畠中さんは普通に勤務してたしね。気づかなくて当然だよ」

健太くん——赤ちゃんなのにそんなに長く入院なんて……つらかっただろうに。奈央子はとても丈夫なので、入院などしたことがない。

「元気になってよかった……」

「これで、あの院長がヤブだっていうのが広がってるみたい。遅いんだよね」

母はそう苦々しい顔で言って、台所へ急ぎ足で戻っていった。

昨日のことを思い出すと、少しうれしい気分になった。もちろんそれは、健太が元気になったということに対してだ。自分が何かを言い当てたからとか、そういうことではない。

こんなことは、単なる偶然にすぎない。自分が言わなくても、きっと他の人が言ったはずだ。それに、そう言われたって選択するのは畠中と奥さんではないか。

役に立ったとは思っていなかった。伯父にも相談したというのなら、多分この未来も見えていたはずだし。

けど、自分が家を飛び出した時、伯父は「そのうち帰ってくる。心配しなくても大丈夫だ」と言ったが、それでも母は不安で、畠中に相談したわけだし……。もし伯父が「健太くんは治るよ」と言ったとしても、何もしなくていいのか、それとも何かした方がいいのか、と畠中が不安に思うのは当然だ。子供が生きるか死ぬかなんだもの。

伯父はそこまで見越すことはできないんだろうか。

未来が見えても、それが人を不安にさせるなんて——その時初めて、伯父が、

『なんで俺なんだ?』

と思った気持ちがわかるような気がした。

自分に力があるということは、まだ信じられなかったし、信じたくなかったが、奈央子の言ったことが畠中から「安心した」と思ってもらえたのは、少しだけうれしかった。

もし本当に力があるのなら——そういうのならいいな。人を安心させてあげられる力。

でも、そんな都合のいいことなんて、あるはずないよね、と奈央子は自分で自分にツッコみ、一人で笑った。

鯉を飼う兄弟◉柄刀一

1

あの瞬間に彼ら三人が揃っていなければ、目を覆う惨状は現実のものとなったかもしれない。

そのうちの二人は今、この車の中にいる。三十代半ばになろうとしているのに手に負えないほどの童顔の持ち主で、これが一人め、天地龍之介（あまちりゅうのすけ）だ。秋田で建設中の生涯学習センターで館長に就くはずなのだがとてもそうは見えず、知能指数１９０の天才にも見えない。

しかし実際、彼の能力は秀でている。特に博物学や数学の分野では博覧強記であり、記憶力は機械じみていて完璧だ。だが反して、ルックスにはピリッとした力感などケシ粒ほどもなく、夢見がちでボヤッとしている少年とさえ見えるほどである。気が弱く、どこか頼りない性質を表わしている風貌だろう。

車窓遠くに目を向けていた今も、純粋な好奇心から屈託なく口をひらく。

「あの古い小屋はなんでしょうか？」

「ほう。目がよろしいな。よく見えましたね」

後部座席の隣で応じたのは六十二歳の男。問題の三人の中の二人めで、名は永草恒太郎（ながくさこうたろう）。中肉だが、顔の肉付きはよい。小さな目が、山の傾斜の上のほうに向けられている。木々の隙間から見えた小さな小屋は、すぐに視界から消えた。

「昔の炭焼き小屋ですよ」

「なるほど。それで周囲にはシラカシの木が多いのですね」

へえ、と感心の声を漏らしたのは運転席の男だ。

「シラカシが炭にいいってことも、天地さんはご存じなんですねぇ。確かに、いろいろと博識だ」

運転手は恒太郎の甥で、四十二歳の永草晶一。がっしりとした肩を少し窮屈そうに縮めてハンドルを握っている。

博識という評価はさておき、龍之介は、炭はもう焼かれていないのですね、と恒太郎に尋ねていた。

「あの小屋も、もう何十年も放置されています。それでも、最後まで利用されていたほうでしょうな。衰退した産業の一つですよ」

「朽ち果てるのにまかせているということですか？」龍之介は穏やかに訊く。

「今となってはそういうことですが、炭焼きなどをしている職人の中には、あえて小屋を残していく者もおります」

「そうですか？」

「次世代のためです。材料もあらかた伐って、自分はその場を離れるしかない。ですが、シラカシの若木は残しておく。植樹していく者もいます」

「次世代……」

「木が育てばまた炭焼きも再開できる。その時小屋が残っていれば、新しく建てる手間がかかりませんからね」

「次に訪れるかもしれない者のために……」

しみじみ呟くようにして、龍之介は、すでに見えなくなっている小屋のほうに視線を投げかけていた。

「この地方では養蚕業も廃れたなぁ」運転席で晶一が言う。「復活なるんじゃないかって機運もあるみたいだけどね。まあ、他人事じゃないか。俺の瀬戸物業も先行き不安だ。その点、叔父貴はいいよなぁ」

紹介し合う時に龍之介が聞いたところでは、永草晶一は販売も手がける瀬戸物工房を営んでいる。永草恒太郎はメガスーパーを県内外に六店舗所有する資産家だ。郊外レストランチェーンも新たに展開中だという。

山道が左カーブに差しかかる地点で、龍之介は前方に「おっ」と首をのばした。

「珍しい木ですね」

道の左側だ。数本並んでいる。先端が尖っている艶のある葉が、ワサワサと茂っている。

「ムラサキフトモモの木ですよ」晶一の元気のいい声は、笑顔を想像させるものだった。

「観葉植物としては聞きますけど、樹木は初めて見ました。インドやパキスタンが原産ですから、自生しているのは日本では沖縄など南国ですよね」

「これは弟が去年の夏に植えたのですよ。弟はガーデニングプランナーをしていて、広い叔父貴の敷地で試験的なこともさせてもらっています」

恒太郎が言った。「ローズアップルとも言われる実を妻は楽しみにしているのですが、気候が合わないのか、しっかりとした実はまだ成りません」

曲がりくねった道を、車はのぼって行く。晶一は慎重なハンドルさばきだ。

アカマツの森を抜けて平坦な地に出ると、地味ながらも広壮な家屋が見えてきた。

永草邸への到着は、午前十時三十五分だった。

玄関に入った一行を出迎えたのは、恒太郎の妻、光子だった。小柄で、福々しい丸い体形をしており、笑顔が晴れやかだ。

龍之介に対して大歓迎という様子を見せた後、

「うちのは、運転しなかったでしょうね？」

と、彼女はからかい口調で晶一に確かめた。

「俺がずっとドライバーを務めましたよ、光子叔母さん。叔父さんはハンドルに一度も触れていません」

「信用がないなあ」と恒太郎は苦笑する。

彼は車に乗るとけっこうスピードを出すのだという。免許返納も考えてくださいよ、と言う光子の口調からすると、いつもの話題であるらしい。

「まあまあ、すみません、身内の話でお時間を取らせて」

と謝罪しつつ、彼女は龍之介にスリッパを勧める。

「でもね、叔母さん」あがり框に足を乗せ、晶一は言った。「ここはちょっとした田舎だし、家が山の上にあるんだから、車がないのもきついよ」

まあねえ、と一応の同意を見せてから、光子は龍之介に笑みを向けた。

「わたしのような体形だと、山の下まで転がってしまうから、庭先で転ぶなといつも注意されているのですよ」

「そこまで急ではありませんし、下草もありますから、どこまでも転がることはないと思いますよ」

お堅いほどに真面目な返しに、空気が少しの間停止したが、光子は如才なさを遺憾なく発揮して表情を自然に解いた。

「それなら助かりますわね」

一同は歩きだし、晶一が口をひらいた。

「この家は、元々は山城なんだし、立地としては必然だ。その歴史があるから、天地さんも興味を引かれたわけだしね」

龍之介は頷いて見せた。

城とはいっても、織田信長たちが造りあげた天守閣を持つような豪壮な城より前の形式だ。戦国時代においてもここは僻地、戦略の要衝とは程遠い。山にある砦であったと表現したほうが適切だろう。

簡素な砦をやがて武家が屋敷とし、それから何度も改築を加えて今に至っているという。ここの家系と、この家に残されているある資料に興味を引かれ、八月最後のこの週末、龍之介はここまで足を運んでいた。

「おや。いらしてたのですか」

恒太郎が目を向けている廊下の角には、二十代後半と見える女性が顔を見せていた。すらりとしたスタイルに、白いジョーゼットのブラウス。真ん中で分けた髪は、左右でゆったりと膨らんで後ろへ流れている。彼女が三番めの人物、雨宮静流だった。

天地龍之介。

永草恒太郎。

雨宮静流。

彼女は神社の娘さんだと、龍之介は紹介された。

束の間、静流の目は、龍之介の額の奥に興味を示すような動きを見せた。それ以外、表情は静かで、口もひらかない。

「まあ皆さん、一服してください」

と言ってもてなす光子に、晶一は弟のことを尋ねた。

「昌次はどうしてます？」

「倒木処理の最後のチェックだって、離れへ行っていますよ」

2

客間でテーブルを囲む彼らには、冷えた麦茶が振る舞われていた。

「大騒ぎですわねえ、小津野財団の事件」

地元でのその事件を、光子は話題に持ち出していた。怖いわぁ、という表情だ。

「殺人の真相も衝撃的だが、それよりも……」恒太郎の顔には驚きの色が濃い。「武田信玄の金山を巡って、あんな秘密が明らかになるとはなあ」

「あの規模の秘密が現代まで保たれていたってのは驚きだ」晶一も大きく頷いている。

だが、当人を除いてここの誰も知らなかった。不可解だった殺人事件の解決に大きく寄与したのが、遠足でおやつにありついた少年のような顔をして目の前に座っている天地龍之介であることを。彼がいなければ、歴史が秘めていた金山奉行にかかわる大きな謎は明らかにならなかったであろうことを。

「皆さんの家系には、小津野家が抱えていた秘宝の件はまったく伝わっていなかったのですね？」

と、興味深げではありつつ、静流があっさりと尋ねた。

恒太郎、光子、晶一からは口々に、否定の声が飛び出る。

「正直、そんな噂が一つでもあれば、俺は目の色変えて探し続けたろうな」

あけすけにそう吐露して、晶一ははばからない。

山城一帯をこの時代まで受け継ぐ永草家は、武田信玄の時代には金山の採掘に動員された金山衆であり、その採掘の技術を転用して、江戸時代の端緒である戦乱期には攻城戦の土木方で名を馳せた一族だった。ここに伝わるという歴史的な資料が、彼らと天地龍之介を結びつけている。小津野財団の事件には地名の変遷が手掛かりとしての意味を持っていた。その変遷の途中を記した資料に龍之介は興味を引かれ、それがこの家にある。事件解決に寄与した龍之介に恩義を感じていた小津野家の当主が、永草家へ紹介してくれたというのが経緯だった。

「それで、天地さん」麦茶を一口飲み、恒太郎は顔を前方に差し出した。「この雨宮さんも、地名に関する資料に目を通したいとやって来られたのですよ」

「そうでしたか」龍之介は、白い面差しに目をやった。「加根久保地区の？」

「いえ。合併される前の、この一帯の町名です。浦志摩戸町という地名はどうして生まれたのかという……」

「昔の町名……。浦志摩戸」

加根久保地区というのは、小津野事件に大いに関連した場所である。この地名は金山の歴史とかかわりながら変化してきたという龍之介の推理はほぼ確定的に正しいはずだが、裏付けがあるのにこしたことはない。

「多少は、謂われが判っているのですか？」漢字を教えてもらった後の龍之介の目からは、好奇心が溢れそうだ。

「……伝説や神話の時代の謂われですけど」

「なにしろ、鬼が登場するもんな」晶一は面白がる口調だ。

「宇羅（うら）――ですか」

龍之介の一言に、恒太郎は眉を跳ねあげた。「即座にそれが出るとは！」

光子も目を丸くして笑顔だ。「核心を直撃ね」

鬼の別称が出たことで気が楽になったかのような印象で、静流は口をひらく。

「浦島太郎民話の原形ともされる、吉備津彦尊（きびつひこのみこと）の伝承ですね。宇羅は、空を飛べ、怪力無双であったとか。一般的なイメージの鬼のようなフィクションではなく、渡来者やなんらかの異形なる者ということではあると思います」

「宇羅と称される者たちが、この地にはいた、と」

「それで、ここの者たちは宇羅と戦ったか、または庇護していた。それゆえ、〈宇羅始末〉や〈宇羅の城〉などと呼ばれ、それが地名として転化していった。……そう伝わってもいます」

光子が自分の誉れであるかのように言う。「亀野神社は、平安の頃からの歴史があるといわれているんですよ」

「古すぎますね」亀野神社の娘、静流は無表情だ。「あまりにも遠い歴史の彼方なので、今の説にしても曖昧すぎるでしょう？　宇羅と戦ったのか、庇護したのか。まったく逆です」

「庇護して、交わったのか、授けられたのか、雨宮の祖先は鬼の力を得たんじゃないのか？」

とは、晶一の意見だ。

「鬼の力？」

一同を見回す龍之介の視線に、許可でも得るかのように一度静流を見てから、恒太郎が答えた。

「亀野神社の神主には代々、得がたい能力を持った者が就くのですよ」

「こちらの静流さんも?」

「神主はまだ、母が務めています」

「ですが、静流さんの能力には目覚ましいものがありましてね」恒太郎の口調は熱っぽい。「幻のように映像が視えるのだそうです。それは、その場所で起こっていた過去の出来事であったり、時には未来で起こることだったりするのです。視覚化された予知ですよ」

静流は視線をさげて口を閉ざしている。その〝能力〟が人々に決して友好的に迎えられているばかりではないことを物語る表情のようだった。

代わるように恒太郎が続ける。

「私がよく記憶しているのは、先代の神主、槙男氏の頃からのことですね。この方は、はっきりと予見の能力がありました。父が、商いの転機や大病を患った時などに、助言を求めていましたよ。その次の代が、槙男氏の姪に当たる奈央子さんで、この静流さんの母親です。奈央子さんは成長してから占いの力に目覚めたといった女性です。よく当たります」

「そういえば」と、龍之介が言いだす。「岡山県の吉備津神社には御竈殿という一種の祈禱所があり、吉備津彦が倒した鬼の首がおさめられているのですよね」

「ほう、そうですか」軽く驚いた恒太郎だけではなく、晶一も瞬きを止めて興味深げだ。

「鬼の首は自ら、難儀や災害の折には相談せよ、と言ったらしいのです。それ以来、鬼の首からお告げを得ることを行なっている。鳴釜の神事と呼ばれています」

「ああ。鬼の力も、浄化されて役立ってくれているのですね」恒太郎は感心しきりで、「役立つということでなら、雨宮の神主さんたちの力で、どれほどの多くの人間が迷いから救われたか判りませんよ。悪い未来が予見されたならば、それを回避する努力によって未来を変えられますし」

そこから話を逸らすかのように、静流は、この市の内外に〝浦〟や〝亀〟と付く地名が多いのが興味深いのです、と話題を元へと戻した。

「ではさっそく、文献を見に行きますか」

恒太郎が音頭を取り、一同は腰をあげた。

3

南東側へと、緩く山をくだる道だ。母屋の東側に当たる離れへと続いている。歩いているのは、光子を除く四人だった。

「このような日に、申し訳ありませんね」

改めてという調子で、静流が恒太郎に小さく頭をさげていた。

「このような日……とは？」

龍之介の問いに、恒太郎の口元は静かな微笑を湛えた。

「息子の十三回忌なのですよ」

「それは――」

「いやいや、お気になさらず。儀式めいたこともしません。人が多いほうが、あいつも喜ぶでしょう。明日から雨が続くようですが、今日は天気もいい」

東西に真っ直ぐのびるようになった道のすぐ先で、離れが見えた。左手、北側にある二階建て

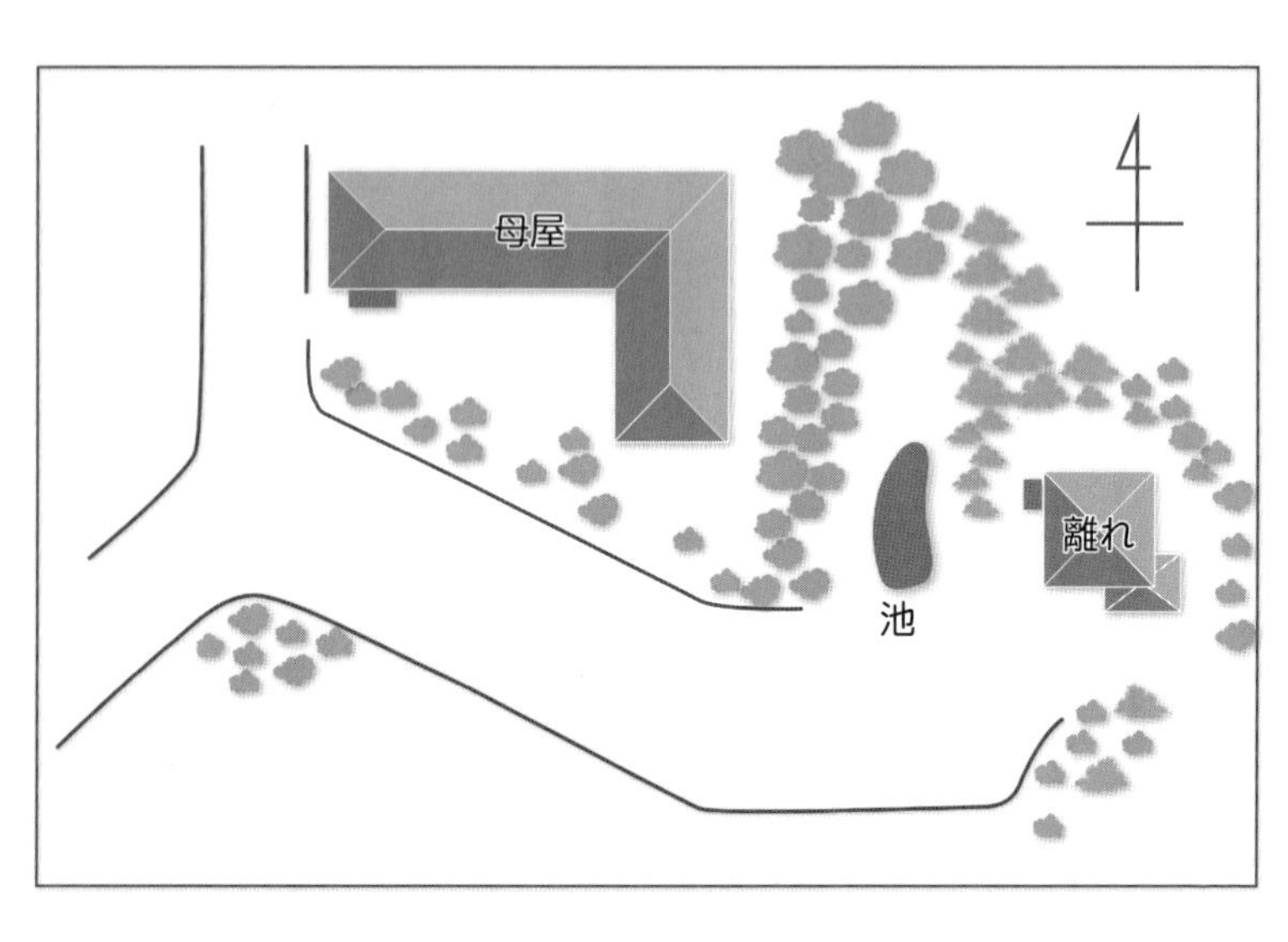

だ。玄関は西向きにあり、奥のほうに見えていた。そちらへ向かいながら、恒太郎が、故人である息子のことを簡単に口にしていく。

名は幸広で、急性白血病で亡くなったという。二十代を満喫することもできない若さだった。

話の途中でこの時、松の木が並木のように並ぶ左側から、ガサッと飛び出して来るものがあり、龍之介と静流は驚いた。静流は、獣でも出現したかと身構える気配だ。

しかし相手は人間で、向こうもこの鉢合わせに少し驚いたようだった。

メガネをかけた、四十手前と見える年齢の男。黒いポロシャツからのびる腕で、枝葉を抱えている。表情は、驚きのそれから、親しげな落ち着きへと変化し、最後は笑みを浮かべた。

「こんな場所で、こんな格好ですみません。あなたが天地龍之介さんですね？　私は永草昌次です」

恒太郎の甥にして晶一の弟である人物に、龍之介は挨拶を丁寧に返した。

「熱心だねえ、昌次くん」

「これで最後です、叔父さん。にっくき相手も、これですっきりですよ。捨ててきますね」

昌次は北側へと足を進める。その敷地の奥の一角には、折れた枝が集められていた。

「倒木被害なんです」恒太郎が客人に説明する。「五日前、この中部地方は大変な大風に見舞われましてね、天地さん。老木が一本折れてしまいました」

見ると、昌次が現われた場所の少し奥に、太い切り株があった。幹は業者が処理したという。細かな枝葉は残っていたらしい。

「向こう側に倒れたのね」様子を観察して静流が言う。「池は無事だった?」

「池には被害なしだ」晶一は、密度濃い並木の奥に足を進めていた。「木は、池を跨いで向こう岸に倒れる格好でね」

数メートル進むと、池が横にのびていた。位置関係からすると、離れの西側に、南北に長くアカマツの並木ともいえる一帯があり、その西側に同じく、南北にのびる池があることになる。池の幅は十メートル弱だろう。

「立派な鯉がいますね」

龍之介はにっこりと、水面を見回す。その彼よりも大きな笑みを見せたのは晶一だ。

「でしょう?　けっこう自慢なんですよ」

「主に、晶一くんたち兄弟が育てているのです」

「数日エサをやらなくても平気だしね」

紅白がしっかりとしている大きな錦鯉が、競泳するかのように水面下を疾走した。ちらりと金色が見えたのは、ドイツ鯉だろうか。

「もともとは、幸広が飼い始めたのですよ」

恒太郎が言い、

「そうそう」と、晶一が頭を縦に振る。「そのうち、俺たち兄弟も興味を持ち始めてね。そうしたら、幸広は逝ってしまった……。跡を引き継ぐように、二人で鯉を育て続けたってわけ」

昌次は東京でも長く暮らしたが、仕事に行き詰まってこの故郷に戻り、また鯉の世話も始めたという。時には、鯉はいい値で売れたらしい。

「うちで焼く瀬戸物には、鯉の柄も活かされてるんですよ」自慢であることが、晶一の表情から窺える。

彼は鯉を目で追っているが、静流の視線は対岸へ向けられた。

「あそこまで倒れたのね」

龍之介もその場所に目を留めた。ブナやナラの木が茂り、傾いている木はなかったが、折れた枝が地面で重なっている。モチノキもある、対岸のそれらの木々も帯状に南北にのび、北では森に溶け込んで山の斜面を成していく。

「向こう岸まで届いたからよかった」晶一は言う。「水面は叩いたろうけどね。水の上の枝葉は集めなけりゃならなかったけど、鯉に被害はなかったんだ」

「どこでも倒木被害は多くて業者も手一杯だったけれど、急いでもらったよ」と、恒太郎。

「俺はまあ、この暑い時季、日陰ができて鯉たちは助かったんじゃないかと思うけどね」

「倒木が、日よけのサンシェードですね」と龍之介。

「実際、木の陰には鯉が集まっていた。まあ、昌次はてきぱきとやってくれたよ。そりゃあどう考えても、倒木をそのままにはしておけないからなぁ」

引き返すと玄関では昌次が待っており、五人はにぎやかに話しながら離れに入った。

離れの屋内から直接行き来できる、南東の一角にある保管倉庫から、関連ありそうな古文書が選び出されて和室に運び込まれている。

巻物の入っている木箱の箱書きに目を留めつつ、

「天地さんは、古い文字も読めるということですね？」それを今思いついたというように、昌次が尋ねていた。

龍之介が答えるより先に、晶一が、「くにゃくにゃの筆文字は、俺にとっては大昔の外国語と変わらないちんぷんかんぷんさだけどな」

と口にし、それから龍之介は気弱そうに応じた。

「私も、ラテン語程度にしか読めません。ちょっとあやふやです。古典ギリシャ語よりは読解しやすいと思いますけど」

……どれも読解できるとはいえない他の四人の中から、恒太郎と静流の二人が、古文書は物によってはなんとなく読めると表明した。

静流が期待する大昔の資料は、さすがに簡単には見つからない。この際、手をつけていなかった古びた蔵物も掘り返してみようという恒太郎の提案で、埃(ほこり)にまみれた作業も続けられた。これはなかなか時間のかかることで、昼食時間を迎えることになった。

「わたしの手を逃れて、外に食べに行ったりしてはいけませんよ」

光子にしっかりと引き止められ、龍之介と静流も昼食の席に招かれた。離れの食堂だった。途中から、離れの台所に来ていた光子が、手早く準備をしたものだ。

「いただきます」

龍之介が言った後に、光子はほっこりした表情で得々と、

「ご近所からいただいたトマトをソースにしてからめたスパゲッティです。そちらは、養殖のサーモンですけどとても活きがいいので、生でもいいのですが、軽く炙ってみました」

頷きながらしっかりと聞いた龍之介は、

「そうですかぁ。おいしそうです。では、いただきます」

静流がクスッと、

「天地さん。その『いただきます』、二回め」

「あれ、そうでしたか。すみません。ではどうせですから、改めて、いただきます」

三度めの正直で始まった昼食の最中、ある歴史的な謎が話題に出てきた。永草家のことを語る言い伝えだという。

「江戸期に入ってからのことだと思うのですがね」恒太郎は箸を止めていた。「この山城は、防備のために、〝並びいる守勢を大勢刎ね倒した〟というのです」

「城を守るために、守り手を？」龍之介は啞然としている。

「不可解な話です。ま、言い伝えられるうちに、内容がすり替わってしまったということも考えられます」

「不名誉なことが言い残されているのは、それぐらいだからなぁ」晶一は、サーモンを二枚、いっぺんに口に入れた。「どちらにしろ特徴的な言い伝えだから、興味を持って弟もけっこう研究していましたよ。少なくとも二、三年前までは。でもやっぱり、虚実に迫ることはできなかった。な

あ？」

「まあね」昌次はスパゲッティを巻き取ることに専念している。

「でも、こいつが突き止めたこともあるんですよ、天地さん。

〝賢き野伏がいるこの山は、のぼるに難し〟という言い伝えです。〝野伏〟というのはいろいろな読み方がありますが、野に潜んでいる盗賊、山賊などのことですね……天地さんには説明無用でしょうけれど」

「その野伏が賢いのですね」龍之介がそこに注目する。

「盗賊、強盗であるはずの彼らを、好意的に見ているニュアンスがあるのですよ。そして、山をのぼる、というのは、攻めのぼることを意味しているらしい。弟が調べたところ、この地方に、追い剝ぎや山賊の被害は見当たらない。それらから推測するとつまり、この言い伝えの野伏とは、山をのぼってくる攻め手を撃退する、防御用としての秘密の仕掛けではないかと見られるわけです」

思ったより長かった一本のスパゲッティが、龍之介の口の中に消える。「なるほど！　野に伏せられた、城を守るための罠ですね」

「実際、それらしいちょっとした遺構は残っていました。半ば埋もれるようにして岩がごろごろ集められている場所があったのですが、そのすぐ下に、木製の門のような物が発見されたのです。堰のようなそれを切れば、敵の頭上から落石が襲いかかったはずです」

「城にとって味方である野伏！　素晴らしい発見ではありませんか、昌次さん」

龍之介の感嘆と興奮は当然ともいえたが、

「たまたまの思いつきで、その発見も昔の話です」と、当人の反応は控えめだった。

「敵味方が入り乱れる戦国の世」龍之介の目は、集中の光をほのかに灯す。「実態を簡単に明かすことを避ける比喩ですね。情報にもカムフラージュをかけなければ、一族の長い安泰は望めない」

恒太郎は強く頷く。「江戸幕府による太平の世といっても、取りつぶされた家は幾つもありますしね。手の内を明かすと寝首を掻かれる」

静流が昌次に尋ねた。

「〝並びいる守勢……〟という言い伝えを読み解く仮説は、幾つかあったのですか？」

「いや、ものになりそうなのはさっぱりだったね」

この話を続けたのは、恒太郎だった。

「まともに受け取ると、この言い伝え、不穏でしょう。味方を斬り殺したとしか思えない話ですからね。それも、大勢を斬首して倒した。先祖がそうした悪行（あくぎょう）をしたのかどうか知りたくて、父が、先代宮司の槙男氏にお伺いを立てたことがあるのです」

静流も初めて聞く話のようだった。

「長い時間をかけて、永草家に憑（つ）いている障（さわ）りなどがあるかを霊感的に探ってくれた宮司は、先祖に血なまぐさい過去などないと、父に伝えてくれたそうです」

「そうそう」と、昌次はメガネをつまみあげる。「血なまぐさい過去でないならば、それでいいじゃないですか」

「そう。お食事中の話題は、もっと楽しいものがいいわね」と、光子も言う。

食事が済む頃――その時が徐々に迫りつつある中での話題は、離れが建てられたいきさつになっていた。

「重機がのぼって来られないから、切断した幹を池に落とさないように作業するのに苦労していたな」

と晶一が、倒木撤去をした業者のことを口にした後だった、龍之介が、「母屋から離れまでの道はかなり太いですよね」という話につなげたのだ。

「幅は、三十メートルはありますかね」恒太郎が応じる。「あの道はもともとあったものなのですよ、天地さん。はっきり記録に残っていないほどの昔から」

「そうでしたか」

「それを利用しない手もない、ということで、ここを切り拓(ひら)いて家屋を建てたのです。私の代に」

「この土地は切り拓いたのですね？　すると、昔からあった道はどこに通じていたのでしょうか？」

「どこかに通じていたということではありませんでしたよ。ですから、道というより、前庭を拡張するための土地だったのかもしれません」

「なるほど」最後に出されていたお茶を、龍之介は口に運んだ。「ここは、昔の建造物の基礎が見つかった跡地、というわけではないのですね。井戸があったということもない？」

「井戸は何十年も前に涸(か)れていたので、埋めてあります。母屋の東側にありました」

「ここは森の一部だったんですよ」晶一が龍之介に言う。「そこに造った離れを、幸広がとても気に入ったんです」

　もともとは、両親のための別宅だったと、恒太郎が説明した。老いて身の回りのこともできなくなりつつあった両親は、世話になりたくないからと施設に入居することを望んだ。しかし、恒太郎と光子としては身近にいてほしく、折衷案として独立した家屋を建て、二、三日おきにヘルパーに来てもらうことにした。そして、幸広は、祖父母のもとを頻繁に訪れていたという。

「父母が亡くなった後は、幸広が一人で過ごすことがよくありました。あいつにとって、気持ちのいい環境だったようです」

「ええ……」数多くの思い出を眼裏に映す時間を作るかのように、光子はゆっくりと瞬きをした。「風の音が特に好きだったようです。木々の葉を揺らす風の音が。落ち着くし、優しい発想を得られると……。天気のいい時は、いつも窓をあけていました」

「大学時代は友達を呼んで、合宿まがいのこともしていたな」恒太郎も懐かしそうだ。「趣味で曲を作っていたから、作詞もしたりね……」

ぬかるみがちの場所に池を作るアイデアを出したのも幸広だという。

夫妻にとってこの離れは、老父母と同時に亡き息子の思い出にも満ちている。だから、十三回忌である今日は、ほとんど使われることのなくなっている離れではあるが、ここで、夫婦は夜を明かすことにしているという。

晶一の妻は海外滞在中なので来られないが、昌次の妻は仕事が終わり次第駆けつけるらしい。弔いの酒宴を過ごし、彼らは母屋で一泊する。

「今夜ばかりは、つぶれるまで呑ませてもらうよ」

恒太郎が言えば、妻は、

「どうぞどうぞ。でも、わたしは付き合えませんよ。どうせすぐに眠ってしまうでしょうから」

「私も、昔の面影はなしだろう」

初めての、老人っぽい声音だった。

4

天地龍之介、永草恒太郎、雨宮静流——この三人。

彼らが離れを出た時は、辺りは夕刻の気配だった。

地名に関して龍之介の推測を裏付ける史料は一つ見つかっていた。寛永(かんえい)年間に出された地元の地誌に、その表記はあった。加根久保という地名が、加根窪となっていた。〝窪〟が〝久保〟と変化していった可能性は強くなった。その地に、壺(つぼ)状のへこみや窪地があったことを伏せておきたいために意図的に文字表記を変えたということも充分に考えられる。ある黄金の出所(でどころ)を占有したいために……。何百年も昔の者たちの、秘めやかで懸命な思惑が、そうして見え隠れする。

静流が求めた史料は、残念ながら見つからなかった。さすがに、亀野神社が建立された頃までさかのぼれる文献は残っていない。ただ、近年の書籍の中に、彼女は別件で興味を引かれるものを見つけた。それには龍之介も同じく、関心を示した。大神坐という市名に関するものだ。

〝神坐〟は〝亀坐(かめくら)〟が音韻転化したものではないかと、地名や人名のルーツ研究家が記していた。古来より、この地方には亀にまつわる伝承が多く、地名にも散見される。

離れの玄関を閉じた恒太郎も、そのことを思い出していた。

「亀が神に転じたのだとすれば、やはり肯定的に捉えられていたということでしょうね。思い返しても、この地方では亀は善なるものとして語られることが多いですよ、確かに」

「あの着想も面白かったです」龍之介は柔らかく微笑し、独り合点している。「内陸地のここにも浦島太郎の話が不思議と根強く広まっているけれど、それはもしかすると、主役は浦島太郎ではなく亀なのではないか。これは見方の大きな転換を伴っていて興味深いです」

亀からの連想ではないが、龍之介は、鯉のいる池のほうに視線を投げかけ、それを北側の敷地の縁へと回した。倒木から散った枝葉がそこに掻き集められている。そしてすぐ近くには、ごく小さなかまくらのように、ブルーシートで覆われた一角があった。そこには、池の濾過装置があり、紫外線殺菌灯なども置かれているという。

昼食後にそれぞれが動き始めた時、「捨てる枝葉を道のほうではなく、裏のほうにまとめているのはどうしてでしょうか」と、何気なく口にした龍之介の問いに、晶一が答えてくれたのだ。「濾過装置などを管理しているのは一応俺だから、濾過材の出し入れの時にでも、枯れ枝も俺に廃棄させるつもりなんだろう、昌次は」ということだった。

兄弟と光子は、追悼夕食会の準備のために、すでに母屋にいる。

龍之介たち三人は、広い道を母屋に向かって歩き始めた。

叔父夫妻と甥たちの仲の良さを思い、龍之介は口にした。

「永草ご夫婦は晶一さんたちを息子のように感じ、あちらのご兄弟は永草ご夫妻を両親同然に思っているのでしょうね」晶一たちの両親は他界しているという話は、食後に出ていた。「頻繁に顔を合わせていて当然のファミリー、という感じが伝わってきます」

龍之介としては静流に同意を求めたつもりだったが、他のことに気を奪われているのか、彼女は表情も口も動かさなかった。

代わるように恒太郎が、

「これだけしか残っていない一族の結束でしょう。家名をつなぐ武士の時代じゃないですけどね。それでも、慕ってくれるのはうれしい」

母屋の近くまで来た時だった。斜面の下に広がっているアカマツの林から、屋敷の側の樹木へと、静流の視線が移動した。

「この辺の木は、自生じゃなくて、庭木として植えたんでしょうね。広葉樹がまとまっていますから。ヒイラギ……そして、トチノキですね」

龍之介は言った。

「ここはたぶん、食料庫なのですよ」

「えっ⁉」静流は立ち止まり、龍之介の顔を見詰める。「食料庫……？」

「昔の人たちにとってはですね。永草さん、今でも実を採取なさるのですか？」

「いいえ、そのようなことは……」

思ってもみなかったという顔である。三人は自然に立ち止まり、恒太郎は茂っている樹木と龍之介とに交互に視線をやった。

「食べられる実ということですか？」

「はい。ヒイラギの実は食べられますし、トチノキの実などは、灰汁抜きをすれば栃餅を作れます。せんべいにした名菓もありますね。向こうにはムクノキも見えます。ムクドリが好んでこの実を食べるからその名が付いたとも言われていて、甘くおいしいそうですよ。山城や武家の屋敷であった頃は、籠城することも想定しなければなりません。ですから景観を考えた植樹をするわけではありません、大抵は。非常用の食料や資材を配置します。薬効のある植物を植えたりですね。ここも、木々の下にはサンショウが生えていますね」

「……裏には、柿の木もありますが」

そういうことなのか、と、当主も意識を新たにせざるを得なかったが、彼は静流の仕草に気を取られた。虫でも追い払おうとしているようだが、恒太郎の目にはなにも見えない。

「屋敷林（やしきりん）として見た場合――」

そこで不意に、龍之介の言葉が途切れた。

それと同時に、斜面の下に目を向けた静流が、ハッと身を硬くしたのに恒太郎は気がついた。

恐怖で目を見開き、後ずさろうとまでしたように見える。

恒太郎の目に映るのは、夕映えの中で静かに広がる松の森である。平地の遥か向こうに広がる山林。穏やかな夕暮れの空。驚くようなものも、恐ろしいものも、なにも窺えない。

耳に入ってきたのは、龍之介の声だ。

「守り手……。防衛の陣」

「なんですって？」

問われてもまだ、龍之介は独り言のように呟いている。

「並びいる守勢……。大勢が、永草家によって倒された……」

「天地さん。あの不可解な言い伝えのことをおっしゃっているんですね？」

ここでようやく龍之介は、フッと表情を動かして恒太郎を見やった。

「はい。矛盾なくあの伝承を読み解ける視点がありました」

「読み解ける！」

愕然とした思いが恒太郎の顔色にはっきりと出た。三百年も四百年も曖昧なままだった言い伝えの読解が、今……!?

「この解釈ですと、血なまぐささはありません」龍之介は言う。

「どう変わるのです？」

「〝並びいる守勢を大勢刎ね倒した〟という言葉は、言い伝えですから、文字で残されたものではありませんね」

「そうですが……」

「それで、〝刎ね倒し〟の一文は、首を刎ねると表記する時の〝刎〟という文字を想起したりもします。イメージとして、その漢字かな、と。しかし、〝跳躍〟の〝跳〟を当てる〝跳ね倒し〟かもしれませんね。意味として、なぎ倒しと同じようなものと見ることが可能です」

「そうかもしれませんね……」

しかしそれでどうなるのだ、と重ねて尋ねようとした恒太郎だったが、静流の声に気を引かれた。

「こんなに……！」

その声は、あまりにも重い響きを伴っていた。斜面に視線を奪われたままの彼女の恐怖はさらに深まっているようだ。

この時になって恒太郎は気がついた。

「あなた――。雨宮さんは、なにか視えているのか？」

「永草さん……」静流はぎこちなく声を出す。「この一帯は戦禍に見舞われなかったのですよね？」

「ええ、大戦時に被害はまったくありません。江戸、明治、大正時代を通じて、大きな騒乱の地になった過去はありませんよ」

「だとすると……」

静流のその一言と同じような呟きを漏らした龍之介は、

「ああっ、そうだ……すべて……」

めまぐるしく思考を重ねているようだったが、次第にその顔は青ざめていった。

「でもまさか、そこまで……⁉」

「どうしました、天地さん？」ただ事ではないと、恒太郎も感じる。

「いえ……」龍之介はなにかに怯えて口ごもっているようだった。

静流が龍之介のほうへ、ゆっくりと首を巡らせた。「天地さん。もしかすると、発生しそうな犯罪計画を見通せたのではないですか？」

——犯罪計画⁉

恒太郎にすれば足場を揺すられるような衝撃力を持つ指摘だったが、どうやら、それははずれてはいないらしい。息を呑むようにしながらも、龍之介は否定の身振りをしない。

「天地さん。どこか身近で、犯罪が起こるとでも？」

恒太郎の声にも怯えが混じる。

「起こるというか……」なにかが、彼が口をひらくことを躊躇させているようだ。「とんでもないことで……妄想にしても、僕は……」

この時、恒太郎は直観した。龍之介の内面で起こっている事。葛藤と、自身に懐く、呆れを通り越した、警戒感や蔑視に近いもの。

何度か断片的に口にしているように、彼は、とんでもない異常事態を察知したのではないだろうか。その事態は悪意に満ち、人として容認しがたいものなのだろう。だがその非人間的なまでの犯罪計画を、天地龍之介は推認してしまった。そして、推認できる自分に怯えたのではないか。犯罪計画者の深い悪意を感得できる自分には、同じ悪意が存在していることになるのだろう……と。

自分の恐ろしい〝妄想〟で人を疑う発言などできるものではない、と。

「天地さん」

恒太郎の声は、奇妙に落ち着いていた。

「人が抱えることを宿命づけられている暗い想念や欲望は、果てがない。みんなそうです。しかし犯罪者は、決して実行してはならない欲望を行動に移せる人たちだ。彼らを前に、我々一般人が羞じることはない。あなたは善良な人のままで、彼らの意図を推理しただけだ」

その推理を聞きたいという思いで、恒太郎は天地龍之介を見詰めた。

そして、そうしている時、恒太郎の中でも動くものがあった。奥底に秘め、目を背けていた懸念だ。

「実を言えば天地さん。ここは、家族的な情愛だけが満ちている楽園ではありません」恒太郎は、腹をくくった気持ちだった。「残念なことが起こり得る下地がないわけではないのです。その残念なことを未然に防ぐ可能性が少しでもあるならば……」

混乱した様子を見せ始めてから初めて、龍之介は恒太郎と目を合わせていた。

もう一言、恒太郎は言った。

「口に出すだけの確証がほしいのでしたら、雨宮さんが視ていたものを参考にしてみては？」

「そうですね……」

龍之介は言って、静流のほうへ顔を向けた。

「雨宮さん、あなたはなにを視たのですか？」

静流は、龍之介の思いを量るかのように瞳を合わせた。

「信じてくださるのでしょうか？　天地さんは、科学的でもあるに違いない学習センターの責任者になられるのですよね。そのような方が、超常的なスピリチュアルとされているものを認めていますか？」

拭いがたい警戒感があるのだろう、彼女からは、どこか固い寂しさのようなものも感じられる。

「多くの人が長年にわたって認めているのですから、その現象は現象として存在しているのです。そこには法則があり、その法則が未知なだけだと思います」

「未知の法則……」

龍之介は改めて言った。

「雨宮さん、あなたが視(み)たことを教えてください」

5

夜になると、風が強くなった。山々を埋め尽くす樹木にぶち当たる風は、板塀やビニールの覆いを打つような荒々しい音を立て続けている。

だからその男は、監視していた者たちが近付いて来ることにまったく気づかなかった。

突然、三つのハンディーライトから照射された明かりを浴び、男は身をすくめた。

三人の真ん中にいた永草恒太郎が進み出て言った。

「そんなことはやめるんだ、昌次」

身を硬くしたまま振り向いた永草昌次の手には、オイルライターがあった。集まって交錯する明かりは時に、メガネのレンズを白く光らせた。そのレンズの奥にある両眼は鋭く細められ、追い詰められた獣が辺りを窺うようでもあったし、憎悪や悔しさをこめてにらみつけているようでもあった。

言い逃れなどできないことは、瞬時に覚ったといえる。

恒太郎の右には天地龍之介。左には雨宮静流がいる。

「私は酒を呑んだふりをしていたのだよ、昌次。天地さんの推理に説得させられたのでね、自衛策を講じたのだ」

昌次の視線はほんの一瞬龍之介のほうへ飛び、すぐにまた叔父のほうへと戻された。

「光子はなにも知らず、寝ている。……何時間後かには知ってしまうが。残念だ」

本当に無念だった。甥っ子が、理性を見失った怪物になってしまうとは。

「枯れ枝の下に押し込んだのは、火種だな？」

ここは、濾過装置などが置かれている囲いと、倒木から落ちた枝葉が集められている場所の中間だった。機械油が染み込ませてあるバスタオルのような大きな布が、枯れ枝の下に押し込まれている。機械油は、ブルーシートの縁(へり)や枯れ枝にもかけられていた。

「昌次。こんなことを思いついたのは、〝並びいる守勢を大勢刎ね倒した〟を読み解いたからなのか？」

ビクッと驚いた反応が返ってきた。予想以上に見抜かれていることが意外であるらしく、侮(あなど)っていた者たちをきつい視線で見回している。

「どうやらそうらしいね。天地さんによると、あれは防火林のことを言い伝えていたのだな」

六時間ほど前の、あの夕暮れの刻(とき)、静流が視(み)たのは燃え盛る山だった。森林一面、炎が埋め尽くしている。火炎が巻きつく幹は爆(は)ぜ、火花を散らし、山林上空に黒煙が逆巻(さかま)く。

それを聞いて、龍之介は自分の推理に確証を得たようだ。彼はまず、昼間話題に出ていた二つの言い伝えに言及した。

賢き野伏がいるこの山は、のぼるに難し。

並びいる守勢を自ら大勢刎ね倒した。

〝賢き野伏〟は、情報をカムフラージュするための、〝山間防城戦用の罠〟の比喩だった。では、〝並びいる守勢〟も同じではないのか。前者が攻撃的場面を示すなら、後者はそのまま守備的場面。〝野伏〟が、人ではなく攻撃的な罠という物体であるならば、〝守勢〟も人ではなく物体。樹木である。

背後を急峻な岩山で守られているかつてのこの山城は、地勢をよく味方につけて防備に優れている。しかし、ただ一つの大きな弱点が、火攻めに弱いということだ。周辺に広がるのは松林で、松という木は燃えやすい。油分が多い。

「ああ、松ヤニをイメージすれば……」と、静流は呟いたものだ。

「そうです」

そう応じた龍之介は、この山を占めているアカマツは、中でも特に燃えやすいとされていま す、と続けた。そこで、かつての守備隊の参謀は考えた。逆に燃えにくいとされる樹木で城を囲み、防火壁とすることを。それが今も、鯉のいる池の西側に残っている。幅二十メートルほどで南北にのびている木々の帯。ここに生えているのは広葉樹の、ブナ、ナラ、そしてモチノキ。龍之介によると、これらはどれも、燃えにくい樹木で、古来、延焼を防ぐ効果を期待される場所に植えられることがあるという。

そしてこれらの植樹は、今は切り拓かれて幅三十メートルほどの道となっている一帯にも施されていたのだろうと龍之介は言う。

そうであったならば、防火林が山城を逆L字型に囲むことになる。並びいる広葉樹が、火攻めへの守備隊になるのだ。

もちろん、樹木が完全な防火壁になるわけではない。だが、重なり合う枝葉の層が、強烈なる輻射熱を大きく減じるだけでも効果は大きい。その間、防火林背後の前庭では防戦活動ができるのだ。井戸からの水をかけ続ければ、火勢がおさまるまでの時間稼ぎができるかもしれない。侮れない効果を発揮するだろう。

ではなぜ、延焼から守ってくれるその守備隊を、城の者たちが自ら斬り倒したのか？　この当然の問いを、恒太郎は龍之介に投げかけた。

乱世が終わり、幕府が支配する時代になったからでしょう、というのが龍之介の答えだった。有力な藩から力を奪う口実を、中央政権側は求め続けていた。にらまれている側は敵意なきことを明らかにし、城壁の修理ひとつでも許可を得た。

この田舎を幕府が注視していたとは思えない。ただ、構造は同じだ。この砦の主は、被害妄想的で癇性の領主あたりからにらまれたくはなかったのだろう。だから、恭順の意を示した。矛はすでに捨てているから、続いて盾も捨てて見せたのだ。戦闘に耐えるような場所ではないと、丸腰になって戦意なきことを伝えた。

それを聞き、恒太郎は、大坂冬の陣に敗れた豊臣側が、大阪城の堀を埋めさせられたことを思い出していた。この山城の主は、自らそれをやったわけだ。

「ここは戦闘用の砦ではなくなったのですと示すために、南側の防火林は消え去ってしまったわけだ」

機械油のにおいが混ざる闇の中で、恒太郎は甥を見据えている。

「〝賢き野伏〟は矛のことを。〝並びいる守勢〟は盾のことを。だから一対のようにしてあの言い伝えは残されてきたのだな。血なまぐささなどない、賢策をそっと言い伝えるものだったのだ」

「そう読み解いたのに、昌次さん、あなたは黙っていたの?」静流が囁きかける。手にはコンパクトな消火器をさげていた。最初は龍之介が持っていたのだが、自分のほうが冷静に器用に扱えそうだからと、彼女が自らその役になった。「こんな火攻めを胸中で温め始めていたから……」

昌次は口を閉ざしていたが、その姿がすでに告げることを告げていた。

嘆きの息のように、恒太郎は言った。

「天地さんから、この一帯のこの季節の、夜になってからの風向きを訊かれたよ。山の上から吹きおろすことが多いな。それを聞いて天地さんは確信したようだ。そうですすよね、天地さん」

「確信したわけではありませんけど、さ、様々なことがあまりにも一つの絵柄に集約してしまいました」

彼の声は緊張を帯びている。

「枯れ枝が集められているここから火が出れば、松林に広がって離れを包みますが、中でもここは玄関に近いです。中にいる人の逃げ道を塞ぐのです。そして、中にいる人……恒太郎さんと光子さんご夫妻は、火災にもなかなか気づけない。久々の痛飲が、強い睡眠薬を飲んだも同然の効果になっているからです」

龍之介の声も表情も、心苦しさにじっと耐えているかのようだった。

「離れは、今ではそれほど使われなくなっているそうです。でも、今日は違った。幸広さんの十三回忌で、ご夫妻が泊まるのです。こんな機会はめったにあることではない。そして、明日からは雨が続きます。放火殺人を実行できるのは、今日——今夜しかないのです」

深い沈黙の恐ろしさを避けるかのように、静流が言う。

「昌次さんは母屋に泊まっている。だから、火災に巻き込まれない安全策には神経を使ったのですね、天地さん？」

「山火事発生後の事態をコントロールするために、母屋に泊まるのは都合がよかったのですが、身の安全を考えて早々に山火事に気づいたふりをすると、恒太郎さんたちを葬ろうという計画が未遂に終わる危険が出てきます」

「私と光子が熟睡している離れが火に包まれるのを待ちたいわけだ……」恒太郎の声は、他人事のように淡々としている。

「そこまで火が回った時、母屋のほうまで延焼しないように、昌次さんは倒木を徹底して取り払ったのですね」

「この、天地さんの推理を聞いて驚いたよ、私は」

恒太郎が言い、静流も頷いている。

そして初めて、興味ありげな視線を龍之介に向けて、昌次は口をひらいた。

「倒木の意味か……。それも見抜いたんだ、あなたは」

「火の通り道ですね」

「そう」

「せっかく、池と防火林で守られている母屋の敷地に、倒れたアカマツが橋を架けた。この数日は暑く乾燥していましたから、生木より当然燃えやすくなっている。池を越えた炎は、モチノキなどはともかく、藪草(やぶくさ)やその先の灌木(かんぼく)などに燃え移ることは充分に有り得る。母屋への延焼も軽視できなくなるのです」

それを恐れた熱心さだったのだ、と恒太郎は、甥のここ数日の取り組みや奔走ぶりを思い返していた。それらの光景は、冷えた厚いガラスの向こうにあるように感じられた。

6

「こんな暴挙を計画した目的は金か、昌次?」

ひどくつまらない話題に、恒太郎には思えた。だからこそ許しがたく、そして、正邪の基準をそこまで反転させてしまう人の愚かさに戦慄する。

黙ってにらみ返してくる昌次に、恒太郎は伝えた。

「夕食前に急いで調べさせてもらったよ。お前は、FX投資などの失敗で大変な負債を抱えているんだな。そして、私など怖くて近付くこともできない闇金社会から金を借りてしまっている」

「そうだよ!」昌次は爆発的に激高した。「生きるか死ぬかってところまで追い詰められているんだよ! そんな、死にそうな身内に、あんたは手を差し出さないいんだ!」

目を背けていた懸念が、どす黒く噴出してきたのを、恒太郎は目の当たりにしていた。この、甥との間に地下水脈のように存在していた不和を、恒太郎は、三人で論議を始めた夕刻に打ち明けていた。

昌次に大金を用立てたのは五年近く前だった。畳まざるを得なかった東京での事業の後始末で、負債を肩代わりしたのだ。無利子だったが、それは三年かけて返済してもらった。しかしそれから程なく、一千万円ほど貸してほしいと頼まれた。これは断り、二度と当てにはしないようにと、ある意味諭した。それからも、借金をなにかと匂わせることがあったが……。

自分たち夫婦が死亡すれば、身内はほとんど甥たちしかいないのだから、資産は彼らに流れるだろう。

「一気に大逆転しなけりゃ、お先真っ暗なんだよ！」

叫ぶ昌次の顔には恐怖が張りついている。彼は腕を振り回した。

「この一帯も更地になったほうが、不動産価値が数倍も跳ねあがるんだ！　こんな建物よりも、火災保険の現金のほうがありがたいしね！」

吠える昌次に言葉を吞み込ませたのは、恒太郎のこうした言葉だった。「奥さんの有子さんも計画に加担しているとは思いたくないが、どうなのかねえ……」

気配を固くしている昌次を前に、恒太郎は言葉を続けた。

「晶一は無関係らしいね。天地さんの見立てだ」

龍之介の発言を、恒太郎は視線で促した。

「ま、昌次さん。ここまで来る間の山道に、ムラサキフトモモの木を去年の夏に植えたのが最初の計画なのでしょう？」

何度めになるか、昌次はまた愕然となった。自慢の秘策があっさりと暴き立てられて動揺を隠し切れないのだ。

「あの木の実は、地面に落ちると油分で車のスリップを引き起こす危険がありますね。ブラジルでは、事故が多発する魔のカーブの正体がそれだったと判明したそうです。永草恒太郎さんは時々車を運転するようですが、そうした時は、やや荒っぽい運転になるのですね。そして、あの木が植えられているのは、急カーブの坂道です。未必の故意の計画が窺えます。確実性はないけれど、悲劇が起これば事故としか思われない……」

山に仕掛けられた罠だな、と恒太郎は今にして思った。この計画は、〝賢き野伏〟の矛に当たる。そして、防火林のあるなしを利用した放火計画は、〝並びいる守勢〟の盾が生み出したといえるか。

手負いの獣同然の永草昌次は、両面の計画を進めるまでになっていたのだ。

「あの植樹には、晶一さんはかかわっていないそうですから、昌次さんの共犯であるとは考えられません」

龍之介の口調は丁寧だ。

「でもあの後で、お二人が手を組んだということはあるでしょうか？　いえ、これもなさそうです。今日の晶一さんの言動からして、心理的に有り得ません。晶一さんは盛んに、言い伝えの件を話題にしていましたね。〝賢き野伏〟を解釈して遺構を発見した弟さんのことを自慢したいかのように話しかけましたが、昌次さんはことごとく相手にしませんでした。恐らく昌次さんは、〝並びいる守勢〟も読み解いていたのですが、今まさに防火林を悪用した犯罪を実行しようとしていたのですから、あそこにいた誰の意識にも、火災にまつわるイメージは懐いてほしくなかったのです。反対に、晶一さんが共犯であるなら、あのようなことを執拗に行なう理由はありません。

もう一つ。昌次さんがここに枯れ枝を集めたのは、玄関に近いということもありますが、晶一さんが管理している濾過装置のそばだというのも理由なのではないかと考えられます。ここが出火場所だと鑑定された場合、電気的な装置を管理していた晶一さんに責任を負わせることができるかもしれませんから」

今も母屋で豪快に熟睡している晶一の姿そのものが、彼の無実の証だろうと恒太郎には思えていた。

7

スマートフォンで警察に事情を伝えながら、永草恒太郎は昌次を母屋に連れて行った。全身の力が抜けたかのように、天地龍之介と雨宮静流の歩調は鈍かった。途中で、どちらからともなく足を止める。

一帯はもちろん暗闇だったが、星明かりにも助けられ、二人は眼下に展開する景色を眺めわたした。

山裾の平地として広がる右手は、今は闇の底だが、団らんの時間帯には、点在する家々の灯火が徐々に密集して町明かりとなっていく様子が見られた。人々の暮らしの総体だ。

「昌次さんは……」静流が、やり切れなさそうに声をこぼした。「死に物狂いのお金の工面に翻弄され続けて、心を狂わせていったのでしょうね」

「それと……、幻の景色を見続けたせいもあるかもしれません」

静流は龍之介の横顔に目を移す。

「幻の景色？」

「当たり前ですが、同じ景色を見ていても受け止め方は人それぞれですよね。経験や記憶が反映されている時もありますし、その時の感情や意識が映し出されている時もある。池の上に倒れた木は、晶一さんにとっては鯉の日傘でしたが、昌次さんにとっては警戒したい導火線でした。そして、ここに広がる森。幸広さんにとっては安らぎの音楽を奏でる楽器であり、普通の人にとっては目に優しい自然です。でも昌次さんにとっては、燃えることを待っている燃焼材の、広大な集積だったのです」

「ムクノキが食料庫に見える人もいるように……」

「緑の松林が、昌次さんの目には炎の野だった。ここを見る度に、山は燃え盛っていた。見続けたそんな光景に、あの方の意識は侵略されていったのではないでしょうか」

二人に向かい合う遥か前方の山並みは、煌々たる星月夜(ほしづきよ)の下で、密集する木々を青白く浮かびあがらせている。

「天地さん……」

「はい」

「あの恐ろしい景色を幻視した時ですけど、それより少し前に、違う景色も視(み)えていたのです」

龍之介は、強く興味を引かれながらも、わずかに不安も覚えている様子だった。

「どのような景色を?」

静流の右腕が動いた。彼方の山の斜面を指差している。

「あの一帯。木が密集してはいませんでした。切り拓かれていて、お茶畑みたいなんですけどそこまで整然とはしていなくて、大きな葉がもっと茂っているような……」

「ああ」ホッとした様子の龍之介だ。「それは桑畑でしょう」

「桑畑……」

「あなたはやはり、その時も未来を視(み)たのでしょう。この地方では、養蚕業が復活しつつあるということでした。それがうまくいって、蚕(かいこ)に必要な桑畑が広がっているという光景なのではないでしょうか」

「ああ……」静流の気配もほぐれていた。

「あなたが視た惨劇の未来は回避できたはずです。でも、そちらの未来像はそのまま実現するかもしれませんね」

「ええ……。そう言えば、天地さん、あの時の幻視が始まる前、目の前を執拗に舞う紫色の花びらも視えていたのです。まるで……、なにかに気づけ、目を逸らさず集中しろ、とでも言っているようでした」

「……森を護りたかった花びらでしょうか」

「護るための……」

「礼を言い、礼を言われ、ですかね」

ええ、と小さく言い、雨宮静流は他にもなにかを探るかのように故郷の地を見回していく。

京に都があった時代に創建されたのかもしれない神社の末裔が、こうして長い歴史の果て、令和の世でも絶えることなく息づいている。

過去に背を触れられ、今を営み、未来を視ている。

歴史の多層さというものを、龍之介は改めて感じていた。次にはどのような未来の層が用意されているのか、それは誰にも判らない。

だがそれは必ずやって来る。来続けている。押しとどめる術もなく。

モンスター・シルク　一九六八◉大倉崇裕

「ネコを最後に見たのは、昨日の夕方なんですね？」

畠中健一郎巡査は、メモをとる手を止め、悄然とうなだれる老人を見た。普段は闊達な柳沢老が、気の毒なほどにうち萎れている。

「夕べ、玄関に鍵をかけたのがよくなかった。いつもの寝床にいると思っていたんだよ。ああ、どこに行ったのか」

柳沢はタマという、茶色い毛並みのネコを飼っていた。その可愛がりぶりは村でも噂になるほどで、人間よりも良いものを食べているのではないか、などとからかわれる始末だった。

畠中の横で腕組みをしていた田中太一巡査が、聞こえよがしにため息をついた。

「気持ちは判るさ。だけど、ネコの失踪に、俺たちが出張るわけにもいかないだろ？」

開発による人口の増加に伴い、大神坐町に宝蔵寺前駐在所が設置されたのは、三年前のことである。当時、警察学校を出たばかりの新人であった畠中は、四十半ばになるベテラン田中と共に、田園風景の広がる静かな街に赴任してきた。

当初は張り切っていた畠中だったが、事件らしい事件もなく、起きることと言えば、せいぜい夫婦ケンカの仲裁か迷子捜しくらい。日に二度のパトロールをこなした後は、交番でお茶を飲み、子供たちの登下校の見張りに立ち、交番の前を往来する住人たちに挨拶をし、時には世間話に付き合う――およそ犯罪とは縁の無い毎日を送っていた。

こんなはずじゃなかったんだけどな。

畠中が退屈な日々に飽き飽きする一方、田中はここでの生活を満喫しているようであった。住人ともすっかり打ち解け、パトロール中には家に上がりこんで、茶や菓子までご馳走になるほどだ。生来ののんびりとした性格が、この土地の風情に合っていたのかもしれない。当然、街の人々の人望も厚い。田中に言われ、柳沢も開きかけていた口を閉じた。

「まあ、我々もそこら辺、探してみるから。一人で出て行ったりしないようにな」

判りましたと小さくつぶやくと、柳沢はトボトボと玄関扉の向こうに消えた。

駐めてあった自転車を並んで押しながら、畠中たちは夕暮れ間近な細道を進む。遥か遠くに電車の線路が見えるが、本数はまだ少なく、駅舎も小さい。緩やかな坂を下りきると、道を挟んだ左右には広大な畑が広がっていた。

畠中は左右の藪の中などを注視しながら、言った。

「このあたりは養蚕が盛んだったんですね」

「聞いたところだと相当なものだったらしい。ただ、今はすたれて、養蚕を生業にしている家は一軒もないそうだ」

「それにしても、広い畑ですねぇ」

「戦前はここいら一帯、日下部家の持ち物だったそうだ。戦後、所有者が転々としていて、今は何も栽培されていないみたいだがな」

「田中さん、詳しいですね」

「おまえが知らなさすぎるんだ。もう少し、赴任地のこと、調べてとけ」

「はい」

田中の自転車は油をさしてないせいか、キーキーとペダルが嫌な音をたてる。その音にかぶせるように、彼は低い声で言った。

「柳沢さんの件、どう思う？」

「タマのことですか？　そこら辺で遊んでいるんでしょう。そのうち、戻ってきますよ」

「だといいんだがな？」

「え？」

「ちょっと気になることがある」

「何がです？」

田中はじれったそうに小太りの体を揺らすと、歩みを止めて言った。

「十日前にも、子犬がいなくなっただろう。佐藤さんとこの」

「ああ。そうでしたねぇ」

「今も見つかっていない」

「子犬だから、狐か何かにやられたか、山に入りこんで……。かわいそうですけど、仕方ないことですよ」

「七日前には、柳沢さんとこの小屋が潰れた」

「あれは裏山にあった掘っ立て小屋でしょう？　古くて勝手に壊れたんだって、そう言ったのは田中さんですよ」

「そんときはそう思ったんだよ」

日はさらに傾き、山の斜面に沿ってオレンジ色の光がじわりと広がる。二人の影が、道に長く伸びた。

「妙だと思わないか」

田中が朱く染まる空を見上げて言う。

「鳥の声が全然、しない」

言われてみれば、そうだった。宅地化が進んでいるとはいえ、まだまだ自然は豊かだ。特にこの辺り一帯は、早朝から夕刻まで、賑やかな野鳥の声に囲まれていたのだが……。

今日は、何も聞こえない。

「妙と言えば、妙ですね。野良犬もここ数日、見かけないし」

「野良犬？」

「子供たちがね、言ってきたんですよ。あっちに空き家があって、そこに茶色いぶちの野良がいるって。誰かに嚙みついたり、大事になったら大変だと思って、一人で見に行ったんですよ。そしたら、大きいことは大きいけど、かなりの老犬で、危なくはなさそうだし、そのままに……」

「バカ！　そういうことがあったのなら、ちゃんと報告しろ」

珍しく田中が真剣な表情で怒っていた。

「すみません」

突然の剣幕に、畠中は慌てて頭を下げる。田中は顔をしかめて、薄気味悪そうに周囲を見回した。

「まるで動物共がいっせいに、逃げだしたみたいだな」

田中の不吉な物言いに、畠中は思わず身震いが出た。

道をやって来る人影に気がついたのは、そのときだった。

年の頃は五十前後だろうか、銀色の髪をさらさらと風になびかせながら、近づいてくる。

「やあ、お二人さん」

彼女は東京で銀猫堂なる骨董屋を営んでいるらしい。毎年、この季節になるとふらりと現われ、町中をあてどもなく散策して帰って行く。その目的は皆目不明であり、畠中などは警察官としてじっくり話を聞いてみるべきと思うのだが、実際のところ、誰かに害をなしたというわけでなし、姿を見れば挨拶をして、凜とした後ろ姿を見送るよりないのであった。

銀猫堂は会釈した後、足を止めることもなく歩いて行く。

田中がたずねた。

「こんな時間から、どちらへ」

「亀山の方にね」

「亀山？　いったい、何をしに？」

銀猫堂は鋭い目で田中を見上げる。

「星を」

「星？」

「眺めようと思って」

「しかし、天気予報では、今夜は曇りですよ」

「なーに、星がダメでも、面白いものが見られそうな気がして」

畠中は身を乗りだして言った。

「それってもしかして、隕石のことですか？」

銀猫堂は興味を惹かれたように、髪をふわりと揺らしながら、畠中を見た。

「あなた、星に興味が？」

「いえ、そういうわけではないのですが、この街って、有名なんですよね、流れ星や隕石で」

「どういうわけか、昔からちょいちょい、星が降ってくる。大抵は、亀山の裏手だな」

「一年ほど前にもありましたよね。ボクが赴任してきてすぐの時です。亀山の裏にもの凄い光が落ちてきたって……」

「あんた、見たのかい？」

「いえ、直接は見ていません。その時間はぐっすり寝ていたんで。でも、翌日になって、大学の先生や国の専門家の人が来て調査したって」

「まあ、ここではよくあることさ。結局、めぼしいものは何も見つからなかったようだが」

銀猫堂はそこで意味ありげに口元を緩めてみせた。

「フフフ。さて、行くかね。あ、お二人さん、献血ってしたことあるかい？」

「献血って、あの輸血用の血を採る？」

田中が言った。

「そう。昨日、今日と駅前に出張所ができて、献血を呼びかけていた。これも人助け、私も協力してきたところさ」

田中は首を傾げながら言った。

「いやあ、本官は何と言うか、そういうものは……」

「血が怖いのかい？」

「い、いやあ、そんなことは……」

「まあいいさ。機会があったら、協力しておやり。それから」

銀猫堂はいったん言葉を切り、二人を交互に見つめた。

「今夜、この辺りには近づかない方がいいかもしれないね」

田中が眉をひそめて言う。

「それはどういう意味です？」

「意味なんてないさ」

フフフ。笑いながら、銀猫堂はゆっくりと坂を登っていく。

話をしている間に、日は山の向こうに隠れ、辺りは急速に闇へと落ちていく。急ぐぞと田中に言われ、畠中は慌てて自転車にまたがった。ペダルに足をかけ、ふと背後を振り返ったが、もう銀猫堂の後ろ姿はどこにもない。


宝蔵寺前駐在所は、田中と彼の妻奈津江（なつえ）の住居もかねている。駐在所の二階部分が住まいに当てられているが、部屋数も多く、田中夫妻には子供がいないため、畠中も一部屋を間借りすることとなった。

奈津江は気取ったところのない気さくな女性で、朝食に夕食、昼の弁当まで作ってくれる。上司と一つ屋根の下ということで当初は息苦しさを覚えていた畠中も、次第に慣れ、今では家族の一員のような温かさを感じてもいた。その一方で、職住一致ということもあり、いつ何時、緊急の呼びだしがかかるか判らない緊張に幾分、辟易（へきえき）もしていた。深酒などは御法度だし、夜間の外出もよほどのことでない限り、認められない。

その夜、緊急の電話が鳴ったのは、畠中が風呂から出て奈津江の入れてくれたお茶を飲んでいるときであった。素早く受話器を取ったのは田中である。顔にさっと緊張が走ったかと思うと、「判った」とだけ言ってすぐに受話器を置いた。

「どうかしたんですか」

畠中は制服に袖を通しながらきいた。

「柳沢さんの居所が知れないらしい」

「え?」

「おそらく、タマだ。じっとしていられなくなって、一人で探しに出たんだ」

「まったく、あれほど言ったのに」

「家の周りは既に家族が探しているらしい。俺たちは坂の下あたりを探す」

「例の畑の辺りですね」

「ああ。あの辺りは街灯もなくて真っ暗だ。転んで動けなくなっていたら、大変だぞ」

夏の終わりとはいえ、気温はまだ高い。一晩外にいたからといって命に関わるほどのことはないだろう。それでも、骨折など大怪我をしていたら、一大事だ。

田中は自室に飛びこむと、一分とかからぬうちに、制服姿になって飛びだしてきた。

「行くぞ」

駐在所前に並べて駐めてあった自転車に飛び乗り、柳沢宅方向に走らせた。

「気をつけて」

と奈津江の声が小さく聞こえた。

目的地までは舗装された道が続く。懸命にペダルをこぎ、猛スピードで駆け抜けた。

山の中腹、柳沢の自宅の方向には、チラチラと明かりが見える。捜索に当たっている人々の懐中電灯だろう。

三分ほどで到着する。周囲は漆黒の闇で、道と畑の境目すら判然としない。ただ、ヒューヒューと不気味な風音が響き渡るだけだ。

畠中はごくりと唾を飲み、言った。

「田中さん、いくらなんでも、こんな所にはいないんじゃぁ……」

「思いこみは禁物だ。こういう場所だからこそ、俺たちが探すのさ」

田中が自転車カゴの懐中電灯をつけた。ぼんやりと彼の周囲に光の輪ができる。

仕方なく、畠中もそれに習う。

懐中電灯二つで、この闇に立ち向かうなんて……。

自転車を下りる。田中が言った。

「二手に分かれよう。おまえは南側。俺は北側だ」

「え？　分かれるんですか？」

「その方が効率的だろう」

「朝を待った方がいいんじゃあ……」

「甘っちょろいこと言ってんじゃない！」

普段とは想像もできない、厳しく太い声だった。畠中は雷に打たれたように、思わずはっときをつけの姿勢を取っていた。

「あ……す、すみません」

「何かあったら、すぐに合図だ。笛は持っているな」

「はい」

装備品の笛は、首にかけている。

「行くぞ」

田中の姿は、すぐに闇の中へと消えてしまった。

田中の言葉は骨身に沁みていたが、それでもすぐには動くことができなかった。藪の向こうに、田中の懐中電灯がチラチラと見え隠れする。

「柳沢さーん」

と呼ぶ声も聞こえてきた。自分も早く、持ち場に……。仕方なく、わずかな明かりを頼りに歩きだす。

「や、柳沢さーん」

耳を澄ますが、何も聞こえない。そこではっとした。

夕方、田中が言った通りだ。静かすぎる。これだけの人が外に出ているのだ。山に住む鳥たちが多少、騒いでもおかしくはない。それに、夏も終わりだというのに、虫の声がまったくしない。去年は日暮れともなると、様々な音を奏でる虫たちの合唱が、畠中の耳を楽しませてくれた。

いったい、何なんだ？

闇の中で一度悪い方に転がり始めた思考は、容易に止まらない。

続いて、下校途中の子供たちの噂話が頭を過った。

一つは、今年初め畑にいくつもの深い穴が開けられていたというものだ。前日の夕刻にはなかった穴が、翌早朝、開いていたのである。穴の数は十数個。深さはどれも三メートル近くあった。一人、二人でできることではないし、その意図もまるで判らない。結局、もともと畑の地下に空洞があり、そこが部分的に崩れて、穴が開いたようになった――と結論づけられた。それでも子供たちは、巨大な人食いイノシシの仕業と信じて疑わない。

もう一つは、昨年の末、やはり夕刻、自転車に乗って帰宅を急いでいた子供が、道に張られたロープに当たり転倒したというものだ。何者かによる悪質なイタズラかと大騒ぎになったが、肝心のロープはどこにも見つからず、真偽は不明となった。ただ、それが狂言でないことは、子供の胸についた痛々しい線状のアザが証明していた。

これも、どこかの荷物用のロープが外れ、たまたま枝に引っかかり、そこに子供が自転車で突っこんだ不幸な事故、ということで片付けられた。子供たちは、浮浪者が獲物を獲るためにロープをはり、引っかかった者を誘拐し、売り飛ばしてしまうのだと言っていた。

何と無邪気なものと今まで気にも留めなかったが、どちらの話も、この場所で起きた事を元にしている。

人食いイノシシや人を売り飛ばす怪人が、今もすぐ傍に潜んでいるのではないか。

バカバカしいと知りつつ、畠中は足が竦んで動けなくなった。

「……れぇ……」

風に乗ってか細い声が聞こえた。気のせいかと思ったが、耳をそばだててみると、確かに聞こえる。

「助けてくれぇ……」

間違いない、畑の中からだ。

畠中は笛を吹いた。

「田中さん！」

返事がない。笛が聞こえないはずはないのだが……。

「助けてくれぇ」

声は先ほどよりもはっきりと聞こえた。畠中は慎重に道と畑の境目を見極める。畑の方が一メートルほど沈んでいた。土は固いのか泥濘(ぬかる)んでいるのか、懐中電灯の光だけでは、まったく判別がつかない。

思い切って飛び降りた。勢い余って体勢を崩し、地面に手をついた。パラパラと手先からこぼれ落ちる、乾いた土だった。一帯には雑草の類いもなく、荒れた地面が広がっているだけだ。

「柳沢さん！　畠中です。助けに来ました」

数秒待ってみたが、返事はない。

「柳沢さん、声を上げて下さい。そうしないと、あなたの場所が判らない」

「おーい」

弱々しい声だった。ここで田中を待つべきか。迷ったが、一人で歩きだした。声の様子からして、それほど離れているとは思えない。自分一人でも対処できる。さきほどはこっぴどく怒られた。ここは一つ、名誉挽回といこう。背を押されるように、小走りになって進む。畑に開いた謎の穴の話は少々気になったが、懐中電灯があれば、さして問題でもないだろう。逸る気持ちを抑え、一歩一歩、地面を注視しながら進んでいく。

「柳沢さん、声を、声をだして」

「おーい」

声は明らかに近づいている。

「助けてく……」

ふいに、声が途切れた。その瞬間、ゆらりと地面が揺れた。地震かと身構えるが、揺れは一瞬のことであり、もう何も感じない。

パラパラと砂礫のはじけるような音がする。

「柳沢さん？　大丈夫ですか？」

「ダメだ……」

「え？」

「もうダメだ」

「は？」

「来るな」

「柳沢さん、畠中です。警官の。今から助けに行きますから……」

「ダメだ。逃げろ！」

「え？」

目の前で地面がはじけた。細かい土が顔に吹きかかる。目に鋭い痛みが走り、思わずしゃがみこんだ。

何だ？　砂が口の中にも入りこみ、じゃりじゃりと嫌な感触が残る。

もわっと生暖かい空気が頬をなで、同時に濃い獣臭が立ちこめてきた。思わず鼻を覆いたくなる腐敗臭の中に、子供のころ、動物園でかいだ肉食獣の糞の臭いが混じっている。

コッコッと竹筒を打ちつけたような奇妙な音が響き、今度は右側の地面が破裂した。土埃をかぶりながら、畠中はぺたんとその場にしゃがみこんだ。

筆を紙にこすりつけるようなカサカサという音が、聞こえる。周囲をゆっくりと回っている。

土煙が晴れると、頭上数メートルのところに、赤い光点が五つ、浮かんでいるのが見えた。よく見ると、光点には網目状の模様が入り、中心部が微かに明滅している。

コツコツ。例の音がごく間近に聞こえた。悪臭はさらに酷く、鼻で呼吸することもままならない。

畠中はしゃがみこんだまま、震える手で懐中電灯を持ち上げた。思い切って、五つの光点に向ける。

白い光の輪に照らしだされたのは、横一列に並んだ巨大な牙だった。牙の奥にはぬらぬらと光る赤い口があり、蛇の頭を思わせる舌がヒクヒクとうねっている。コツコツという奇妙な音は、その口の奥から発せられているようだ。

五つの赤い光点は、その口の真上にある。

あれは目だ。身の丈五メートルはある巨大な何かが、畠中の前にいてじっとこちらを見下ろしている。

淡い光では、目の前のものの全貌を捉えることはできない。

コッコッ。

怪物が嘔吐くと共に、またサササと筆のような音が聞こえる。

全身が震え、懐中電灯を取り落とした。その衝撃でスイッチが切れ、辺りは闇に包まれる。そんな中で、赤い五つの目だけはキラキラと輝いていた。

手探りで必死に懐中電灯を探す。すぐに手応えがあった。スイッチを入れると、畠中の右前方、五メートルほどのところがぼんやりと照らしだされる。そこにあったのは、巨大なカニの足のような物体だった。所々に突起があり、全体は薄く毛で覆われている。地面に接している部分は橇のように平らで、乾いた土の上をスルスルと滑るようにゆっくりと動いている。先から聞こえていたカサカサという音はここから出ていたのだ。

これって、足!?

畠中は物体の全体像を確かめるべく、懐中電灯を動かしていく。

地面から二メートルほどのところに、関節のようなものがあり、ヌメヌメと光っていた。

カサカサという音は、今も畠中を中心にして回っている。

明かりを横に動かしていく。関節から一メートルほどのところに、青白い玉状のものが見える。それは巨大なカメの甲羅のようなものに繋がっていた。

畠中の予想は当たっていた。これは足だ。全長三メートルはある。ちらりと見えたカメの甲羅状のものは胴体だろう。直径にして二メートル近くある。

コッコッ。

音のする方に再び光を向けた。五つの目、剛毛に覆われた巨大な口。これは、怪物の顔だ。亀形の胴体の前部にこの顔がついている。

畠中はさらに懐中電灯を左右に振った。取り囲むようにして、怪物の足があった。全部で八本。蜘蛛だ。巨大な蜘蛛の型をした怪物が、畠中のすぐ目の前にいる。足を伸ばせば全長六メートルにはなるだろう。

何なんだ……これは。

畠中は、不気味に上下動を繰り返す怪物の腹を見上げた。

「助けて……」

その声に我に返る。柳沢だ。明かりを向けると、土に下半身を飲みこまれるようにして、柳沢が足掻いていた。顔も髪も乾いた土で真っ白だ。細い腕を懸命に上げて、こちらに助けを求めている。

そんな柳沢のすぐ脇には、怪物の足がある。どのくらいの力があるのかは判らないが、大きさからして、踏みつけられたらひとたまりも無いだろう。

畠中は這うようにして、少しずつ柳沢の元へと向かう。怪物は異音を発しつつも、動く気配がない。

数メートルの距離がなかなか縮まらない。吹きだした汗が、滝のように流れ落ちた。

「柳沢さん」

彼がはまっていたのは、深さ三メートルほどの穴だった。手を伸ばすと、柳沢は両手でしがみついてくる。危うく、畠中も穴に転げ落ちそうになった。

「こいつは……」

この怪物は地下を移動するのかもしれない。その過程で、乾いた土の一部が崩れ、穴ができる。

「柳沢さん、早く……」

全身の力をこめ、土の中からひっぱりだす。

「走れますか？」

柳沢はうなずいた。肩を貸し、畠中は立ち上がる。そのまま一目散に駆けだした。その途端、何かに足を取られた。柳沢共々、地面に倒れこむ。

「な、何だ？」

太いロープのようなものが、足首に絡みついていた。ロープの先は闇の中へと消えている。その先にあるのは、あの五つの目だ。

まさか……。

姿が蜘蛛に似ているだけでなく、糸もだせるのか⁉

絡まった糸は太くて粘り気があった。手でちぎれそうもない。足を引き抜こうにも、とりもちのようにベタベタとズボンにまとわりつき、どうにも外せない。

「柳沢さん、先に逃げて」

「え……」

闇の中から一本、二本と銀色の糸が降ってくる。それらは柳沢の足にも絡みつき、さらに畠中の体にするすると巻きついてきた。

コッコッコッ。

赤い目が再び頭上にあった。絡め獲られた。

土の臭いが立ちこめ、怪物の足がするりとすぐ横に来る。畠中は悟っていた。この辺りで起きた様々な怪異、それらはすべてこの怪物の仕業だったのだ。畑に開いた穴、子供が引っかかったロープ、そして消えたイヌやネコ……。

こいつの餌に⁉

鳥たちが姿を消したのも、虫たちがいなくなったのも、こいつの存在を知り、ここを逃げだしたのだ。

次の餌は、俺たちか……

絶望と恐怖の中、何とか糸を外そうとするが、もはやどうにもならなかった。柳沢は疲労もあって意識をなくしているようだ。

そんな中で畠中は、笛の存在を思いだす。田中を呼ぶ。そして応援を……

笛に伸ばしかけた手を止める。いま田中を呼びつけたら、彼もこいつの犠牲になってしまう。駐在所で帰りを待つ、奈津江の顔が頭を過った。

怪物は畠中たちの真上にいるようだった。懐中電灯は手の中にあるが、何かを照らそうとは思わなかった。怪物の全貌を目の当たりにしたら、正気を保てるかどうか判らない。

怪物に生きたまま食われる。こんな最後、いったい誰が予想しただろう。

バフンと足の一本が地面を叩く。獲物を前にした怪物の興奮が伝わってきた。

来る——。

両手を握り締め、固く目を閉じた。

強烈な明かりが四方から照射された。あまりのまぶしさに一度開けた目を慌てて閉じる。手で顔を覆いたくとも、両腕とも糸に絡め獲られ動かすこともできない。強い光に、目を閉じていても、ヒリヒリと痛んだ。

「な、何だ」

頭上では怪物がうめき声を上げていた。驚き、怒っている。もしかすると、光が嫌いなのかも知れない。

数秒かけて目を開き、畠中はあらためて自分の真上にいるものを見上げた。

蜘蛛とアメンボを合わせたような格好。腹はオレンジ色をしており、びっしりと黒い毛がはえている。胴体の上面は緑色で、甲殻類のようにかなりの強度がありそうだった。糸は尻の部分から放出されているようだ。

突然、怪物が後退を始めた。サラサラと土の上を滑るように移動していく。畠中と柳沢は縛られたまま、地面の上に残された。

光に少しずつ目が慣れてくる。怪物を照らしだしているのは、道に沿って立てられた投光器であることが判ってきた。

軍が、自衛隊が来てくれたのか⁉　畠中は何とか半身を起こす。

サクサクと土を踏みしめ近づいてくる音がした。

「田中さん!?」

目を上げると、そこには小柄な女性が立っていた。初めて見る顔だ。

不思議な格好をしていた。体に密着した黒いタイツ地の服。中世の甲冑を思わせる銀色の膝当て、肘当てを付け、腰回りは鎧武者のような蛇腹状の金具で覆われている。カタカタと音をたてているのは、腰にぶら下げた四角いケースが、金具と当たる音だ。

女性は足下に横たわる畠中たちに目もくれず、きっと鋭い目であの怪物を睨んでいた。

「聞いていたより大きいわよ。ここまで人的被害が出なかったのは、奇跡ね」

独り言を呟いているのかと思ったが、見れば、耳に補聴器のようなものを付けている。さらにそこから細い金属製のバーが口元に伸びている。マイクロフォンのようだ。もしかすると、あれで誰かと話しているのか？

「カテゴリーは一ではなく二ね。参ったな、手持ちの武器だと心許ないかも」

女は腰に下げた四角いケースから、銃を取りだした。それは畠中が普段目にしているものとはまったく違うものだ。形こそ拳銃だが銀色をしていて、本来、銃口がある所からは、ラジオのアンテナのような突起が二本、ニュッと伸びている。

本来、撃鉄がある部分からはなぜか透明なコードが伸びていて、その先は日本酒の一合瓶のようなものに繋がっている。瓶の中には濃い赤色をした液体が入っていた。

女が銃の側面をいじると、シュインと聞いたこともない音がして、瓶の赤い液体がスルスルと銃の中に吸いこまれていった。いったい、あれは何なのか。

怪物が移動するあの音が聞こえた。どうやら、目の前の女を新たな獲物と認識したようだった。

コッツコッ。

口をじわりと開きながら、ゆっくりと迫ってくる。一方、女は怯えた様子もなく、ゆっくりと両手で銃を構える。先から聞こえるシュイーンという音がさらな甲高くなった。

撃鉄にかけた女の白い指がわずかに動く。銃の先から青白い光が二本、怪物に向かって放たれた。バチバチと何かが爆ぜるような音と、かすかな熱風が畠中のところにまでやって来た。

ほとばしる電流のような光は、怪物の顔を穿った。咆哮と共に、怪物が前二本の足を振り上げた。

「まずい、効かないよ」

足が地面に叩きつけられると、すさまじい風圧と土埃が襲いかかってきた。

目と口を固く閉じ、砂嵐のような状況をやり過ごす。

「立って、早く!」

胸ぐらをつかまれ、無理矢理、引き起こされた。頬を少し赤く染めたあの女性の顔が真正面にある。彼女の右手には銃に代わって、ナイフがあった。メッキを施したようにピカピカと銀色に光っている。だが刃自体は鋭くなく、切っ先も丸みを帯びていた。こんなもの、何の役に立つのだろう。ぼんやりとそう思っていると、彼女はその切っ先を畠中たちを縛めている糸に当てた。熱したハンダゴテをビニールに当てたときのように、あれほど強固であった糸がするりと切れた。

畠中は女性の指示を待つまでもなく、意識をなくしている柳沢を抱え上げ一目散に走り始めた。背後では怪物がブリキ同士をすりあわせたような、何とも嫌な音をたてている。少しでも怪物から遠くへ。火事場のくそ力とはこのことだろう。柳沢の重さはまったく感じない。一気に畑を走り抜け、一メートルの段差を駆け上がり、舗装された道へと倒れこんだ。

四つん這いになり、深い呼吸を繰り返す。

道には投光器がずらりと並んでいた。学校などでよく見かけるものだが、なぜか電源を取るためのコードがない。あれらはいったい、何を元にして光っているのだろう。

ケケケケ。

悪魔が嘲笑するような怪しい声が響いた。あの怪物だ。ここからならば、全身がよく見える。全長は、畠中が思っていたよりも遥かに大きかった。いま、胴体に密着していた顔が、ろくろっ首のようににゅっと伸びていた。五つの目と大きく開いた口が、畠中を救ってくれた女性を狙っている。女性は電撃を発する銃で応戦するが、あまり効き目はないようだった。

このままでは……。

道をゆっくりと下りてくる人影があった。小さな体に銀色の髪。銀猫堂だ。

「おやおや、今夜は来るなと言っておいたのに」

銀猫堂は畑で異形の怪物を見ても、驚いた様子もない。

「苦戦しているねぇ。あんた、これを届けてやりなさい」

どこから出してきたものか、銀色のアタッシェケースを差しだした。

驚愕と恐怖で、まだ全身が震えている。その上、足は痺れとても立ち上がれる状態ではない。にもかかわらず、なぜか、銀猫堂の言われるがまま、アタッシェケースを受け取ってしまった。

「急がんと、手遅れになるよ！」

ピリリと電気に打たれたような衝撃が走り、畠中はいつの間にか走りだしていた。嫌だ、もうあんな化け物に近づきたくもない。心の中ではそう叫んでいるが体は正反対のことをしている。

首を伸ばした怪物の全高は五メートルを優に超える。土の上をアメンボのようにすいすいと移動するので、その気になればかなり高速で移動もできるのだろう。いまは、銃を構えた女性を弄ぶように、ゆっくりと旋回を続けていた。銃の電撃を何発か受けているはずだが、体表に傷一つついていない。女性の顔にもさすがに焦りが浮かんでいた。

「ちょっと、これじゃあ歯が立たない。え？　新しい兵器とリキッド？」

女性の顔にわずかだが生気が蘇った。言葉の意味は判らないが、恐らく、畠中が手にしているケースの中にそれが入っているのだろう。

「これを！」

畠中は叫んだ。女性まで十メートル。その間に、怪物の足が割りこんできた。ヒュルルと糸が飛んでくる。横っ飛びに転げ、何とか避ける。女性が二発、打った。電撃が足に命中し、怪物がわずかに怯む。そのすきに、足と足の間を抜け、畠中は走った。

女性が叫ぶ。

「時間がない。投げて！」

力一杯、ケースを投げた。くるくると回転しながらケースは飛び、女性の足下に落ちた。しゃがみこんだ女性はケースを開ける。中から出てきたのは、やはり銃だった。だが今度は先のものより遥かに大きい。猟銃くらいの大きさだ。鈍く光る銀色で流線型をしており、全体の長さは一メートルほどだろう。銃座の部分には透明のコードが伸び、その先には既に赤い液体入りの瓶が装着されている。

「ありがたい。これって、銀猫堂さんの血？」

女性に聞かれたが、畠中には何も判らない。首を傾げているうち、女性はさっさと怪物に向き直ってしまった。

脅威を感じとったのか、怪物は怒り狂い始めた。野獣のような叫びを上げ、まっすぐこちらに向かってくる。女性は銃座を肩に固定すると、銃を構える。

怪物との距離はもう十メートルもない。

カチン。女性がトリガーを引くと、流線型の先端部分が真っ二つに割れ、そこからピンポン玉くらいの球体が競り出てきた。ピシッと音がして、稲妻のような光が周囲を取り巻く。

「ぐぉぉぉぉ」

怪物が牙を剝きだしにして突進してきた。彼女を一気に砕くつもりだ。

銃の先から藍色の光が放たれた。光は一直線に怪物へと向かう。

ボンと果物が潰れるような音がして、五つの輝きが消えた。頭そのものが消し飛んだのだ。八本の足は統制を失い、全体が横滑りを起こした。止まりきれない体は、土埃を舞いたてながら、女性のすぐ横を抜けていく。そのまま道に乗り上げ、投光器をなぎ倒し、ようやく動きを止めた。その後もしばらく足がもぞもぞとしていたが、五分ほどたつと、すべてが動きを止めた。

へたりこんだままの畠中に、女性が近づいてきた。険しい表情はもう緩んでいる。立ち上がるのに、手を貸してくれた。

「ありがとう、助かったわ」

「は、はぁ……」

あらためて女性を見ると、年の頃は二十歳前後。つまり、畠中と同じくらいだ。土や飛び散った怪物の体液などで汚れているが、顔にはまだ幼さが残る。彼女は巨大な銃を地面に置いた。

「ふぅ、威力はあるけど、重いわ。さてと、回収大変だなぁ」

道に乗り上げ絶命している怪物を眺めながら、彼女はつぶやいた。畠中は何と答えたものか判らない。

「えっと……あのぅ……」

「あなたの上司なら、向こうで保護されてる。眠ってもらっているから、今夜の記憶はないわ。柳沢さんを探していた人たちも、同じ」

「眠って、もらってる？」

「柳沢さんはしばらく入院してもらって、記憶を少しいじらせてもらうことになるかな。だけど、問題はあなた。今夜のこと、黙っていられる？」

「はぁ？」

「そのうち、警察庁から正式な通達がくると思うから、それに従って」

「い、いや、あの……」

だが彼女はもう畠中を見てはいなかった。補聴器のような通信機が微かに光っている。

「はい。状況は完了です。回収班を。ええ。糸はかなりのサンプルが採れました。ラボに持ち帰ります」

ヘリの音が近づいてきた。見上げると、闇夜の向こうに三機の機影が見えた。道に目を向ければ、山を抜ける道には何台ものヘッドライトが光っていた。

「こ、これは、いったい……」

女性が振り向いて言った。

「申し訳ないけど、私と一緒に来てもらう。帰りは明日の夜かな」

投光器はいつの間にか復活しており、先ほどまで闇に沈んでいた畑の周りは真昼のような明るさに戻っていた。

ヘリが一機、畠中たちの前に着陸する。彼女に手を引かれ、機体へと向かう。ふと見ると、腕にまだ糸が巻きついていた。怪物が吐いた糸だ。粘着力の強いそれを引き剝がし捨てようとしたところを、彼女に止められた。

「待って」

ポケットから証拠品の保存袋のようなものをだし、糸を丁寧に中へと入れた。

「これ、いただいておくわね」

「そんなもの持っていってどうするんですか？」

「ひ・み・つ」

女性は微笑んだ。

広大な畑や周囲の山々を切り崩し、化学工場と研究施設の建設が始まったのは、それからしばらく後のことだった。

紫の花◉柴田よしき

湖のおもてにさざ波が立ち、金色の夕映えが何もかもを輝かせる。いねは、日が沈むまでのわずかな間、その光景を眺めて過ごすのが好きだった。

柴拾いに山に入ると、足が自然とここに向かう。背中の籠が柴でいっぱいになる頃に、ちょうどここに出る。山の中腹あたり、不意に開けた草原から、眼下にたつみの湖が見渡せる。

その場所に来るとなぜか、いねは胸のときめきをおぼえる。

よほど風の強い日でもなければ、湖はたいがい静かで波もない。鏡のように周囲の山々を映す水面を見つめていると、どこからともなく声が聞こえるような気がするのだ。

おいね、元気にしているかい？

かか様の懐かしい声。いねが六つの時に、病で死んでしまった。流行り病で、かか様だけでなく、あね様と小さな弟まで一緒に逝ってしまった。とと様とあに様は炭焼きに籠っていて無事だったのだが、あに様は戊辰の戦に出て甲府で戦死した。

戊辰の戦からもう四年が経つ。世は明治、徳川様の幕府は消えてしまった。

それでも、この神坐村はほとんど変わっていない。武田信玄公の時代から、この村の男たちは戦になれば槍を持ち、戦がなければ木を切り出して炭を焼いたりして生きていた。女たちは田畑を耕し、蚕を飼って糸を紡いで生きていた。

たつみの湖の向こう岸には竜宮という村がある。たつみの湖には昔から竜宮伝説があり、湖の奥底が竜宮城に繋がっているのだという。たつみの湖でわかさぎ漁をしていた漁師が行方知らずとなり、数年して帰って来て、気がついたら遠く丹後の浜に打ち上げられていて、しばらく何も思い出せず、丹後の間人(たいざ)という漁村で蟹漁をして暮らし、ある日不意に自分が竜宮の者だと思い出して帰って来たのだ、と言ったらしい。たつみの湖は湖沼で海ではない。丹後ははるかに遠い、京の北の地だ。湖に沈んで丹後の浜に打ち上げられるはずがない。だが、湖が竜宮城と繋がっているのならば、竜宮を通して行き来してしまったのかもしれない。とても信じられない不思議な話だが、いねはその話が好きだ。この湖の底ふかく泳いで潜って行けば、竜宮城に着けるのかもしれないと思うと楽しい。

湖の見渡せる草地から尾根に沿って登れば、亀山、と呼ばれる小さな山の頂に出る。その頂の、猫の額ほどの平らな場所もいねのお気に入りの休みどころだ。そこから眺めると湖は見えなくなるが、かわりに村が一望できた。村の真ん中あたりを川が流れ、あとは田畑、桑畑が並んでいる。その合間に、こんもりと木々が集まっている小さな森が、あちらこちらに見えていた。

神坐村。神の字が名前に入る、とても古くからある村である。戦国の時代には信玄公が収める甲斐国の一部であり、さらにもっと古く、源氏の頃にはすでに村の名が書物に記されていたらしい。

古いということ以外には取り立てて特徴もない村だったが、一つだけ、他の村とは違っていることがある。神坐村の女には大切なお役目があった。お蚕様のお世話をしている時に、大蚕様を見逃さずにおくこと。

大蚕様は、数十年に一度しか生まれないと言われている。毎年数万に及ぶ蚕の中に、大蚕がいないか日々目を皿のようにして調べるのが蚕の世話をする者の責務だ。大蚕、と言っても、初めから大きいわけではない。他の蚕が繭を作り始める頃になってようやく、一回り大きな蚕がいることに気づく程度らしい。だがそれを見逃すと、大蚕は繭を作る前に死んでしまうのだと言われている。

運よく大蚕を見つけることができたら、すぐに他の蚕と離して育てなければならない。他の蚕たちが繭を作り始めるようになると、なぜか大蚕は弱ってしまい、生きながら少しずつ腐って、やがて溶けて消えてしまう。そう言い伝えられている。

他の蚕と離して一匹だけにし、山桑の葉を与えて育てると、大蚕はどんどん大きくなる。蚕の餌にする桑は普通、桑畑で育てる柔らかい葉の桑なのだが、大蚕はある程度の大きさになると、山桑の葉しか食べなくなる。そしていつまでも繭を作らずにただひたすらに山桑の葉を食べ続け、冬になって山桑の葉が手に入らなくなる頃には、じっと動かずに過ごすらしい。春が来て山桑に新しい葉がつく頃にもぞもぞと動き始め、またひたすらに山桑の葉を食って大きくなる。それを繰り返して数年の後、大蚕はようやく繭を作る。その繭はとてつもなく大きいそうだ。蚕の繭は親指程度の大きさが普通だが、大蚕の繭は男の腕でひと抱えほどもあり、そして、不思議な色にぼんやりと光っているらしい。

大蚕を見つけた女は、神坐神社に巫女として入るのが習わしで、山桑の葉を与えたり糞を掃除したりする世話も、一人で担うことになっている。そして大蚕が繭になると、祈りを捧げてから繭を大釜で煮て中の蚕を殺し、糸を紡ぐ。それらもすべて、たった一人で行うことになっている。しかも大蚕の世話や糸紡ぎなどは、他の人の目に触れないように行うしきたりだ。

紡ぎあげた糸は、まるで虹の色が溶けて一つになったような色と輝きを持っており、それを織って作った反物を献上すると、向こう五年あまりの年貢が免除される他、村の者たちを城の働き手として雇ってもらったり、橋のない川に橋をかけてもらえたりと、大変な僥倖（ぎょうこう）があるらしい。だが大蚕が見つかるのは数十年に一度。せっかくの僥倖も、数年経てば元の木阿弥、神坐村は今でも貧しいままだった。

いねの母親は、いねを産む前に神坐神社の巫女だったことがあると、お婆から聞いた。十五の時に大蚕を見つけ、大蚕様守女として巫女になり、大蚕が繭を作るまで神座神社で暮らしたらしい。その時は四年ほどで繭ができた。その時の繭から作った反物のおかげで、しばらくは村も潤った。すでに二十年以上経つが、その時以降大蚕様は見つかっていない。

そして、徳川様が戦に破れ、幕府は消えてしまった。お殿様は今でもいらっしゃるのだが、すでにお城ではなく、江戸、いや、東京で暮らしている。年貢は、税、と呼ばれるようになった。果たして今、大蚕が見つかったとして、その蚕が繭を作るまであと数年かかる。その時、反物を税の代わりに納めることができるのだろうか。そうした質問に答えられる村人はいない。

いねは蚕の世話が好きだった。蚕に限らず、小さい頃から虫が好きだったのだ。蟻を眺めて日暮れまで家に帰らずにひどく叱られたり、とんぼを追いかけているうちに隣り村との境橋を渡ってしまったこともある。なので十になった時、本家の母屋の二階にあるお蚕部屋に初めて足を踏み入れた時は、わくわくした。カサコソ、カサコソ、と、蚕が桑の葉をはむ音が耳にくすぐったくて、飼育箱を覗きこんだ時に見た、生白い蚕の蠢（うごめ）く様に胸がときめいた。

お蚕様の世話は楽しいけれど、繭を煮る時は胸が痛む。白い小さな繭玉の中には、やっと蛹になった蚕が入っているのに、糸をとる為にそれを煮殺すのだ。殺さずにおくと蚕蛾が羽化して繭玉に穴を開けてしまうので、糸がとれなくなる。せっかくこの世に生を受けて、毎日一所懸命桑の葉を食べて、食べて、食べて、ひたすら食べて、ただただ大きくなって、そしてやっと繭になったのに、親虫になることもなく、翅を広げて飛ぶこともなく死んでいく。

婆にそう言ってみたら、婆は笑った。

「お蚕様は、親虫になったってどうにもならん。翅は弱くてまともに飛ぶこともできねえし、何も喰わねえ、ただ箱の中をうろうろしているだけだでよ」

「それでも卵を産むでしょう?」

「卵を採る蛹は、でかくて繭の艶もええのだけだ。それも自分で出て来られると面倒だから、繭を切ってな、蛹を出して、雄と雌を分けるんだ。そうやって人が手伝ってやらねえと、番うこともできねえんだ。お蚕様はな、繭を作ったところが絶頂なんさ。それより長生きしたって、しょうがねえだ」

大蚕を見つけて巫女になれば、暮らしはとても楽になる。虹色の反物を献上すれば年貢の免除の方にもたくさんの褒美が村にくだされるので、巫女の家にもそれらの褒美が振舞われる。その中の一つでも売れば、新しい家を建てられる。

巫女と言っても、大蚕の世話以外にすることはなく、繭から糸をとってしまえばお役御免、里下がりが許されるのだから気楽な身だ。神の嫁になるわけではないのだ。そして大蚕の巫女だった女は家に幸運をもたらすとされ、里下がりしてから良い縁組に恵まれる。だから村の女は、蚕の世話ができる年になると、無我夢中で大蚕を探す。

それなのに、いねは大蚕を探すことにはあまり興味がなかった。蚕の世話は楽しい。虫ならなんでも好きだったが、特に芋虫は大好きだ。けれど、大きくても小さくても、蚕を見ると不憫だと思わずにいられない。外を飛び回る蝶や蛾の幼虫は、いずれ蛹となり、羽化して空を飛ぶことができる。なのに蚕は、羽化しても無駄だとされ、繭のまま煮殺されてしまう運命なのだ。

亀山の頂から尾根筋を戻った。辰巳の湖にさざ波がたち、夕暮れの風が吹き始めた。いねは少しの間、湖の夕暮れを眺めていたが、下ろしていた柴をまた背負い、丘を降りた。暗くなる前に帰って飯を作らないと。野菜と干魚、それにひえを入れて鍋で煮る、それだけの飯だったが、婆さまが腹をすかせて待っている。婆さまはもう半年も寝たきりだ。

ゆるゆるとした坂を下り、林の縁をまわりこんで歩く。その辺りは山桑の木が並んで茂っていて、桑の実が熟す頃には小鳥たちがたくさん集まっている。山桑の実は美味しいのだが、お蚕様用の桑も実をつけるので、この村の人たちは桑の実には飽きている。それで誰も山桑の実を採らない。

そろそろ山のねぐらに帰るのか、小鳥たちはそれぞれ、集まって木に止まり、まるで点呼でも取るように鳴き交わしている。

やすは歩きながら手を伸ばし、届くところに実っている山桑の実を口に入れた。指先も唇も赤紫色に染まる。兄さんが生きていた頃は、やすが口の周りを赤紫に染めているとよくからかわれた。山のお蚕に飯を分けてもらったんかい。いねは山のお蚕のように、そのうちそこいらで繭を作るぞ。

繭を作れるなら、それもいいかもしれない。いねはそんなことを考えた。蚕場のお蚕様のように繭のまま煮殺されてしまうのは嫌だけれど、山の蚕のように繭から飛び出して、自分の翅で空が飛べたらどんなに楽しいだろう。

手を伸ばし、山桑の実をむしりながら歩いて行く。ふと、桑の葉の上の何かに目がとまった。

蚕の餌にするために育てる桑はあまり背が高くならない。葉のほとんどをむしり取ってしまうので、樹が育たないのだ。それに大きくならない方が作業がしやすいので、伸びた枝はどんどん刈ってしまう。上に成長させず、葉だけ大きく育てるのが、良い桑の育て方だった。

だが山桑は、自由にどんどん成長し、大きくなる。いちばん下の葉ですら背伸びをしても届かないくらいが普通だった。なので葉の上に何があるのかは下からは見えない。が、その何かは、葉の端からはみ出して見えている。何にしても大きい。

立ち止まって見上げてみたが、何なのかよくわからない。手を伸ばしても、跳ねてみても届かない。いねは辺りを見回して、折れた枯枝を拾い上げた。それで山桑の枝を抑え、うっかり跳ね飛ばしてしまわないよう慎重に枝を下げる。手が届くところまで枝が下がると、ようやく、葉の上に乗っているものが見えた。

大きい!

それは、巨大な蚕だった。もともとお蚕自体が大きな芋虫で、大人の人差し指くらいあるのは普通だ。見たことはないが、大蚕になるとその三、四倍、指三本分の太さに、長さは箸ほどもあるらしい。が、今、目の前にいる蚕は、もはや蚕とは思えない大きさだった。下から見て葉に乗っているると思っていたのは間違いで、実際には、枝にしがみつくようにしていたのだ。その頭だか尻だかの一部だけが、かろうじて葉の上にあった。太さはいねの手首ほどもあり、長さは伸ばしたら、肘から指先よりも長いだろう。

これは本当に、蚕なのだろうか。何か別の蛾の幼虫ではないか?

よく見れば、その芋虫が乗っている枝の根元の方は、葉がほとんど付いていない。おそらくこの虫が綺麗に食べてしまったのだ。桑の葉を食べる虫は他にもいるのだろうか。

だが、形は紛れもなく蚕だった。模様もまさに蚕だ。ただ、色が少し違う。お蚕様は白い。大蚕様は虹色に輝くと聞いている。この蚕は、淡い紫色をしている。

　野生の蚕が作る山繭からとった絹糸は、お蚕からとる正絹とは異なる糸になり、それで織った布もかなり違った風合いになる。献上品には使えないが、独特の味のある布になるので、江戸では高く売れる。ただ、野生の蚕、桑子の繭は小さくて、とれる糸も少ないので、手間を考えるとあまり儲けは出ない。これだけ大きな桑子などもちろん見たことがないが、山桑の葉を食べているということは、これも野生の蚕に違いない。

　いねは、その巨大な桑子がいた山桑の木を丹念に調べてみた。すでに桑の実がぷっくりとふくれていたが、まだ色はほとんど緑色だ。桑の実は、房状に咲いた小さな花の根元がそれぞれふくれて、それが一つにまとまるように実り、緑色から赤、紫、そして黒へと熟れていく。熟れた桑の実は山桑でも甘く美味しいのだが、熟しても少し渋みが残る。熟れた桑の実の汁は濃紫色で、布を染めるのに使えるほど色がつく。桑の実を食べた子供は口の周りや指先が紫に染まっているので、すぐに判る。

　あれ？

　中にまだ、花の名残りをつけたままの実があった。桑の花は緑がかった白い花だ。なのに、その花の名残りは、薄紫色をしていた。

　紫の花が咲く山桑。いねは、そんな桑の花を初めて見た。もしかすると、普通の山桑とは違う桑なのかも。だとしたら……この、不思議な大蚕様は、紫の花が咲く特別な桑の葉を食べて育った、ということ？

　この、山桑のある森を抜けると、麻沼、と呼ばれる場所に出る。大昔はそのあたりに沼があったらしいが、今はすっかり干上がって、湿地になっていた。その湿地を囲むように乾いた荒地があって、そこには麻がたくさん自生している。絹の産地であるこの村では、麻で織物を作ることはあまりない。麻沼の麻はあまり上等の麻糸にできないらしい。が、育った麻を刈り取って売れば、そこそこの銭が村に入る。麻の葉で作ったお茶は薬になるらしい。もちろんいねは、そんなお茶を飲んだことはなかった。生薬となる草や樹皮は貴重なのだ。そのため、村人が麻沼に勝手に近づくことは禁じられていた。だがただ麻を盗まれないためだけではなく、麻沼の麻には不思議な効能があるのだ、と噂する年寄りもいる。麻沼の麻は炭焼きの神薙爺が刈取り役を担っている。神薙の家は亀山一帯の山で焼かれた炭をまとめて庄屋に収める元締めでもあり、信玄公より古い時代からこのあたりの山主であり、徳川様の時代を通して名字帯刀を許されている。そのせいなのか神薙の爺はとても偉そうで、山生業(やまなりわい)にしては学もある。

この山桑の花が紫色をしているのは、麻沼と何か関係でもあるのだろうか。神薙の爺に訊いてみたらわかるかしら。

やすは、淡い紫色の大蚕様をそっと掌にのせた。愛らしい、と思った。蚕の顔は、本当に愛らしい。大蚕様は、まだ葉が食べたいのか、いねの掌の匂いを嗅ぐような仕草をしている。いねは紫の花が咲く山桑の若枝を何本か折り取った。どれにも柔らかな若葉がたくさんついている。これだけあれば、この大蚕様が繭を作るまでに足りるだろう。

やすはなんとなく楽しくなって、足取りも軽く村へと戻った。懐に、大蚕様をしのばせて。

*

「そんなわけだから、いね、明日から行ってくれねえかい」

じじ様にそう言われて、いねはうなずいた。本当は嫌だった。行きたくなかった。

庄屋の家での家事手伝い。庄屋の家には女中も何人か働いているし、下働きの男衆もいる。なのに、年に何度か、村の家々に娘を手伝いによこしてくれと言って来る。庄屋で働くことを喜んでいる娘もいる。なんと言っても三度の飯つき、それも白い飯が食べられる。村の農家では、飯は日に二度があたり前だし、白い飯など目にすることもない。雑穀に古い米が少し混ざった粥、それに川魚の干したものや、野菜の漬物などが少し添えられるだけ。それが庄屋の家にいる間は、毎朝炊きたての白い飯に漬物、昼には白飯に魚や野菜の煮物がついて、夕餉にも白飯に湯をかけたものが食べられる。ごくたまには、八つ時に饅頭が配られることさえあった。給金などはもらえないが、手伝いが終わって実家に戻る時には、干し魚や醤油など、土産だと少し持たしてくれる。醤油は高価なものなので、滅多に口に入ることがない。雑穀の混ざった粥でも醤油をひと垂らしすれば美味しくなる。

いねの妹、つるは、姉さまが嫌ならわしが代わりに行きたいと言うのだが、庄屋からは十三を超えた女で、と条件がついていた。つるは年が明けて十一。まだ子供だ。

庄屋が手伝いの女に子供をよこすなと言うのには、わけがある。

庄屋の家には、他人に言えない秘密があった。

*

「よう来てくれた」

庄屋の長兵衛（ちょうべえ）の妻、おさきが、いねの手を取って言った。「幸吉（こうきち）が楽しみに待っておったよ。

はよ顔を見せてやってくれ」

いねはうなずいて、おさきのあとについて長い廊下を歩いた。

廊下は何度か折れ曲り、そのせいで方角がわからなくなる。最後に屋根のついた渡り廊下を歩き、離れに着く。その離れには玄関がないので、そこに行き着くには屋敷の表から入って、廊下を曲がり曲がってどこともも知れぬところまで歩いて来なくてはならない。そして、離れの入り口には、太い木格子がはめ込まれている。

座敷牢である。

とは言え、暗い牢屋ではなく、上等の杉や檜で建てられた立派な建物で、台所や厠、檜の風呂まで備えつけられていて、座敷は畳十枚ほどの広い部屋と、襖で隔てた畳三枚の小さな部屋が続いていた。

いねは十三になった昨年、ここに初めて連れて来られた。その座敷牢で暮らす庄屋の息子、幸吉の遊び相手として。

いや。幸吉にその気が起これば、てごめにされることは織り込み済みだった。幸吉が気に入れば、嫁にする、と言われていた。幸吉はこの正月で十六になった。

だが昨年は、幸吉にそんな気はないようで、半月ほどの間、毎日いねと双六(すごろく)をしたり、絵を描いたりして遊んだだけで終わった。

いねは、幸吉のことが嫌いではない。幸吉は優しく穏やかで、いつもにこにこと笑顔でいる。

ただ、幸吉は、この村で言うところの「福子」。

知恵が遅れていて、体の動きものろい。口がきちんと閉じないので、いつもよだれを垂らしている。そしてとても病弱だ。少し外に出ただけで風邪をひいて寝込んでしまう。万一、自分が風邪などひいていて幸吉にうつしてしまったら、それが元で幸吉が死んでしまうかもしれない。それがいねには憂鬱だった。幸吉はあまりにも繊細で、ひ弱い。

けれど、幸吉と遊ぶのは楽しい。幸吉は美しいものが大好きで、いねが道端で花など摘んで持って行くと大喜びしてくれる。庄屋は物持ち、金持ちだったので、幸吉には高価な玩具や刷り本などがたくさん買い与えられている。けれど幸吉にいくら字を教えようとしても覚えないらしい。おさきも長兵衛も、幸吉は知恵が足りない子だと諦めている。いねは字が読めた。村には百姓の子も通える手習い所があり、御一新で侍をやめた男が妻子と共にその手習い所で文字を教えていた。いねの親は、百姓の娘が字など習っても仕方がないと言っていたが、庄屋の「福子」に気に入られたと知ってからは、いずれ幸吉の嫁になれるかもしれないからと、字習いを認めてくれた。まだ通い始めて一年足らずだが、いねはもう、幸吉の部屋にある刷り本の大概は読んで聞かせてやることができた。そうして本に刷られた物語など読んでやると、わかっているのかいないのかは定かでないながら、幸吉は熱心に耳を傾け、ところどころにある挿絵には目を輝かせた。特に、美しい着物を着た女の絵や、霞たなびく山々の絵、野の花や牡丹の挿絵などが大好きなようで、そんな幸吉の心にいねも寄り添いたいと思うようになった。

しかし、庄屋の家にいると一つだけ、いねの気持ちを暗くすることがあった。それは、幸吉の兄である重吉(しげきち)の存在だった。重吉は幸吉とは腹違い、長兵衛の妾の産んだ子だったが、生みの母は数年前に病死し、庄屋の家に引き取られた。幸吉より四つ年上、昨年、村一番の器量良しと噂されていた娘と祝言をあげ、本家の敷地内に立派な家を建てて暮らしている。その重吉が昨年、いねに目をつけた。以来、何かと理由をつけては幸吉の部屋に入って来て、いねの手を握ったり足に触ったりと狼藉をはたらく。幸吉にはその意味がわかっていないのだが、いねが嫌がっているのはわかるらしく、兄が入って来ると温厚な性格に似合わぬ怒りをあらわにする。だが重吉は、幸吉の怒りなど歯牙にも掛けない。いっそおさきに言いつけてしまおうかとも思うのだが、重吉は庄屋の家にとって大切な跡取り息子、福子の幸吉に跡を継がせるのは無理だろう。そんな跡取り息子におさきが強く出ることはできないに違いなく、言いつけたことへの報復だけが待っている。なんとか重吉の欲望から逃れ続ける以外にどうにも仕方がない。いねは、幸吉とならばそうなってもいいか、と思っていたが、重吉に犯されるのだけは嫌だった。

だが、遂にそれは起こってしまった。

＊

その日、いねは不思議な大蚕様を袖に入れて庄屋の家に向かった。幸吉ならきっとこの桑子を見て喜ぶに違いないと思ったのだ。幸吉は虫などの小さな生き物にとても優しい。部屋の隅を這っていた蜘蛛を見つけた時も、怖がりもせずに掌にそっとのせて微笑んでいた。野の花や虫を愛でる幸吉は、森の神の子なのかもしれない、といねは思っている。森の神がおさきの腹を借りて幸吉をこの世につかわせたのだ、きっと。

思った通り、幸吉は大蚕様に大喜びした。幸吉は桑子を掌にのせたまま、部屋中をはしゃいで歩きまわった。いねにはその桑子が、幸吉の掌の上で虹色に光って見えた。特別に大きい、見たこともない大蚕様。

掌に桑子を乗せたまま、幸吉は中庭ではしゃいでいた。柔らかな陽の光を浴びて、幸吉の頬はうっすらと桃の花のような色に染まり、その白い肌に浮かんだ汗の粒は、光を集めてきらきらと輝いている。いねは、幸吉がそれで幸せならば、幸吉の元に嫁いで一生幸吉の世話をしながら生きてもいい、と思った。

「うすらばか」冷たい声に振り向くと、中庭に面した廊下に重吉が立っていた。「あいつは何を騒いでいるんだい？」

「なんでもありません。機嫌良く遊んでおられるのですから、そっとしてさしあげてください」

「ふん、随分と生意気な口を聞くもんだ。おまえ、もう幸吉の嫁になったつもりかい」

いねは庭から廊下にあがった。

「御用はなんでございましょうか」

「ここはわたしの家だ。用がなくても好きなところにいるさ」

「この離れは幸吉様のお住まいです」

「ああ、だがこの屋敷はいずれ、わたしのものになるんだよ。その時になったら幸吉をどうしようかね。今はあんなに好きにしていられるが、わたしの代になったら、もっと狭くて暗い座敷牢に閉じ込めてしまうことだってできるんだよ」

いねは唇を噛んだ。おさきも長兵衛も死んでしまったら、本当に重吉はそんなことをするかもしれない。庄屋の屋敷も財産も、すべて後継のものになるのだ。

「幸吉様はあなた様の弟君ですよ」

「ふん、あんなうすらばかが弟だなんて、そんなことあるもんかい。おさきがどこぞの知恵足らずとちちくりあって出来た子に決まっている」

いねは部屋に戻った。重吉がついて来る。

「そんなにつんけんしないで、茶の一杯でも飲ませておくれ。おまえさえその気になってくれたら悪いようにはしない。幸吉のことだって、おまえ次第だよ」

いねは黙って茶をいれた。もう覚悟を決めないとならないのかも。重吉のしたいようにさせれば、重吉の弱みを握ることにもなる。将来幸吉にひどいことをしないよう、重吉を言いくるめることもできるかもしれない。

重吉のことは虫酸が走るほど嫌いだったが、どのみち水呑み百姓の娘の体なぞ、女衒に売られれば小判二枚かそこらの値打ちしかないのだ。重吉を手なずけることができたなら、幸吉を守ることもできる。

茶をいれた茶碗を座卓の上に置く。重吉が襖を閉めた。

「なんだこの茶は」

茶をすすった重吉がおかしな顔をした。

「変な味がする。それに甘ったるい匂いだ」

いねは茶筒の中の茶葉をよく見た。それは煎茶ではなかった。お茶の葉ではない、何か別の草を乾かして細かく砕いたものだ。なんだろう？　そう言えば、この部屋で幸吉に茶をいれてあげたことは一度もない。いつも幸吉は自分でいれていた。不器用で細かい作業はできない幸吉だったが、茶だけは幼い頃から自分でいれていたらしい。

何かの薬だろうか。幸吉は病弱で、いつも何かしら薬を煎じたものを飲まされている。

「甘ったるい匂いが鼻につくが、味は悪くないな」

重吉はごくごくと茶を飲み干した。それから、いねの背中に抱きついた。

「うすらばかが外で遊んでいるうちに、やってしまおう」

いねは諦めた。自分にできることは、きっとこれが精一杯だ。我慢していればすぐに終わる。

重吉は嫌な男だが、決して乱暴者ではない。

重吉の腕が背中から胸へと絡まった時、いねは目を閉じて紫の花のことを考えた。不思議な色の不思議な桑の樹。その桑の葉を食べて大きく育った、美しい大蚕。あの蚕の繭から作られる絹は、いったいどんな色をしているのだろう。その絹で織った布は、どれほど光り輝いているのだろう。何度生まれ変わったら、そんな布で縫った着物を着られるようになれるのだろう……

「なんだか、眠いな」

重吉の声がくぐもっている。

「疲れてるんだな。ちっ」

舌打ちしながらも、重吉はだるそうに腕を動かし、いねのあわせから胸に手を差し入れた。

いねは必死に目を閉じ、虹色の着物のことを考え続けた。


「痛っ！」

突然、重吉が叫んだ。いねはほどかれて畳に落ちた帯を反射的に拾いあげ、振り向いた。

重吉が頭を手で押さえながら畳に這いつくばり、その後ろに幸吉がいた。幸吉の手が何かを摑んでいる。

「幸吉坊ちゃん！　それをこちらにお渡しください！」

いねは帯を押さえながら幸吉の手から庭石を取り上げた。庭石には血がついている。やすは帯がまた解けて落ちるのに構わず、庭石を持って中庭に飛び出した。金魚を放してある小さな庭池に石をつけて血を洗い流し、出来るだけ遠くに放り投げる。部屋に戻ろうとすると、頭から血を滴らせながら立ち上がった重吉が、小柄な幸吉を押さえつけて首を絞めているのが見えた。

「おやめください！　お願いですから、おやめください！」

重吉は幸吉の首にかけた両手を離そうとしない。幸吉は白目をむき、口の端から泡のようなものを滴らせた。

夢中だった。いねは、畳に落ちていた帯を拾いあげ、それを重吉の首に回して背中から引き上げた。

ぐうううっと重吉が唸る。その手が幸吉の首から外れると、幸吉が気を取り戻して重吉の下から逃れた。いねは力を緩めようとした。が、強い力に引かれて驚いた。幸吉が帯の片端を引いていた。幸吉の目が、いねに訴えていた。一緒にやって。一緒にやってちょうだい。

兄が生きていたら、わたしは幸せになれない。兄はきっとわたしを暗い座敷牢に閉じ込め、殺してしまう。

だからお願い、今しかないんだ。

いねは、帯の片端だけ握った。すぐに帯は引き絞られ、いねはただその手に力を込めて堪えた。幸吉は躊躇なく帯を引き続け、やがて、重吉が絶命したことがいねにもわかった。

＊　＊　＊

重吉の遺体を始末したのはおさきだった。いねはおさきを呼びに行き、事の次第を話した。おさきは顔色ひとつ変えずに、重吉が家の金を持って行方をくらましたことにしてしまった。

幸吉は庄屋の後継となり、いねは幸吉の嫁となった。庄屋は江戸中期から田中姓を名乗っていたが、村人の多くが田中と名乗るようになって姓を市河と変えた。いねは生涯幸吉に尽くし、福子でありながら幸吉は五十まで生きた。市河家は大地主となった。いねは村の小作人たちをよく守り、凶作の年には家の蓄えを村の為につかった。二人の間には子もたくさんできた。幸吉の死後もいねは家を守り続けた。

ただ一つ、いねには合点のいかないことがあった。

あの時。いねは確かに見たのだ。

血のついた石を握った幸吉の肩の上に、虹色の大蚕が乗っていたのを。そして帯を引いている時にもその肩の上で、大蚕は体を持ち上げ、まるで幸吉を鼓舞するように頭を揺らしていた。

なのに、おさきが来て重吉の遺体を調べていた時、どこを探しても大蚕は見当たらなかった。幸吉に訊いても首を横に振るばかり。庭を探しても見つからなかった。

あれ以来、いねは一度も、あの不思議な桑子を見つけていない。紫の花の咲く桑の樹も、いくら探しても見つからなかった。麻沼の辺りまで探し歩いても、山桑の花はみんな白かった。

けれどいねは、信じていた。

あの特別な大蚕は、森の神の使いだったのだと。森の神の子である幸吉を守る為に、あの大蚕は現れたのだ。

そしてまたいつか、この村の森を壊す者、穢す者がやって来た時には、きっと紫色の花が桑の樹に咲く。不思議な大蚕は蘇る。

いねは財力をつかって、村長となっていた神薙の爺の息子にかけあい、麻沼とその近くの森への人の立ち入りを村の条例で禁止させた。ひっそりと茂る麻も含めて、そこは隠された場所となった。さらにいねは、湖対岸の竜宮村の雨宮家に娘や孫娘を嫁がせて関係を深めた。雨宮家は代々、竜宮を祀る神社の巫女を輩する家である。竜は湖を守り、大蚕は森を守る。いねの心の中には、不思議なものたちが守るこの地への強い愛着があった。

いねは八十二で死んだ。その枕元には子や孫たちが座り、大刀自の最後を悲しんだ。雨宮家の分家である森遠家の当主、森遠元治は、いねが愛した亀山からの眺めを誰でもが楽しめるように、亀山の頂上に集いの広場を設けようと提案した。アメリカとの開戦の噂が村々にも流れ、愛国の気運が高まっている。頂上広場には国威発揚に役立つ銅像でも建てようか、いねの死枕を囲んで人々がそんな話をしていた時、どこからともなく冷たい風が吹き込んだ。彼らは、いねの亡骸の上に、風に運ばれた紫色の小さな花びらがたくさん舞っているのに気づいた。花びらは小さな嵐のように吹き荒れて、人々は思わず花びらを避けて目を閉じた。そして目を開けた時、紫の花びらは一枚残らず、どこかに消えていた。

それが何の花びらなのか、どこから飛んで来たものなのか、誰にもわからなかった。

あとがき

本作は、大神坐市（おおかみくらし）という架空の場所の物語です。日本のどこかにあるはずのこの場所で繰り広げられて来た、それぞれの物語。百五十年余りにわたる歳月の中で、どんなことが起こって、人々が何を思い、次の世代に何を残したのか。それぞれの作者ごとに違う物語観を楽しみ、この場所の歴史を想像し、そして大神坐市を好きになっていただけたら、我々一同、とても幸せに思います。

我々、とはつまり、執筆グループ「アミの会」メンバーと今回のゲスト執筆者になるわけですが、この場をお借りして、「アミの会」のことを少しお話しさせてください。

もう十数年も前のことです。私は、大好きな短編小説を書かせていただける機会が減っていることに焦りを感じていました。雑誌のお仕事をいただけること自体が難しくなっていた上に、連作の形でないと短編小説の執筆依頼がほとんどなくなっていたのです。

なんとか、短編小説の面白さを広く知ってほしい。雑誌だけではなく、短編小説が読める「本」がもっとあったらいいのに。

そんな気持ちを抱えていたある日、当時比較的家が近かった大崎梢さんをランチにお誘いして、相談してみたのです。その時は具体的なことは何も考えていなかったのですが、大崎さんと話しているうちに、ぼんやりと頭の中で考えがまとまって行きました。それからさらに数年後、私はようやく行動に移りました。
　自分が読者として読んで面白いと感じる作品を書かれている作家さん、それもできれば自分とキャリアが近い作家さん。そうした方々数人に思い切って声かけをして、インターネットのSNSで集まっていただきました。キャリアの近い作家同士なら、すぐに短編小説に結びつかなくても、まずはお茶しておしゃべりして、というところから始められる、と思ったのです。
　そして望んでいた通りに、まずは楽しいおしゃべりの集まりになり、そこから自然発生のような形で「アンソロジーを作ろうよ」という流れになりました。「アミの会（仮）」の誕生です。

　以来、アミの会（仮）は仮免許を卒業して「アミの会」となり、最初にお声がけした作家さんだけでなく、あの人とも一緒にやりたいね、この人もいいんじゃない？と話し合いでメンバーを増やし、さらには広くゲスト作家の方々もお招きして、様々なコンセプトのアンソロジーを出し続け、執筆グループとして活動しています。しかし短編小説、いや、小説を取り巻く環境は十数年前よりもさらに厳しいものとなり、その間に、大切な仲間だった光原百合さんが亡くなられるという悲しいこともありました。ですが、永嶋恵美さんがアミの会アンソロジーに書き下ろされた作品で日本推理作家協会賞を受賞するという嬉しい事もありました。出版業界自体の先行きが不透明な今、未来のことはわかりませんが、アミの会の活動はまだしばらくの間は楽しく続けて行きたいですし、素敵な作品をたくさん、皆さんに読んでいただきたいと思っています。

　そんなアミの会ですが、四年前から「アミの会アワード」という取り組みも始めました。短編小説の面白さを少しでも世の中に発信するため、一年間、雑誌や短編集などに掲載・収録された新作短編の中で、読んで面白かった作品を持ち寄り、アミの会がお勧めする年間ナンバーワン短編作品、を決めちゃおう、という試みです。自分たちが面白いと思った作品を自由に持ち寄るので、他の文学賞とは違った視点が活かされているのではないかな、と思います。

2021、2022、2023年のアワード受賞作発表や受賞された方のお言葉などは、

アミの会公式Facebook「アミの会」

https://www.facebook.com/aminokaikari?locale=ja_JP

にあります。

最後に、本作についてです。

アミの会のアンソロジーは、基本が「テーマと執筆者を決めてから執筆を依頼」し、集まった作品は出版社の担当編集者が各執筆者と個別にやり取りして収録する形です。誰か編者がいて、作品にダメ出ししたりリライトを要請したりすることはありません。

ですが本作は、まず作品の舞台となる「町」を想定し、その「町」を各執筆者が自由に使って作品を書き、作品が集まったところで、作品同士の関連性や、町の歴史との齟齬がないか、共通な登場人物の整理など、手を加えてリライトして完成させました。その意味では、アンソロジーというよりも、長編作品の各章をそれぞれに分担して書いた作品に近い性質を持っているかもしれません。これはアミの会では新しい試みでしたが、他の方法ではあり得ないような、ユニークで楽しい作品になっていると思います。

小説、の可能性は無限です。こんなふうに、小説を「書くこと」そのものをイベントのように

楽しむこともできます。これからもアミの会は「短編小説の可能性」をいろいろな形で追求しながら、みんなで楽しく執筆して行きたいと思っています。

本作の「大神坐市」は我々の創作した町ですが、もし気に入っていただけましたら、皆さんも、小説の舞台にこの町を自由に使ってみてください。趣味で小説を書いている方、プロ作家の方々、あるいは、まだ小説を書いたことがないけれど書いてみたいと思っている方。皆さんに「大神坐市」の次なる物語、の作者となっていただけたら、大神坐市の誕生に関わった執筆者・編集者・地図製作者など関係者皆、とても嬉しく思うことでしょう。

2024年12月

柴田よしき

著者紹介

大倉崇裕（おおくら・たかひろ）

2001年、『三人目の幽霊』でデビュー。主な作品に『福家警部補』シリーズ、『警視庁いきもの係』シリーズなど。

大崎梢（おおさき・こずえ）

2006年、『配達あかずきん』でデビュー。主な作品に『成風堂書店事件メモ』シリーズ、『千石社』シリーズ、『百年かぞえ歌』など。

佐藤青南（さとう・せいなん）

2011年、『ある少女にまつわる殺人の告白』でデビュー。主な作品に『行動心理捜査官・楯岡絵麻』シリーズ、『白バイガール』シリーズなど。

篠田真由美（しのだ・まゆみ）

1992年、『琥珀の城の殺人』でミステリ作家としてデビュー。主な作品に『建築探偵桜井京介の事件簿』シリーズ、『龍の黙示録』シリーズなど。

柴田よしき（しばた・よしき）

1995年、『RIKO―女神の永遠』でデビュー。主な作品に『RIKO』シリーズ、『猫探偵正太郎』シリーズなど。

図子慧（ずし・けい）

1986年、「クルトフォルケンの神話」でデビュー。主な作品に『ラザロ・ラザロ』、『晩夏』、『蘭月闇の契り』など。

柄刀一（つかとう・はじめ）

1998年、『3000年の密室』でデビュー。主な作品に『天地龍之介』シリーズ、『或るスペイン岬の謎』、『密室キングダム』、『ペガサスと一角獣薬局』など。

永嶋恵美（ながしま・えみ）

1994年、「ZERO」で第4回ジャンプ小説・ノンフィクション大賞受賞。主な作品に『泥棒猫ヒナコの事件簿』シリーズ、『檜垣澤家の炎上』など。

新津きよみ（にいつ・きよみ）

1988年に『両面テープのお嬢さん』でデビュー。主な作品に『猫に引かれて善光寺』、『ふたたびの加奈子』、『二年半待て』（2018徳間文庫大賞受賞作）など。

福田和代（ふくだ・かずよ）

2007年、『ヴィズ・ゼロ』でデビュー。主な作品に『安濃将文』シリーズ、『梟の一族』シリーズ、『ディープフェイク』など。

松尾由美（まつお・ゆみ）

1989年、『異次元カフェテラス』でデビュー。主な作品に『安楽椅子探偵アーチー』シリーズ、『バルーン・タウン』シリーズ、『ニャン氏の事件簿』シリーズなど。

松村比呂美（まつむら・ひろみ）

2005年、『女たちの殺意』でデビュー。主な作品に『幸せのかたち』、『鈍色の家』、『キリコはお金持ちになりたいの』『黒いシャッフル』など。

矢崎存美（やざき・ありみ）

1989年、『ありのままなら純情ボーイ』でデビュー。主な作品に『ぶたぶた』シリーズ、『食堂つばめ』シリーズ、『繕い屋』シリーズなど。

【カバー、表紙、扉写真】
O.D.O.ph
Berna Namoglu / shutterstock.com
Kira Myshura / shutterstock.com
PLotulitStocker / shutterstock.com

竜(りゅう)と蚕(かいこ)

大神坐(おおかみくら)クロニクル

●

2025年2月20日　第1刷

編者…………アミの会(かい)

装幀…………岡孝治

発行者…………成瀬雅人
発行所…………株式会社原書房

〒160-0022 東京都新宿区新宿1-25-13
電話・代表03（3354）0685
http://www.harashobo.co.jp
振替・00150-6-151594

印刷・製本…………新灯印刷株式会社

ISBN978-4-562-07511-9, Printed in Japan